Le Livre de Poche Jeunesse

Passenger

Alexandra Bracken

Née en 1987 à Phoenix en Arizona, Alexandra Bracken est auteur de fantasy pour jeunes adultes. Après des études au College of William and Mary à Williamsburg en Virginie, elle obtient un diplôme d'histoire en 2009. Elle a travaillé dans l'édition de livres pour enfants à New York pendant cinq ans et se consacre aujourd'hui entièrement à sa carrière d'écrivain.

Du même auteur :

- Les insoumis - Tome 1
- Les insoumis - Tome 2 - Le chemin de la vérité
- Les insoumis - Tome 3 - Dénouement

ALEXANDRA BRACKEN

Passenger

Traduit de l'anglais
par Leslie Damant-Jeandel

Titre original : *Passenger* © 2016 Alexandra Bracken
First published by Hyperion, an inprint of Disney Book Group

Pour Maman :
De toute l'histoire, jamais il n'y a eu quelqu'un avec un cœur aussi beau et fort que le tien.

« Aussi étroit soit le chemin,
Nombreux, les châtiments infâmes,
Je suis le maître de mon destin,
Je suis le capitaine de mon âme. »

William Ernest Henley

BHOUTAN

1910

Prologue

Tandis qu'ils montaient, s'éloignant des sentiers sinueux qui menaient aux villages voisins, le monde s'offrit à lui sous sa forme la plus pure : silencieux, ancien, mystérieux.

Mortel.

Nicholas avait passé presque toute sa vie en mer, ou en avait été suffisamment proche pour en percevoir, quand le vent soufflait, l'odeur de poisson et de sel. Même à cet instant, alors qu'ils approchaient du monastère, attendant de le voir émerger de l'épaisse nappe de brumes et de nuages, Nicholas avait tendance à se retourner pour chercher vainement du regard, par-delà les immenses sommets de l'Himalaya, la ligne trouble où se rencontraient le ciel et la courbe des eaux ondoyantes. C'était pour lui un repère familier auquel se raccrocher, avant que son courage et sa confiance en lui ne s'envolent.

Composé de marches et de terre, le sentier avait d'abord serpenté entre des pins aux troncs moussus et cheminait désormais le long des falaises abruptes en haut desquelles le monastère de Taktshang avait été bâti comme par miracle. Des rangées de drapeaux de prières colorés flottaient dans les arbres, au-dessus de leurs têtes. À leur vue, l'étau qui comprimait la poitrine de Nicholas se desserra un peu : il se remémora aussitôt les nouvelles frégates ornées de fanions multicolores qu'il avait vues, la première fois que le capitaine Hall l'avait emmené au port de New York.

D'un léger mouvement, il soulagea ses épaules meurtries par les lanières de son sac à dos, en prenant soin de ne pas basculer dans le vide.

Tu as grimpé dans les gréements un nombre incalculable de fois, et c'est maintenant que tu as le vertige ?

Les gréements. L'envie le démangea de toucher les cordages, de sentir les embruns soulevés par le vent et son vaisseau fendre les flots. Nicholas essaya de redresser les épaules, de jeter du sable sur la rancœur qui couvait au creux de son ventre avant qu'elle ne s'embrase. À cette heure, il aurait dû être de retour, en compagnie de Hall et de Chase, voguant sur la crête des vagues, et non ici, dans un siècle inconnu – les années 1900, bon sang ! –, flanqué d'une mauviette exigeant de lui qu'il l'aide à boutonner son nouveau manteau, lacer ses bottes, nouer son foulard et arranger son ridicule chapeau mou. Pourtant, lui aussi avait deux mains, et, en dépit des apparences, sa boîte crânienne contenait bien un cerveau.

Le sac en cuir qui pendait au cou de Nicholas battait lourdement contre son flanc tandis qu'il continuait à grimper pour rejoindre Julian. Celui-ci se tenait la jambe appuyée sur une pierre : la pose qu'il avait coutume de prendre lorsqu'il se croyait admiré des dames qui l'entouraient. À cet instant, Nicholas ne voyait pas du tout qui il tentait d'impressionner. Les quelques oiseaux qu'ils avaient entendus chanter pendant leur marche dans la forêt humide ? Julian avait-il toujours été ainsi : théâtral, vaniteux, sans la moindre considération pour autrui, alors que Nicholas, aveuglé par sa joie d'avoir trouvé un prétendu frère, une nouvelle vie promettant confort, richesses et aventure, l'avait volontairement ignoré ?

— Approche donc ! Ça, c'est la tanière du Tigre. Maudite soit cette brume infernale !...

Il se trouve que Nicholas savait. Il mettait en effet un point d'honneur à lire autant d'ouvrages que possible sur les destinations où le vieux les envoyait, quelles qu'elles soient, pour anticiper les meilleurs moyens de maintenir en vie cette imprudente tête de mule de Julian. Nicholas souffrait constamment d'un déficit de connaissances et d'entraînement. Quand il comprit que sa famille n'avait aucune intention de lui faire suivre une formation digne de ce nom en vue de ses voyages, il commença à se demander si c'était intentionnel, une manière de le maintenir à son rang inférieur. Cette pensée l'avait rendu si furieux qu'il en était venu à dilapider presque toutes ses maigres économies en livres d'histoire.

— Le maître bouddhiste du Bhoutan, Padmasambhava, serait arrivé ici sur le dos d'une tigresse volante – d'après la légende, évidemment, poursuivit Julian avec un sourire qui les avait maintes fois tirés du pétrin. (Il fut un temps où ce sourire, ayant vocation à obtenir le pardon, attendrissait Nicholas et apaisait sa colère.) Au retour, on devrait s'arrêter dans l'une de leurs grottes de méditation. Tu pourrais t'accorder un moment de réflexion. Admire un peu ce paysage, et ose dire que voyager ne te manquera pas ! Sinon, à quel moment de ta misérable existence serais-tu venu ici ? Débarrasse-toi donc de cette idée idiote.

Plutôt que de lui décocher un coup de poing ou de lui jeter à la figure la pioche qu'il portait dans le dos, Nicholas déplaça de nouveau son sac et tenta d'oublier une fois de plus le poids écrasant de Julian et de ses bagages.

— On *dirait* qu'une tempête se prépare, répliqua-t-il, fier de la fermeté qui perçait dans sa voix malgré le ressentiment qu'il sentait monter en lui. On devrait reporter notre ascension à demain.

D'une pichenette, Julian ôta un insecte sur son impeccable manteau.

— Non. J'ai dû laisser le binturong dans le bar clandestin à Manhattan, et je voudrais y passer vite fait avant de retourner voir le vieux. (Il soupira.) Les mains vides, une fois de plus. Nous envoyer au milieu de nulle part, à la recherche d'une chose qui n'existe probablement même pas encore ! Ça ne m'étonne pas de lui.

Nicholas regarda son demi-frère jouer avec son bâton de marche. Quelle impression feraient-ils aux moines lorsqu'ils verraient Julian, prince aux cheveux flamboyants se pavanant dans son costume d'alpiniste neuf, profanant leurs lieux sacrés à la recherche d'un trésor perdu, et Nicholas, jeune homme à la peau noire, sans conteste le larbin, traînant dans le sillage de son maître, telle une ombre prisonnière ?

Ce n'était pas comme ça que c'était censé se passer.

Pourquoi était-il parti ? Pourquoi avait-il signé ce contrat ? Qu'est-ce qui lui avait pris de faire confiance à cette famille ?

Ce n'est pas cette personne que je suis censé être.

— Allez, courage, mon vieux, déclara Julian en lui assenant un léger coup de poing sur l'épaule. Ne me dis pas que tu es toujours remonté à cause du contrat.

Julian tourna le dos et Nicholas lui jeta un regard courroucé. Il n'avait aucune envie d'en parler, ni même de penser à la façon dont Julian avait haussé les épaules et s'était contenté de dire : « J'imagine que tu aurais dû lire les conditions un peu plus attentivement avant de signer. » Ce n'était pas la première fois que cette famille l'asservissait. Nicholas avait accepté de se vendre de nouveau comme esclave. Pour l'appâter, le vieux avait évoqué l'impossible : magie, voyages, sommes d'argent colossales, mieux que dans ses rêves les plus fous. Toutes ces récompenses contre cinq années de bons et loyaux services : à l'époque, cela ne lui avait guère paru un sacrifice. Cependant, à l'instant où il avait compris qu'il ne serait jamais qu'un valet au service d'un demi-frère qui pour rien au monde ne le reconnaîtrait publiquement comme tel, Nicholas n'avait pu que ravaler sa bile et finir de nouer la cravate de Julian dans le style qu'il préférait. Depuis lors, jamais il n'avait eu une conscience aussi aiguë du temps. Chaque seconde qui s'écoulait émoussait un peu plus sa détermination, et, quand ses défenses céderaient, il craignait de découvrir l'étendue de sa fureur.

— On devrait rentrer installer notre campement, proposa-t-il enfin en évitant de croiser le regard plein de sous-entendus de Julian. Nous reprendrons la route demain.

Son demi-frère le railla :

— On a peur de quelques gouttes de pluie, hein ? Ne sois pas si casse-pieds, Nick. Cette ascension est un jeu d'enfant.

Ce n'était pas l'ascension elle-même qui inquiétait Nicholas. Il sentait déjà l'air se raréfier dans ses poumons. Son mal de tête était moins dû aux caquetages incessants de Julian qu'à leur proximité périlleuse avec les cieux. Il avait l'impression que ses genoux s'étaient transformés en gelée, et il ne sentait plus du tout ses mains.

Je pourrais le planter là. M'enfuir.

Où donc se réfugierait-il pour qu'on ne le retrouve pas ? Pas auprès de Hall. Ni en retournant dans son époque. Pas même pour rechercher sa mère.

Il scruta l'amoncellement de nuages gris qui roulaient à travers la chaîne montagneuse, nettement découpés par les sommets déchiquetés de l'Himalaya. À bord d'un navire, il aurait utilisé l'océan et le vaisseau lui-même pour estimer l'intensité d'une tempête imminente et établir un plan lui permettant de l'affronter en toute sécurité. Là, il n'avait ni l'un ni l'autre. Seul un frisson le long de sa nuque l'avertissait, tandis que le tonnerre grondait au loin et résonnait dans les montagnes désertes.

— J'espère que le vieux ne s'est pas trompé, cette fois, ronchonna Julian en reprenant le sentier. (De là où se trouvait Nicholas, on aurait dit un ruban de marches accroché à la paroi rocheuse et accidentée de la falaise, qui s'élevait et descendait en épousant la forme naturelle du paysage.) Je suis fatigué de son petit jeu. Ce fichu truc qu'il a perdu. Comme quoi, à lui aussi, il lui arrive de perdre !

Il gagne toujours, songea Nicholas en serrant les poings. *Je n'arriverai jamais à me débarrasser d'eux.*

— Allez, amène-toi, Nick. On a encore du chemin à faire, lança Julian derrière lui. Et j'ai tellement faim que j'avalerais un cheval.

Une première grosse goutte de pluie s'écrasa sur son visage, glissa le long de sa joue et perla de son menton. Ce fut un moment étrange, effrayant. Nicholas se sentit piégé. Il scruta les environs, à la recherche de l'abri temporaire que Julian ne manquerait pas de réclamer plutôt que de risquer de mouiller ses bottes. Hormis les *chorten*, ces bâtiments blancs et bas ornés qui protégeaient les moulins à prières élaborés, il avisa quelques saillies couvertes où des personnes endeuillées avaient placé des urnes funéraires coniques.

— Là !

Julian laissa échapper un petit cri de joie et fendit l'air d'un coup de poing. Le brouillard qui enveloppait le monastère s'était posé, comme tassé par la pluie. Il évoquait la surface brumeuse d'un lac, dissimulant les centaines de mètres qui séparaient le rebord du fond du précipice.

— Où est l'appareil photo ? Sors-le, tu veux ? De toute façon, il n'y a personne pour le voir…

Le tonnerre qui éclata au-dessus d'eux résonna dans les montagnes comme une canonnade. Nicholas se raidit et eut un mouvement de recul en entendant ce grondement assourdissant. Dès que l'écho mourut, les cieux se déchirèrent et les nuages déversèrent une pluie diluvienne, l'aveuglant momentanément. Surpris, il hoqueta quand l'averse s'intensifia jusqu'à devenir un mur d'eau solide, un déluge dont il n'avait connu l'équivalent qu'une fois, en mer, alors qu'il dérivait vers un ouragan. Des torrents de pluie qui se déversaient depuis les saillies en hauteur s'abattaient autour de lui, au point qu'il faillit perdre l'équilibre.

Julian…

Nicholas se retourna vers le bord du sentier juste au moment où son demi-frère faisait volte-face pour lui crier quelque chose. Sous ses yeux, le pied gauche de Julian disparut : le rebord boueux se dérobait sous lui.

Au moment où Nicholas plongeait pour réduire la distance entre eux, une unique pensée s'imposa à son esprit : *Pas comme ça.*

— Nick ! NICK !

Julian était parvenu à s'agripper à la surface accidentée de ce qui restait du rebord. Sa main glissait déjà hors de son gant trempé tandis qu'il était suspendu de tout son poids au-dessus du vide, de la pierre, de la brume et des arbres. Dans un bruit de ferraille, Nicholas rampa sur le dernier mètre qui les séparait, le bras tendu au maximum, le contenu de son sac pesant lourdement sur son dos.

Blême de terreur, Julian remuait les lèvres en suppliant : « Aide-moi, aide-moi… »

Pourquoi le devrais-je ?

Ces gens lui avaient tout pris. Ils lui avaient volé sa vraie famille, sa liberté, sa valeur…

Une satisfaction froide et amère lui durcit le cœur. Il avait enfin la possibilité de prendre sa revanche.

Parce que c'est ton frère.

Nicholas secoua la tête. Il sentait les courants provoqués par la pluie l'entraîner vers le bord.

— Attrape ! Lève le bras !

La détermination se peignit sur le visage maculé de boue de Julian. Il tenta de saisir la main tendue de Nicholas puis sacrifia la prise qu'il avait sur le rebord pour se hisser. Nicholas se pencha davantage et attrapa ses doigts. Tout à coup, le poids qu'il tenait s'allégea brusquement quand la main de Julian glissa du gant. Sa silhouette sombre disparut en silence dans la brume duveteuse. Celle-ci s'écarta juste assez pour permettre à Nicholas de voir, au fond du ravin, un éclat de lumière au moment où le corps de son demi-frère se brisait dans une poussière scintillante.

Une déflagration résonna à des kilomètres de là. Il sut alors que le passage qu'ils avaient emprunté venait de s'effondrer. Le sang battit bruyamment à ses oreilles. Inutile de fouiller du regard la pluie et le brouillard : il savait que le temps lui-même avait dérobé la dépouille de Julian pour la dissoudre totalement et la réduire à un simple souvenir.

NEW YORK
de nos jours

UN

Ce qui était formidable, c'est que, chaque fois qu'Etta les regardait, elle découvrait quelque chose de nouveau. Un détail qu'elle n'avait encore jamais remarqué.

Cela faisait des années que les tableaux ornaient les murs de leur salon, exactement au même endroit, derrière le canapé, alignés comme un film des meilleurs moments de la vie de sa mère. De temps à autre, Etta sentait son ventre se nouer lorsqu'elle les observait. Ce n'était ni tout à fait de la jalousie ni de la nostalgie, plutôt une voisine des deux. Elle-même avait voyagé avec Alice et participé à des concours internationaux de violon, mais jamais elle n'avait vu quoi que ce soit ressemblant aux sujets de ces tableaux. Comme cette montagne avec son sentier lumineux qui serpentait à travers les arbres et montait vers les nuages, jusqu'à un sommet caché.

Ce ne fut qu'à cet instant, appuyée contre le dossier du canapé, qu'Etta remarqua les deux silhouettes peintes par Rose : elles remontaient le sentier, à demi dissimulées par les nombreuses rangées de drapeaux bigarrés. Elle promena son regard sur les autres tableaux, au-dessous. La vue depuis le premier studio où Rose avait vécu, au croisement de la 66e Rue et de la Troisième Avenue. Sur le suivant, les marches du British Museum, tachetées de pigeons et de touristes, où Rose avait fait des portraits sur le vif après être retournée vivre à Londres. (Etta avait toujours adoré celui-ci, car sa mère avait immortalisé le moment où Alice l'avait vue pour la première fois, et marchait vers elle pour gronder Rose, qui avait manqué l'école.) La jungle sombre et luxuriante qui caressait la pierre humide de la terrasse des Éléphants, à Angkor Thom. À sa majorité, Rose avait réuni une somme suffisante pour s'envoler vers le Cambodge et intégrer, grâce à son bagou et malgré son absence totale de qualifications, un chantier de fouilles archéologiques. Ensuite, il y avait le jardin du Luxembourg en pleine floraison, quand elle avait enfin étudié à la Sorbonne. Pour finir, plus bas, sur le dossier du canapé et appuyé contre le mur à gauche, trônait un nouveau tableau : un coucher de soleil sur un désert parsemé de ruines, dans des teintes flamboyantes rose et or.

C'était la vie de sa mère, du moins les seuls épisodes que Rose avait accepté de partager. Etta se demanda quelle histoire se cachait derrière le nouveau tableau. Cela faisait des années que Rose n'avait pas peint pour elle-même, et plus longtemps encore qu'elle ne s'inspirait plus des peintures pour raconter des histoires à Etta comme lorsqu'elle était petite, au moment du coucher. Elle se souvenait à peine de sa mère à cette période, avant ses déplacements incessants pour donner des conférences sur les dernières techniques de restauration, avant ses innombrables projets pour le département Conservation du Metropolitan Museum of Art, qui visaient à nettoyer et réparer les œuvres des maîtres anciens.

Une clé cliqueta dans la serrure. Etta quitta le canapé d'un bond et redressa les coussins.

Rose secoua une dernière fois son parapluie dans le couloir avant d'entrer. En dépit des pluies automnales précoces, elle paraissait presque impeccable : cheveux blonds ondulés rassemblés en un chignon, chaussures à talons mouillées mais de bonne tenue, trench boutonné jusqu'au menton. Brusquement complexée, Etta lissa ses cheveux en arrière et regretta de n'avoir pas déjà passé sa robe pour le concert au lieu de traîner encore dans son pyjama arc-en-ciel. Avant, elle adorait sa ressemblance avec sa mère, le fait qu'elles soient assorties. Ne pas voir son père lorsqu'elle observait son reflet dans le miroir l'aidait à accepter la vie sans lui. Toutefois, Etta savait à présent que leurs traits communs étaient superficiels.

— Comment s'est passée ta journée ? demanda Etta à sa mère, qui jeta un coup d'œil à son pyjama avant de la regarder, un sourcil haussé.

— Ne devrais-tu pas être habillée ? répondit Rose dans un accent anglais empreint de désapprobation, qui donnait des maux de ventre à Etta malgré elle. Alice va arriver d'une minute à l'autre.

Pendant que Rose accrochait son manteau dans le minuscule placard de leur minuscule appartement, Etta fila dans sa chambre, faillit déraper sur les partitions étalées sur le tapis et finit presque la tête la première dans la vieille armoire où étaient rangés ses vêtements. Pour l'événement, son choix s'était porté depuis des semaines sur une robe de soirée rouge rubis, mais voilà que le doute l'assaillait. Sa mère la trouverait-elle assez habillée, ou trop mièvre, avec les rubans qui se nouaient sur chaque épaule ? C'était une soirée de charité privée pour le Metropolitan, et Etta ne voulait pas que les patrons de sa mère la prennent pour autre chose qu'une vraie professionnelle.

Etta voulait revoir sa mère sourire quand elle jouait.

Elle rangea la robe rouge, en sortit une noire plus sobre et s'assit à son bureau pour se maquiller. Quelques minutes plus tard, sa mère frappa à la porte.

— Veux-tu que je t'aide à te coiffer ? demanda Rose en la regardant dans le miroir accroché au mur.

Etta aurait pu le faire, mais elle acquiesça et lui tendit ses épingles à chignon, ainsi que sa vieille brosse. Elle se redressa quand Rose entreprit de démêler sa chevelure puis ramena les mèches au sommet de son crâne.

— La dernière fois que j'ai fait ça, tu étais encore petite, murmura Rose en rassemblant les mèches blond clair dans sa main.

Etta ferma les yeux. Elle se rappela comment, autrefois, elle s'asseyait sur les genoux de sa mère après le bain pour que celle-ci la coiffe et lui raconte ses voyages, datant d'avant sa naissance.

Désormais, elle ne savait plus quoi répondre pour que Rose ne se mure pas dans son froid silence habituel. Elle finit par demander :

— Vas-tu accrocher le nouveau tableau que tu as terminé ? Il est vraiment beau.

Rose esquissa un de ses rares sourires.

— Merci, ma chérie. Fais-moi penser ce week-end à aller chercher les outils pour que je l'accroche. Je voudrais le mettre à la place de celui du jardin du Luxembourg.

— Oh, pourquoi ? s'étonna Etta. J'adore celui du jardin du Luxembourg !

— Les couleurs seront mieux assorties, répliqua Rose en prenant une épingle sur le bureau pour la planter dans les cheveux entortillés d'Etta. Le passage des ténèbres à la lumière sera davantage mis en valeur. Tu n'oublieras pas ?

— Compte sur moi, promit Etta. (Puis elle tenta sa chance :) Qu'est-ce que ça représente ?

— Un désert en Syrie… Je n'y suis pas allée depuis des lustres, mais j'en ai rêvé il y a quelques semaines, et je n'ai pas réussi à me le sortir de la tête. (Rose lissa les dernières mèches rebelles et y pulvérisa un jet de laque.) Ça m'a rappelé… que je dois te donner quelque chose depuis un temps fou.

Elle plongea la main dans la poche de son vieux cardigan élimé, ouvrit la paume d'Etta et y déposa une délicate paire de boucles d'oreilles en or.

Deux perles brillantes cliquetèrent doucement, attachées à de petites feuilles d'or en forme de cœur. Etta espéra de toute son âme que les pierres reliées aux petits crochets, telles des amulettes, étaient des fausses, et non des saphirs véritables. L'or recourbé avait été finement gravé de motifs ressemblant à de minuscules plantes grimpantes. À la qualité de l'ouvrage, légèrement irrégulier, et aux dessins d'une symétrie imparfaite, on voyait que ces boucles avaient été fabriquées à la main, avec grand soin, bien des années auparavant. Peut-être même des siècles.

— Je me suis dit qu'elles iraient à merveille avec ta robe pour la première, expliqua Rose, appuyée contre le bureau, tandis qu'Etta les examinait.

Elle ne parvenait pas à déterminer ce qui l'étonnait le plus : la beauté de ces bijoux, ou le fait que, pour la première fois, sa mère semblait porter un intérêt sincère à l'événement, autrement qu'en se souciant de savoir s'il s'intégrerait dans son emploi du temps.

Sa première en tant que soliste n'aurait lieu que dans un peu plus d'un mois, mais Etta et Alice, son professeur de violon, avaient déjà ouvert ensemble la chasse aux tissus et dentelles dans Garment District[1], quelques jours après avoir appris qu'Etta jouerait le *Concerto pour violon* de Mendelssohn au Avery Fisher Hall avec l'Orchestre philharmonique de New York. Etta avait esquissé des croquis puis travaillé avec une couturière pour créer elle-même sa robe. Ses épaules seraient couvertes d'une dentelle dorée, dont les motifs représentaient des fleurs et un somptueux feuillage descendant habilement sur le corsage en mousseline de soie. C'était la robe parfaite pour la parfaite première du « Secret le mieux gardé dans le domaine de la musique classique ».

Etta en avait assez de cette appellation idiote, qui la poursuivait depuis des mois après que le *Times* eut publié un article sur son premier prix au Concours international Tchaïkovski de Moscou. Cela ne faisait que mettre en avant la seule chose qu'elle n'avait pas.

Sa première en tant que soliste avec orchestre se préparait depuis au moins trois ans, mais Alice avait fermement refusé de contracter des engagements en son nom. Alors toute jeune fille, pétrifiée par un trac contre lequel elle

1. (Toutes les notes sont de la traductrice.) Grand quartier de la mode à New York abritant de nombreux magasins, entrepôts et ateliers de confection de vêtements.

devait lutter de tout son être durant ses premiers concours, Etta s'en était montrée reconnaissante. Elle avait fini par vaincre sa peur, mais les années s'étaient écoulées : elle allait désormais sur ses dix-huit ans. Peu à peu, de jeunes musiciens qu'elle surpassait largement se lançaient dans leurs premiers concerts, dans leur pays comme à l'étranger, la dépassant ainsi dans la course qu'elle menait depuis des lustres. Le fait que ses idoles aient débuté bien avant elle finit par l'obséder : Midori avait onze ans, Hilary Hahn douze, Anne-Sophie Mutter treize, Joshua Bell quatorze.

Alice avait qualifié la performance de ce soir-là au Metropolitan Museum de « première tranquille » pour mettre ses nerfs à l'épreuve. Pourtant, l'événement s'apparentait plus à un dos-d'âne sur la route qui la mènerait à une véritable montagne, celle qu'elle voulait passer sa vie à escalader.

Sa mère n'avait jamais essayé de la dissuader de jouer pour donner la priorité à ses études, et la soutenait à sa manière, avec sa réserve habituelle. Cela aurait dû lui suffire, mais Etta travaillait toujours plus dur pour récolter les éloges de Rose, attirer son attention. Elle se battait pour l'obtenir, dans une lutte qui l'avait frustrée à maintes reprises.

« Cela ne l'intéressera jamais, même si tu te tues à la tâche pour être la meilleure. D'ailleurs, joues-tu dans l'espoir qu'un jour elle se décide à t'écouter, ou pour ton propre plaisir ? » Pierce, son meilleur-ami-devenu-son-petit-ami, lui avait crié ces paroles quand elle avait rompu définitivement avec lui afin d'avoir plus de temps pour travailler. Malgré tout, le doute l'avait rongée les six mois suivants, jusqu'à ce qu'elle ose elle aussi se poser cette question.

Elle observa de nouveau les boucles d'oreilles. N'était-ce pas la preuve que sa mère se souciait d'elle ? Qu'elle soutenait réellement ses rêves ?

— Puis-je les porter aussi ce soir ? s'enquit-elle.

— Bien sûr, répondit Rose. Elles t'appartiennent, désormais. Tu les mettras quand tu voudras.

— À qui les as-tu volées ? plaisanta Etta en les accrochant.

Elle ne voyait pas à quel moment, au cours de ses quarante-quatre ans d'existence, sa mère aurait pu se permettre une telle dépense. En avait-elle hérité ? Était-ce un cadeau ?

Rose se raidit, ses épaules s'enroulant comme les bords des vieux parchemins qu'elle étalait sur son bureau. Etta attendit un éclat de rire qui ne viendrait jamais, un regard dur qui sanctionnerait sa stupide tentative d'humour. Il n'en fut rien. Le silence qui s'était installé entre elles se prolongea, au point d'en devenir douloureux.

— Maman… commença Etta, sentant monter en elle une furieuse envie de pleurer, comme si elle avait gâché l'instant. Je plaisantais.

— Je sais. (Sa mère releva la tête.) Tu touches un point sensible. Ça fait des années que je n'ai plus à vivre de la manière dont j'ai vécu, mais le regard des autres… Je veux que tu saches que, de toute ma vie, je n'ai jamais rien volé. Même dans les pires moments, même quand je désirais quelque chose plus que tout. Un jour, on a essayé de me tromper, et je me souviendrai toujours de ce que j'ai ressenti alors. J'ai failli perdre un objet ayant appartenu à ton arrière-grand-père.

Une colère sourde émanait de ses paroles. Etta constata avec surprise que battre en retraite ne fut pas son premier réflexe. Rose évoquait si rarement sa famille – elle parlait encore moins du père d'Etta, donc autant dire pratiquement jamais – qu'elle profita de l'occasion, dans l'espoir d'en apprendre plus.

— Était-ce ton père adoptif ? demanda-t-elle. Celui qui a essayé de te voler ?

Sa mère afficha un petit sourire dénué d'humour.

— Gagné.

Elle avait perdu ses parents dans un terrible accident de voiture, à Noël. Son grand-père, devenu son tuteur, s'était éteint un peu plus d'un an après. Quant à sa famille d'accueil… Le père n'avait jamais levé la main sur elle, mais, d'après les quelques histoires qu'Etta avait entendues à son sujet, il avait régi la vie de Rose avec un tel despotisme qu'elle avait eu le choix entre rester et suffoquer, ou s'enfuir et prendre le risque de se retrouver livrée à elle-même.

— Qu'est-ce que c'était ? l'interrogea Etta, sachant qu'elle tirait sur la corde.

— Oh, un vieil objet de famille dont j'avais hérité. En réalité, je le gardais pour une seule raison : je savais qu'en le revendant, je pourrais me payer un billet pour quitter Londres et m'éloigner de ma famille adoptive. J'avais conscience que ton arrière-grand-père me l'avait légué pour que je puisse décider de mon avenir. Je n'ai jamais regretté d'avoir vendu cette vieille babiole, car c'est grâce à cela que j'ai pu venir ici. Je veux que tu gardes à l'esprit que ce sont nos choix qui importent, au final. Pas les souhaits, ni les mots, ni les promesses.

Etta avança et recula la tête pour contempler les boucles d'oreilles dans le miroir.

— Je les ai achetées quand j'avais à peu près ton âge à une vendeuse sur un vieux marché – un souk – à Damas. Elle s'appelait Samarah, et elle m'a convaincue de les prendre quand je lui ai dit que c'était mon dernier voyage, que j'allais enfin retourner à l'école. Pendant très longtemps, je les ai considérées comme le symbole de la fin de mon périple, mais aujourd'hui je pense qu'elles ont toujours représenté le début du tien. (Rose se pencha et l'embrassa sur la joue.) Tu vas faire des merveilles, ce soir. Je suis si fière de toi.

Etta sentit les larmes lui brûler les yeux. Était-il possible de capturer un instant ? Toute sa déception et son amertume s'envolèrent alors qu'une vague de bonheur déferlait dans ses veines.

Des coups furent frappés à la porte avant qu'Alice utilise sa clé et annonce son arrivée en lançant un joyeux « Bonjour ! ».

— Vas-y, dit Rose en balayant une peluche sur l'épaule d'Etta. J'ai besoin de quelques minutes pour me changer. Je te retrouve là-bas.

Etta se leva, la gorge encore nouée. Elle aurait étreint sa mère si celle-ci ne s'était pas écartée, mains jointes dans le dos.

— On se voit tout à l'heure ? demanda Etta à sa mère.

— J'arrive, promis.

Une boule de feu jaillit à travers les notes. Le souffle court, Etta la sentit imprégner sa peau et rayonner jusque dans la moelle de ses os quand Alice et elle se faufilèrent dans l'auditorium encore désert.

Ce violoniste… Etta regarda le programme qu'elle avait récupéré. Evan Parker. Elle l'avait entendu jouer lors de concours. Il fallait reconnaître qu'il se débrouillait bien. Il était même plutôt bon.

Mais, songea-t-elle, envahie d'un sentiment de satisfaction, *pas aussi bon que moi*.

Et loin de l'être assez pour interpréter la chaconne de la *Partita n° 2 en ré mineur* de Bach.

Les lumières se tamisèrent puis balayèrent la scène de couleurs vives par intermittence tandis que les techniciens effectuaient les réglages de dernière minute correspondant au ton du morceau. Au centre, ses cheveux noirs luisant, Evan entama la chaconne comme s'il voulait mettre le feu à son violon, sans se préoccuper de qui que ce soit. Etta connaissait cette sensation. Elle avait douté de bien des choses dans sa vie, mais de son talent, jamais, ni de son amour pour le violon.

Aucun des musiciens n'avait choisi le morceau qu'il interpréterait lors du concert de charité donné ce soir-là. Il leur avait été assigné par le conseil des directeurs du musée. Que la chaconne revienne à Evan piquait Etta d'une amère jalousie. Tout le monde, elle incluse, considérait cette pièce de violon comme l'une des plus difficiles à maîtriser : un thème unique repris des dizaines de fois, sous forme de variations aussi complexes qu'étourdissantes. Puissant au plan émotionnel, proche de la perfection au plan structurel. Du moins, quand c'était elle qui l'interprétait. C'était elle qui aurait dû l'interpréter.

Son morceau, le largo de la *Sonate n° 3*, était le dernier joué par les violons. Une pièce d'une vibrante douceur, dont le rythme invitait à la méditation. Pas la plus difficile ni la plus complexe des compositions de

Bach, ni même la plus brillante dans ses colorations, mais, comme l'avait maintes fois répété Alice, avec Bach, tricher était impossible. Chacune de ses compositions exigeait de l'interprète qu'il donne le meilleur de son jeu et de sa concentration. Elle le jouerait à la perfection, après quoi elle focaliserait toute son attention sur sa première.

Pas sur sa mère.

Pas sur le fait qu'elle n'avait plus personne à qui téléphoner ou envoyer de textos.

Pas sur le fait qu'une seule soirée pouvait conditionner tout son avenir.

— Tu aurais été merveilleuse sur la chaconne, l'encouragea Alice alors qu'elles se dirigeaient vers les coulisses pour rejoindre la loge, mais ce soir, le largo est à toi. N'oublie pas : ce n'est pas un concours.

Alice affichait cet air magique qui donnait l'impression qu'elle était chez elle, devant un feu de cheminée, enveloppée d'une grande courtepointe en patchwork, chantant des comptines à d'adorables créatures de la forêt. Sur les vieilles photos, ses cheveux, alors d'un roux flamboyant, lui arrivaient au milieu du dos. Désormais, ils étaient coupés au carré et blancs comme neige. Ses quatre-vingt-treize ans n'avaient en rien diminué sa chaleur et son intelligence. Toutefois, même si son esprit était toujours aussi vif et son sens de l'humour deux fois plus aiguisé, Etta prit soin de l'aider à monter l'escalier, mais aussi de ne pas serrer trop fort son bras frêle tandis qu'un des responsables de l'événement les menait à la loge.

— N'oublie pas non plus, souffla Alice avec un large sourire, que tu es mon élève, et que tu es donc par défaut la meilleure. Si tu as envie de le prouver, je ne t'en empêche pas.

Etta ne put se retenir de rire. Elle entoura les épaules de son professeur et constata avec reconnaissance que son étreinte lui fut rendue au centuple. Plus jeune, quand elle commençait à concourir, elle était incapable de monter sur scène tant qu'Alice ne l'avait pas serrée trois fois dans ses bras et n'avait déposé un baiser sur son front pour lui porter chance. Grâce à ce rituel, elle se sentait en sécurité, comme si on passait sur ses épaules une chaude couverture dans laquelle, au besoin, elle pouvait disparaître.

J'ai Alice.

Si elle n'avait personne d'autre, elle avait Alice, qui croyait en elle, même lorsqu'elle jouait comme un pied. Elle se félicitait que, des deux Britanniques qui occupaient une place importante dans sa vie, l'une d'elles se sente concernée et capable d'un amour inconditionnel.

Alice s'écarta et lui caressa la joue.

— Tout va bien, trésor ? Tu ne vas pas reculer, n'est-ce pas ?

— Non ! (Elle n'avait aucun prétexte à lui donner pour annuler sa première.) J'ai juste un peu le trac, comme d'habitude.

Alice plissa les yeux, le regard fixé par-dessus l'épaule d'Etta. Cette dernière allait se retourner pour voir ce qui se passait quand son professeur, les sourcils froncés et l'air songeur, effleura l'une de ses boucles d'oreilles.

— C'est ta mère qui te les a données ?

Etta acquiesça :

— Oui. Elles te plaisent ?

— Elles sont… (Alice parut chercher ses mots et laissa retomber sa main.) Très belles. Mais loin d'être aussi belles que toi, mon poussin.

Etta leva les yeux au ciel et rit.

— Il faut que… Je crois que j'ai un coup de fil à passer, articula Alice avec lenteur. Ça ne t'ennuie pas de commencer à t'échauffer seule ?

— Pas de problème, répondit Etta, surprise. Est-ce que tout va bien ?

Alice agita la main.

— Oh, oui. Si je ne suis pas de retour dans quelques minutes, assure-toi qu'ils te laissent tester la scène. Tu en auras besoin, puisque tu n'as pas pu assister à la répétition générale. Et le strad… Lequel te donnent-ils ? Redis-moi…

— L'*Antonius*, répliqua joyeusement Etta.

C'était l'un des strads provenant de la collection du musée, et le tout premier sur lequel elle aurait le droit de jouer.

— Ah, l'enfant gâtée. Ça va te demander un peu de travail pour arriver à obtenir de lui un bon comportement, prévint Alice. Je me moque bien de ce qu'en pense ta mère, qui dit qu'il faut les conserver pour l'avenir. Retenir en otages des instruments incroyables derrière une vitrine ! Tu sais que…

— … plus tu imposes le silence à un violon, plus il est difficile pour lui de retrouver sa véritable voix, récita Etta, qui avait déjà entendu cet argument des centaines de fois.

Les strads – ou stradivarius : des instruments créés par la famille Stradivari, originaire du nord de l'Italie, à la fin du XVIIe, début du XVIIIe siècle. Des instruments légendaires pour la puissance et la beauté de leur sonorité. Leurs propriétaires n'en parlaient pas comme de simples objets, mais comme d'êtres humains : des amis caractériels, dont les humeurs n'étaient jamais tout à fait matées, quel que soit le degré de virtuosité de celui qui en jouait.

Même si Etta aimait beaucoup son propre violon – une copie de Vuillaume du stradivarius *Messie*, héritée d'Alice –, il n'était que cela : une copie. Chaque fois qu'elle s'imaginait toucher un original, elle avait l'impression que des étincelles allaient jaillir de ses doigts.

— Je reviens tout de suite, mon poussin, murmura Alice en l'effleurant d'un doigt sous le menton.

Etta s'assura que la vieille dame soit arrivée entière au pied de l'escalier avant de se retourner pour avancer dans l'obscurité, les yeux plissés.

— Ah, te voilà !

Etta fit volte-face. Gail, l'une des organisatrices du concert, se tortillait sur la scène autant que le permettait sa longue robe noire moulante.

— Les autres sont en coulisse, dans la loge. Tu as tout ce qu'il te faut ? On les fait passer un par un pour l'échauffement, dans l'ordre, mais je vais te présenter à tout le monde. (Elle regarda autour d'elle et, pendant une seconde, afficha un air déçu.) Ton professeur n'est pas là ? Mince, moi qui espérais faire sa connaissance !

Autrefois, Alice et feu son époux Oskar étaient tous deux des violonistes de renommée internationale. Ils avaient pris leur retraite à New York quand Oskar était tombé malade. Il était décédé seulement un an après qu'Etta eut commencé à prendre des cours avec

Alice, mais, malgré ses cinq ans, elle avait cerné la personne drôle et chaleureuse qu'il était. Alice n'avait pas joué en tant que professionnelle depuis des années – elle n'en avait pas eu le courage après la mort d'Oskar ; cependant, certains cercles la vénéraient encore pour sa première, à couper le souffle, donnée au Vatican.

— Elle va revenir, promit Etta alors qu'elles se dirigeaient vers la loge. Vous allez me présenter à tout le monde ? Désolée de n'avoir pas pu participer à la répétition générale.

— Evan n'était pas là non plus. Tu verras, ça va bien se passer. On va t'aider à t'installer.

La porte de la loge était ouverte. Etta se heurta à un flot de bavardages ponctués d'aigus dus à l'excitation. Lorsqu'elle entra, les autres violonistes la détaillèrent avec une curiosité manifeste.

Ils se demandent ce que tu fais là. Elle fit taire cette voix et les observa tandis que Gail les nommait tour à tour. Etta reconnut deux des trois hommes présents, proches de la retraite. Evan, bien entendu, se trouvait encore sur scène. Les organisateurs avaient établi la parité avec trois femmes : une plus âgée, elle-même, et une autre jeune fille qui semblait avoir l'âge d'Etta. Gail la présenta simplement par son prénom, Sophia, comme si un nom de famille n'était pas nécessaire.

Sophia avait ramené en arrière ses cheveux foncés, presque noirs, et les avait entortillés à l'ancienne. Elle portait un chemisier blanc tout simple et une longue jupe sombre qui lui arrivait aux chevilles. Pourtant, cette tenue n'était pas aussi sévère que l'expression affichée sur son visage rond quand elle surprit Etta en train de l'examiner, fouillant sa mémoire pour savoir si elles s'étaient croisées lors d'un concours.

— Monsieur Frankwright, c'est à vous ! lança Gail quand Evan apparut et se présenta lui aussi.

L'un des deux hommes se leva. On lui tendit un magnifique strad, puis il sortit.

Personne ne semblait d'humeur à discuter, ce qui convenait à Etta. Elle mit ses écouteurs pour entendre une fois le largo dans son intégralité. Les yeux fermés, elle se concentra sur chaque note. Soudain, sa pochette glissa de ses genoux : le gloss, la poudre, le miroir et l'argent liquide qu'elle y avait fourrés s'éparpillèrent sur le carrelage. Evan et l'autre homme l'aidèrent à ramasser ses affaires en riant discrètement.

— Pardon, pardon, marmonna-t-elle.

Lorsqu'elle eut tout rangé, elle découvrit dans sa pochette une petite enveloppe couleur crème.

C'est impossible, songea-t-elle. Incroyable… Sa mère n'avait pas fait ça depuis des années ! Son cœur bondit de joie lorsqu'elle déchira l'enveloppe et la secoua pour en voir le contenu. Il y avait deux feuilles de papier. L'une était une lettre sans queue ni tête qu'on aurait cru, au premier abord, remplie de bavardages au sujet de la météo, du musée, de l'appartement. L'autre feuille, d'un format plus petit, était découpée en forme de cœur en son centre. Si on le superposait à la première, un message apparaissait. Grâce au cœur, le discours inepte et décousu devenait une simple phrase : *Je t'aime et je suis très fière de qui tu es et de ce que tu feras*.

Sa mère avait coutume de laisser à Etta des mots comme celui-ci chaque fois qu'elle partait en déplacement, quand Etta allait habiter chez Alice. De petits témoignages d'amour, glissés dans son sac pour la nuit, ou dans son étui à violon. Toutefois, plus elle contemplait la lettre, plus l'élan de joie qu'elle avait ressenti s'atténuait. Tout bien pesé, sa mère n'était pas une sentimentale. Les boucles d'oreilles s'ajoutant à cela, Etta ne savait guère qu'en penser. Rose essayait-elle de se rapprocher de sa fille, après l'avoir tenue à distance ?

Etta vérifia son téléphone. Plus qu'une demi-heure avant le concert.

Pas de textos. Pas d'appels manqués.

Rien d'étonnant.

Mais aussi… toujours pas d'Alice.

Elle se leva, posa sa pochette sur la chaise et quitta la pièce pour voir si tout allait bien. Un peu plus tôt, son professeur lui avait semblé presque confuse, ou du moins déstabilisée. Il était tout à fait possible qu'elle se soit laissé happer dans une conversation, ou qu'elle ait du mal à joindre la personne qu'elle voulait appeler. Pourtant, incapable de se raisonner, Etta frissonna d'appréhension.

L'auditorium était désert, à l'exception des placeurs à qui un responsable de l'événement donnait des consignes pour la soirée. Etta remonta l'allée aussi vite que possible avec ses chaussures à talons, saisissant au passage les dernières notes du violoniste qui se trouvait sur scène. Ce serait bientôt son tour.

Alice n'était pas dans le hall, son portable collé à l'oreille. Ni sa mère, d'ailleurs. Elles ne s'attardaient pas non plus dans l'entrée du musée, ni dans le Grand Hall, et, lorsque Etta sortit sur les marches, à l'extérieur, elle ne trouva que des pigeons, des flaques d'eau et des touristes. Ce qui laissait une possibilité.

Elle rebroussa chemin pour rejoindre la collection de tableaux européens et entra en collision avec quelqu'un, manquant de les faire tomber tous les deux.

— Oh ! Excusez-moi ! hoqueta Etta tandis que l'inconnu la stabilisait.

— Vous êtes pressée, on dirait ! Est-ce que vous... ?

L'homme baissa les yeux sur elle à travers ses lunettes cerclées d'argent, les lèvres entrouvertes sous le coup de la surprise. Il était proche de l'âge mûr, ou l'avait déjà atteint, à en juger les mèches grises qui striaient ses cheveux noir de jais. Au premier coup d'œil, Etta sut qu'elle avait failli renverser l'un des donateurs du musée. Tout dans son apparence était soigné, comme en témoignait la rose rouge foncé épinglée au revers de son smoking impeccable.

— Je ne regardais pas où j'allais, se justifia-t-elle. Je suis vraiment désolée...

Il se contenta de la dévisager.

— Bon, j'espère que vous allez bien, bredouilla-t-elle. Encore toutes mes excuses...

— Attendez ! lança-t-il dans son dos. Comment vous appelez-vous ?

Etta gravit les marches au pas de course, ses talons hauts claquant sur le marbre. Elle traversa les expositions, adressant un signe de la main aux agents de sécurité et aux conservateurs, puis se dirigea vers l'ascenseur par lequel elle rejoindrait l'aile de la conservation. Sa mère avait dû passer à son bureau, ou peut-être y avait-elle fait venir Alice pour la voir en privé.

L'aile était déserte à l'exception de George, un agent de sécurité, qui la salua d'un signe de tête lorsqu'elle passa devant lui et continua à marcher dans le couloir.

— Votre mère est dans son bureau, l'informa George. Elle est arrivée il y a quelques minutes, suivie de près par une dame très remontée.

— Merci, s'empressa-t-elle de répondre.

— N'avez-vous pas un concert, ce soir ? lança-t-il. Bonne chance !

Le concert, la pratique, l'échauffement...

— ... pas écoutée depuis des années !

Elle faillit ne pas reconnaître la voix d'Alice, tant il y avait de colère. Alice haussait rarement le ton. Étouffés derrière la porte close, les mots étaient cependant prononcés avec suffisamment de véhémence pour être entendus depuis le couloir et parvenir jusqu'à elle.

— Tu n'as pas le droit de passer ce coup de téléphone, Alice, répliqua sa mère d'un ton beaucoup plus posé. (Etta sentit ses genoux faiblir alors qu'elle plaquait l'oreille contre la porte du bureau.) Je suis sa mère et, contrairement à ce que tu penses, je sais ce qui est le mieux pour mon enfant. C'est son moment, tu le sais. Tu ne peux pas la détourner de son chemin, pas sans conséquence !

— Au diable les conséquences ! Et toi aussi, va au diable, pour penser en priorité à eux et non à elle. Elle n'est pas prête pour ça. Elle n'a pas reçu la bonne formation, et rien ne nous garantit que ça se présentera bien pour elle !

Pas prête pour ça. Les paroles d'Alice frappèrent de plein fouet Etta. Pas prête pour quoi ? La première ?

— Je t'aime plus que tout, tu le sais, reprit Rose. Je ne te remercierai jamais assez pour tout ce que tu as fait pour nous deux, mais arrête de te battre contre moi. Tu ne comprends pas, et de toute évidence tu ne connais pas Etta si tu la sous-estimes. Elle y arrivera.

Entre les battements affolés de son cœur et le choc qui l'engourdissait, Etta dut se repasser la conversation encore et encore avant de comprendre que sa mère, en réalité, la défendait, et que c'était Alice qui avait des doutes.

Elle va annuler la première.

— De toute évidence, tu ne l'aimes pas comme moi je l'aime, puisque tu sembles tout à fait prête à la jeter en pâture à une meute de loups !

Alice va annuler la première.

Ce pour quoi elle avait quitté l'école.

Ce pour quoi elle avait quitté Pierce.

Ce pour quoi elle s'était exercée six heures par jour.

Etta ouvrit d'un coup la porte, surprenant suffisamment Rose et Alice pour interrompre la guerre de regards noirs à laquelle elles se livraient de part et d'autre du bureau.

— Etta… commença Rose en se levant d'un bond. Ne devrais-tu pas être à l'auditorium ?

— Je n'en sais rien, répondit Etta d'une voix rendue ténue par la colère, les yeux rivés sur Alice. Devrais-je y être, ou devrais-je plutôt rentrer ? Est-ce que ça aussi, c'est trop pour moi ?

Alice tendit une main vers elle pour l'inciter à entrer dans le bureau, afin de piéger Etta dans une étreinte rassurante. Comme si elle était redevenue enfant, et qu'elle avait besoin d'être calmée.

Le regard sévère, scrutateur, qu'Alice posa sur elle déclencha aussitôt la panique en elle. Elle le connaissait bien. Elle savait exactement à quoi son professeur pensait.

— Je crois, mon poussin, que nous devrions toutes rentrer. (Alice se tourna pour s'adresser à Rose, qui semblait égale à elle-même.) Nous finirons notre discussion là-bas, toutes les trois.

Etta sentit son cœur protester, son pouls bourdonner dans ses oreilles. Son sang se mit à bouillonner dans ses veines.

— J'ai tout abandonné pour ça… Tout ! Et tu veux que je m'en aille ? Tu veux que j'annule, que je reporte une fois de plus ? souffla-t-elle pour empêcher la douleur de la transpercer. Tu crois que je ne suis pas assez bonne, c'est ça ?

— Mais non, mon poussin, pas du tout…

— Ne m'appelle pas comme ça ! fulmina Etta en reculant vers la sortie. Te rends-tu compte que je n'ai même plus un seul ami ? C'est toi qui m'as dit que je devais me concentrer si je voulais faire ma première. J'ai tout abandonné ! Je n'ai plus rien d'autre !

Sa mère jeta un coup d'œil inquiet à Alice.

— Ma chérie, ce n'est pas vrai…

Alice tendit de nouveau la main vers elle, mais Etta n'était pas prête à céder. Elle ne voulait pas même lui accorder un regard, et encore moins la laisser se justifier.

— Etta… Henrietta, insista Alice, mais Etta n'écoutait plus, ne se souciait plus de ce que l'une et l'autre avaient à dire.

— Je vais jouer, trancha-t-elle. Ce soir, et à la première. Je me fiche de ce que tu penses, que tu croies en moi ou pas. Moi, je crois en moi, et rien au monde ne m'empêchera de jouer.

Alice l'interpella, mais Etta fit volte-face pour redescendre dans le hall d'un pas furieux, la tête haute. Plus tard, elle aurait le temps de réfléchir aux mille et une façons dont elle avait pu blesser la femme qui l'avait pratiquement élevée. Mais, à cet instant, elle voulait sentir la chaleur des projecteurs sur sa peau. Libérer le feu qui dévorait sa cage thoracique. Faire travailler ses muscles, son archet, le violon, jusqu'à ce qu'elle soit réduite en braises, en cendres, et que le reste du monde se consume derrière elle.

Il y avait toujours un moment, juste avant qu'elle pose son archet sur les cordes, où tout semblait se cristalliser. Naguère, elle vivait pour cette seconde où se produisait le déclic de sa concentration, où le monde entier et tous ses occupants disparaissaient. Le poids du violon calé contre sa clavicule. La chaleur des spots bordant la scène, dont l'éclat l'empêchait de distinguer quoi que ce soit au-delà.

Ce n'était pas un de ces moments.

Une Gail troublée, en proie à la panique, était venue à sa rencontre dans le hall et l'avait entraînée dans les coulisses alors que les invités commençaient à entrer dans l'auditorium.

— Vous aviez dit que j'aurais le temps de m'échauffer, non ? protesta Etta en manquant de trébucher tandis qu'elles montaient l'escalier.

— Oui, il y a vingt minutes ! rétorqua Gail, mâchoires serrées. Tu vas pouvoir te lancer directement ? Sinon, échauffe-toi dans la loge.

À cette idée, ses entrailles se nouèrent, mais elle hocha la tête. Elle allait bientôt passer professionnelle. Elle devait se montrer capable de s'adapter à tout changement de dernière minute. Quelle importance de n'avoir jamais joué sur cette scène ? Elle avait interprété le largo des centaines de fois. Elle n'avait pas besoin d'avoir Alice auprès d'elle, attendant de lui faire son compte-rendu. Elle lui prouverait qu'elle pouvait y arriver.

— Ça ira.

Michelle, la conservatrice responsable de l'*Antonius*, vint les retrouver dans la loge. Etta se surprit à retenir son souffle quand l'instrument fut sorti de son étui et posé délicatement entre ses mains. Avec le soin qu'elle aurait mis à manipuler un poussin à peine sorti de l'œuf, Etta enroula les doigts autour du long manche gracieux et accepta avec plaisir la responsabilité qu'on lui confiait.

Sans se soucier du regard de Sophia, la fille aux cheveux noirs qui l'observait dans un coin, Etta posa l'archet sur les cordes du violon et les fit vibrer. Le son qu'elle produisit, chaleureux et doré, reflétait le bois de l'instrument. Son angoisse noyée par l'excitation, elle laissa échapper un petit rire. Son violon était magnifique, mais celui-là était royal. Elle fut sur le point de fondre en entendant la qualité de chacune des notes qu'elle en tirait.

« *Elle n'est pas prête pour ça. Elle n'a pas reçu la bonne formation, et rien ne nous garantit que ça se présentera bien pour elle...* »

Etta ferma les yeux et serra les dents pour lutter contre les larmes brûlantes qui montaient. De quel droit avait-elle hurlé de la sorte après Alice ? Comment avait-elle osé bafouer son avis, alors que le monde entier avait chanté ses louanges, et qu'elle avait formé des dizaines de violonistes professionnels ?

Une petite tempête où se mêlaient rage, culpabilité et frustration se forma au creux de son ventre, la retournant complètement.

Que lui avait dit Pierce ? « *Chez toi, la musique passera toujours avant tout. Même avant moi. Même avant toi-même.* »

Etta n'avait rien eu à lui répondre : elle avait préféré rompre. L'amour qu'il lui inspirait continuait de lui serrer le cœur, ne fût-ce que par nostalgie. Le léger vertige qui la saisissait quand elle faisait le mur la nuit pour le voir lui manquait. La témérité qu'elle avait ressentie en s'écartant des règles qu'elle s'imposait lui avait paru merveilleuse.

Mais, un an après qu'ils furent devenus plus que des amis, elle avait fini deuxième à un concours où tout le monde – elle aussi – pensait qu'elle gagnerait. Tout à coup, aller au cinéma, au concert, passer du temps chez lui, l'attendre à la sortie du lycée… Ce fut pour elle autant d'heures perdues. Elle commença à les rattraper, se demandant si Alice avancerait la date de sa première avec orchestre si elle consacrait ces précieuses minutes à travailler. Elle s'adonna davantage à la musique, et s'éloigna de Pierce.

Elle s'était écartée de lui, comme de tout le reste sauf du violon, pensant qu'ils pouvaient reprendre la relation qu'ils avaient entretenue pendant des années en tant qu'amis et élèves d'Alice. La seule façon de surmonter cette rupture était de se concentrer, de ne pas songer au fait que personne ne l'appelait ni ne lui envoyait de textos, qu'elle avait chassé son unique ami.

Quelques semaines plus tard, elle était tombée sur Pierce à Central Park. Il embrassait une fille de son lycée. Etta avait rebroussé chemin, d'abord en marchant, puis en courant. Cette vision l'avait tellement coupée en deux qu'elle avait gardé les yeux baissés, comme s'attendant à voir ses tripes se répandre à ses pieds. Toutefois, au lieu de fondre en larmes, elle était rentrée chez elle et s'était exercée pendant six heures d'affilée.

Et voilà que même Alice ne croyait plus en elle.

Elle aurait dû demander à Gail qu'on lui accorde une minute, une seconde, pour retrouver ses esprits. Au lieu de quoi, la femme apparut en jacassant dans son casque audio. Etta se retrouva à la suivre et traversa la lumière bleue diffuse qui inondait la scène. Les applaudissements roulèrent sur elle comme une vague morne.

Ne le lâche pas, ne le lâche pas, ne le lâche pas...

Etta trouva sa place et prit le temps d'examiner son violon. Elle le retourna entre ses mains, caressa ses courbes d'un doigt léger. Sous les feux de la rampe, elle souhaitait que tout ce qui la perturbait s'arrête, que les bulles d'excitation et d'incrédulité se figent, que le poids et la forme de l'instrument entre ses mains se gravent dans sa mémoire.

L'auditorium Grace Rainey Rogers du Metropolitan Museum of Art n'était pas le lieu le plus grandiose dans lequel Etta eût joué. Il n'était même pas classé dans le top dix. Mais il était gérable, et surtout il serait à elle pendant quelques minutes : sept cents visages, tous dissimulés dans l'ombre, tandis que les projecteurs, suspendus, baignaient la scène d'un bleu ondoyant qui lui rappela l'océan battu par les vents.

Tu as ça.

Les applaudissements s'éteignirent. Quelqu'un toussa. Une sonnerie de texto tinta. Au lieu de se laisser happer par ce calme ambiant, dans une profonde concentration, Etta eut l'impression de rester en surface.

Contente-toi de jouer.

Elle plongea dans le largo, marquant une pause juste pour respirer. Sept cents spectateurs qui avaient les yeux rivés sur elle. Deux mesures, trois mesures…

Cela la prit peu à peu et infiltra insidieusement sa conscience. Sa concentration tint le coup, mais seulement quelques secondes de plus. Le bruit de fond qui avait commencé comme un murmure, un grondement statique parasitant la musique, explosa en un sifflement insoutenable semblable à celui d'un micro mal réglé. De vrais hurlements.

Etta buta sur les notes suivantes et, fébrile, chercha du regard la cabine des techniciens pour savoir si elle devait s'arrêter ou continuer. Le public ne bougeait pas, tous les yeux levés vers elle, comme si personne n'entendait rien…

Ce n'était pas un bruit d'origine humaine. Pas un son qu'on pouvait produire sans ravager un instrument.

Est-ce que j'arrête ? Est-ce que je recommence ?

Elle se trompa de corde et rata les trois notes suivantes. Son angoisse monta en flèche. Pourquoi personne ne faisait rien pour faire cesser ce bruit, ce sifflement qui ressemblait à un cri ? Il lui vrillait les tympans, sapait sa concentration, infligeait des spasmes à tout son corps. La nausée forma des perles de sueur sur sa lèvre supérieure… C'était comme si on lui enfonçait un couteau à l'arrière du crâne.

L'air vibra autour d'elle.

Arrêtez, pensa-t-elle, au désespoir. *Faites que ça s'arrête…*

Je fais n'importe quoi…

Alice avait raison…

Etta ne réalisa pas qu'elle avait cessé de jouer jusqu'à ce que Gail, le teint livide et les yeux écarquillés, apparaisse au bord de la scène. La main pressée sur le visage, Etta essaya de reprendre son souffle, luttant contre la sensation d'avoir les poumons comprimés. Impossible de regarder le public, ou de chercher Alice et sa mère, qui, horrifiées, avaient dû assister à cette catastrophe.

Une vague d'humiliation la submergea. Pour la première fois en presque quinze ans depuis qu'Etta avait commencé à jouer, elle fit volte-face et quitta la scène en courant. Chassée par le sifflement qui l'avait déstabilisée en premier lieu.

— Que se passe-t-il ? demanda Gail. Etta, est-ce que ça va ?

— Le larsen, marmonna-t-elle, presque incapable de s'entendre elle-même, le micro…

Michelle, la conservatrice, lui prit habilement l'*Antonius* des mains avant qu'elle ne le lâche.

— Il n'y a pas de larsen, s'étonna Gail. Je vais aller te chercher un verre d'eau. On va te trouver un endroit où t'asseoir…

Ce n'est pas normal. Etta regarda autour d'elle, scrutant les visages des autres violonistes. Eux aussi avaient dû l'entendre…

Mais, de toute évidence, ce n'était pas le cas. Le larsen et ses battements de cœur s'opposaient au silence des violonistes qui l'observaient, inexpressifs.

Je ne suis pas folle, je ne suis pas folle…

Etta recula d'un pas. Elle se sentait piégée entre leur pitié et le mur de bruit qui, par vagues, la frappait dans le dos. La panique fit monter une bile brûlante dans sa gorge.

— Allez-y ! dit Gail d'un ton agité à l'un des deux hommes mûrs. Allez sur scène !

— Je prends le relais.

Sophia, la fille aux cheveux noirs, sortit de la loge et saisit Etta par le bras. Etta se rendit compte de son état de faiblesse seulement quand Gail eut ôté le bras qu'elle avait passé autour d'elle, et qu'elle se vit contrainte de s'appuyer sur une inconnue faisant une bonne tête de moins qu'elle.

— Je... je vais bien... balbutia-t-elle en chancelant.

— Non, rétorqua Sophia. Moi aussi, je l'entends. Viens !

L'explication la plus rationnelle était que, vaincue par le stress, Etta avait craqué, mais... elle n'était pas seule à l'avoir entendu. C'était aussi vivant et réel pour Sophia que ça l'était pour Etta, aussitôt rassurée de savoir qu'elle n'avait pas perdu la tête, qu'elle ne venait pas juste de faire un burn-out à cause du choc dû à la collision entre ses angoisses remontant à l'enfance et les doutes d'Alice à son sujet.

Pendant un instant, elle crut qu'elle allait pleurer de soulagement. Le bruit se déployait comme des couteaux brûlants sous sa peau alors que Sophia la guidait d'une main experte à travers les coulisses sombres, puis vers une porte de service. Celle-ci débouchait directement dans le musée éteint et silencieux, juste à l'entrée de l'aile égyptienne.

Attends une minute, voulait dire Etta, mais sa bouche semblait être en retard sur son esprit. *Où allons-nous ?*

— Ça vient de là-bas, indiqua Sophia en l'entraînant.

Etta avança d'un pas vers l'aile égyptienne. Le son s'intensifia, les oscillations s'accélérèrent, comme si elle tournait le bouton d'une radio pour trouver la bonne fréquence. Un pas de plus : le sifflement frénétique reprit de plus belle.

Comme si le fait qu'elle y accorde de l'attention l'agitait.

Comme si on voulait que je le trouve.

— C'est quoi, ce truc ? demanda-t-elle d'une voix tremblante. Pourquoi est-ce que personne d'autre ne l'entend ?

— C'est ce que nous allons découvrir… Etta, c'est ça ? Allons-y !

Dans le noir, le musée revêtait une apparence différente, changeante. Sans la foule de visiteurs habituelle, le moindre bruit était amplifié. Une respiration haletante. Des chaussures qui claquaient. Des courants d'air froid qui s'infiltraient entre ses jambes et ses chevilles.

Où est-ce que tu es ?

Qu'est-ce que tu es ?

Elles marchèrent sous le regard vigilant des pharaons. En journée, aux heures d'ouverture du Met, ces salles étaient baignées d'une lumière dorée, telles les pierres chauffées par le soleil. Désormais, même les murs crème et les portes en calcaire, comme plus profondément enfoncées, étaient plongés dans la pénombre. Les visages peints des sarcophages et les dieux aux têtes d'animaux paraissaient plus austères, plus méprisants, tandis que les jeunes filles suivaient le parcours sinueux entre les objets exposés.

Le temple d'Isis dressé devant elle, éclairé par des spots blancs, se découpait contre une immense verrière. Au-delà, il faisait noir.

Pas ici.

Sophia l'entraîna le long des bassins aux eaux tranquilles. Elles passèrent en courant devant des statues de rois anciens, la porte et le temple, puis traversèrent la petite boutique de souvenirs qui reliait cette partie du musée à l'aile américaine. Il n'y avait ni guide, ni gardien, ni portillon de sécurité. Rien ni personne pour les arrêter.

Rien ni personne pour secourir Etta.

Va retrouver Maman et Alice, songea-t-elle. *Rentre à la maison*.

Mais elle ne le pouvait pas. Il fallait qu'elle sache. Elle avait besoin… besoin…

Elle eut le tournis et une baisse de tension, jusqu'à se sentir aussi légère que les grains de poussière qui dansaient autour d'elle. C'était comme se retrouver dans un rêve : les salles devenaient floues sur les bords à mesure qu'elle avançait ; les miroirs dorés, les luxueux fauteuils et coffres de bois s'effaçaient. Les ombres jouaient avec les portes, l'invitaient à les franchir, l'incitant à se diriger vers l'un des escaliers de secours. Le bruit devint un martèlement, un roulement de tambour, un appel de plus en plus fort, jusqu'à ce qu'Etta ait l'impression que son crâne allait se fendre en deux sous la pression.

Un coup de feu assourdissant claqua au-dessus du sifflement. Surprise, Sophia s'arrêta dans une glissade. Etta sursauta violemment. Elle reprit ses esprits malgré son stress et perçut une terrible odeur de brûlé, une odeur presque chimique.

Elle vit d'abord le filet de sang qui serpentait sur le carrelage vers le bout de ses chaussures.

Puis la tête à la chevelure d'un blanc neigeux.

Un corps recroquevillé.

Engloutie par le sifflement, Etta hurla. Elle bouscula Sophia, décontenancée, pour rejoindre le corps qui gisait sur le sol froid. Secouée d'un haut-le-cœur, un sanglot prisonnier dans sa gorge, elle se laissa tomber à genoux auprès d'Alice.

Qui respire, vivante, qui respire...

Alice posa brièvement sur elle ses yeux pâles, le regard flou.

— ... poussin ?

Du sang jaillit de sa poitrine et se répandit entre les mains d'Etta lorsqu'elle les pressa sur la blessure. Son esprit commença à se fermer dans la panique.

Que s'est-il passé ? Que s'est-il passé ?

— Tout va bien, dit-elle à Alice. On...

— ... vous a tiré dessus ? acheva Sophia en se penchant par-dessus l'épaule d'Etta. (Sa voix tremblait. De peur ?) Mais qui ?...

Un cri leur parvint de l'autre bout de la salle. Trois hommes en smoking – dont celui à lunettes qu'Etta avait heurté dans le Grand Hall –, suivis d'un agent de sécurité, semblaient se diriger vers elles au ralenti. L'éclairage de secours projeté sur eux se refléta sur une paire de lunettes et les fit briller.

— Appelez les secours ! hurla Etta. On a besoin d'aide, s'il vous plaît !

Elle ressentit une légère pression sur la main et vit Alice fermer les yeux.

— ... le vieux... endroits familiers... va-t'en...

Sa respiration se fit irrégulière, puis cessa complètement.

Etta aurait voulu hurler. Des bras lui enserrèrent fermement la taille et la relevèrent. Elle se débattit pour se libérer.

Un massage cardiaque… Alice avait besoin d'aide… Alice était…

— Il faut partir ! cria Sophia à son oreille.

Mais que se passe-t-il ?

La porte qui donnait sur l'escalier, juste derrière elles, s'ouvrit en raclant le sol. Etta sentait ses cheveux détachés se plaquer sur ses joues et son cou couverts de sueur.

Comparé à l'éclairage dans le reste du bâtiment, celui de l'escalier était si vif qu'elle dut lever les mains pour se protéger les yeux.

Le bourdonnement… C'était comme si l'air sur le palier, au-dessus des marches, bougeait, vibrait en rythme avec le bruit. Il ondoyait comme les vagues de chaleur qui émanaient des trottoirs les jours de canicule. Les murs semblaient se pencher vers elle.

— Excuse-moi.

On la poussa en avant. Le monde vola en éclats. Sa vision périphérique se teinta de noir. Les ténèbres s'agrippèrent à elle et l'entraînèrent dans le vide avec une pression écrasante. Etta perdit tous ses repères, toute logique, toute capacité de raisonnement : *Arrêtez, au secours, Maman…* Elle perdit tout. Et disparut.

Etta ne refit pas surface dans la réalité. Elle la prit plutôt de plein fouet.

Des heures, des jours – elle n'en était pas sûre –, une petite éternité plus tard, elle ouvrit les yeux d'un coup. La poitrine comprimée, elle avait du mal à respirer. Quand elle voulut s'asseoir, ses articulations craquèrent. Lorsqu'elle essaya d'écarter les bras et les jambes, elle se retrouva limitée et heurta dans les ténèbres quelque chose de dur et de rêche.

Du bois, songea-t-elle en reconnaissant l'odeur qui emplissait ses narines. *Du poisson*.

Elle toussa et se força à garder les yeux ouverts. Une pièce exiguë apparut devant elle. Le plancher pencha violemment sur la droite, comme si quelqu'un venait de le soulever d'un côté.

Peu à peu, sa vision s'accoutuma à l'obscurité. Etta remonta les jambes et se redressa de manière à pouvoir s'asseoir. Où était-elle ? Dans une sorte de grand berceau, une couchette fixée au mur.

Le musée... Que se passait-il ?

Il y avait eu une sorte... une sorte de détonation...

Où était le carrelage froid de la cage d'escalier ? Où étaient les alarmes incendie ? Son cœur, remonté dans sa gorge, papillonnait comme un animal paniqué. On aurait dit que ses muscles avaient été sculptés dans le bois. Elle tenta de se frotter les yeux pour les débarrasser d'une sensation de brûlure, effacer les points noirs qui flottaient devant eux.

Alice. Où était Alice ? Elle devait la retrouver...

Le bourdonnement parasite qui lui emplissait les oreilles claqua brusquement, comme la première averse d'un nuage d'orage. Tout à coup, elle fut submergée par l'environnement sonore. Des grincements, des grognements, des bruits de pas précipités, des explosions dans l'air. Des cris...

— ... en avant !...

— Derrière moi !...

— ... le casque !...

Les mots prirent forme, ficelés comme des cordes dissonantes, une cymbale qu'on frapperait. La pièce était emplie d'une fumée argentée.

Ce n'était pas la cage d'escalier. Ce n'était pas un bureau du musée. Les murs n'étaient constitués que de sombres panneaux de bois brut. Quand Etta se tourna, elle distingua avec peine la forme d'une chaise et une silhouette recroquevillée dessus, la tête prise dans ses mains.

— Hé, ho ! croassa Etta en se levant sur des jambes chancelantes.

Stupéfaite, elle sentit sur ses bras et ses jambes le frottement d'un tissu rugueux. Pour la première fois depuis qu'elle était revenue à elle, l'adrénaline cessa totalement de se déverser en elle.

Elle ne portait pas sa robe noire.

Celle-ci, d'une teinte pâle qu'Etta ne parvenait pas à définir, descendait jusqu'au sol. Incrédule, elle caressa son corsage, suivit des doigts le motif des broderies. Le vêtement, qui emprisonnait ses bras et sa poitrine, rendait ses mouvements difficiles.

— Oh !

Une voix féminine. La silhouette sur la chaise remua et se leva. Un souvenir fugace traversa la mémoire d'Etta. *La fille*. La fille du concert. Etta se précipita sur elle et la bouscula pour atteindre le rai de lumière qu'elle apercevait derrière elle : une porte.

Elle m'a poussée dans l'escalier, elle m'a poussée en avant… Une fois les premières bribes de souvenirs saisies, le reste lui revint.

— Non… Non ! Nous devons rester en bas ! s'écria la fille. S'il te plaît, écoute-moi…

Etta laissa courir ses doigts le long du mur jusqu'à trouver un loquet. Elle surgit hors de la petite pièce sombre. Un épais nuage de fumée s'éleva jusqu'à elle. La lumière l'aveugla, peignant le monde d'un blanc douloureux. Etta sentit de nouveau des mains dans son dos. Elle se débattit pour avancer, traverser à tâtons la fumée, jusqu'à ce que son pied heurte quelque chose et qu'elle dégringole.

Ne réfléchis pas ! Vas-y, c'est tout ! Elle se cabra, puis s'arrêta. Ses amples jupes étaient déployées sur un homme, couché sur le dos.

— Pardonnez-moi, je... dit-elle d'une voix étranglée en s'écartant pour s'assurer que l'inconnu allait bien. Vous...

Ses yeux bleu clair étaient tournés vers le plafond, la surprise et la douleur crispant ses traits en un masque rigide. Une rangée de boutons lustrés sur son manteau si absurdement démodé était arrachée, et la chemise qu'il portait en dessous était éclaboussée de... de...

Oh, mon Dieu !

— Monsieur ? croassa Etta.

Il ne bougeait pas. Il ne cillait pas. Hébétée, elle observa le liquide rouge qui maculait sa peau, sa poitrine, son ventre et la robe qu'elle portait.

Du sang. Sa robe d'une blancheur de neige était trempée d'un sang épais, écarlate. Etta rampait dans le sang de cet homme.

Mais où suis-je ?

Elle se redressa et fut debout avant même d'en prendre conscience. Elle se dirigea vers la source de lumière qui venait d'en haut. La fumée, étouffante, l'atteignit et ceignit son cou. Des lanternes de verre s'écrasèrent avec fracas près d'elle, explosant comme de pâles feux d'artifice. Elle poursuivit son chemin vers la lumière jusqu'à se cogner les genoux contre quelque chose : un escalier. Elle saisit ses épais jupons, les ramena autour d'elle et, sans se soucier de ses larmes, entreprit de gravir les marches. Elle cherchait juste de l'air frais, et le moyen de sortir de ce cauchemar.

Au lieu de quoi, elle s'engouffra dans un autre.

L'ATLANTIQUE
1776

DEUX

Enfer et damnation, pas cette maudite cloche, elle aussi !

Nicholas fit volte-face et, d'un violent coup de poing, atteignit le visage du nouvel adversaire qui lui barrait le passage. L'objet qui se consumait était en morceaux, ses fragments brûlants éparpillés partout sur le pont – mais aussi, malheureusement, au milieu des morceaux de corps pulvérisés dans l'explosion de la grenade.

Dans le feu de l'action, il avait été impossible de savoir précisément à quel point les canonniers du *Challenger* avaient détérioré leur cible. Une fois passée la vague de violence suivant l'abordage, Nicholas avait eu l'occasion d'établir pour lui-même un bref bilan de l'état du *Challenger*, et à présent de ce navire conquis. Il récapitula chaque défaut dans la perfection apparente du vaisseau. Malgré les dommages subis, les trois mâts tenaient debout, du moins pour le moment. À l'arrière, le mât d'artimon semblait frémir et tanguer comme un ivrogne à la moindre bourrasque. Les voiles étaient trouées et déchirées, mais l'équipage vaincu n'aurait pas de mal à les remplacer rapidement. Une fois qu'il se serait rendu, bien entendu.

Nicholas suivait les mouvements du navire, les embruns aspergeant son visage. Avant tout, il remarqua que le bâtiment ne prenait pas l'eau. Les canonniers ne l'avaient pas frappé sous la ligne de flottaison. Ils avaient donc mis le bateau hors d'usage sans le détruire.

Nicholas refusait de céder à l'impression frivole et grisante que la victoire était à portée de main. D'ici la fin de la journée, il reconduirait au port son premier navire en tant que maître de prise.

Il allait enfin pouvoir se libérer du passé.

Ces imbéciles auraient cependant dû montrer leurs couleurs. Cela aurait épargné ce bain de sang aux deux parties, sans parler du casse-tête infernal qui se poserait aux charpentiers. Quel dommage que la marine soit l'un des rares domaines où l'on pouvait être encensé pour avoir échoué, du moment qu'on l'avait fait avec bravoure !

Ce navire – *mon navire*, songea-t-il avec obstination, car il serait à lui, une fois que les officiers auraient reconnu leur inévitable défaite – était une œuvre admirable, malgré les dégâts causés par le *Challenger* et son équipage. Un trois-mâts, le mât de misaine gréé en carré, le grand mât arborant une imposante voile aurique, surmontée de son hunier carré et de son perroquet. Dès l'instant où la vigie avait repéré les voiles et le pavillon britannique au loin, le *Challenger* avait fondu sur lui tel un requin. Une goélette rapide et élancée se précipitant dans le sillage de sa proie dodue. Avec l'avantage de la vitesse, le fait que le navire cible dispose de seize canons contre douze n'avait guère compté. Le navire marchand était une prise en or pour le *Challenger*, après des semaines de traque infructueuse dans les eaux qui baignaient les Antilles. C'était aussi l'objectif pour lequel on l'avait embauché, et qu'il avait reçu l'ordre de s'approprier.

Il répugnait à admettre la véritable raison qui l'avait poussé à écumer les eaux à sa recherche : Boisdefer voulait les deux passagères qui se trouvaient à son bord.

Un brusque courant d'air dans le dos, une éclaboussure de sueur chaude et salée sur sa peau... Nicholas se jeta sur la droite, son épaule heurtant le bois de plein fouet, tandis qu'un tomahawk s'abattait en sifflant à côté de sa tête.

Sitôt les premières bordées lâchées, la fumée avait rendu l'air étouffant, et la faible brise qui soufflait ce jour-là ne suffisait pas à la disperser pour dégager la vue. Désormais, les combats qui se livraient étaient inutiles : de toute évidence, leur issue serait favorable à l'équipage d'abordage. Nicholas essaya de trouver un point d'appui dans le tas grandissant de cadavres et le sang qui inondait le pont.

Le marin au tomahawk surgit dans le vacarme du métal qui s'entrechoquait et les tirs assourdissants des pistolets à silex.

Le bois sous Nicholas vibra quand Afton, l'un des matelots du *Challenger*, tomba juste à côté de lui, le torse criblé de plombs, les traits figés dans un masque mortuaire où se mêlaient révolte et incrédulité.

Nicholas sentit la fureur l'embraser. Il chercha une arme à tâtons. Il avait déjà tiré avec son pistolet à silex et n'avait pas eu le temps de le recharger. Le jeter sur son adversaire ne ferait que l'étourdir, et ce serait gâcher une sacrée bonne arme. Nicholas tira un couteau pris dans un enchevêtrement de cordages que quelqu'un avait coupés. Manche en bois de cerf, richement sculpté. Ses perspectives s'élargirent considérablement.

Le marin au tomahawk, petit et trapu, se rua sur lui en hurlant, le regard vitreux, le visage luisant de sueur et de suie. Nicholas connaissait cet air, quand la soif de sang vous prenait et que vous cédiez totalement au rythme haletant d'un âpre combat.

Son épaule droite le brûla lorsqu'il leva son pistolet déchargé pour feindre de viser. La lumière grise se refléta sur la bouche de l'arme, la faisant luire entre ses mains. Le marin s'arrêta si brusquement dans sa course qu'il faillit glisser et tomber. Il était suffisamment proche de Nicholas pour que ce dernier perçoive son odeur – celle, âcre, de la transpiration et de la poudre à canon – et voie ses narines palpiter de surprise. Pendant un bref instant, le marin relâcha sa prise sur le tomahawk, et Nicholas lança le couteau. Il imagina le « tchac » de la lame se plantant dans le cou épais de son assaillant, et sut avec une satisfaction morbide qu'il avait atteint sa cible.

Les combats ralentirent enfin à mesure que les hommes étaient de plus en plus nombreux à prendre conscience de leur défaite. Les corps commençaient à faire mal, les cartouches de poudre se vidaient. Le silence, de plus en plus lourd, avait remplacé les cris. Le couteau s'était logé dans le cou du marin, sur le côté. L'homme avait dû se tourner juste avant d'être frappé. De cette façon, il s'était lui-même imposé une fin difficile : la noyade dans son propre sang. Nicholas se pencha sur lui et équilibra instinctivement son poids contre le tangage, de plus en plus fort.

— Envoyé... au... diable... (Le marin plissa les yeux, une ultime lueur de défi dans le regard avant de poursuivre en crachant :) P... par un... un sale... nègre.

Ce dernier mot fut accompagné de gouttelettes de sang qui se répandirent sur son gilet. La chaleur émanant de la peau de Nicholas se dissipa. Seul subsistait dans sa poitrine un parfait diamant de fureur froide. Ce n'était pas la pire insulte qu'il ait connue, et on l'avait déjà battu pour le simple fait d'avoir été enfanté par une femme enchaînée. Peut-être était-ce le contraste marqué entre la victoire et la défaite.

À présent, sa vie avait de la valeur. À bord d'un navire, les origines comptaient moins pour ceux qui vous entouraient que le travail que vous étiez prêt à accomplir, ou que l'ardeur que vous mettiez à vous battre. Depuis longtemps, Nicholas était déterminé à garder les yeux rivés sur l'avenir, plutôt que de regarder par-dessus son épaule ce qu'il avait laissé derrière lui.

Mais il y avait cette expression affichée par le marin, le grognement qui avait donné au mot un caractère profondément haineux. Nicholas saisit fermement le manche du couteau. Penché vers le visage du moribond, il respira son haleine fétide.

— Par quelqu'un de plus fort que vous, monsieur, lâcha-t-il avant de lui trancher la gorge.

Nicholas n'avait jamais été de ceux qui exultaient ou se réjouissaient du trépas d'autrui, mais il ne quitta pas des yeux le visage de l'homme qui devint livide, puis prit une teinte cireuse.

— C'est là une fin bien plus douce que celle que je lui aurais infligée.

Le capitaine Hall se tenait à une courte distance des deux hommes. Il observait les combats qui ralentissaient, un chiffon crasseux pressé contre le front. Lorsqu'il l'écarta pour mieux voir Nicholas, du sang gicla d'une entaille au-dessus de son épais sourcil.

Nicholas déglutit pour chasser la boule qui s'était formée dans sa gorge.

— Certes, répliqua-t-il. Mais je n'ai jamais particulièrement aimé voir se répandre les tripes d'un homme.

Le capitaine s'esclaffa. Nicholas essuya le couteau sur ses hauts-de-chausses et rejoignit l'homme de haute taille. Lui-même se savait grand, large d'épaules, la musculature développée par les années passées à tirer sur des cordages et hisser des chargements, mais le capitaine semblait avoir été taillé dans les rivages rocheux de Rhode Island.

Dès leur première rencontre, dix ans auparavant, Nicholas avait été subjugué par le capitaine Hall. Le Diable rouge, comme les marins l'appelaient alors. Désormais, seule sa barbe était encore striée du roux qui lui avait valu ce surnom. Les rides sur son visage s'étaient creusées au fil des ans, et il avait sacrifié quelques dents et doigts en chemin, mais il gardait une apparence soignée, dirigeait ses hommes d'une main de fer, et veillait à ce qu'ils soient bien nourris et bien payés. Dans ce milieu, on ne pouvait guère prétendre à mieux.

Le capitaine scruta Nicholas avec une inquiétude paternelle. Pendant des années, le jeune homme avait essayé de lui faire perdre cette habitude, en vain.

— Cela ne vous ressemble pas de vous laisser approcher de si près, remarqua Nicholas en désignant d'un signe de tête la coupure qu'il avait au front. Avez-vous besoin du chirurgien ?

— Pour être contraint d'avouer que l'un des mousses de ce navire, armé d'une cuillère, m'a surpris quand je suis descendu ? Ce sale petit morveux. Plutôt être plongé dans de l'huile bouillante !

Nicholas ricana.

— Avez-vous trouvé les femmes ?

— Oui, elles sont dans l'une des cabines des officiers, à la poupe. Saines et sauves, les chères colombes.

La fureur de Nicholas, due aux dernières paroles du mourant, fut balayée par un immense soulagement. *Ouf.*

— Cette mission... commença le capitaine pour la cinquième fois de la journée. Il faut que je te dise, Nick, je te suis reconnaissant pour cette prise et cette cargaison, mais je me sens mal à l'aise. Je préférerais que tu n'aies pas de relations avec la famille Boisdefer. Or on dirait bien que ça ne se limite pas à devoir transporter ces jeunes femmes jusqu'à New York.

Bien sûr que ça ne se limitait pas à cela. Avec cette famille, c'était à prévoir. Le mot de Boisdefer lui était parvenu quelques jours après que la lettre de marque tant attendue fut arrivée chez l'employeur de Nicholas, les transports maritimes Lowe & Lowe, conférant à Hall l'autorisation d'agir en tant que corsaire et de pourchasser les navires britanniques en toute légalité – du point de vue des colons. On lui avait accordé moins d'une semaine pour réfléchir à cette proposition, la soumettre à Hall et lui demander de l'aider à rechercher ce vaisseau en particulier, avec ses passagères. Hall et lui avaient convenu de garder leur véritable objectif secret plutôt que d'associer aux affaires de Boisdefer un membre de l'équipage, quel qu'il soit. Nicholas avait mis du temps à accepter les conditions de Boisdefer, réfléchissant longuement à la question de savoir s'il s'agissait d'un subterfuge pour que Boisdefer le reprenne dans ses filets et se venge une ultime fois.

Mais… cela remontait à trois ans. Ils savaient exactement où trouver Boisdefer, puisque c'étaient eux qui l'avaient placé là. Ils seraient sans doute sortis du bois plus tôt s'ils avaient voulu appliquer la loi du talion.

Nicholas pouvait vivre avec cette incertitude, et se battre pour se défendre s'il fallait en arriver à cet extrême. Mais les faits étaient là : Boisdefer lui avait proposé un bon travail, et, s'il le menait à bien, la récompense l'aiderait à atteindre le but qu'il s'était fixé bien plus rapidement qu'en étant simple corsaire.

Dans la lettre, les mots rédigés d'une écriture nette et précise lui avaient sauté aux yeux : *Amène les deux femmes à New York avant le 21 septembre. Dispose comme bon te semble du navire et de sa cargaison.*

Il avait passé ces trois dernières années au service de Lowe & Lowe, à travailler dur sur des navires marchands, à superviser le transport des cargaisons envoyées des Antilles aux colonies jusqu'à ce que la guerre éclate. Pendant tout ce temps, il avait forcé son cœur à se fermer dès qu'il pensait à Julian et aux voyages. Nicholas avait espéré que les Lowe père et fils le récompenseraient en le nommant capitaine de son propre navire corsaire, mais il avait remarqué la gêne avec laquelle le vieil homme et son fils l'avaient regardé quand le capitaine Hall l'avait suggéré. Il avait obtenu de bons résultats et savait que leurs réserves n'étaient pas dues à cela. C'était donc lui, le problème : sa couleur de peau le rendait indigne d'occuper un tel poste. Leurs hésitations n'avaient fait que renforcer son désir d'acheter son propre navire, et de n'être rattaché à aucune compagnie.

De fait, les Lowe récupéreraient l'essentiel de l'argent que rapporterait la cargaison de ce navire, et le reste serait partagé entre les membres de l'équipage du *Challenger*. Il pouvait se passer des mois avant qu'ils trouvent une autre cible. L'océan était vaste, et les compagnies maritimes étaient de plus en plus habiles pour éviter les corsaires. Peut-être était-ce la fin pour eux. Nicholas en serait réduit à économiser le moindre sou jusqu'à ce que son cœur se flétrisse et sa peau se parchemine. Il éprouvait pour ces Boisdefer une haine féroce, mais ils lui étaient redevables pour le temps qu'ils lui avaient volé. Et il avait bien l'intention de réclamer son dû.

— Avez-vous regardé la cargaison ? demanda-t-il au capitaine.

Hall soupira en identifiant sa manœuvre de diversion :

— J'ai juste jeté un coup d'œil.

À travers le nuage de fumée, un marin surgit devant eux en braillant, un coutelas brandi au-dessus de sa tête. Nicholas pivota sur ses talons, la main sur son couteau, mais le temps qu'il puisse en faire usage, le capitaine avait dégainé son pistolet et tiré.

— Sucre, rhum, coton, munitions pour le ballast, poursuivit Hall d'un air béat. (Le corps de l'homme s'éloigna en glissant dans une flaque de sang.) Je suis presque effrayé de voir à quel point ce fut facile : tu as tes dames, et une bonne part du butin nous attend. Ils ont même prévu une cloison dans la cale pour confiner l'équipage. À ce propos, je n'ai pas encore vu celui que l'on pourrait raisonnablement qualifier de capitaine. Pourquoi ne vas-tu pas à sa recherche pour qu'ils baissent pavillon, qu'on en fini…

Hall s'interrompit, distrait par quelque chose.

Nicholas ne lui avait pas vu l'air si désagréablement surpris depuis le moment où leur ancien coq avait annoncé à l'équipage qu'il leur avait servi du ragoût de rats à la place du bœuf salé.

Il suivit le regard de Hall. Là, entre les marins qui se toisaient en grondant, une silhouette blonde sortit des ponts inférieurs et s'éleva dans les volutes de fumée, telle Perséphone revenue des Enfers.

Nicholas grimaça en la voyant se cogner au dos nu et couturé du chef de l'artillerie, mais elle ne cria pas, pas même quand Davies se retourna, une hache à la main, et fit mine de l'étriper. Ce fut le petit cri de surprise qu'il émit qui attira l'attention de tous les hommes alentour…

Ce n'était pas Sophia. Il s'attendait bien à voir une autre femme, mais qui était-ce ?…

— La pauvre chérie a les plumes tout ébouriffées, plaisanta le capitaine Hall derrière lui.

En dépit des flots de sang à ses pieds et des cadavres qui jonchaient le pont autour de lui, ses traits s'adoucirent comme ceux d'un chaton. Le vieux débris ne pouvait pas s'en empêcher en présence de jeunes dames, surtout si elles étaient en détresse. Ce qui était le cas de celle-ci. Sa robe blanche était déchirée au niveau de la hanche… et tachée de sang ?

— Elle est blessée ! s'exclama Nicholas. Mais qu'est-ce qu'elle fiche ?

Elle se tourna vers lui, comme si elle l'avait entendu. Il aurait dû se précipiter pour l'arracher à cette scène de carnage et de violence, mais il eut l'impression que le pont et l'océan entier s'étaient mis à vibrer et à basculer. Le capitaine Hall le heurta avec un grognement d'étonnement.

La fille recula tandis qu'ils avançaient vers elle, jusqu'à ce qu'elle se retrouve sans échappatoire, le dos plaqué à la cloison qui bordait le pont. Elle regarda frénétiquement à droite et à gauche, puis posa les yeux sur un épieu qui gisait non loin. Sans hésiter, elle s'en empara et hurla :

— N'approchez pas !

Nicholas sentit son corps se tendre douloureusement lorsqu'il observa son visage, l'expression féroce qu'elle affichait, au désespoir, en balançant son arme d'avant en arrière. La chevelure épaisse, d'un blond clair doré ; les sourcils généreux ; le regard presque félin. Le long nez qui contrebalançait les courbes pleines de ses lèvres. La conscience d'elle coula lentement dans ses veines comme du miel chaud. En un mot, elle était…

Non. Terrain dangereux. Toutefois, il appréciait le fait qu'elle se défende, du moins en apparence : elle paraissait s'étonner elle-même, mal à l'aise entre l'arme qu'elle tenait et la vingtaine d'hommes qui, bouche bée, la regardaient. Les derniers coups échangés sans grande conviction cessèrent sous la stupeur provoquée par cette apparition inattendue. Rien que de très normal, supposa-t-il. La voir ainsi, farouche et maculée de sang, telle une reine au milieu d'un champ de bataille, était une scène plutôt singulière. Cela parlait à son cœur, lui faisait chanter ses secrets. Elle était…

Une mission, c'est tout. Nicholas secoua la tête et tenta de chasser la boule de chaleur qui envahissait sa poitrine. *Un paiement pour services rendus.*

Un craquement violent, assourdissant, retentit à travers le faible bourdonnement dans ses oreilles. Il redevint attentif et se concentra sur la poupe. Comme il le craignait, un pan du mât d'artimon, le troisième mât, venait de céder sous son poids.

Puis le mât ralentit dans sa chute. Nicholas laissa échapper un son qui ressemblait moins à un avertissement qu'à un cri terrifié lorsque la pièce de bois vola en éclats et que les voiles s'effondrèrent sur elles-mêmes dans un grand claquement. Les étais qui soutenaient le mât se rompirent comme si Dieu lui-même les avait tranchés, et la structure dans son entier – perroquet, mât de hune, gréement, pièces métalliques – bascula sur eux.

Nicholas prit la fuite.

Les marins qui avaient plongé pour ne pas être écrasés furent encore trop proches et trop lents pour éviter l'amas de gréements et de voiles entremêlées. Le capitaine Hall rugit :

— La fille ! Retrouvez la fille !

Munis de haches et d'épées, les hommes des deux équipages se ruèrent pour fouiller les décombres. Nicholas fut plus avisé. La fille s'était tenue à l'endroit où le mât était entré en collision avec la cloison, mais elle n'était pas sur son chemin. L'impact ne l'aurait pas frappée directement ; il l'aurait plutôt renversée…

Nicholas se pencha sur le bastingage et scruta les eaux noires entre les coques des deux navires : oui, là ! Un cercle d'écume blanche indiquait qu'une masse venait de frapper la surface avant de couler à pic.

— Nick ! appela la voix du capitaine, mais il avait déjà ôté sa veste et son gilet.

Perché sur le bastingage, il se jeta dans l'océan.

Les eaux glacées l'engloutirent, lui faisant expirer l'air qu'il avait pris avant de plonger. Le soleil s'infiltrait à travers la surface, projetant une lueur chaude sur les débris du navire et les cadavres qui sombraient lentement vers le fond. Nicholas soupçonna la présence de requins.

Cependant, les squales auraient de quoi festoyer avant de s'attaquer à lui pour savoir quel goût il avait. Fort de cette idée loin d'être rassurante, il s'enfonça plus encore, les muscles en feu à cause de la morsure du froid. Juste avant qu'il implore le ciel de lui venir en aide, il la repéra.

La fille avait dû exprimer toute sa combativité sur le pont, car, aussi inerte qu'une algue ondoyant dans le courant, elle coulait à présent comme une pierre. Il comprit aussitôt le problème : ses jambes et sa robe étaient prises dans un filet, lui-même entortillé autour d'une grosse pièce dépassant de la coque. Ses bras flottaient au-dessus de sa tête, comme si elle luttait pour regagner la surface.

Il dégaina son couteau et entreprit de découper le filet et la robe, s'efforçant de ne pas l'écorcher. Sa poitrine était si comprimée qu'il crut qu'elle allait exploser. Ses poumons le brûlaient, il avait besoin d'air. La fille sitôt libérée, il l'entoura de ses bras et ils remontèrent, lui battant furieusement des pieds de ses dernières forces, tout juste conscient.

Ils surgirent à la surface ; il aspira goulûment une bouffée d'air salé et recracha en toussant l'eau qu'il avait avalée, une panique inhabituelle lui nouant les entrailles. D'une main, il toucha la joue de la fille, sans cesser de battre des jambes pour les empêcher de couler. Un frisson d'horreur remonta dans son dos : sa peau était glacée.

La voix de Hall tonna au-dessus de celles des autres :

— Nick ! Attrape !

Il saisit avec habileté la corde qu'on lui avait lancée et s'affaira à l'attacher solidement autour d'eux. Malgré son angoisse, il s'adressa à la fille avec sévérité :

— Vous n'allez pas mourir ! Je vous l'interdis formellement. Pas sur mon navire, c'est compris ?

S'il la perdait, il perdait tout.

« Ho ! hisse ! Ho ! hisse ! entendit-il Hall crier. On y est presque ! »

Nicholas plaça une main dans le dos de la fille pour la stabiliser lorsqu'ils furent hissés au niveau du pavois. Rien de tout ça ne lui paraissait logique : pourquoi avait-elle voulu s'enfuir ? Et ce sang... Était-ce même le sien ?

Une dizaine de mains robustes le saisirent fermement par les épaules, puis la fille et lui furent déposés sur le pont du navire.

Nicholas s'écarta d'une roulade juste à temps pour éviter d'atterrir sur elle. Ce faisant, il cogna l'arrière de son crâne contre le bois râpeux, dans un craquement sonore, aveuglé un instant par un voile noir terrifiant.

— Le chirurgien en second va s'occuper d'elle.

Le visage du capitaine Hall apparut devant ses yeux.

— La fille est morte ? demanda quelqu'un.

Nicholas tremblait comme un drapeau fouetté par un vent violent. Il se concentra sur sa respiration, s'obligeant à inspirer et expirer régulièrement. Débraillés et l'air anxieux, poussés par une curiosité morbide, les marins des deux équipages étaient agglutinés autour de la fille. Avec ce spectacle, ils avaient oublié de se battre. Pire : les hommes de son équipage avaient oublié qu'ils étaient censés enfermer leurs adversaires dans la cale.

Un mouvement l'arracha à ces considérations. Son regard se posa sur une petite silhouette en caban agenouillée auprès de la fille, les mains appuyées sur son ventre. Vêtements propres et simples, cheveux noirs parfaitement noués en catogan, visage poupin… Nicholas n'accordait aucune confiance à quiconque était capable de garder une apparence aussi soignée sur un navire, encore moins en pleine bataille. C'était l'apanage des couards.

— Du calme, Nick, prévint Hall en l'aidant à s'asseoir, ce n'est que le chirurgien en second de ce navire.

— Où est Philips ? s'enquit-il. Ou leur chirurgien ?

— Philips est en bas pour soigner les hommes. Leur chirurgien n'est plus en possession de la moitié inférieure de son corps. Je le crois occupé à mourir.

Nicholas secoua la tête, refusant l'idée que la fille soit examinée par un enfant.

— Depuis combien de temps exerce-t-il sa profession ? Un an ?

Le capitaine haussa un sourcil.

— Depuis aussi longtemps que toi, à mon avis.

Il n'aimait pas la liberté avec laquelle le chirurgien en second découpait sa robe et la laissait ouverte...

— Tu n'as pas pris la peine d'ôter tes souliers et tes bas, à ce que je vois, poursuivit Hall, une lueur d'amusement dans ses yeux gris orage. Tu t'es jeté à l'eau comme si tu avais le diable aux trousses.

Nicholas lui lança un regard noir, conscient que ses bas tire-bouchonnés étaient trempés et que ses chaussures de cuir étaient fichues.

— Je n'avais pas compris que désormais il fallait laisser les dames se noyer.

Ces paroles furent oubliées quand Nicholas saisit un mouvement du coin de l'œil. Il se retourna juste à temps pour voir le second brandir son poing et l'abattre violemment sur le ventre de la fille.

— Monsieur ! s'indigna-t-il en se levant d'un coup, chancelant. Comment osez-v... ?

Prise d'une quinte de toux, la noyée se tortilla pour se redresser en crachant l'eau qu'elle avait dans les poumons. Paupières closes, elle plaqua ses longs doigts blancs sur le pont et, essoufflée, inspira plusieurs fois. Nicholas plissa les yeux pour observer la main rassurante que le second avait posée sur son épaule nue.

Personne ne souffla mot, pas même le capitaine Hall, qui semblait aussi étonné que les autres de voir la fille revenir soudain d'entre les morts. Une vraie Perséphone.

— Madame, parvint à articuler Nicholas en s'inclinant abruptement. Bien le bonjour.

Elle se laissa retomber en arrière. Ses cheveux, plus foncés maintenant qu'ils étaient mouillés, étaient plaqués contre la courbe de son crâne. Tous les marins firent un pas en avant, penchés pour mieux la contempler, et furent récompensés lorsqu'elle ouvrit de grands yeux d'un bleu aussi clair que le ciel au-dessus d'eux.

— Euh… dit-elle d'une voix rauque. Hello ?

TROIS

Chaque partie du corps d'Etta la faisait souffrir, comme si on l'avait battue. Sa migraine n'aidait pas à atténuer les odeurs corporelles, dont celle, nauséabonde, du sang, mais aussi de poudre, qui lui rappelait les feux d'artifice.

En observant successivement les visages – les casquettes en laine, une perruque de travers, effilochée, des yeux humides discrètement essuyés sur une épaule –, elle commença à assembler les pièces du puzzle, comme elle aurait déchiffré une nouvelle partition. Les notes devinrent mesures, les mesures des phrases, jusqu'à ce qu'enfin elle saisisse toute la mélodie.

Elle n'était pas au musée. De toute évidence, les secouristes avaient dû la transporter dans la rue, pour l'éloigner de l'étrange explosion de bruit et de lumière. Sa peau, ses cheveux et sa robe étaient complètement trempés, à cause… à cause du système d'arrosage automatique du bâtiment. Non ?

Quant aux costumes… Peut-être qu'une pièce de théâtre était en train de se jouer non loin de là, et que les acteurs étaient sortis proposer leur aide. Etta n'était pas certaine de ce que les pompiers portaient en réalité sous leur uniforme. *Non, Etta*, songea-t-elle, *ils ne portent pas de larges chemises blanches, ni de chaussures à boucle, ni de chapeaux tout droit sortis de la série* Masterpiece. C'était donc… une pièce. Une production théâtrale. Soit ils s'étaient fait surprendre par la déflagration, soit leur maquillage était extrêmement réaliste.

Maman ? Elle tenta de prononcer le mot, mais c'était comme si sa gorge avait été raclée par une lame de rasoir. *Alice.* On avait tiré sur Alice. Alice était… Elle était…

Morte.

C'était impossible. Cela n'avait aucun sens.

D'une main tremblante, elle s'essuya les yeux, cherchant à apaiser la brûlure naissante derrière ses cils. Il y avait une telle étendue de ciel au-dessus d'elle, sans un seul gratte-ciel pour lui obstruer la vue. Étaient-ils dans le parc ? La fumée la faisait toujours suffoquer ; elle ne reconnaissait pas l'odeur familière des gaz d'échappement, ni celle, subtilement rance, des ordures en attente d'être collectées. Pas de sirène, pas d'alarme, seulement… les craquements du bois. Le clapotis de l'eau. Le sol qui tanguait sous elle.

Tu n'es pas au Metropolitan Museum.

Elle secoua la tête pour s'éclaircir les idées, lutter contre une panique grandissante.

Elle était désorientée par les scènes qu'elle avait imaginées : la pièce exiguë, le cadavre, les flots de sang, le craquement assourdissant, la chute…

— Madame, dit une voix rocailleuse. Bien le bonjour.

Elle tendit le cou pour regarder autour d'elle, les yeux larmoyants à cause de la forte luminosité. Elle ne voyait rien au-delà d'un cercle de têtes ébouriffées, jusqu'à ce que deux silhouettes de haute taille se détachent du groupe. L'une était celle d'un homme mûr vêtu d'un manteau vert olive, les cheveux blancs striés de mèches rousses noués en catogan. Il sourit, dévoilant une rangée de dents jaunies pour la plupart. Ses yeux pétillèrent quand il se tourna vers l'homme plus jeune qui se tenait à ses côtés.

Lui était grand, même comparé au géant qui l'accompagnait, et parvenait à maintenir un bon équilibre malgré les mouvements légers du pont. Il s'inclina brièvement, cachant son visage, mais Etta avait eu le temps de le voir, et cela avait suffi à le rendre inoubliable. L'homme roux avait le bout du nez et les joues roses, la peau sans doute gercée et brûlée par le soleil. Le plus jeune avait le teint beaucoup plus hâlé. On l'aurait dit éclairé de l'intérieur par la lueur chaleureuse d'un feu.

De loin, Etta lui avait trouvé les traits figés, impassibles, comme sculptés dans le roc. Cependant, sitôt qu'il fut redressé, elle sentit son regard peser sur elle et eut le loisir de le détailler à son tour. Elle remarqua les petites cicatrices sur ses pommettes, la barbe naissante sur sa mâchoire carrée, preuves qu'il avait déjà eu une vie bien remplie. L'ombre d'un sourire.

Elle se rendit compte, gênée, que tous attendaient une réaction de sa part.

— Euh… parvint-elle à articuler. Hello ?

Certains hommes s'agitèrent, l'air ravi. D'autres semblaient perplexes.

— Et l'eau ? répéta l'un d'eux en regardant vers l'océan.

Etta se redressa sur les coudes et afficha à son tour une mine indécise. Avaient-ils tous cet accent, vaguement britannique ? Sa façon de parler lui parut dure et grinçante comparée à la leur, fluide et ondulante.

Vêtements démodés. Accents désuets. Navire d'un autre âge ?

Etta s'assit avec difficulté. L'attention des hommes se focalisa ailleurs que sur son visage. Ils baissaient les yeux vers... Elle émit un hoquet et se couvrit aussitôt de ses bras. La robe avait été coupée en deux, de haut en bas, et, à mesure que le lourd tissu mouillé séchait, il ne tenait plus à rien.

Le plus jeune des deux hommes lui lança un manteau bleu marine. La laine rêche irrita sa peau froide. Etta dut lutter contre l'envie d'y enfouir son visage, de disparaître. Le vêtement sentait l'odeur qu'elle aurait prêtée à son propriétaire : mélange de sueur, cèdre, alcool, et eau de mer.

— Madame, comment vous sentez-vous ?

Le jeune homme frêle à ses côtés en imposait si peu par rapport aux autres qu'il était tout simplement passé au second plan. Il leva le menton pour l'examiner au travers de lunettes cerclées de fer, si minuscules que c'en était comique, perchées au bout de son nez. Le devant de son étrange pantalon était trempé, tout comme ses chaussettes qui couvraient ses genoux, et ses chaussures à boucles. Horrifiée, Etta eut la vague impression d'avoir vomi sur lui en revenant à elle.

Les traits du jeune homme se durcirent sous l'observation. D'une main menue, il caressa le foulard blanc savamment noué autour de sa gorge, et, de l'autre, remit ses cheveux en place. Il avait les mains propres, parfaitement manucurées, ce qui ne semblait guère logique, étant donné qu'ils se trouvaient sur... sur...

Un navire.

Le cœur battant la chamade, Etta se leva d'un bond. Le manteau ne la protégeait pas des regards, et il ne la protégerait pas non plus de leurs armes, mais elle se sentit mieux après l'avoir boutonné.

— Oh, mon Dieu… dit-elle d'une voix étouffée.

Un navire. Elle l'avait vu juste avant, avant que toutes ces voiles dégringolent sur eux et qu'elle voie trente-six chandelles. Son dos avait frappé les eaux glacées, puis elle s'était tordu la cheville en essayant de remonter péniblement vers la surface. Toutes ces années de natation pour rien ! Ses doigts engourdis et son champ de vision opaque l'avaient empêchée de se libérer du filet qui la retenait prisonnière.

Elle avait ressenti une telle douleur dans la tête, la poitrine… C'était comme si chaque cellule de son corps éclatait à cause du manque d'air.

Je me suis noyée.

Son regard passa du jeune homme aux lunettes cerclées de fer à celui qui avait parlé quand elle avait repris connaissance, celui qui avait des yeux noirs, sévères. Il l'observait avec calme, presque comme s'il la défiait. Il croisa les bras sur sa poitrine et se redressa, attentif à résister aux vagues de l'océan.

L'océan.

Pas le musée.

Pas New York.

Aucune terre en vue.

Juste deux grands navires.

Juste des hommes… costumés…

Ils étaient costumés. Forcément !

Tu sais bien que non. Etta essaya de déglutir, le souvenir du concert brusquement à l'esprit, déchirant son cœur, ses poumons. *Alice est morte. Je... Le Metropolitan... la fille...*

L'homme roux plus âgé dispersa les autres en s'avançant à grands pas rapides.

— Elle va bien, et il y a du travail ! lança-t-il à l'intention de l'équipage.

Il fit signe d'approcher à deux hommes torse nu, aux bras musclés. À certains endroits, il leur manquait de la barbe ou des cheveux, comme si on les leur avait arrachés par touffes. Le spectacle de leur musculature fut occulté par l'odeur qu'ils dégageaient, qu'Etta percevait à trois mètres de là.

— Monsieur Phelps, monsieur Billsworth, je vous prie d'escorter l'équipage de ce navire dans la cale. Et veillez à ce que les charpentiers se mettent à l'ouvrage sans tarder.

— Oui, capitaine.

Ces hommes... s'étaient livrés à des combats, non ? Et des combats à mort.

L'homme a dit de les escorter dans la cale, pensa-t-elle. *On les emprisonne.* Parce que... ils étaient les ennemis ? Alors qu'elle était au musée, comment diable avait-elle pu se retrouver sur ce navire, au milieu de nulle part ?

— Venez, ma chérie, dit l'homme – le capitaine – en lui faisant signe avec une main à laquelle il manquait l'annulaire et l'auriculaire.

À cet instant, Etta n'était pas certaine de devoir se fier à son instinct : à la vue de cet individu massif et couvert de sang, elle se sentit oppressée. Pourtant, rien dans ses manières ni dans ses propos n'indiquait une quelconque menace. Elle secoua la tête pour chasser cette pensée et éviter d'adopter une fois de plus une conduite dangereuse, comme baisser sa garde. S'il pensait pouvoir la tripoter, il allait voir qu'une fille de New York ne se laissait pas faire. Elle chercha du regard un objet tranchant.

— N'ayez crainte, ma chérie, dit-il d'un ton ferme, la main toujours tendue vers elle.

Un regard doux. Une voix douce. Parfait pour duper les jeunes ingénues et les précipiter vers une mort prématurée.

— Je ne suis pas votre chérie ! gronda-t-elle.

L'homme se racla la gorge, vaine tentative de réprimer un rire.

— Nous ne sommes pas des scélérats. Tout homme qui tentera de vous faire du mal ou vous jettera un regard malvenu se retrouvera à manger des bernacles directement sur la quille.

Étrangement, elle le croyait. S'ils avaient voulu sa mort, alors la repêcher et la ressusciter n'était sans doute pas la meilleure méthode pour atteindre leur objectif.

Pour autant, elle n'était pas rassurée.

Ces gens étaient des inconnus, et, d'après leur tête lors de sa première apparition, ils paraissaient aussi surpris de la voir qu'elle l'avait été en les voyant. Si quelqu'un savait réellement ce qui se passait, et où elle se trouvait, ce devait être la fille qu'elle avait laissée dans l'entrepont. Celle qui, au musée, l'avait poussée à travers cette étrange porte faite d'air chatoyant.

— Des scélérats ? répéta Etta, incrédule. Seriez-vous des… des pirates ?

Le jeune homme afficha un air outré, mais l'homme roux se contenta de hausser les épaules.

— Oui, mais des pirates légitimes, même si je suppose que Sa Majesté ne serait pas d'accord. Ce navire, poursuivit-il en désignant le vaisseau accolé à celui sur lequel ils se trouvaient, relié par une quantité impressionnante de cordages et de grappins, est un navire corsaire parti de New London, dans le Connecticut. Le *Challenger*. Celui-ci, c'est notre prise.

O.K. Etta se força à acquiescer. Bien sûr.

Les hommes qui n'avaient pas été envoyés en fond de cale s'étaient mis au travail, courant en tous sens comme des fourmis rebâtissant leur fourmilière. Des planches et des poutres furent hissées depuis l'autre navire. Les hommes, toujours maculés de sang, disparurent sous le pont pour réapparaître ensuite avec des bandages. L'estomac d'Etta n'avait de cesse de se retourner, encore et encore. Elle eut envie de déchirer le manteau en deux juste pour agir, au lieu de rester assise là, impuissante.

Tu n'es pas impuissante. Avoir le cafard, ce n'était pas comme être inconscient. Il fallait juste… trouver ses marques. Apprendre à avoir le pied marin, comme disaient les pirates.

À présent, ils débarrassaient le pont des…

Des cadavres. Tu peux le dire, Etta. Des cadavres.

Alice. Était-ce eux qui lui avaient fait du mal ?

Qui l'avaient tuée, rectifia une petite voix intérieure.

Elle regarda l'océan pour éviter de les compter – tous ces corps tordus, affalés, ces morceaux, que des marins, le visage de marbre, cousaient dans des sacs de toile. Pas un point à l'horizon, au loin. Pas de terre. Aucun autre navire. Seule une immense étendue d'un bleu scintillant, qui s'assombrissait peu à peu, en même temps que le ciel. Seulement elle, les vaisseaux, ces hommes, et ces cadavres. L'eau et l'écume qui léchaient le pont avaient pris une répugnante teinte rose à cause du sang.

Etta rejoignit juste à temps le bastingage pour se pencher au-dessus et vomir, les yeux rivés sur les eaux noires. Elle ferma les paupières et tenta de chasser les images accrochées à son esprit comme de la colophane sur le crin d'un archet. Quand elle eut fini, elle tremblait d'épuisement, mais aussi de honte.

Toutefois, elle se sentait mieux. Moins confuse.

— Madame…

Elle avait perdu ses chaussures depuis longtemps. D'ailleurs, en avait-elle même porté ? Du talon, elle toucha une bordure métallique affûtée : elle avait enfin trouvé une arme ! Elle se pencha pour la ramasser. Le grappin, muni de nombreux crochets, était presque aussi gros que sa tête et pesait deux fois plus lourd. Etta l'avait à peine soulevé qu'il lui échappait déjà des mains.

— Madame, je vous en prie, dit l'homme plus âgé en jetant un bref coup d'œil vers le ciel. Si je puis me permettre, je préférerais largement être tué par un harpon que par un crochet de grappin. Ce serait moins salissant pour ceux qui nettoieraient derrière, croyez-moi.

— Peut-être devriez-vous prendre le temps de réfléchir à ce que vous faites.

Le jeune homme n'avait pas bougé, les bras de nouveau croisés sur sa large poitrine. S'adressait-il à elle ?

Ce fut à cet instant qu'Etta remarqua qu'il était aussi trempé qu'elle.

Espèce d'idiote. Tu n'es pas remontée toute seule sur ce navire !

— Je ne… C'est vous… qui m'avez sauvée ? demanda-t-elle.

— J'aurais pensé que c'était évident, rétorqua-t-il sèchement.

Le capitaine se tourna vers lui, empêchant Etta de voir son visage. Lorsqu'il lui fit de nouveau face, il lui adressa un clin d'œil.

— Ne faites pas attention à lui. Il a droit à une journée de bonne humeur par an, et il l'a déjà prise.

Après avoir brièvement hoché la tête – une salutation écourtée –, le jeune homme se présenta :

— Nicholas Carter. Pour vous servir, madame. Voici le capitaine Nathaniel Hall. Nous ferez-vous le plaisir de nous dire comment vous vous appelez ?

Etta hésita et les regarda tour à tour. Le capitaine Hall croisa les mains dans son dos, sans jamais se départir de son agréable sourire.

La situation avait si largement dépassé le stade de la simple étrangeté qu'Etta, encore incertaine de ne pas être en plein rêve – ou en pleine dépression nerveuse –, ne répondit pas tout de suite.

« *Peut-être devriez-vous prendre le temps de réfléchir à ce que vous faites.* » En songeant aux paroles de Nicholas, elle resserra le manteau autour d'elle. Résolue, elle se redressa légèrement.

Peu importait ce qui se passait, elle devait s'efforcer de rester en vie. Pour le moment, la meilleure façon d'y arriver était de se montrer coopérative.

— Je m'appelle…

— Henrietta ! appela une voix. Où es-tu ? Henrietta !

— Henrietta ? répéta le capitaine Hall.

— Etta, corrigea-t-elle en cherchant la source du cri. Etta Spencer.

La fille apparut dans un nuage vaporeux de tissu et de froufrous verts, ses cheveux noirs en bataille. Son visage, pâle de nature, prit une couleur de craie, puis vira au vert lorsqu'elle se raidit en voyant le spectacle qui s'offrait à elle. Elle avança d'un pas lent dans le sang qui n'avait pas encore été nettoyé par les petits mousses armés de leurs seaux.

Elle ! Etta ne l'avait pas inventée non plus.

— Madame, intervint le petit homme à lunettes. Votre estomac est-il enfin apaisé ?

Etta sentit l'odeur de vomi dégagée par la fille et remarqua le film de sueur qui recouvrait son front et sa lèvre supérieure. Elle fixa ses yeux injectés de sang sur Etta.

— J'étais morte d'inquiétude à cause de toi ! s'exclama-t-elle dans un hoquet.

Etta dut tendre les mains pour les maintenir en équilibre, la fille et elle, et l'empêcher de trop s'approcher. Elle était plus petite qu'Etta, mais prenait plus de volume à cause de ses cheveux naguère entortillés au sommet de son crâne et désormais mis sur le côté. Ses jupons enveloppaient ceux, trempés, d'Etta, et leur teinte vert bouteille ne faisait qu'accentuer son air nauséeux.

Je ne crois pas, non. Etta lutta pour se dégager de l'emprise de la fille et sentit ses ongles s'enfoncer dans sa main. Ses yeux bruns étaient rehaussés d'épais sourcils noirs, et ses lèvres réduites à un trait, formant un sourire aussi moqueur qu'impitoyable.

L'avertissement était clair : *Pas un mot de plus.*

Etta eut du mal à garder son calme. Elle ouvrit la bouche, sur le point de répliquer, puis se ravisa.

« *Peut-être devriez-vous prendre le temps de réfléchir à ce que vous faites.* »

Cette fille savait ce qui s'était passé, où elles se trouvaient. C'était elle qui détenait les informations, et la seule manière pour Etta d'y accéder était de se taire et d'écouter.

Tu sais ce qui s'est passé. C'est elle qui t'a poussée. Etta expira bruyamment par le nez et se tourna vers la mer, préférant masquer son inconfort.

— Franchement, pépia la fille d'un ton qu'elle voulait léger, désinvolte, quelle idée de paniquer ainsi ! Je t'ai dit que tout irait bien. Je suis certaine que ces gentlemen ne nous veulent aucun mal, nous ne sommes que de simples passagères.

— Les scènes de bataille peuvent venir à bout des nerfs les plus solides, commenta le capitaine Hall. Miss… ?

— Oh… Sophia Bois… hum, Spencer.

Elle les gratifia d'une petite révérence. Sans une once d'affection, Etta la regarda se redresser et chanceler, les paupières fermées, la main sur le ventre.

— Et voici… ma sœur.

Elle a le mal de mer, comprit Etta.

— Ah oui ? (Nicholas tordit la bouche en un sourire ironique.) La ressemblance est frappante.

Etta se félicita de s'être retournée vers eux, non parce qu'il méritait qu'on rie de sa plaisanterie, mais parce qu'elle saisit la réaction de Sophia lorsque cette dernière le vit pour la première fois. L'air tout juste agréable qu'elle s'efforçait d'afficher se mua en masque de dégoût. Cela n'avait duré qu'une seconde, mais Etta ne l'oublierait pas.

Le capitaine Hall jeta un regard sarcastique à Nicholas avant de revenir au jeune homme à lunettes.

— Peut-être nous ferez-vous l'obligeance de nous dire à votre tour votre nom, ainsi que celui de ce navire ?

— Oh, mais certainement. Vous êtes sur l'*Ardent*. Je suis Abraham Goode, chirurgien en second et à présent votre obligé, monsieur.

— On cherche à éviter la cale, hein ? ricana le capitaine. Allez-vous servir l'équipage sans vous plaindre ?

— Ce serait avec grand plaisir, répondit courageusement M. Goode en bombant le torse.

Etta vit Nicholas lever les yeux au ciel.

— Où est le capitaine Millbrook ? s'enquit la « sœur » d'Etta en scrutant les alentours. Ce navire est-il maintenant le vôtre ?

Elle ne s'exprimait pas avec un accent britannique, plutôt comme une starlette dans un vieux film, d'une voix posée, totalement différente de sa façon de parler lorsqu'elle était au musée.

— Je suis désolé de vous apprendre qu'il est mort, madame.

L'homme à lunettes s'éloigna du bastingage pour se rapprocher d'elles. Il avait dû élever sa voix cristalline pour couvrir le vacarme des hommes sur le pont.

Nicholas et le capitaine échangèrent un regard.

— Je suppose que ça te facilitera le travail, déclara l'homme roux.

Nicholas haussa les épaules, mais il reporta son attention sur Etta.

— Souhaitez-vous retourner à vos cabines pour vous reposer ? Cette journée a été éprouvante, je le sais.

— Oui, s'empressa de répondre Sophia avant qu'Etta prenne la parole. Voilà une excellente idée. Nous autorisez-vous à rester dans celles qui se trouvent près de la grande cabine ?

— Je ne compte pas vous installer dans le gaillard d'avant avec l'équipage vaincu, dit Nicholas. Ça ira.

Surprise, Etta se tourna vers lui. C'était lui, le responsable de ce navire ? Pas le capitaine Hall ? Cela signifiait donc… que le capitaine Hall dirigeait l'autre bateau, le *Challenger*, et qu'ils avaient capturé celui-ci pour mettre Nicholas aux commandes. Les hommes qui avaient été conduits dans la cale devaient être les membres survivants de l'équipage d'origine de ce navire.

Sophia passa son bras autour de celui d'Etta pour la recadrer.

— Toutes mes condoléances, déclara M. Goode.

Etta devait sembler aussi désorientée qu'elle l'était réellement, car Sophia lui planta ses ongles rongés dans la chair.

— Le capitaine Millbrook était l'oncle de ces jeunes dames, précisa Goode en se grattant la tête.

Comme si elle venait de se souvenir de devoir paraître dévastée par la nouvelle, Sophia se tamponna les yeux tandis que le chirurgien en second poursuivait :

— Il les raccompagnait en Angleterre après la mort de leur père et la vente de leur plantation à New Providence. Nous avons quitté Nassau il y a quelques jours.

Nassau ? New Providence ? Pourquoi Etta avait-elle l'impression qu'ils ne parlaient pas de New York ni de Rhode Island ?

— Quel malheur, c'est terrible, répliqua le capitaine avec une étrange absence de compassion.

— Pardonnez ma grossièreté, mais je... (Sophia déglutit avec difficulté.) Je vais emmener ma sœur en bas et vous laisser à votre besogne. Peut-être... (Elle déglutit de nouveau et serra fort les paupières tandis que le vent s'intensifiait, accentuant le tangage du navire.) Monsieur Carter, peut-être auriez-vous l'amabilité de nous accompagner ?

Nicholas paraissait trouver plus attrayante l'idée de s'arracher les ongles.

— Ce serait avec plaisir, répondit-il avec raideur.

Sophia esquissa un sourire crispé et hocha la tête avant de souhaiter un bon après-midi au capitaine Hall et à M. Goode. Etta parvint à tenir suffisamment sur ses jambes pour la suivre en traînant les pieds. Nicholas souleva l'écoutille, un treillage de bois foncé.

Non, songea Etta quand elle revit dans un flash le cadavre, le sang, le visage tordu. *Ne me faites pas redescendre là-dedans...*

Comme si elle avait le choix ! Sophia plaça une main sur ses reins et la poussa avec une telle force qu'elle manqua de se prendre le pied dans l'ourlet de sa robe.

— Vous n'avez rien à craindre, dit Nicholas à Etta pour la rassurer, une main tendue vers elle.

Elle se concentra sur la pression de ses doigts chauds se refermant sur les siens, et non sur la descente abrupte, l'odeur du sang et de la poudre à canon. L'échelle était plutôt une volée de marches très raides. Etta tint d'une main sa robe trempée en gardant l'autre sur le bord de l'écoutille aussi longtemps que possible pour ne pas tomber. À chaque pas, le tissu autour de ses chevilles la démangeait.

Elle parvint à conserver son équilibre en gardant les yeux ouverts. Une fumée encore épaisse mais non plus aveuglante emplissait l'air. Etta eut une meilleure vue de l'entrepont qui s'étendait devant elle. La lumière pénétrait à flots par les trous carrés ménagés sur les côtés du navire, où les hommes faisaient rouler les gros canons à leur place avant de les attacher. On ne pouvait distinguer ce qui se trouvait à l'autre bout : des rideaux de toile étaient accrochés pour masquer la vue.

Enfin, Etta s'obligea à baisser les yeux : le cadavre avait été déplacé, tout avait été nettoyé jusqu'à ce qu'il ne reste qu'une tache décolorée sur le bois. Les réparations avaient déjà commencé : les gravats de la bataille avaient été balayés sur les côtés. Les hommes qui ne comblaient pas les trous dans les parois fouillaient les décombres, jetant par les sabords les bouts de bois inutiles et le verre brisé irrécupérable, aussitôt engloutis par les vagues.

Etta recula et se plaqua contre la cloison pour laisser aux autres la place de descendre. Son pied heurta quelque chose de froid. Là, par terre, tout contre le mur, gisait ce qui ressemblait à un petit couteau. Il fut dans sa main avant même qu'elle ait conscience de l'avoir ramassé, puis elle le dissimula dans les profonds replis de sa robe.

Qu'est-ce que tu fabriques ? se demanda-t-elle. Elle resserra sa prise sur l'objet léger et sentit le manche en métal s'enfoncer dans sa paume.

Je me protège.

Certes, elle ne savait pas exactement comment utiliser cette arme de fortune, hormis éviter de tenir la pointe tournée vers elle. Elle se concentra dessus, étudia à tâtons sa forme, la façon dont le métal se réchauffait dans sa main, avec la même intensité qu'elle déployait pour attaquer un morceau de violon. Ce fut seulement ensuite qu'elle pensa à expirer.

Sophia apparut après elle, trébuchant sur les dernières marches, la main toujours posée sur son ventre. Une paire de chaussures de cuir qui, à chaque pas, émettait un bruit mouillé, annonça l'arrivée de Nicholas. Etta savait que de telles chaussures seraient fichues à cause de l'eau de mer, mais elle se refusait à éprouver une quelconque culpabilité.

— Vous devez éviter le gaillard d'avant, dit Nicholas en voyant le regard de Sophia se porter sur les rideaux de toile, à l'autre bout du navire, à moins que vous ayez besoin d'utiliser les poulaines – les... euh... les cabinets d'aisance. C'est l'espace réservé à l'équipage. Vous pourrez sortir prendre l'air quand vous le désirez, mais seulement quand nous aurons achevé de réarmer le navire, et pas sans escorte. En revanche, vous ne devez sous aucun prétexte pénétrer dans le lieu où sont enfermés les membres de l'autre équipage.

— Nous... (Sophia buta sur ce mot et s'interrompit pour se reprendre. Lorsqu'elle rouvrit les yeux, ils luisaient d'une lumière brûlante dans l'obscurité.) Nous ne ferons appel à toi que pour le strict nécessaire.

— J'aurais cru le contraire, répondit sèchement Nicholas en se tournant. J'excuserai ton absence aux repas.

— Tu dois être aux anges, rétorqua Sophia. C'est fou comme le ver s'est hâté de revenir dans le fruit. Si j'avais su que ce serait toi, jamais je n'aurais accepté de le faire !

Ils se connaissent, comprit Etta. Elle les observa tour à tour – haine manifeste chez Sophia, impassibilité prudente chez Nicholas – en se demandant comment cela était possible.

— Si vous avez besoin de quoi que ce soit à l'infirmerie ou à la coquerie, reprit Nicholas en ignorant Sophia, veuillez le faire savoir à l'un des mousses. Ils iront vous le chercher.

— Tu ne joues pas les larbins, aujourd'hui ? persifla Sophia.

À l'arrière du navire, où ils se trouvaient, il y avait trois portes. Nicholas ouvrit la première à droite. Etta reconnut alors la minuscule pièce dont elle avait surgi, désorientée. Au lieu de laisser les deux filles y entrer, Nicholas l'inspecta comme pour vérifier que personne ne pouvait les entendre. Ils étaient seuls, à l'exception du jeune matelot qui, à quatre pattes, briquait soigneusement le plancher.

— D'après ce que j'ai compris, dit-il en baissant la voix, vous saviez qu'un navire intercepterait le vôtre. Exact ?

Etta le regarda, bouche bée. Non, bien sûr qu'elle ne savait rien de tout cela ! Une heure auparavant… Attendez… Depuis combien de temps avaient-elles quitté le musée ?

— De toute évidence, enchaîna Sophia, Grand-Père est en train de devenir sénile puisqu'il t'a fait confiance.

— C'est peut-être le désespoir qui l'a contraint à te désigner, rétorqua Nicholas. J'ai reçu pour mission de vous amener à New York, et, pour ma part, c'est le début et la fin de notre collaboration. (Il jeta un coup d'œil par-dessus l'épaule de Sophia, vers le gaillard d'avant.) Pour éviter toute question inutile, les autres hommes doivent croire qu'il s'agit d'une prise tout à fait banale. Est-ce bien clair ?

New York ? songea Etta. Ces deux mots firent naître un embryon d'espoir dans cette journée pour le moins compliquée.

— Que se passerait-il si la vérité venait à se savoir ? Je me le demande, fit semblant de s'interroger Sophia d'une voix mielleuse. Et les membres de l'équipage, que penseraient-ils de toi s'ils apprenaient qu'ils ont risqué leur vie pour une récompense dont ils ne verront jamais la couleur ?

Quelque chose dans cette ultime provocation eut raison du contrôle que Nicholas s'efforçait de maintenir sur sa colère. D'un coup, il plaqua sa paume sur la cloison de bois, juste à côté de la tête de Sophia. La dominant de toute sa hauteur, il devait se pencher pour la regarder dans les yeux.

— Dénigre-moi autant que tu veux, miss Boisdefer, crache toutes les insultes qui te viennent à l'esprit, mais si jamais je t'entends proférer des menaces de mort à mon encontre, sache qu'il y aura des conséquences.

Boisdefer ?

Sophia ne cilla pas. Elle se contenta d'afficher un sourire méprisant malgré son teint verdâtre. Nicholas s'écarta en la fusillant du regard. Dans le silence qui suivit, troublé seulement par les craquements de l'imposant navire,

Etta comprit ce dont elle venait d'être témoin : la fille avait trouvé une arme pour rouvrir de vieilles blessures.

Si elle se comportait de la sorte alors qu'elle était diminuée par le mal de mer, Etta se demanda, non sans crainte, comment elle devait être au mieux de sa forme.

Partagée entre le souhait que la conversation se poursuive afin, peut-être, de récolter d'autres informations, et celui de les regarder se disputer, Etta enfonça le bord non coupant du couteau contre sa cuisse puis inspira une bouffée d'air froid et saumâtre.

— Nous comprenons, dit-elle enfin. Merci.

Son intervention eut l'effet escompté : capter à nouveau l'attention de Nicholas.

Il lui adressa un bref signe de tête.

— Je vais faire livrer votre repas à vos cabines. Reposez-vous bien, miss Spencer.

Etta acquiesça, les yeux rivés sur ses orteils qui dépassaient de sous sa robe. Nicholas s'avança vers les marches. Etta se sentit frissonner lorsqu'il la détailla une dernière fois.

Quand le bruit de ses pas s'évanouit, Etta fit volte-face vers la fille.

— Mais bon sang, qu'est-ce qui se passe ?

Sophia se laissa aller contre la cloison, le dos de la main plaqué sur la bouche. En entendant Etta, elle grimaça.

— Pas un mot de plus jusqu'à ce que je t'ordonne le contraire, sans quoi je ne répondrai pas de mes actes.

Etta ouvrit la porte de la cabine et y entra, les doigts enroulés autour du métal chaud du couteau.

— Dis-moi qui tu es, exigea-t-elle.

Le mur était percé d'un hublot qui laissait passer fort peu de lumière. Chancelante, Sophia se pencha pour ramasser une lanterne et la poser sur un petit bureau.

Etta s'écarta, essayant de mettre un peu de distance entre elle et l'odeur de vomi que Sophia dégageait, ainsi que son regard glacé, accusateur. Elle voulait avoir la porte dans le dos. Si les choses tournaient mal, elle pourrait s'échapper et enfermer Sophia dans la cabine.

La fille s'assit lourdement sur le bord de la couchette et approcha un seau à l'aide de son pied.

— Maudit navire, maudit traître, maudite mission...

— Je veux savoir ! s'écria Etta. Comment sommes-nous arrivées là ? D'ailleurs, où sommes-nous ? Qui sont ces gens ?

— Je ne devrais rien te dire après cette brillante démonstration de bêt... (Sophia eut un léger haut-le-cœur.)... de bêtise.

— C'est toi qui m'as poussée ! insista Etta, laissant libre cours à sa colère. C'est toi, la responsable ! C'est toi qui m'as amenée ici !

— Bien sûr que je t'ai poussée ! (Sophia renifla.) Tu étais d'une lenteur ! Une vraie limace. On aurait passé des plombes là-bas, avec toi qui pleurnichais comme une idiote ! Je nous ai rendu service à toutes les deux.

— Est-ce toi... ? (Etta arrivait à peine à prononcer les mots qui suivirent.) Est-ce toi qui as tiré sur Alice ? Voulait-elle t'empêcher de m'amener ici ?

Etta essayait de comprendre. Pourquoi Alice se serait-elle trouvée ici, et non à l'auditorium, ou avec sa mère dans le bureau, à l'étage ? Elle n'avait pas pensé à vérifier si son professeur était toujours en possession de son sac à main. En d'autres circonstances, elle aurait pu croire à une tentative de vol au musée. Mais cela aurait été une sacrée coïncidence. L'explication était trop simple.

— Alice ? répéta Sophia, perplexe. Tu veux parler de la vieille ? J'ignore totalement qui lui a tiré dessus. Il y avait d'autres voyageurs Boisdefer là-bas, qui surveillaient notre progression. Et, si ce n'était pas l'un d'eux, je n'allais pas laisser cette personne nous régler notre compte, à nous aussi !

Etta la dévisagea. Mille questions l'assaillaient. Devant son mutisme, Sophia éclata de rire. Il n'en fallut pas plus à Etta pour perdre totalement son sang-froid.

Tremblante, la respiration haletante, elle sortit le couteau et le pressa contre le cou de Sophia. L'instinct avait pris le pas sur la logique, la compassion, la patience. La laideur qui émanait de cette fille était à la fois inconnue et terrifiante.

Qu'est-ce que tu fais ?

Sophia leva les yeux vers elle, ses yeux noirs s'écarquillèrent une fraction de seconde. Puis elle fit claquer sa langue avec impatience et se pencha pour appuyer sa chair contre la lame, faisant perler une goutte de sang.

Avant qu'Etta puisse reculer, Sophia lui enroula ses doigts autour de la main, qu'elle écarta de sa gorge d'un demi-centimètre. Sa peau, si lisse et si pâle, aurait fait se pâmer la lune d'envie. Dans ses yeux brillait une étrange lueur d'approbation. Comme si, sans le savoir, Etta venait de réussir un test.

Elle sentait le pouls de Sophia, chaud et léger, quand celle-ci dirigea de nouveau la main vers sa gorge, effleurant la chair offerte.

— Là, montra-t-elle. Juste là. Ils se videront de leur sang comme des porcs avant de pousser un cri, et tu pourras t'en tirer. Ne l'oublie pas.

Etta hocha la tête. Elle avait une telle boule dans la gorge qu'il lui fut impossible de répondre. Sophia lui prit le couteau et le lança avec tant de force qu'il se ficha dans la cloison et y resta, le manche vibrant.

— Ils ne s'y attendront pas de ta part, poursuivit-elle. Moi non plus, je ne m'y attendais pas, idiote que je suis. C'est bien. J'aime qu'on ne se laisse pas marcher sur les pieds. Mais, contre moi, ça ne te servira pas à grand-chose.

— Dit celle qui n'arrête pas de gerber.

Etta se reconnut à peine, tant la fureur l'aveuglait, et encore moins dans cet état d'impuissance. Elle avait la même impression que lorsqu'elle était en train de se noyer : la surface de l'eau noircissait un peu plus chaque seconde.

Sophia se leva, prit un broc sur le bureau, versa de l'eau dans une cuvette en porcelaine et s'aspergea le visage, le cou et les mains. Après quoi, elle regarda l'ensemble de toilette d'un œil noir.

— Je déteste ce siècle. Il est si... rustique, tu ne trouves pas ?

— Quel siècle ? s'entendit souffler Etta.

— C'est réellement la première fois que tu fais ça ? Tu ne sais vraiment rien du tout ? Incroyable. (Sophia leva les yeux et tordit la bouche.) Devine.

Elle ne voulait pas le formuler à voix haute, mais c'était le seul moyen de le savoir.

— Le XVIIIe ? proposa-t-elle en songeant aux costumes. Tu m'as ramenée au XVIIIe siècle ?

Le désespoir faisait monter sa voix dans les aigus. *Dis-moi, dis-moi, dis-moi...*

— Personne ne t'a ramenée nulle part, répliqua Sophia. Tu as voyagé.

QUATRE

Voyagé. Etta fit rouler ce mot dans sa tête comme un bloc d'argile, le laissa prendre forme, lissa sa surface, puis essaya de lui donner un autre aspect. *Voyagé.*

Voyager, cela signifiait, dans une certaine mesure, avoir le choix : parcourir une distance de son plein gré, pour une raison précise. Etta avait suivi le bruit, les cris, car elle voulait avoir la preuve qu'elle n'était pas folle, qu'il y avait quelque chose à l'origine de tout cela, une explication. Et cela l'avait menée…

À la cage d'escalier.

Au mur d'air ondoyant.

Sauf que… ce n'était pas l'exacte vérité. Cela l'avait menée à Sophia, qui l'avait conduite dans la cage d'escalier, parce que…

— On t'a envoyée pour m'obliger à venir ici, conclut Etta, une fois arrivée au bout de son raisonnement. Tu t'es fait passer pour une violoniste. Tu as réussi à intégrer la programmation.

Sophia agita légèrement le poignet.

— Passe-moi ce linge humide, veux-tu ?

Etta le prit dans la cuvette, le lui jeta à la figure et savoura le claquement qu'il fit en entrant en contact avec sa peau.

Sophia se leva d'un coup de l'étroite couchette.

— On est de mauvais poil, on dirait ?

Luttant contre l'envie de hurler, Etta lâcha juste :

— Je ne vois vraiment pas pourquoi !

Les coups de marteau et les appels, au-dessus, meublèrent le silence qui suivit.

Au bout d'un moment, Sophia prit la parole :

— Même si ce serait très amusant à observer, je ne peux pas te laisser patauger ainsi. Si tu fais un faux pas et révèles aux autres qui tu es, ce sera mon cou que la guillotine tranchera, pas le tien.

Tout en traînant une chaise en bois à côté de la porte, Etta demanda :

— Comment ça, si je fais un faux pas ?

Sophia reprit place sur la couchette. Elle était suffisamment menue pour s'y allonger sans avoir à remonter les genoux. Elle posa sur son front et ses yeux le linge humide plié.

— Je viens de te le dire : si tu révèles aux hommes à bord de ce navire – ou à n'importe qui, d'ailleurs – ton aptitude à voyager dans le temps, tu nous condamnes toutes les deux, par association. (Elle souleva le linge et plissa les yeux.) Mais tu es sincère quand tu affirmes n'être au courant de rien ? Tes parents ne t'ont jamais rien dit ?

Etta regarda ses mains. Sa peau était rouge et pleine de bleus au niveau des articulations. La question resta suspendue entre elles, aveuglante comme une rivière de diamants.

Malgré son incrédulité, une idée lui avait traversé l'esprit.

— Si je réponds à une de tes questions, commença Etta, tu dois répondre à une des miennes.

Sophia leva les yeux au ciel.

— Si tu tiens absolument à jouer…

— Je ne sais pas qui est mon père. Je ne l'ai jamais connu. D'après ma mère, c'est un homme qu'elle a rencontré une fois seulement. Une aventure d'un soir. Maintenant, à toi : en quoi est-ce important ?

— Je ne parlais pas spécialement de ton père. (Sophia haussa les sourcils.) On peut hériter de ce pouvoir de l'un ou l'autre de ses parents.

Dans ce cas…

Maman. Oh, mon Dieu ! Etta dut se raidir pour ne pas chanceler. Elle avait les jambes en coton. *Maman.*

« Tu ne peux pas la détourner de son chemin, pas sans conséquence ! »

« Elle n'est pas prête pour ça. Elle n'a pas reçu la bonne formation, et rien ne nous garantit que ça se présentera bien pour elle ! »

Elles ne parlaient pas de la première.

La confusion l'envahit. Elle sentit ses mâchoires se crisper sous le poids de la culpabilité. Elle avait proféré des horreurs à l'intention d'Alice, croyant que son professeur voulait faire marche arrière.

Elle essayait de me protéger. Sa mère voulait qu'elle voyage, et Alice n'était pas d'accord. Était-elle une voyageuse, elle aussi ? Il ne faisait aucun doute que Rose avait partagé son secret avec elle, quand Etta en ignorait tout. Pourquoi l'auraient-elles mise dans cette position ?

« De toute évidence tu ne connais pas Etta si tu la sous-estimes. Elle y arrivera. »

Arriver à quoi ?

Etta s'obligea à détendre ses mâchoires et, de nouveau soupçonneuse, se tourna vers Sophia. Si sa mère avait tenu à ce voyage, elle lui aurait dit de partir avec Sophia, tout simplement. Le larsen assourdissant, la mort d'Alice… Tout cela aurait pu être évité.

« *C'est son moment.* »

Une pensée émergea du chaos qui régnait dans son esprit. Rose et Alice savaient qu'un jour elle voyagerait, peut-être même s'étaient-elles toujours disputées pour essayer de l'empêcher. Et si c'était pour cette raison qu'elles ne lui avaient jamais parlé de ce pouvoir ? Elles se disputaient pour savoir s'il fallait enfin la mettre dans la confidence.

Trop tard, songea Etta, luttant pour garder une respiration régulière. *Bien trop tard.*

Soudain, elle paniqua pour sa mère : si Alice avait été tuée par l'un de ces voyageurs temporels, les Boisdefer, alors qu'ils cherchaient à atteindre Etta, n'y avait-il pas un risque que Rose ait subi le même sort en essayant de les arrêter à son tour ?

D'ailleurs, pourquoi étaient-ils venus la chercher, elle ? Pourquoi la voulaient-ils, elle ?

— Tu es suffisamment intelligente pour en tirer la conclusion qui s'impose, dit Sophia. On hérite du pouvoir par l'un ou l'autre de ses parents, ou les deux. Aujourd'hui, c'est plutôt l'un des deux seulement, car nous sommes de moins en moins nombreux, et on nous a forcés à nous marier avec des gens qui ne sont pas comme nous. Les chances de naître doté de ce pouvoir sont de plus en plus infimes, mais il ne fait aucun doute que c'est de ta mère que tu as hérité du tien. Rose Tilleul.

Tilleul. Pas Spencer. Pourquoi avoir pris un autre nom de famille ? Rose l'avait-elle inventé sur un coup de tête, ou était-ce réellement le nom du père d'Etta ? Et lui, quelle place avait-il là-dedans – si toutefois il en avait une ?

— Je l'avoue, ta mère est plutôt célèbre dans nos cercles. Un jour, elle a disparu, ce qui a provoqué un sacré désordre.

Sophia semblait ravie de voir le monde d'Etta s'effondrer. Que cette fille détienne le savoir rendait folle Etta : Sophia espérait manifestement qu'elle la supplierait d'éclairer sa lanterne.

Elle n'en ferait rien.

— Tu ne me poses pas une autre question ?

Sophia fit la moue tandis qu'Etta redressait les épaules.

— Connais-tu Cyrus Boisdefer ? demanda enfin Sophia. Ce nom t'évoque-t-il quelque chose ?

— Ça fait deux questions, remarqua Etta. Non aux deux. Comment voyage-t-on, et comment ça marche ?

— Bon sang ! grogna Sophia. On met des années à comprendre, et tu veux que je te fasse un résumé en deux minutes ?

— Oui, insista Etta.

— C'est... une relation spéciale que certaines personnes entretiennent avec le temps, depuis des milliers d'années. C'est un processus naturel, il n'y a pas de machine. On pourrait qualifier ce phénomène de magique, même si cela déplaît à Grand-Père. Nos ancêtres savaient profiter des déchirures dans le tissage du temps. Ils les traversaient pour émerger à des époques différentes.

Quelle partie de cette explication était la plus incroyable ? Qu'on puisse « déchirer » le temps, ou qu'elle ait employé le terme « magique » avec le plus grand sérieux ?

— Ces déchirures sont comme des fissures naturelles, disséminées à travers le monde. Ces passages ont toujours existé. Nos familles savent où les trouver et comment s'en servir. (Sophia s'installa plus à son aise.) Par exemple, un passage dont l'entrée se trouve dans le Paris médiéval peut déboucher, disons, en Égypte, au temps des pharaons. Tu y entres quand tu veux, comme dans n'importe quel tunnel, et tu fais des allers et retours entre les deux.

Les membres pétrifiés, Etta hocha la tête. La question qu'elle s'apprêtait à poser venait d'être parasitée par une pensée. Sophia avait parlé de leurs ancêtres. Etta avait d'abord cru que Sophia parlait des siens, les Boisdefer… Mais avait-elle des liens avec les ancêtres d'Etta, les Tilleul ?

Cette idée insuffla un espoir brûlant, presque insoutenable dans les recoins sombres de son cœur, qu'elle avait fermé étant enfant. Résignée depuis longtemps à avoir un entourage réduit, elle ne souhaitait pas le voir s'élargir : cela lui aurait paru ingrat par rapport à sa mère et à Alice, qui l'aimaient tendrement. Mais… une famille ! Avec des racines, des dizaines de ramifications, dont elle serait l'aboutissement !

— Il y a une autre robe pour toi dans la malle qui se trouve dans la cabine voisine, dit Sophia en agitant la main. Je ne sais pas si elle t'ira mieux que celle-ci, que j'ai eu un mal de chien à t'enfiler.

Etta ne releva pas la pique, réalisant soudain quelque chose.

— Où sont *mes* affaires ?

Ses vêtements, les boucles d'oreilles de sa mère…

— J'ai brûlé ton horrible robe à notre arrivée, répondit Sophia. De toute façon, elle était fichue. Quant à tes boucles d'oreilles, je les ai mises dans une pochette là-dedans… quelque part.

Etta sentit la panique la quitter.

— Tu jures que tu ne les as pas jetées ?

— J'en ai eu envie, répliqua Sophia. Elles n'auraient pas manqué à l'histoire. Mais… c'étaient des perles véritables. Je me suis dit qu'un jour tu en aurais peut-être besoin. Pour les revendre.

Etta sursauta d'étonnement. Les revendre ?

— Va donc chercher cette fichue robe. Et des sous-vêtements. Tu trouveras le tout emballé dans un paquet marron. Dépêche-toi : je sais déjà quelle question je vais te poser ensuite.

Etta se leva, les jambes raides. Elle s'arrêta à la porte, aux aguets. Une fois certaine qu'il n'y avait personne dans les parages, elle sortit et se glissa dans une pièce identique. Celle-ci était presque vide, aussi trouva-t-elle immédiatement la malle, devant laquelle elle s'accroupit. Le lourd couvercle de bois s'ouvrit dans un grincement. Un délicieux parfum de lavande s'échappa : des sachets avaient été fourrés çà et là, dans la couverture sur le dessus, et même à l'intérieur des chaussures en cuir, qu'Etta mit de côté. Le paquet, ficelé avec une cordelette grossière, était calé sur une autre couverture, au fond. La malle ne contenait pas grand-chose d'autre : une bouteille de ce qui semblait être de l'eau de rose, une brosse et… Etta relâcha l'air qui lui brûlait les poumons en soulevant un petit sac en velours.

Quand les boucles d'oreilles tombèrent dans sa paume, elle perdit toute contenance. Les sanglots la déchirèrent avec une telle violence que son corps entier fut secoué de spasmes. Elle appuya son front sur son poing et sentit les clous des boucles d'oreilles s'enfoncer dans sa peau.

Elle n'aurait pas dû quitter la cabine de Sophia. Sans la pression, la nécessité de ne pas perdre la face, elle n'arrivait pas à garder son sang-froid. À cet instant, elle n'avait pas besoin de se montrer courageuse, ou calme. Elle n'avait rien à prouver.

Alice. Oh, mon Dieu, Alice. Elle regarda ses mains, comme s'attendant à les voir tachées du sang de son professeur. Ils l'avaient tuée pour atteindre Etta. Pourquoi n'avait-elle pas pris la peine d'écouter ce qu'Alice avait tenté de lui dire dans le bureau de sa mère ? Pourquoi Alice avait-elle voulu empêcher tout cela ?

Etta devait trouver le moyen de se ressaisir, sinon elle n'arriverait pas à sortir de cette cabine. Jamais elle ne parviendrait à retourner dans son époque.

Respire, mon poussin. Compte avec moi. Inspire sur trois temps, expire sur trois temps…

La voix d'Alice s'infiltra dans ses pensées désordonnées. Elle inspira l'air humide, se concentra sur ses poumons qui se gonflaient, et expira lentement, comme on le lui avait appris. Cela faisait si longtemps qu'elle n'avait pas été en proie à une telle panique qu'elle avait oublié combien c'était facile de retomber sous son emprise.

Ferme les yeux.

N'écoute que la musique.

Écoute.

Elle tendit l'oreille : en haut, les hommes chantaient, en rythme avec les battements rapides de son cœur, du sang qui bourdonnait à ses oreilles. D'instinct, elle leva les mains et fit mine de jouer sur un violon imaginaire pour retrouver son calme. Elle s'arrêta sitôt qu'elle sut ce qu'elle faisait.

Maman voulait que je voyage. Pas de cette manière, certainement, mais un jour. *Elle voulait que je sache, que je comprenne le pouvoir que j'ai.* Pour la première fois de sa vie, Etta se rendit compte qu'elle avait enfin percé le secret de sa mère, son essence même, pourquoi elle refusait de livrer ses souvenirs. Pourquoi elle se refermait comme une huître, pourquoi elle avait si souvent l'air plongée dans ses pensées. Malgré tout, Etta sentit quelque chose en elle se mettre en place. Le nœud glacé qui représentait leur relation venait de se défaire. Elle fut submergée par une brusque envie de retrouver sa mère, de s'assurer qu'elle allait bien, de lui parler, de la connaître réellement, enfin.

Mais tout cela ne répondait pas à la question : pourquoi Rose ne l'avait-elle pas mise dans la confidence ? Les seuls déplacements qu'elle effectuait à présent étaient ancrés dans l'espace ; ils avaient pour destination des pays, elle traversait les océans. Etta en était sûre. Alors pourquoi avait-elle « disparu », comme l'affirmait Sophia ? Et dans quelle mesure ses histoires étaient-elles réelles, et non inventées pour endormir une petite fille agitée ?

Il faut que je rentre.

Elle s'était réveillée à bord de ce navire en découvrant que toute sa maîtrise d'elle-même s'était envolée. Seuls son instinct et sa volonté demeuraient. Malgré le sentiment de folie et de sauvagerie qui l'avait alors habitée, elle s'était prouvé qu'elle était capable de se défendre. À présent, elle devait tout mettre en œuvre pour survivre, se ressaisir, et planifier son retour chez elle.

Chez elle… Dans son époque. À New York.

Elle glissa ses pieds dans les étroits souliers et mit les boucles d'oreilles, marquant une pause uniquement pour vérifier qu'elles étaient bien accrochées. Leur poids léger lui rappellerait son foyer, sa mère, Alice, la première…

Alice. Étant une « voyageuse temporelle », Etta avait-elle la possibilité de revenir au moment où elle s'était disputée avec sa mère et son professeur ? Pouvait-elle utiliser son pouvoir pour remonter le temps, quitter le concert, emmener les deux femmes ?

Pouvait-elle sauver Alice ?

Elle avait toujours su quelle direction prenait sa vie. Elle s'était battue pour ne pas s'en écarter chaque fois qu'elle empoignait son violon. Son avenir, c'étaient la scène, les concerts, les enregistrements. Pourtant, il y avait toujours eu une petite incertitude dans cette vision. Entrouvrir la porte, même à peine, suffisait à mettre son imagination en ébullition et l'incitait à s'engouffrer dans la brèche. *Ce serait comment*, se demanda-t-elle, *d'aller où on veut, quand on veut ?*

De se retrouver au milieu d'un empire disparu depuis longtemps ?

De traverser des continents et de voir les merveilles du monde ?

D'être assise dans le public, au Théâtre de la Porte de Corinthie de Vienne, pour écouter la *Neuvième Symphonie* de Beethoven ?

De supplier Bach qu'il lui donne un cours à Leipzig ?

De sauver Alice ?

Quel autre choix avait-elle que celui d'en apprendre le plus possible, afin de revenir à ce moment précis dans le temps ? Il lui faudrait supporter les sourires narquois de Sophia, tout en gardant à l'esprit l'idée répugnante qu'elle avait peut-être sous les yeux l'assassin de son professeur, ou quelqu'un ayant un lien direct avec lui.

Je peux y arriver, pensa-t-elle en se penchant pour ramasser le paquet de linge. *Je peux rentrer.*

Elle se battrait pied à pied s'il le fallait.

Quand Etta reparut, Sophia, assise au bord de la couchette, demanda sèchement :

— Tu t'es perdue ?

Elle avait de nouveau la tête au-dessus du seau. Après avoir respiré une bouffée d'air frais, Etta sentit son propre estomac se retourner à cause de l'odeur de bile et de vomi.

— Comment se fait-il que tu ailles tout à fait bien, se plaignit Sophia, alors que moi, je... ?

Etta se détourna avant le haut-le-cœur de Sophia. Après avoir déficelé le paquet, elle découvrit un tas de linge en lin, coton et soie. Ainsi qu'un objet ressemblant fort à un corset.

— Qu'est-ce que je fais de tout ça ?

— Enlève ta robe et débrouille-toi, cracha Sophia. Commence par la tunique – le truc léger qui ressemble à une chemise de nuit. Ensuite, les bas, que tu devras attacher avec des jarretières. Oui, c'est indispensable.

Après qu'Etta eut été sortie de l'eau, on avait découpé le devant de sa robe, ainsi que le vêtement semblable à un corset juste en dessous. Il était fendu presque jusqu'à l'endroit où il rencontrait les jupes. Cela n'aurait pas dû être compliqué à ôter, mais les lacets mouillés du corset s'étaient emmêlés quand elle avait enfilé le manteau de Nicholas. Une fois qu'elle les eut écartés, il fut plus facile de les défaire. Elle les laissa choir par terre et s'extirpa en se tortillant de ce qui restait de la robe trempée et maculée de sang.

Tu peux y arriver.

Les paroles de sa mère traversèrent son esprit. « *Etta y arrivera.* »

— Alors, quelle question veux-tu me poser ? demanda-t-elle en mettant les mains derrière elle.

Les jupons étaient ce qui pesait le plus : deux épaisses couches de laine séparées de la robe, nouées ensemble. Ils glissèrent le long de ses jambes et tombèrent au sol bruyamment. Une main appuyée contre la cloison de bois, Etta s'en dégagea puis ôta ses bas. Elle était vêtue seulement d'une sorte de longue chemise de nuit fine, en coton, sans rien en dessous. Ses joues s'empourprèrent lorsqu'elle jeta un coup d'œil à Sophia.

— Change de tunique, et apporte-moi les autres lacets. Je vais te les refaire. Une fois de plus, oui, c'est indispensable. Apparemment, les filles du XXIe siècle n'ont pas de taille à proprement parler. Sans cet accessoire, tu n'arriveras pas à mettre la robe correctement.

Etta prit une mine renfrognée.

— Entendu, Votre Majesté.

— Je préfère ce ton-là, merci. Pas de taille, mais capable de reconnaître les classes sociales supérieures. Après tout, je vais peut-être pouvoir travailler avec toi.

Etta leva les yeux au ciel.

Même si cela ne lui laissait guère d'intimité, elle tourna le dos à Sophia et ôta la tunique par le haut, la remplaçant par celle qui était propre et sèche. Elle enfila les longues manches et lissa le tissu quand celui-ci se prit dans ses genoux.

Sophia s'avança d'un pas disgracieux vers sa malle. Etta aperçut une autre pile de linge avant que la fille trouve ce qu'elle cherchait : une aiguille longue et fine, sculptée dans l'os.

— Passe les bras à travers les baleines, ordonna Sophia. Ceux-là se lacent par le devant, donc tu pourras le faire toi-même désormais.

— Génial, marmonna Etta. J'ai hâte.

— Ça fait partie du jeu pour ne pas attirer les soupçons, lui rappela Sophia.

L'aiguille était nécessaire pour lacer le corset. Quand Sophia l'enfila dans les œillets, de chaque côté de l'ouverture, Etta sentit une odeur de cuir. Le tissu était raide ; les baleines lui meurtrissaient la peau quand Sophia tirait, resserrait, tirait, puis resserrait encore. La posture d'Etta se modifia : elle se redressa jusqu'à être convaincue d'avoir pris dix centimètres d'un coup.

— Laisse les lacets quand tu te déshabilles. Tu les détends seulement, expliqua Sophia, et tu te glisses au-dehors. Sur un navire rempli d'hommes, mieux vaut ne pas perdre de temps à t'habiller.

— D'ac... cord, hoqueta Etta en tirant sur les lacets pour les détendre.

Sophia lui assena une tape sur la main.

— Tu as gâché la plus jolie des trois robes que je t'avais achetées, lui reprocha-t-elle. Mais j'imagine que ça n'a pas d'importance, puisque nous ne dînerons pas avec les membres de l'équipage. Ces deux tenues sont des robes à l'anglaise[1].

Etta enfila un autre jupon de laine jusqu'à sa taille et se sentit au bord de l'évanouissement, tant il lui tenait chaud.

— Les corsets sont fermés, tu vois ? Tu n'auras pas besoin de plastron. (Sophia plaqua la robe contre sa poitrine.) Tu as oublié les bas et les jarretières. Ils sont plus faciles à mettre sans les jupons.

Etta soupira, souleva ses couches de tissu, se pencha pour enfiler un bas et l'attacha avec un ruban juste au-dessus du genou. Puis elle fit de même de l'autre côté. Sophia en connaissait un rayon sur le sujet, mais elle ne faisait clairement pas partie de la classe paysanne du XVIIIe siècle.

— Quel âge as-tu, exactement ? s'enquit Sophia en retournant à la couchette. C'est ma question suivante.

— Dix-sept ans, répondit Etta en enfilant la robe par le haut. Et toi ?

— Dix-sept ans. Et demi.

Bien sûr. Etta lutta contre l'envie ridicule de lui faire remarquer qu'elle la battait quand même : elle allait avoir dix-huit ans dans quelques mois.

— As-tu réellement le niveau professionnel au violon ?

Le ruban qu'Etta essayait de nouer lui échappa des doigts : elle voulait maintenir les bas tout en évitant de couper sa circulation sanguine. Rien ne l'obligeait à révéler toute la vérité.

— Oui, je crois.

---

1. En français dans le texte.

— Et ton père… Ton futur époux… (Une grosse vague bouscula le navire ; Sophia tomba en arrière sur la couchette. Une fois assise dessus, elle y resta.) Ton père et ton futur époux, insista-t-elle, les paupières closes pour ne pas se laisser envahir par la nausée, t'autoriseront-ils à travailler ? Même quand tu auras des enfants ?

Quelle étrange question !

— Eh bien, comme je te l'ai dit, je n'ai jamais connu mon père. Mais, quand je serai majeure, personne ne me dira ce que je dois faire de ma vie. Du moins, personne ne prendra les décisions pour moi.

Sophia la regarda, l'œil vitreux :

— C'est vrai ?

Etta savait ce qu'aurait dû être sa question suivante, mais elle eut envie d'en poser une autre.

— De quel siècle viens-tu ? J'ai droit à deux questions pour ce tour, au fait.

— Je suis de tous les siècles, répliqua Sophia avec un geste évasif de la main. Mon époque d'origine, l'année où je suis née, c'est 1910, à Philadelphie. Je n'y suis pas retournée depuis… une éternité.

— Où se trouve l'autre ouverture du passage ? Celui qui mène au musée ?

Sophia éclata de rire.

— Tu n'imagines tout de même pas que je vais te le dire ! Comme si ça avait une quelconque importance, d'ailleurs. Sais-tu sur quel océan nous sommes, déjà ? (Elle parut se rendre compte de son erreur une seconde trop tard.) Ce n'était pas une question !

— Si, c'en était une, et oui, je connais la réponse : c'est l'océan Atlantique, n'est-ce pas ? (Etta n'avait pas besoin d'attendre la confirmation de Sophia pour savoir qu'elle avait raison.) Est-ce que… (Elle s'interrompit, essayant de trouver la bonne formulation.) Comment avons-nous atterri sur ce navire ?

— Nous avons emprunté le passage. Tu étais inconsciente. Je t'ai mis des vêtements correspondant à la mode de l'époque, et, ensemble, nous nous sommes rendues sur les quais pour embarquer à bord de ce navire. C'était le seul en partance de… de ce port en particulier, et qui nous permettrait d'arriver à la date souhaitée par Grand-Père. Le problème, c'était que ce vaisseau était initialement à destination de l'Angleterre, donc il a engagé ce… ce rat pour s'en emparer et le faire aller à New York, où il nous attend.

Etta avait obtenu beaucoup plus de réponses qu'elle n'en espérait. Sophia devait être épuisée pour se livrer autant.

— Peux-tu mouiller ce chiffon pour moi ?

Sophia le lui lança. Etta l'attrapa entre deux doigts et le tint devant elle.

— Bien sûr. Et ça comptait pour une question, au fait.

Sophia plissa les yeux.

— Va te faire voir !

— Pourquoi m'a-t-on amenée ici ? Pourquoi devais-tu venir me chercher ?

— Ce sont deux questions différentes, qui ont deux réponses différentes, répliqua Sophia. Pour la première, je n'en sais rien. Je ne suis pas autorisée à demander ce genre de choses. Pour la seconde : parce qu'on me l'a ordonné.

— Qui ça ?

— Ça fait trois, et cette question-là est stupide puisque je te l'ai déjà dit.

Etta jura. Elle avait raison : « Grand-Père. » Le dégoût la saisit.

Sophia posa la question suivante tout bas, du bout de ses lèvres pâles :

— Quand les femmes ont-elles obtenu le droit de vote ?

De nouveau surprise, Etta cligna des yeux. De tout ce qu'elle pouvait demander…

— Je croyais que tu avais accès à des passages donnant sur différentes époques ? Tu ne sais vraiment pas ?

— Si tu veux tout savoir, avant qu'on m'envoie te chercher, je n'avais pas le droit d'aller au-delà d'une certaine date, rétorqua Sophia avec humeur. Réponds à ma question, puis dis-moi si la boîte avec les images en mouvement ne mentait pas quand elle parlait d'une femme candidate à la présidence.

Une boîte avec des images en mouvement ? La télévision ?

Voilà qui devenait de plus en plus intéressant. Sophia était bien plus curieuse que ce qu'elle laissait paraître. Elle ne creusait pas dans le passé d'Etta pour trouver des armes contre elle. Non, elle avait gâché une question parce qu'elle voulait à tout prix connaître la réponse.

— Oui, il y en a une qui se présente. Quant au vote des femmes… 1920 ?

— 1920, répéta Sophia. Dix ans.

Dix ans par rapport à quoi ? Son année de naissance ? Etta n'arrivait pas à croire à l'explication que Sophia avait donnée : qu'elle n'ait pas eu le droit de voyager après une certaine date. Comment l'en empêcher, quand tous les autres voyageurs avaient l'histoire entière à portée de main ?

Cette pensée en fit naître une autre.

— Est-ce qu'un voyageur peut changer le cours de l'Histoire ?

— C'est mon tour ! râla Sophia. Oui, certains voyageurs ont accidentellement provoqué de petits changements à cause de leurs connaissances sur l'avenir et de leur bêtise. Rien de plus facile si on ne fait pas attention. La plupart du temps, ça ne bouleverse pas les choses au point de devoir intervenir. Toutefois, procéder à des changements de manière intentionnelle est contre notre règlement, et peut être puni de plusieurs années d'interdiction de voyager, voire pire.

— Je ne vois pas comment un petit changement ne déboucherait pas forcément sur un gros, objecta Etta.

— Ça arrive parfois, mais il peut aussi ne rien se passer du tout. C'est difficile à prédire. (Sophia croisa les bras sur sa poitrine et ferma les yeux.) Pour bien comprendre, il faut te figurer la chronologie comme… un cours d'eau qui s'écoule en continu. Son lit est fait, mais nous créons des perturbations en sautant dans cette eau ou en dehors. La chronologie se corrige d'elle-même du mieux possible, afin que les événements censés se produire aient bien lieu. Mais, si un changement d'abord infime prend de l'importance, ou si un voyageur provoque de gros dégâts, cela peut modifier l'écoulement du cours d'eau, le déroulement de la chronologie, et, à partir de là, avoir des répercussions sur l'avenir.

Etta se pencha vers elle.

— Des répercussions ?

— Comment se passe l'école, à ton époque ? demanda Sophia. D'après la boîte avec les images en mouvement qu'il y avait à mon hôtel, il est courant que les garçons et les filles fréquentent le même établissement.

— Tu veux parler de la télévision, la corrigea Etta.

Impatiente, elle lui fit un bref descriptif du système éducatif américain.

— Bon, je m'explique, dit Sophia pour en revenir à la question d'Etta. Les gros changements, le plus souvent, nécessitent de distribuer autour de soi d'énormes sommes d'argent et de se lier d'amitié avec les bonnes personnes, celles qui ont du pouvoir. Bien entendu, Grand-Père l'a fait quelques fois, pour asseoir notre fortune et celle des autres familles.

— Hein ? s'insurgea Etta.

Sa chronologie n'était donc pas celle qui aurait dû être. Son avenir résultait des décisions de ce vieil homme !

— Cela demande soit un effort coordonné de plusieurs voyageurs, soit de tomber sur le moment parfait dans la chronologie, ce qui est très rare. Pendant les guerres, c'est plus compliqué, puisqu'il y a de nombreux paramètres à prendre en compte. Cela revient un peu à vouloir contenir un raz-de-marée, mais c'est possible. Il est bien plus facile de changer l'aspect d'une ville, de créer une entreprise ou de la ruiner, de financer des lois qui servent nos intérêts en affaires… Il se peut qu'à cause de Grand-Père quelques marchés boursiers se soient effondrés, provoquant la ruine de familles fortunées, par exemple, et que ces effondrements aient pu engendrer des événements qui ont davantage… marqué l'Histoire.

Comme quoi ? La Grande Dépression ?

— Encore une fois, on ne le fait plus, insista Sophia. Nous protégeons notre chronologie.

Tu veux dire votre fortune et votre pouvoir, songea Etta. Elle avait raison : cette famille n'avait aucun scrupule, et jamais elle n'avait éprouvé autant de satisfaction à ne pas partager de lien de sang avec quelqu'un.

— Que se passe-t-il si l'avenir se trouve changé ?

Etta posa les coudes sur ses genoux.

Sophia soupira.

— Parle-moi des voyages à ton époque. C'est comment, de prendre l'avion ?

Ravalant son impatience, Etta lui raconta, puis attendit la réponse, tentant de s'installer plus confortablement sur la chaise dure.

Sophia croisa les mains sur son ventre et leva les yeux au plafond.

— Si quelqu'un modifiait le passé, et que les conséquences soient suffisamment importantes pour avoir un impact sur la chronologie, cela ne t'effacerait pas en tant que voyageuse se trouvant à une autre époque que la tienne. Tu continuerais à vivre. En revanche, ça effacerait le monde tel que tu le connais. À ton retour, tu trouverais d'énormes changements dans ton environnement. Tu ne le reconnaîtrais pas. Les gens de ton entourage ne seraient pas les mêmes, tu ne vivrais pas dans la même maison, etc. Tu serais une sorte de réfugiée de ton époque naturelle. Dès que le futur se modifie, il se crée ce qu'on appelle une ridule. Le temps essaierait de se corriger et de se réaligner du mieux possible en t'extrayant toi, la voyageuse, de l'époque où tu te trouvais, puis en t'expédiant dans l'année charnière entre l'ancienne chronologie et la nouvelle.

Etta trouvait logique que son existence ne soit pas effacée de l'Histoire en cas d'erreur de sa part. L'effacer, ce serait aussi effacer l'erreur, et donc plus rien n'aurait été modifié en premier lieu. Cependant, l'explication de Sophia était terrifiante. Elle pouvait être renvoyée dans son époque, où absolument personne – ni Alice ni Pierce, personne ! – ne la connaîtrait. Cela réduirait à néant tout le travail qu'elle avait accompli au violon, la réputation qu'elle avait pris tant de peine à se forger.

— Tu es en train de penser aux conséquences, n'est-ce pas ? s'enquit Sophia. Je le vois à ton air. Avant, tu avais peur. Désormais, tu es curieuse.

— Curieuse ou pas, je rentre chez moi.

— Tu ne rentreras pas tant que Grand-Père ne t'y autorisera pas, et, s'il exige ta présence, il doit avoir une raison valable. Je me demande bien ce que c'est.

Etta s'obligea à détendre ses épaules.

— Il exige notre présence à toutes les deux.

— Défais mon corset, dit Sophia. Je voudrais me reposer.

Mais le jeu n'est pas terminé. Et sa dernière question… Etta avait consacré une grande partie de sa vie à réfléchir aux critiques et affirmations sur son jeu au violon, au point qu'elle avait confiance en sa capacité à distinguer le vrai du faux, les préférences, ou les mensonges. Sophia avait dit la vérité, mais ne dévoilait pas tout.

— Alors, tu refuses de me rendre la pareille ? soupira Sophia. Je savais que j'aurais dû venir avec une bonne.

Etta se leva quand le navire se remit à tanguer. Le visage de Sophia vira de nouveau au vert tandis qu'Etta, de ses doigts gourds, s'efforçait de défaire les rangées de minuscules boutons.

Le tissu, une sorte de damas, était chaud et humide de sueur. Son corset était lourd, et la tunique en dessous, devenue transparente, dégageait une odeur aigre et nauséabonde. Malgré ses griefs, Etta fut prise d'un élan de compassion et alla récupérer une tunique propre dans la malle. Avant de détourner le regard, elle eut le temps d'apercevoir les profondes marques que le corset avait imprimées sur la peau de Sophia, qui laissa échapper un petit soupir d'aise en enfilant le vêtement propre. Elles s'accordaient au moins sur un point : ce siècle n'était pas une époque extraordinaire pour les femmes.

— Comment est-on censées bouger dans un truc pareil ? demanda Etta en jetant le corset sur le bureau.

— On attend des femmes qu'elles ne fassent pas grand-chose. Du moins en ce qui concerne celles d'un certain rang. Mais pour s'enfuir et se battre, ça complique les choses. Pour le moment, contente-toi de faire tapisserie. Ton rôle est purement décoratif – jusqu'à ce que nous arrivions à New York. Ensuite, tu feras ce que Grand-Père te demandera.

À cette idée, Etta eut un mouvement de recul. Si sa mère avait été présente, elle se serait lancée dans une tirade qui aurait déchiré les tympans et écorché les cœurs à travers tout l'océan. « Tapisserie ». « Décoratif » ! Toute son existence, sa personnalité, réduites à néant.

— Je ne l'accepte pas, rétorqua Etta. Je ne suis pas un objet. Et sache que tu n'en es pas un non plus.

À ces mots, Sophia changea d'expression. La fatigue fut remplacée par un intérêt non feint :

— Tu es une enfant gâtée, le sais-tu ? Toi et ton droit de vote, ton éducation, ton indépendance… Quel gâchis !

Etta sentit monter la colère – réaction espérée par Sophia. Comme toutes les filles, elle était toujours sensible aux brimades des époques précédentes. Elle avait été élevée par une mère qui s'était battue avec ardeur pour obtenir le salaire qu'elle méritait, accéder à l'éducation, voyager comme elle l'entendait. L'idée qu'on attende d'elle qu'elle se soumette sagement la rendait folle de rage. Elle était déjà physiquement corsetée, cela ne suffisait-il pas ?

— Pourquoi rester ici si tu peux voyager à n'importe quelle époque ? s'enquit-elle. Tu peux rentrer avec moi. Je veux dire, retourner dans le futur. Ou te rendre dans le passé pour essayer de changer les lois…

Sophia laissa échapper un rire sans joie.

— Je n'ai pas le choix. C'est l'année qui sert de point de départ à tous les voyageurs, où notre famille est actuellement basée. Grand-Père choisit, nous suivons. Peu importent nos date et lieu de naissance, nous nous retrouvons ici. Nous proposons nos services au chef de famille. Nous jouons les rôles que chaque époque exige de nous, et nous ne nous mêlons pas des lois ou de la société. Du moins plus maintenant.

N'était-ce pas pratique, de voir la situation comme une sorte de jeu de rôles ? D'imaginer que chacun jouait un personnage, comme s'ils avaient été engagés pour les rôles principaux dans une pièce de théâtre géante ? Voilà une façon commode de se débarrasser de la responsabilité de changer les choses, de rester en retrait pendant que des guerres avaient lieu, que des gens étaient opprimés. Etta voulait protéger son avenir, la vie qu'elle avait connue, mais l'idée de ne rien faire alors qu'il y avait possibilité d'agir la mettait mal à l'aise, et même plus : cela la rendait furieuse.

— Dans ce cas, quel est l'intérêt de voyager ? demanda-t-elle, s'impatientant de ne pas avoir de réponses à ses questions. Si vous n'essayez pas d'arranger les choses, d'améliorer le monde, pourquoi s'embêter ?

— Pour satisfaire la volonté de Grand-Père, répliqua Sophia d'une voix lasse. Protéger les intérêts de la famille, faire le tour d'une époque pour voir ce qu'elle a à offrir, et en tirer profit.

Merveilleux. Ils possédaient un don incroyable, et comment cette famille avait-elle décidé d'en faire usage ? En ne s'intéressant qu'à leur portefeuille et en faisant du tourisme.

— C'est tout ? balbutia Etta. Tu es sérieuse ?

— Nous protégeons notre lignée. Nous la défendons des attaques dirigées contre notre famille, par les survivants des trois autres familles de voyageurs qui ont refusé de prêter allégeance à la nôtre.

— Tu as le choix, en réalité, tu sais, fit remarquer Etta au bout d'un moment. On a toujours le choix. Tu connais le passage pour rejoindre mon époque. Tu pourrais décider de partir, mais tu ne le fais pas. Alors qu'est-ce qui te retient exactement ici, hormis ta fidélité et ta peur ?

— Me traiterais-tu de lâche ? s'offusqua Sophia d'un ton glacé.

Qu'est-ce qui l'empêche d'agir autrement ? se demanda Etta. À l'évidence, Sophia aspirait à bien autre chose que ce que lui proposait sa famille.

— Je dis juste que tu es maligne. Tu mérites mieux. Alors reprends le contrôle de ta vie.

Ainsi, tu me ramèneras chez moi. Etta croisa les mains sur ses genoux et observa un changement d'expression chez Sophia. Ce n'était pas exactement de la manipulation, mais la possibilité de se faire une alliée. Si elle parvenait à convaincre Sophia qu'elle méritait mieux que ce que le passé lui avait offert jusque-là, alors peut-être accepterait-elle de la reconduire au passage qu'elles avaient emprunté. À elles deux, elles trouveraient le moyen de quitter ce navire, sous réserve d'arriver à se montrer suffisamment inventives dans leurs mensonges. Etta était presque sûre que sa mère accepterait d'aider la jeune fille à retomber sur ses pieds.

Sophia secoua la tête, les yeux fermés. Quand elle les rouvrit, ils luisaient d'une incandescence furieuse.

— Ne te fatigue pas, siffla-t-elle. Notre vie implique une certaine discipline. Elle requiert des règles. Se fondre dans la masse est une obligation pour survivre. Tu ne comprends pas, Etta. Aujourd'hui, nous sommes moins de cent voyageurs encore en vie. Nous sommes déjà en train de disparaître, sans compter les risques de se faire tuer ou piéger dans une période impitoyable. Nous observons tous la norme de l'époque, peu importe la façon dont cela nous affecte.

— Crois-le, si ça te soulage, commenta Etta.

Sophia leva les yeux au ciel.

— Imagines-tu une seconde le genre d'abus dont nous souffririons si l'on trouvait le moyen de nous asservir ? (Etta n'eut pas à imaginer quoi que ce soit : l'air horrifié de la fille en disait déjà long.) Nous nous protégeons en jouant des rôles qui conviennent à l'époque où nous sommes.

— Que veux-tu dire ?

— Avant que Grand-Père unisse les familles, elles essayaient constamment de détruire les chronologies des unes et des autres. Il n'y avait aucune stabilité. Maintenant, si. Alors accroche-toi à tes droits, à tes croyances, à ton avenir, mais sache que rien de tout cela ne te sera utile ici. Tu n'as pas été obligée de survivre comme les femmes l'ont fait pendant des siècles avant toi. Tu ignores tout des armes cachées que nous devons utiliser pour accéder à la connaissance et au pouvoir.

Les pages éparpillées de la vie de Sophia commencèrent à s'assembler dans l'esprit d'Etta. L'arme de Sophia, avec son caractère fourbe et malveillant, était de trouver les points faibles des autres, de profiter de leurs peurs et de leurs désirs, jusqu'à ce qu'ils soient à bout. Quel genre de vie la famille de Sophia lui avait-elle offert pour obtenir toujours plus, pour l'obliger à affûter davantage cette arme ?

Plus Sophia parlait, plus sa voix devenait dure.

— Maintenant que nous arrivons à la fin de notre petit jeu, permets-moi d'être tout à fait claire. La société ne change jamais, quelle que soit l'époque. Il y a des règles, des standards, qui en apparence n'ont pas de raison d'être. C'est une comédie élaborée, haineuse, où badinage et naïveté sont de mise. Aux yeux des hommes, nous, les femmes, avons l'esprit d'un enfant. Par conséquent, tu n'établiras aucun contact oculaire avec les marins de ce navire. Tu mangeras sans précipitation, avec attention, et en petites quantités – si ce n'est pas avec moi, ce sera seule. Tu ne quitteras pas la cabine sauf si je suis là pour te chaperonner. Et tu nous rendras service à toutes les deux en faisant comme si tu étais muette, à moins qu'on te pose directement une question en mon absence. Enfin, tu ne t'adresseras sous aucun prétexte à Carter au-delà du cadre de son statut de serviteur.

Etta sentit la colère la submerger. Elle en avait assez de voir Sophia se comporter comme si elle était au-dessus du commun des mortels.

— Nicholas n'est pas notre valet.

Sophia se redressa sur ses coudes et répéta :

— Nicholas ?

Etta comprit trop tard son erreur : elle savait pourtant que, à cette époque, il était impoli de s'adresser à quiconque ou de parler d'un tiers en citant son prénom sans être proches ou avoir des liens familiaux. Surtout quand cette personne était de l'autre sexe.

— M. Carter, rectifia-t-elle. Tu vois ce que je veux dire. Ne t'avise pas de le traiter comme…

— Attention, l'interrompit Sophia. Je sais ce que tu penses, ce que tu en as déduit. Mais dis-toi bien que j'ai mes raisons de ne pas avoir confiance en lui. J'ai vu la pourriture de son âme, et je sais que ce n'est qu'un porc déloyal. (Elle s'exprimait en toute sincérité, sans raillerie.) Garde tes distances avec lui.

Etta se leva et rassembla ses vêtements mouillés pour cacher ses mains tremblantes.

Je ne me trompe pas. Elle préférait accorder sa confiance à la personne qui avait plongé dans l'océan pour la sauver plutôt qu'à celle qui l'avait piégée dans une époque lointaine, contre sa volonté.

— Contrairement à toi, lança-t-elle une fois devant la porte, je prends moi-même mes décisions.

Mais, alors qu'elle cédait à l'envie de jeter un coup d'œil par-dessus son épaule pour voir si Sophia réagissait à sa provocation, comme elle l'espérait, Etta s'étonna de la voir de nouveau allongée, paupières closes.

— Vas-y, marmonna Sophia alors que la porte s'ouvrait en grinçant. Essaie donc.

Etta sortit dans le couloir, referma la porte et se laissa aller contre le battant. Elle prêta l'oreille aux coups rythmés des outils sur le pont supérieur, et aux voix qui provenaient du niveau inférieur. Leur chant évoquait le travail et le savoir-faire. Elle se laissa porter par les notes et le tempo, puis…

Arrête, se réprimanda-t-elle, les doigts resserrés sur le linge qu'elle tenait entre ses bras.

Un courant d'air s'échappa de l'écoutille ouverte et l'effleura en soufflant vers le gaillard d'avant, à l'autre bout du navire. Les rideaux n'y étaient plus. Elle distingua des hamacs ainsi qu'un espace restreint où quelques hommes, assis, raclaient de la nourriture dans des assiettes en métal. L'un d'eux se retourna : la moitié gauche de son visage était couverte d'un bandage ensanglanté. Etta se dirigea vers la porte de l'autre cabine, prête à affronter la solitude.

Qui c'est, la lâche, hein ?

Elle étendit la robe humide et les sous-vêtements sur sa couchette encastrée pour qu'ils finissent de sécher et épousseta la fine croûte de sel qui s'était formée sur le tissu raidi, avant de se concentrer sur la veste de Nicholas.

La veste de M. Carter.

Quelque chose en elle céda. Pourquoi restait-elle ici ? Parce que Sophia l'avait ordonné ? Elle pouvait monter sur le pont si ça lui chantait. Elle pouvait fuir l'odeur de vomi, l'espace confiné de la cabine, respirer l'air frais de la mer et contempler l'horizon. Elle ferait ses choix, sans se préoccuper de l'avis de Sophia.

Sauf que… Les doigts sur la poignée, Etta se ravisa. Le jeune homme leur avait expressément demandé de rester en bas pendant les réparations, et de ne pas s'aventurer sur le gaillard d'avant. Que sa requête soit en partie motivée par le fait qu'il souhaitait garder ses distances avec Sophia, peu importait. Etta ne voulait pas recevoir d'ordres de la fille, mais ne pouvait ignorer ceux de Nicholas. De plus, le pont était jonché de cadavres, d'armes, d'éclats de métal et de bris de verre. Tant que le nettoyage n'était pas achevé, ce n'était pas prudent, et elle ne voulait pas les gêner dans leur tâche.

Comment me débrouiller sans elle ? Allez, réfléchis…

En s'installant au bord de sa couchette, elle sentit une odeur apaisante de savon et de cèdre, et se rendit compte avec surprise qu'elle serrait toujours la veste contre elle. Elle avait les mains enveloppées dans le vêtement chaud, tandis que ses orteils étaient gelés dans ses souliers. Avec des gestes délicats, elle essuya la rangée de boutons cuivrés qui courait sur le devant puis déploya le manteau sur ses jambes afin de défroisser le tissu.

Du bout des doigts, elle caressa une petite reprise juste sous l'épaule, là où on avait raccommodé une déchirure. Elle se demanda quelle en était l'origine. Un accident ? Une négligence ? Une arme ?

Pose-lui la question. Ces mots envahirent son esprit jusqu'à ce qu'elle ne puisse plus les chasser. *Demande-lui de t'aider.* Ils avaient un ennemi commun. Peut-être qu'au fond il ne tenait pas tant que ça à se plier aux volontés de Sophia.

Nicholas – *M. Carter* – n'aimait pas Sophia, mais cela suffirait-il pour qu'il se décide à la renvoyer… où ? Etta ignorait toujours l'emplacement du passage emprunté pour arriver ici. Toutefois… Elle se redressa. Une idée venait de germer dans son esprit. L'équipage confiné dans la cale… Eux sauraient d'où ils étaient partis !

« J'ai vu la pourriture de son âme. »

« Je sais que ce n'est qu'un porc déloyal. »

Etta secoua la tête. Les membres de l'équipage, c'étaient eux la solution. À la fois ceux qui travaillaient à la restauration du navire, et ceux qui se trouvaient en dessous. S'ils apprenaient à la connaître, s'ils découvraient qu'elle avait été enlevée, l'aideraient-ils à échapper à Sophia ? Accepteraient-ils de la ramener ?

Elle trouverait le moyen de jouer la parfaite fille du XVIIIe siècle – selon ses propres critères. Il faudrait juste faire en sorte que l'équipage l'apprécie. Ce qui, étant donné le nombre d'amis qu'elle avait, se révélerait peut-être la partie la plus difficile. Elle connaissait des gens par le biais des concours, mais elle en savait plus sur leur technique de jeu que sur leur vie personnelle. Puis il y avait eu Pierce.

Etta sentit une boule se former dans sa gorge. La brûlure familière des larmes, la pression derrière ses yeux… Penser à Pierce lui rappelait immanquablement Alice.

Je vais la sauver.

Sa mort n'était pas une fatalité.

Etta se força à chasser Alice de ses pensées. Elle se leva et posa le manteau à côté de la robe. Ses mains la démangeaient : il fallait qu'elle s'occupe, elle avait besoin de jouer du violon pour se vider la tête, s'immerger totalement dans la musique. Au lieu de quoi, elle chercha dans les couches de linge rangé dans la malle la brosse à cheveux en argent qu'elle avait aperçue dans le fond.

Les piques de la brosse semblaient faites de poils. Elle inspecta le dos orné de délicats motifs de feuilles et de fleurs, étonnée que Sophia ait placé dans ses affaires un si bel objet, et non pas un petit râteau qui lui aurait arraché le cuir chevelu, par exemple.

Après avoir passé la brosse une fois sur une mèche de cheveux pleine de nœuds, elle se demanda si finalement un râteau ne lui aurait pas fait moins mal. Elle se coiffa avec des gestes prudents, se mordant la lèvre pour retenir ses larmes de douleur. La laque pulvérisée sur ses cheveux avant le concert, loin de disparaître avec l'eau de mer, avait durci. Etta aurait pu être impressionnée par ce phénomène si sa tête n'avait pas été en feu, et si les mèches qu'elle avait réussi à démêler ne ressemblaient pas à des boules de coton effilées. La cuvette et le broc de sa cabine étaient vides, et Etta était trop orgueilleuse pour aller voler de l'eau à Sophia, même si celle-ci dormait.

Un faible raclement se fit entendre à la porte. Retenant son souffle, Etta s'immobilisa, dans l'espoir que son visiteur la croie endormie. Mais un autre léger coup fut frappé au battant, qui s'entrouvrit dans un grincement. Un petit visage apparut dans l'ouverture : celui du mousse qu'elle avait vu à quatre pattes en train de briquer le plancher.

Il avait les yeux baissés et les mains croisées devant lui.

— Désolé d'vous déranger, mais...

Sa peau pâle était criblée de taches de son, et ses magnifiques cheveux roux auraient fait le bonheur d'une fille. Lorsqu'il releva la tête, il écarquilla ses yeux d'un bleu clair et vif.

Les mains sur les genoux, Etta se rendit soudain compte que la brosse était restée dans ses cheveux et pendait d'un côté de sa tête.

— Miss ! hoqueta le garçon. Vous n'avez pas… Excusez-moi… Je voulais… J'ai juste besoin de la veste du capitaine… Euh, de M. Carter.

Avec autant de dignité que possible, Etta désigna la couchette.

— Elle est là. Dis-lui que je suis désolée de l'avoir gardée si longtemps.

Pendant tout le temps où elle s'en était servie comme couverture de survie, il ne lui était même pas venu à l'esprit que son propriétaire n'en avait peut-être pas d'autre.

Quelle idiote ! Elle était gênée par son impolitesse.

Tout en jambes, les oreilles en chou-fleur, le gamin se rua dans la cabine et ramassa la veste. Etta se tourna pour se remettre à l'ouvrage sans s'arracher trop de cheveux. Elle n'entendit pas le grincement de la porte signifiant que le mousse aurait pris congé.

— Z'avez pas de pommade, miss ? demanda-t-il tout à coup. On dirait que ça fait mal, comme ça.

Puis, livide de peur, il ajouta :

— Mes excuses…

— Non, ce n'est rien, répliqua Etta en réfléchissant à toute vitesse. Je n'ai pas ma… pommade. Ni d'eau. Veux-tu bien m'en procurer ?

Nicholas avait dit de s'adresser aux mousses en cas de besoin. Etta n'était pas certaine d'adopter l'attitude adéquate, mais le garçon ne parut ni troublé ni même méfiant face à sa requête. Au contraire, il se mit aussitôt en action.

— Pas d'problème, miss, je reviens tout d'suite ! J'vais donner la veste à un autre mousse et j'vous apporte de l'eau. Ma mère m'a appris l'art du coiffage, comme pour les dames… (Il reprit son souffle et redressa ses frêles épaules. En le voyant à présent, Etta se dit qu'il devait avoir plus de douze ans. Treize, peut-être.) Si vous avez b'soin d'aide, miss…

Elle n'était pas contre. Sophia lui avait recommandé de ne pas s'approcher de qui que ce soit à bord du navire – qui que ce soit faisant partie de cette époque –, mais elle avait là une excuse toute trouvée pour rester en compagnie de ce garçon, et, qui sait, lui soutirer quelques informations. Elle réprima un sourire, dissimulant l'excitation qui montait en elle.

— Je me nomme Etta Spencer. Et toi ?

— Jack, miss Spencer.

Il s'inclina brièvement.

Comme promis, il revint avec un pichet d'eau tiède, un chiffon et une boîte dont le contenu dégageait une odeur merveilleusement épicée, donnant à Etta des crampes d'estomac tant elle avait faim.

Jack s'acquitta de sa tâche avec sérieux : quand Etta voulut l'aider à rincer ses cheveux et à les sécher, il lui décocha un regard sévère. Une fois de plus, elle se mordit la lèvre pour s'empêcher de sourire et, stoïque, le laissa appliquer la pommade. Quelques minutes après le début de la séance, alors qu'elle avait l'impression d'être un toutou pomponné par un toiletteur, elle mit son plan à exécution.

— Jack, fais-tu partie des mousses du *Challenger*, ou de ceux de l'*Ardent* ?

Il gonfla la poitrine en répondant :

— Du *Challenger*, miss, et l'un des meilleurs. On a reçu une excellente formation du capitaine Hall.

Parfait. Exactement ce qu'elle espérait.

— Peux-tu me parler des hommes de l'équipage ?

Jack s'écarta et la regarda d'un air incrédule.

— Eh bien… Ils bavent, ronflent et pètent comme tous les autres hommes, j'vous assure.

Elle se retint d'éclater de rire.

— Non, je veux dire… Comment s'appellent-ils ? D'où viennent-ils ? Que font-ils quand ils ne travaillent pas ? J'ai toujours été curieuse à ce sujet.

« Toujours », c'est-à-dire depuis dix minutes.

Les sourcils froncés, Jack hésita, comme s'il se demandait quel intérêt il y avait à s'interroger là-dessus. Etta chassa toute culpabilité. Adressant au mousse le sourire le plus manipulateur de toute son existence, elle ajouta :

— Je te pose ces questions parce que j'ai confiance en toi, plus qu'en n'importe qui.

Jack parut apprécier cette flatterie.

— D'accord, dit-il enfin. Mieux vaut commencer par M. Carter, je suppose.

Voilà, c'est ça, songea Etta.

— C'est un sacré bon marin, et j'l'aime beaucoup. Il est gentil. Il m'apprend les lettres alors que rien ne l'y oblige – quand il est pas occupé à aboyer sur les autres hommes. Parfois, il m'fait la lecture quand j'lui apporte son petit déjeuner. Il lit énormément, j'sais pas comment il fait pour ne pas s'ennuyer, avec tous ces mots. (Jack fit la grimace.) C'est lui, le maître de prise. Il va amener le navire au Tribunal des prises et récupérera notre dû. J'sais qu'il aime pas trop la soupe de tortue. Il a toujours une drôle de tête quand on lui en sert. Il vient de… En fait, je sais pas trop. C'est le capitaine Hall qui l'a élevé. Ça vous convient, miss ?

Etta acquiesça.

— Tout à fait.

Jack continua à passer en revue les membres de l'équipage de prise, précisant à quel degré il appréciait chaque homme, qui rotait le plus souvent après qu'il les eut servis, qui ronflait, qui avait connu la mort la plus affreuse au moment de l'abordage… La conversation dévia naturellement sur les travaux qui avaient lieu au-dessus. Etta fut si distraite par ce flot de paroles qu'elle ne remarqua pas la brosse qui glissait à présent facilement dans ses cheveux, de haut en bas, jusqu'à ce qu'ils soient soyeux et juste légèrement humides au toucher.

— Comment aimez-vous les coiffer ? demanda Jack.

— Je vais les tresser, tout simplement. Merci de ton aide…

— Je peux vous l'faire, miss, s'empressa-t-il de proposer.

— Vraiment ?

— Un marin qui sait pas faire des tresses, c'est pas un vrai marin, proclama-t-il. Marier les brins, tresser les bouts, c'est une des premières choses qu'on apprend.

— Marier les brins ? s'enquit Etta en lui jetant un coup d'œil à la dérobée.

Jack avait été horrifié de la voir s'asseoir par terre, mais c'était la seule façon pour lui d'être plus haut qu'elle pour se mettre à l'œuvre.

— Oui, épisser les torons pour fabriquer un cordage. Les unir, si vous préférez.

Elle s'interrogea sur l'origine du mot, pourquoi on se « mariait » avec quelqu'un quand on unissait sa vie à la sienne. C'était étrange de penser à un concept familier d'un point de vue nouveau. Elle y vit un petit avantage à voyager dans le passé : au moins, elle enrichissait ses connaissances, quitte à ne les réutiliser que dans des jeux de culture générale.

— ... diable te caches-tu, Jack Winstead ? appela une voix.

Le mousse se rua sur la porte et l'ouvrit brusquement.

— Bon sang ! Te voilà ! Le nouveau coq est une brute, mais il ne va pas te manger pour autant...

Etta se leva. L'homme à la porte était plus jeune qu'elle ne l'aurait cru à cause de sa voix de baryton. Elle l'avait déjà entendu, d'ailleurs, distribuer des ordres, et même chanter. L'homme avait noué en catogan ses cheveux châtain clair, offrant à Etta une bonne vision de son visage rond et de sa joue couturée. Ses épaules larges et son torse arrondi lui firent penser à un pigeon, mais ce fut avec la rapidité d'un faucon qu'il saisit Jack par le col.

— Je suis désolée, c'est ma faute, je l'ai accaparé, expliqua Etta avec inquiétude.

Il n'allait tout de même pas le battre ? L'homme leva les yeux et relâcha le mousse.

— Oh, excusez-moi, miss Spencer. S'il vous assistait, tout va bien.

Les yeux écarquillés, Jack se tourna vers elle.

— Oui, il m'aidait, confirma-t-elle.

L'homme se concentra sur Jack.

— Ça fait un quart d'heure que le coq t'appelle ! Vas-y, hâte-toi, mon garçon.

Jack fila, mais l'homme le saisit de nouveau par le col et le ramena à l'intérieur. Le mousse exécuta aussitôt un bref salut.

— Passez une bonne soirée, miss !

— On va lui enseigner les bonnes manières, tonna l'homme avec une pointe d'exaspération, même si je manque moi-même à mes devoirs. Je suis Davy Chase, second de cet équipage.

Etta ne sut guère comment réagir en le voyant claquer les talons et s'incliner. Devait-elle faire la révérence ? Le saluer d'un signe de tête ? Elle songea à ce que Jack lui avait dit à son sujet. *Aime : la musique, la bière, les filles des ports. N'aime pas : les mousses désobéissants, les hivers en Nouvelle-Angleterre, le thé.* L'élément le plus intéressant était qu'il avait été élevé – ou plutôt adopté – avec Nicholas par le capitaine Hall et feu son épouse.

— Vous allez bien ? Vous nous avez causé une sacrée frayeur, poursuivit-il.

— Je vais mieux, je vous remercie, répondit-elle, satisfaite de la contenance qu'elle parvenait à afficher.

Peut-être qu'avec la pratique, cela deviendrait plus facile.

— Je vois que votre sœur est toujours mal, ou plutôt je l'ai senti en passant devant sa cabine. (Il sembla réprimer un sourire. Etta décida aussitôt qu'elle l'aimait bien.) J'ai demandé au coq de préparer un bouillon qui devrait l'aider, ajouta Davy Chase. Elle sera bientôt remise sur pied.

Plus vite Sophia serait rétablie, plus vite Etta se retrouverait de nouveau surveillée de près. Il lui fallait gagner du temps pour rallier l'équipage à son point de vue, faire faire demi-tour au navire et revenir au port qu'il avait quitté. Et, avec un peu de chance, au passage qui débouchait sur New York, dans son époque.

— Et vous ? Vous joindrez-vous à nous pour le dîner ?

Etta ouvrit la bouche, prête à décliner l'invitation : elle se sentait épuisée et devait s'entraîner à parler en langage soutenu avant de pouvoir tenir toute une conversation. Cependant, son estomac répondit à sa place en émettant un gargouillis sonore.

Son visage s'empourpra tandis qu'elle cherchait une excuse, mais les yeux noisette et chaleureux de l'homme s'illuminèrent de plaisir.

— Je crois avoir ma réponse, répliqua-t-il en lui offrant son bras.

CINQ

De toute évidence, M. Edward Wren ne s'était jamais encombré de la vérité pour raconter une bonne histoire.

Carré sur sa chaise, Nicholas luttait contre l'envie d'abattre son poing sur la table pour faire avancer la conversation – de force, si nécessaire – et passer à autre chose que les récits de bravoure passée de Wren. Du point de vue de Nicholas, les demi-vérités, ajoutées les unes aux autres, équivalaient à un mensonge entier.

Il jeta un coup d'œil aux convives attablés pour voir comment ils réagissaient. Parmi les membres de l'équipage de prise, il y avait Trevors, le bosco, jusque-là fort occupé à boire du porto et désormais assoupi, une main agrippant son ventre distendu après qu'il eut ingurgité son propre poids en ragoût et panais. À sa droite se trouvait un officier survivant de l'*Ardent* : Heath, maître pilote. L'homme d'un certain âge, l'oreille droite bandée sous sa perruque fatiguée, avait passé une bonne partie du dîner sa chaise tournée vers miss Henrietta Spencer pour entendre ses propos. Cette dernière mangeait avec un appétit de loup, que Nicholas appréciait.

Henrietta Boisdefer ? se demanda-t-il. Le vieux était resté vague dans sa lettre – aucun indice ne dévoilait quoi que ce soit –, mais il ne semblait pas couler dans les veines de cette demoiselle le venin commun au reste de la famille. Il était cependant possible qu'elle soit du genre à se blottir tout contre sa proie avant d'y planter ses crocs pour le coup fatal.

Il promena son regard à droite de la jeune fille, où cette lavette de Goode, le nouveau chirurgien, s'affairait à couper sa nourriture en morceaux si minuscules qu'ils auraient pu nourrir un poussin.

— Miss Spencer, vous n'avez pas touché au ragoût, déclara tout à coup Heath en criant à côté du volume sonore de la voix de Wren. (Nicholas ne pouvait guère lui en vouloir car il avait lui-même connu ce phénomène : après s'être placé trop près d'un tir de canon, il s'était retrouvé atteint d'une surdité passagère.) Pourtant, je vous le recommande. C'est la spécialité du coq !

Sachant qu'il leur serait servi des biscuits secs et de la soupe de tortue tous les soirs s'il avait laissé l'un des membres de son équipage prendre le contrôle de la coquerie, Nicholas avait accepté à contrecœur que le coq de l'*Ardent* soit maintenu à son poste. L'homme s'était rendu aux fourneaux entravé et, stoïque, lui avait présenté une pâtisserie comme preuve de ses compétences. D'apparence soignée, il arborait une barbe noire coupée court et une queue-de-cheval nette. Visiblement, cet abordage n'était pas le premier qu'il subissait, et Nicholas avait l'impression que c'était lui qui tolérait sa présence sur son navire plutôt que l'inverse.

— Il le prépare avec du bœuf salé qu'il suspend sur le côté du navire jusqu'à ce qu'il rafraîchisse, expliqua Goode. Le ragoût contient aussi des pommes de terre, des oignons et un peu de poivre s'il y en a à bord.

Henrietta – *non, Etta – non, miss Spencer* – gratifia Jack, l'un des mousses, d'un petit sourire lorsqu'il s'approcha d'un bond pour lui servir une louche de ragoût.

Ils la regardèrent pendant qu'elle goûtait prudemment la mixture. Elle pinça les lèvres et déglutit avec difficulté avant de conclure en toussant :

— Délicieux.

— C'est bien, s'esclaffa Chase.

Blond comme un ange et imposant comme un ours, son ami, désigné second pour le reste du voyage, offrait de magnifiques contradictions. Son visage rond et ouvert, en permanence teinté de rose, témoignait d'une irrépressible bonne nature. Il avait fait partie des quelques hommes à avoir discrètement essuyé une larme de soulagement au réveil de miss Spencer. Un instant plus tard, il était de nouveau à l'ouvrage, se joignant aux autres pour réparer la coque et entonner des chansons paillardes du ton le plus aigu possible. Ce soir-là, après le dîner et le dernier tour de garde, dans son hamac, il repriserait avec un soin tout particulier ses bas et ceux de ses camarades.

Sur le pont, toutefois, Chase était aussi impressionnant qu'une montagne : il ne tolérait ni fainéantise ni manque de respect, sans quoi il faisait tâter du chat à neuf queues au fautif, ou lui assenait un coup de poing aux parties les plus sensibles. En général, une bonne pinte ou un verre de vin suffisait à le mettre de bonne humeur. Mais, à cet instant, Nicholas était presque soulagé de le voir aussi hargneux que lui. Peut-être n'était-il pas le seul à être épuisé par cette épreuve.

Wren adressa un sourire affectueux à Etta – *miss Spencer* – et désigna son propre bol, encore plein du premier service.

— Je n'en raffole pas trop moi-même. L'inconvénient d'avoir le palais fin, sans doute. Mais je vous jure que j'aurais préféré manger ça tous les jours plutôt que de mourir de faim sur l'île où les autres…

Bon sang, allait-il leur rebattre les oreilles encore longtemps avec cette histoire ?

Par un malheureux acte divin, Wren était lui aussi un officier survivant de l'*Ardent*, ce qui lui valait le privilège de prendre ses repas dans la cabine du capitaine.

Nicholas huma l'odeur salée et appétissante du ragoût puis, lorsqu'il eut vidé son bol, autorisa Jack à le resservir. La main du mousse tremblait légèrement. C'était sa première traversée, et Nicholas se souvenait parfaitement des sentiments qu'on éprouvait.

— Tu te débrouilles très bien, murmura-t-il au garçon. Bon travail.

Jack redressa les épaules et lutta pour ne pas sourire en passant à Chase. Lorsqu'il se posta à côté de Wren, ce dernier s'interrompit dans son récit, le temps de donner au garçon un aperçu de sa condescendance.

— Serais-tu devenu sourd, toi aussi ? J'ai dit que je n'en raffolais pas. (Wren jeta un coup d'œil à Nicholas.) Votre charité ne connaît donc pas de limites. Vous employez des simplets ?

Un grondement monta dans la gorge de Chase au moment même où la louche « s'échappa » malencontreusement de la main de Jack pour atterrir sur les genoux de Wren avec un bruit mouillé.

— Espèce de… !

Nicholas se raidit en voyant l'homme lever la main. Cette impertinence serait punie, mais pas de cette manière. Peu importait qu'on l'accuse de faiblesse, Nicholas ne tolérait pas que l'on frappe un enfant, même pour le discipliner.

— Monsieur Wren…

Il ne sut guère comment Etta s'y prit pour se déplacer avec une telle rapidité dans ses lourdes jupes, mais elle se retrouva soudain debout devant Wren, une main posée sur son épaule.

— Oh, non ! s'exclama-t-elle. Quelle maladresse, Jack ! Tu ferais mieux de t'excuser.

Chase écarta Jack de Wren quand celui-ci jeta un regard à Etta, brièvement distrait de sa colère.

— Désolé, marmonna Jack.

Quand Chase le secoua légèrement, il ajouta à contrecœur :

— Monsieur.

— Tout va bien, n'est-ce pas ? Nul n'est à l'abri d'un accident, poursuivit Etta d'une voix apaisante en ramassant la serviette de Wren. Et voilà.

Elle se tourna pour s'asseoir de nouveau et croisa le regard de Nicholas. Quelle belle démonstration de manipulation ! Il inclina la tête en signe de reconnaissance. *Bien joué*.

Etta lui rendit la pareille et haussa un sourcil comme pour demander : « Et vous, pourquoi n'êtes-vous pas intervenu ? » Il se retint de sourire devant ce défi.

— Ce petit imbécile l'a fait exprès, insista Wren.

— Que nous racontiez-vous au sujet de l'île et de la nourriture ? enchaîna Etta.

Comme Wren occupait on ne savait comment un poste d'officier, les marins des deux équipages le considéraient avec un certain respect, même les mousses. Le traitement réservé à l'équipage prisonnier devant suivre certaines règles, Jack devrait être puni pour les avoir enfreintes. Il serait impossible de l'éviter sans faire une entorse à ce protocole exaspérant, mais miss Spencer...

Nicholas se tourna vers Chase, qui contemplait la jeune fille en haussant les sourcils. Elle avait éteint la flamme avant que le feu ne prenne.

À présent, elle semblait boire les paroles de Wren. Boisdefer l'avait bien formée. Nicholas allait devoir la surveiller pour s'assurer de ne pas être manipulé lui-même. Peut-être la meilleure stratégie consistait-elle à cesser de l'observer.

La lueur des chandelles se reflétait sur sa robe de soie et ses joues colorées. Elle luttait pour porter la fourchette à sa bouche, manifestement gênée par sa robe trop serrée. Était-ce pour cela que ses rires, dus aux plaisanteries ineptes de Wren, étaient ponctués de sifflements ?

Où était donc la petite lionne qui arpentait le pont, ses cheveux lâchés flottant comme un nuage autour d'elle ? Celle qui semblait prête à s'en prendre à deux hommes deux fois plus grands qu'elle, et avec un grappin, rien que ça ? Elle avait rejoint sa cabine dans tous ses états, pour en ressortir aussi pâle et froide qu'une perle. Si elle avait porté une perruque poudrée, il aurait été persuadé d'avoir sous les yeux une personne appartenant à la même époque que lui.

À ses côtés, Edward Wren faisait la fierté de la sanglante Angleterre avec son charme et ses belles manières. Sitôt le second de l'*Ardent* extrait de la cale, Nicholas l'avait détesté, ne lui trouvant aucune qualité. Et cette tête qu'il avait faite quand Hall lui avait présenté Nicholas comme maître de ce navire…

Il enroula les doigts autour de son couteau d'argent et le serra de toutes ses forces, le temps de retrouver son calme. Sur le visage de Wren, il avait lu de l'incrédulité. Du dégoût. Pire encore que la méchanceté affichée de Sophia.

Ils avaient procédé aux présentations au moment où le capitaine Hall et le *Challenger* étaient parés à naviguer. Après le départ du capitaine, Wren et Nicholas n'avaient pas échangé un mot. Ils s'étaient toisés, Wren l'examinant comme il l'aurait fait pour un cheval avant de l'acheter. À présent, Nicholas lui rendait la pareille.

Cheveux et yeux noirs. Arborant des bleus et du sang séché témoignant de son héroïsme. Bien plus petit que Nicholas, Wren marchait pourtant le torse bombé et le menton levé, comme s'il allait voir le roi.

— Surveille-le bien, celui-là, avait marmonné le capitaine Hall en retournant sur le *Challenger*. Avec tes deux yeux, Nick. Il fera mine de te trancher la gorge alors qu'il sera en train de te planter un couteau dans le dos. Tu ne verras pas sa main bouger.

— Charmant tableau, avait répondu Nicholas en riant.

Hall l'avait regardé avec sérieux.

— Je sais à quel genre d'homme on a affaire. Ils peuvent provoquer plus de dégâts qu'une tempête, et sont plus orgueilleux que Lucifer en personne.

Nicholas regrettait de n'avoir pas convaincu le capitaine de rester, mais Hall, grisé par la victoire, était déjà impatient de mettre la main sur sa prochaine prise, et, sans nul doute, de voir Nicholas rentrer à New London.

Hall l'avait brièvement étreint en lui tapotant le dos, ses yeux clairs pétillant tandis que le soleil couchant teintait le ciel d'un rose chaleureux.

— Tu es plus que prêt, je le sais. Finis ce que tu as à faire avec la famille, et on se retrouve au port.

Un frisson secoua Nicholas. *Oui, je suis prêt*. Il voulait à tout prix commander son propre équipage, autant que les moribonds voulaient continuer à respirer. Comme toujours, ce n'était qu'une question d'argent. Il lui fallait laisser derrière lui les fantômes du passé, qui semblaient l'attendre à chaque tournant.

« *Nick ! Aide-moi ! Aide-moi !* »

Il inspira profondément par le nez et agrippa la nappe, comme si ses doigts étaient agités par leurs propres souvenirs.

Le passé était le passé. Désormais, il lui fallait escorter ces deux jeunes filles en toute sécurité jusqu'à Cyrus Boisdefer, puis repartir – indemne de préférence.

Le temps qu'il achève sa mission, qu'il rompe enfin ses liens avec cette famille, Chase et les autres auraient déjà remis l'*Ardent* aux mains d'un des employés des Lowe, qui se chargerait de mener le navire et sa cargaison au Tribunal des prises pour procéder à la vente aux enchères du butin.

Le témoignage d'un officier haut placé sur le vaisseau capturé était capital. Nicholas ne pouvait guère planter sa fourchette dans l'œil de Wren – enfin, techniquement, si : l'homme n'aurait besoin que de sa bouche pour certifier devant le tribunal que le navire avait été pris au terme d'un combat loyal. Fallait-il absolument respecter les consignes à la lettre ?

Son ventre se tordit une fois de plus quand miss Spencer émit un joli hoquet de désarroi. Ce brave Wren s'empressa aussitôt de la rassurer :

— N'ayez crainte ! J'ai recousu moi-même plus d'une blessure. Cela dit, c'était la première fois que je voyais mes propres entrailles.

Nicholas s'esclaffa. Si un homme voyait ses entrailles, alors il voyait aussi la main de Dieu se tendre vers lui pour l'emmener vers d'autres cieux. Impossible de survivre à une telle blessure. Lui-même l'avait vu assez souvent, contrairement à son invité.

Son « invité ». Un rire sinistre monta en lui. Son otage, plutôt, mais pourquoi employer ce mot quand on pouvait faire preuve de politesse ? Si Nicholas haïssait quelque chose plus que tout, c'était bien cela. Devoir se montrer courtois, même face à un ennemi, et échanger d'hypocrites civilités et flatteries. Il préférait afficher sans vergogne son mépris, refusant d'entrer dans le moule de cette société, quitte à ne pas être considéré comme un gentleman.

— ... le navire fut projeté sur le récif... Il n'y avait rien à faire, hormis tenir bon alors qu'il prenait l'eau. Ceux d'entre nous qui survécurent et réussirent à atteindre le rivage le firent en rampant. Pendant une semaine, nous vécûmes comme des sauvages, à chercher notre nourriture, à chasser le sanglier, à construire des abris avec des feuilles de palmier et le bois sec que nous trouvions, jour et nuit en quête d'eau. À nous tous, nous ne possédions qu'un seul couteau. Une bénédiction, de mon point de vue, car nous avions à moitié perdu l'esprit et, s'il y en avait eu davantage, nous nous serions entretués avec une rage meurtrière.

— Ce qui eût été fort dommage, grommela Chase en plongeant sa cuillère dans son ragoût.

Nicholas se racla la gorge.

Chase posa sur lui ses yeux verts et leva son verre. Grâce à Hall, l'équipage de prise était composé de marins qui connaissaient Nicholas depuis des années, Davy Chase étant celui qui le connaissait depuis le plus longtemps.

Tous deux avaient embarqué comme mousses à bord du *Lady Anne*, l'ancien navire du capitaine Hall, quelques semaines avant que le vaisseau fasse naufrage dans une tempête. Avec le capitaine, ils étaient ensuite entrés temporairement au service de la Royal Navy, sur le navire même qui les avait sauvés des vagues.

Wren racontait son histoire d'une voix feutrée, variant le ton pour ménager son effet chaque fois qu'il évoquait un épisode dangereux inventé de toutes pièces. Ayant lui-même vécu, à l'âge de onze ans, deux jours et deux nuits sans rien manger, mourant de soif, persuadé qu'il allait périr de froid dans les eaux glacées de l'hiver, Nicholas éprouvait une impatience croissante. Hall avait maintenu Chase et Nick en vie en les distrayant avec ses récits de voyage aux Antilles, dans sa jeunesse : il avait évoqué ses prostituées préférées, une tempête au cours de laquelle les mâts, le pont et les eaux avaient été illuminés d'étranges flammes bleues, ou encore le petit tas de lingots d'or espagnol sur lequel il avait buté en voulant échapper aux soldats britanniques, sur l'île de Tortola.

Nicholas ne parlait jamais de cette expérience. Ce n'était pas un souvenir qu'il aimait se rappeler. Ses lèvres avaient gercé jusqu'au sang, le brûlant sans relâche à cause de l'eau salée. Il avait encore parfois l'impression de sentir sous ses ongles les grosses échardes provenant du morceau de bois auquel il s'était accroché. Le troisième jour, un voile noir avait obstrué sa vue. Il avait été pris de panique jusqu'à ce que le capitaine Hall nage vers lui et le force à rester à la surface. Quant à leur sauvetage, il n'avait été que le début d'un autre cauchemar.

Une fureur noire naquit en lui quand le second posa une main un peu trop entreprenante sur le poignet nu d'Etta. Nicholas eut une brusque envie de lui arracher le bras entier.

Cette fille est une mission.

Elle est un moyen d'atteindre une fin.

Mais elle n'était pas pour autant la propriété de Wren.

— Monsieur Wren, intervint-il. (Le silence qui suivit claqua comme un coup de fouet.) Peut-être auriez-vous l'obligeance d'éclaircir un détail de votre récit.

Le visage de l'autre se tordit en un sourire suffisant.

— Bien entendu. Dites-moi ce qui vous trouble.

La première erreur de Wren avait été de penser qu'aucun des convives attablés n'avait jamais navigué dans les îles Vierges.

— Vous avez dit que l'île sur laquelle vous aviez échoué se trouvait à environ deux lieues de Tortola, n'est-ce pas ? Juste au nord-est de Peter Island ?

La chaise de Chase grinça quand il remua.

Wren perdit son sourire un instant, puis répondit :

— Oui, c'est bien cela.

— J'imagine que vous faisiez certainement référence à l'île du Coffre du mort, commença Nicholas en se demandant s'il avait l'air aussi maléfique qu'il le sentait.

— C'est le cas, répliqua Wren en rougissant légèrement. J'ignorais que vous connaissiez l'endroit.

— Vous auriez du mal à trouver un marin qui n'en ait pas entendu parler, reprit Nicholas. C'est tout de même l'île sur laquelle Barbe-Noire a abandonné quinze malheureux pour les punir de leur mutinerie, leur laissant à chacun un coutelas et une bouteille de rhum. Est-ce exact ?

— Tout à fait, confirma Chase avec joie. Ils ont essayé de rejoindre Peter Island à la nage, mais ils se sont noyés. C'est pourquoi on a appelé cette plage la « plage de la Mort », du fait qu'on y ait retrouvé les corps.

Etta se pencha en avant, ces détails macabres suscitant en elle un intérêt inattendu.

— Est-ce vrai ?

— Oui. Mais c'est bien là le problème, voyez-vous, répondit Nicholas en se tournant vers Wren, dont le sourire s'était figé. Ayant moi-même vu le Coffre du mort, je crains que les lieux ne correspondent pas à la description que vous en faites. C'est un gros rocher, sans eau potable ni végétation, et assurément sans sanglier à chasser.

Il racla le fond de son assiette. Quand il leva enfin les yeux, Etta l'observait en se mordant la lèvre inférieure. Son regard brillait d'amusement, et il sentit une boule de chaleur se former au creux de sa poitrine.

Wren s'affaira à se servir un verre de vin ainsi qu'à Etta. Peut-être était-ce parce qu'elle était gênée, ou que

Wren dégageait une telle vapeur qu'une perruque aurait pu s'en trouver frisée, mais Etta avala son vin d'une traite et se mit à chanter, d'un air ravissant et un peu gai : « Nous étions quinze sur le coffre du mort ! Yo-ho-ho ! et une bouteille de rhum ![1] »

Nicholas cligna des yeux. Les couverts tintèrent quand ils furent reposés sur les assiettes. Les chaises craquèrent sous le poids des hommes lorsqu'ils se tournèrent vers elle. Etta pâlit et regarda ses genoux, comme si sa robe pouvait lui fournir une quelconque excuse.

— D'où tenez-vous cette chanson si extraordinaire ? s'étonna Wren.

La question la dégrisa aussitôt. Elle se redressa sur sa chaise, repoussa son verre de vin et tenta de dissimuler l'éclat de panique mêlé de regret qui brilla dans ses yeux. En l'absence de Sophia pour rattraper ses bourdes, Nicholas se ferait un plaisir de relever le défi.

— Du capitaine Hall, peut-être ? Il a un charmant répertoire, suggéra-t-il.

Chase le regarda, les yeux plissés :

— Je ne l'avais encore jamais entendue, celle-là. Y a-t-il d'autres paroles ?

— C'était dans un livre que ma mère me lisait, répliqua Etta vaguement. Nous avions pour habitude de lire des récits d'aventures avant que j'aille au lit. J'ai oublié la suite. Pardonnez ma… grossièreté.

— Votre grossièreté ? Allons donc ! Vous avez une voix des plus charmantes ! s'enthousiasma Wren. Avez-vous d'autres talents musicaux, miss Spencer ? Peut-être

1. Référence à un chant de marin inventé par Robert Louis Stevenson dans *L'Île au trésor*.

nous ferez-vous le plaisir de nous chanter quelque chose, tout à l'heure ?

Quel changement de sujet opportun, pas vrai, sale fouine ? songea Nicholas.

— Je… Non, enfin… (Encore plus paniquée, Etta leva les yeux au plafond.) Je joue du violon.

— Du violon ? Voilà qui n'est guère commun, enchaîna Wren. J'imagine que je suis loin d'avoir reçu l'éducation qui vous est prodiguée à vous, mesdames. Les Antilles comptent-elles nombre d'instruments de qualité ?

Etta se raidit et répéta :

— Les Antilles ?

Un horrible soupçon s'insinua dans l'esprit de Nicholas. Était-il possible qu'elle ignore l'emplacement du passage qu'elle avait emprunté ? Dans ce cas, cela voudrait dire…

Qu'elle n'est pas arrivée ici de son propre chef.

À cette pensée, la fureur l'envahit.

Peu importe. Tu dois te préoccuper de la conduire jusqu'au vieux.

Mais il ne savait que trop bien l'effet que cela faisait d'être prisonnier des filets de Boisdefer.

— Ah ! Si mes souvenirs sont exacts, il y a un violon quelque part ici… dit Goode en parcourant la cabine du regard.

Hormis les étagères contenant des livres à la reliure tordue, un bureau de facture robuste et une couchette, il n'y avait pas grand-chose à observer.

— Peut-être que Nicholas voudra bien le chercher, afin que nous vous entendions demain ? demanda Wren.

— M. Carter, le corrigea sèchement Chase.

— Il arrive que ma langue fourche, répondit Wren en levant son verre dans une parodie de toast.

Nicholas fit de même.

— Fort heureusement, ce défaut est compensé par votre imagination débordante.

Les lèvres pincées, Wren reporta son attention sur Etta, qui jouait avec une cuillère.

— Je dois avouer être profondément offensé que le capitaine nous ait caché la présence de si charmantes jeunes dames – même si je n'ai aucun mal à comprendre pourquoi il voulait protéger l'équipage d'une beauté si radieuse.

Nicholas en avala de travers sa gorgée de vin. Les joues d'Etta s'enflammèrent, de même que son décol... Il baissa de nouveau les yeux sur son assiette.

— Je voulais justement vous interroger à ce sujet, dit Chase à Etta. L'autre équipage était au courant de la présence de passagers uniquement parce que ces deux gentlemen ont dû prendre les cabines du bosco et du charpentier à la proue. Ils étaient aussi étonnés de vous voir que les hommes du *Challenger*.

— Comme vous le savez, répondit Etta avec prudence, ma sœur ne se sent pas bien. C'était la raison de notre confinement.

— Pourquoi ne pas être allée quérir le chirurgien ? intervint Goode. M. Farthing et moi vous aurions aidées avec joie.

Nicholas observa l'expression de la jeune fille. Son silence était éloquent.

— Sûrement parce qu'un chirurgien aurait essayé de réparer avec une scie ce que de l'eau et un peu de bouillon pouvaient soigner facilement, remarqua-t-il.

— Je ne suis pas d'accord avec ce que vous laissez entendre, rétorqua Goode. Il y a eu de grandes avancées en médecine, et ayant étudié…

— Je n'arrive pas à croire que vous soyez sœurs, l'interrompit Chase en écartant une mèche de cheveux de son front. Vous ne vous ressemblez pas du tout, et même vos accents sont différents.

Nicholas lui décocha un coup de pied sous la table. Un Chase ivre était un Chase trop direct.

— Voilà une remarque bien impolie, commenta froidement Wren.

— Je voulais simplement savoir si elles avaient la même mère, c'est tout, protesta Chase. Mes excuses, miss Spencer, si je vous ai offensée.

— Aucune importance, répondit Etta d'une petite voix.

— Et le regretté capitaine était donc votre oncle ?

Où diable comptes-tu aller comme ça ? songea Nicholas en observant son vieil ami.

— En effet, monsieur Chase, dit M. Goode en réintégrant la conversation tout en lui jetant un regard désapprobateur. Du côté de la mère de miss Sophia, la première épouse de leur père. Corrigez-moi si je me trompe, miss Spencer, mais j'ai cru comprendre que votre père et sa seconde épouse, votre mère, possédaient une belle plantation à Nassau avant leur décès récent. Miss Sophia rentrait donc en Angleterre avec sa sœur.

— Oui, confirma Etta avec empressement. C'est tout à fait exact.

Voilà qui était incroyable. Boisdefer avait veillé à inventer une histoire complexe pour justifier les différences entre les deux jeunes filles. Le vieux avait dû offrir un pot-de-vin au capitaine pour qu'il se fasse passer pour leur oncle, leur offrant ainsi une escorte pour la traversée, comme l'exigeait la bienséance de cette époque.

— Il est fort regrettable, dit Wren pour regagner l'attention d'Etta, que votre voyage ait été si grossièrement interrompu. Avez-vous la possibilité de prévenir la famille qui vous attend en Angleterre de votre changement de destination forcé ? Mon Dieu, et s'ils pensaient que vous aviez fait naufrage ? Imaginez leur chagrin !

Il regardait Etta, mais c'était à Nicholas que s'adressait son discours.

— Soyez rassuré, monsieur, répondit Nicholas avec une patience surprenante, elles pourront écrire à leur famille dès notre arrivée au port. On veillera sur elles jusqu'à ce qu'elles soient conduites chez elles en toute sécurité. Il y aura forcément un navire de la Royal Navy ou un campement de l'armée britannique établi non loin du Connecticut qui acceptera de les aider.

— J'ai hâte de savoir comment va finir cette petite escarmouche. Dans combien de temps Washington va-t-il se rendre ? Ouvrons les paris, messieurs. (Wren pianota sur la table.) Dans un mois, peut-être ? J'ai entendu dire que Howe visait New York. Voilà qui porterait un coup terrible aux efforts de vos soldats, n'est-ce pas ? Perdre une ville et un port d'une telle importance !

— En ce qui me concerne, dit Nicholas en sentant la gêne le gagner, je ne suis investi d'aucune manière dans cette guerre, si ce n'est pour voir de quels navires nous pouvons nous emparer parmi ceux mis à l'eau.

— Vraiment ? demanda Etta. Je croyais que cet équipage était américain.

— Eh bien, les Américains étaient des Anglais jusqu'à il y a quelques mois, précisa Chase. Certains membres de notre équipage se considèrent toujours comme tels. Mais le *Challenger* navigue sous la lettre de marque du Congrès continental, et nous n'avons l'autorisation de capturer que des vaisseaux britanniques – ce qui, je suppose, scelle notre allégeance.

— Ces papiers ne vous seront d'aucune utilité si vous croisez la Royal Navy, railla Wren. Aux yeux du roi, les traîtres sont pires que les assassins. Le gibet sera votre seule récompense.

— Je vous en prie, monsieur, supplia Chase en levant une main. J'ai suffisamment mal au crâne sans avoir besoin qu'on me récite le *Rule, Britannia !*

Wren afficha un air méprisant.

— Je voulais seulement dire, *monsieur* Carter, que je trouve étrange que vous refusiez de porter les couleurs de votre tout nouveau Congrès. La légalité a sûrement quelque chose de meilleur à offrir que la piraterie. Comme… l'honneur ?

Chase ricana.

— Soyez sans crainte, nous en avons notre part en tant que corsaires : nous agissons en toute légalité, bien que cela n'ait pas joué en votre faveur.

Nicholas leva son verre, mais vit luire l'œil de Wren. Un vrai rapace, décrivant des cercles, prêt à fondre sur sa proie.

— Je ne comprends pas, déclara Etta en regardant les convives d'un air perplexe. En quoi est-ce étrange ? C'est son choix, s'il ne veut pas faire partie de la marine américaine.

C'était la perche que l'autre espérait qu'on lui tende.

— Il pourrait le faire par esprit de corps, expliqua Wren, tout sourire. Nul doute que ces débats passionnés à propos de libertés ont fait ressurgir le souvenir des chaînes du passé. Même si j'ai également entendu dire que, contrairement à ce qu'ont fait les Britanniques, il n'y a pas eu d'offre d'émancipation pour les esclaves des colonies contre un enrôlement dans l'armée.

Un jour, Hall avait prévenu Nicholas que, s'il laissait le dégoût que lui inspirait chaque homme qui l'insultait s'affûter et devenir haine, il finirait par se blesser lui-même. Toutefois, en pointant l'évidence, Wren espérait-il jeter le discrédit sur Nicholas ? Saper son autorité ?

« Tu possèdes peut-être ce navire à cet instant, disait Wren en substance, mais tu ne seras jamais que ce que les hommes comme moi décideront que tu sois. »

Jamais. Jamais il ne laisserait quelqu'un d'autre définir ce qu'il était, décider à sa place.

Chase se leva si brusquement qu'il renversa sa chaise. Le visage écarlate, il lança :

— Monsieur, je vous défierais si…

Nicholas posa la main sur l'épaule de son ami, se leva pour redresser la chaise et invita aussitôt Chase à se rasseoir.

— N'oubliez pas, cher ami, que nous sommes en présence d'une dame.

L'intéressée semblait tout à fait horrifiée. Quel merveilleux repas ! Et dire qu'elle devrait en supporter une bonne dizaine d'autres de ce genre pendant qu'ils feraient voile vers le nord pour rejoindre New York.

Nicholas remplit de nouveau le verre de Chase, espérant que cela l'apaiserait et n'aurait pas l'effet inverse.

— Feriez-vous référence à la proclamation de Dunmore en Virginie l'an dernier ? s'enquit-il en ignorant l'air suffisant de Wren. Celle dans laquelle les esclaves seraient émancipés s'ils rejoignaient les rangs de l'armée britannique ? Il se trouve que le Congrès continental a encouragé les colons de la Virginie à rejeter cette loi, et, depuis, le gouverneur a perdu son poste. Contrairement à vous, je ne pense pas que tous les esclaves seront libres à la fin de leur service. Le roi a bien conscience que les colonies dépendent lourdement de cette main-d'œuvre pour produire ce qui lui est profitable. Pour lui, ce n'est qu'une manière de punir ses enfants désobéissants en les privant de leurs outils. Il veut leur vider les poches pour un temps. Il est peu probable que les choses changent.

Wren joua avec son verre. Il croisa le regard de Nicholas, qui avait du mal à cacher sa haine.

— À dire vrai, poursuivit Nicholas, je ne peux tout simplement pas me résoudre à me battre pour un homme censé représenter les idéaux de la liberté pendant que, chez lui, des dizaines d'esclaves se tuent au labeur.

Sans parler des nombreuses expéditions militaires que cet homme avait ratées dans sa jeunesse, ni du fait que l'armée britannique ne lui avait jamais attribué de poste de commandant. Il admirait sa ténacité, mais dès l'instant où il avait appris que les colonies finiraient par gagner la guerre, une plume aurait pu le balayer.

— Vous voulez parler de George Washington ? demanda Etta, surprise.

Nicholas acquiesça.

— Il faut également que vous sachiez, monsieur Wren, que je suis un homme libre, et que je le serai toujours.

— Comme c'est divertissant ! s'exclama bruyamment Heath, qui se ratatina ensuite sur sa chaise.

Nicholas vit un mousse apporter une sorte de pudding pour le dessert.

— Peut-être cela va-t-il changer, nuança Wren tandis qu'on le servait, si les colonies gagnent leur indépendance, et si les propriétaires terriens du Sud prennent le contrôle du nouveau gouvernement. Ils seront alors en position de créer un nouvel Éden. N'est-il pas juste d'affirmer que l'esclavage a été une aubaine pour les Africains ? Pour le moins, cela les a sortis de leur fainéantise chronique et de leur violence barbare pour les ramener dans le droit chemin. Le travail dont ils s'acquittent est en adéquation avec leurs capacités.

Nous y étions. Cent ans de justifications résumées en une phrase. Ces mensonges généralisés sur l'esprit des Africains ; l'accès à l'instruction, à la réflexion, systématiquement refusé, ce qui contribuait à les enchaîner d'une manière beaucoup plus insidieuse, car elle était invisible.

Peu importait que tout cela soit faux, Nicholas en était la preuve vivante. Ce qui comptait, c'était que ces croyances s'étaient répandues chez tout le monde telle une épidémie. Il n'en voyait pas la fin. Même dans un siècle, il le savait, les racines du mal ne seraient pas encore totalement arrachées de la société. Où qu'il aille, quelle que soit l'époque, sa couleur de peau mettait un frein à ce qu'il pouvait accomplir, et ses moyens pour contourner cet obstacle étaient très limités.

La respiration saccadée, Etta avait les paumes pressées sur la table, manifestement aux prises avec... de la colère ? Était-elle en colère ? Pour lui ?

Si Wren l'avait vue, il aurait peut-être réfléchi à deux fois avant d'ajouter :

— J'imagine que vous devez votre position à... votre père, peut-être ? Pardonnez-moi si je fais des suppositions erronées sur votre lien de parenté.

— Vous ne faites pas erreur, monsieur Wren, répliqua Nicholas en regrettant de ne pas avoir cédé à la pulsion de lui planter une fourchette dans l'œil. Pour aller dans votre sens, j'imagine que nous naissons tous avec des défauts. Chez vous, c'est la grossièreté.

Il comprit alors que Wren s'était vengé que Nicholas l'ait fait passer pour un idiot, d'abord en capturant l'*Ardent*, puis à ce dîner en révélant ses affabulations. Cette prise de conscience le calma toutefois, la médiocrité de cette attitude apaisant quelque peu la douleur ravivée de ses blessures.

Wren chancela sur sa chaise, comme soudain grisé par le vin. Son élocution se troubla et ses yeux renvoyèrent les éclats d'une colère noire.

— Quelle est cette citation de Voltaire ? « La race des hommes dont vous faites partie est aussi différente de la nôtre que les bulldogs des terriers » ?

— Monsieur Wren ! s'offusqua Etta, le visage rouge.

— Ayant moi-même lu Voltaire, répliqua froidement Nicholas, et pour être précis, je vous confirme qu'il mentionne « une espèce qui ne ressemble pas tant à la nôtre que les barbets aux lévriers ». Intéressant, cela dit, qu'au final nous ne soyons tous que des chiens.

— Peut-être, articula Wren en se penchant en avant. Mais nous ne sommes pas tous des corniauds sans pedigree.

Etta se leva en même temps que Chase, sauf qu'étant plus près de l'officier, ce fut elle qui le gifla. Nicholas, qui avait bondi pour empêcher son ami de plonger à travers la table, resta stupéfait en entendant le claquement de la chair contre la chair.

— Est-ce là une attitude digne d'une dame ? cracha Wren.

— Oh que oui ! confirma Chase. Et d'une vraie.

— Vous entendez-vous parler ? demanda Etta, sa tresse à moitié défaite tandis qu'elle désignait la porte d'un geste brusque. Veuillez quitter cette table. Tout de suite.

Wren plissa les yeux devant le ton qu'elle employait. Nicholas n'aimait pas la façon dont il la regardait, comme prêt à frapper. À *la* frapper.

Il enroula les doigts sur le manche du couteau posé sur son assiette.

— Je vous demande de m'excuser, madame, dit Wren, si je vous ai offensée.

— Vous savez très bien que je ne suis pas l'objet de vos attaques ! s'insurgea-t-elle, tremblante de fureur. Il est grand temps que vous preniez congé.

Wren croisa les mains sur sa poitrine.

— Je n'ai pas encore mangé mon pudding.

— Oh, mon Dieu, vous êtes abject ! gronda Etta.

— Attention, madame, le blasphème est toujours un péch…

Même si Nicholas avait l'esprit joueur, il n'aurait jamais parié qu'Etta répliquerait :

— Alors je suppose que nous nous retrouverons en enfer.

Elle avait l'air si indignée qu'elle aurait pu envoyer valser Nicholas à l'autre bout du navire d'un simple regard. Il se demanda une fois de plus de quelle époque elle venait. Quelle période avait pu produire un tempérament si féroce, si impressionnant ? Mais Wren, ce coquin arrogant, ne bougea pas d'un pouce, et ce fut Etta qui sortit dans un tourbillon de jupons.

Chase tendit le cou.

— Elle me plaît bien, celle-là.

Nicholas patienta, mais n'entendit pas de deuxième porte claquer, ce qui signifiait qu'elle n'était pas retournée à sa cabine.

— « Celle-là » est montée sur le pont. Seule.

Il avait confiance en son équipage, mais aucune dame de cette époque n'avait le droit de circuler en ces circonstances sans être accompagnée. Elle pouvait aussi facilement se blesser, voire passer par-dessus bord. Enfin, il avait un peu peur qu'elle soit partie chercher un autre grappin.

Il se leva et se tourna vers son ami.

— Veillez à ce que M. Wren soit raccompagné à la cale. Quant à vous, monsieur, dit-il en posant les yeux sur la sale fouine qui mangeait avec satisfaction à côté d'un Goode sous le choc, vous ne serez plus invité à partager notre dîner le temps de la traversée. Insultez-moi autant qu'il vous plaira, mais si j'apprends que vous avez tenté de salir la réputation de Miss Spencer, vous vous retrouverez privé de langue au prochain repas.

Quitter l'air étouffant de la cabine le soulagea. Entre le vin et la contrariété, il avait eu l'impression de sombrer lentement dans le sommeil malgré lui. L'air automnal rafraîchit sa peau brûlante.

La jeune fille avait fait quelques pas côté tribord et se tenait appuyée contre le bastingage. Le vent fouettait sa robe, la moulant davantage. La pleine lune projetait sur elle sa clarté d'ivoire et se reflétait dans l'eau jusqu'à la ligne d'horizon. Si elle avait pris une autre pose que les bras croisés sur la poitrine, le regard tourné vers l'océan noir bouillonnant autour d'elle, elle aurait pu être une statue de grand maître revenue à la vie.

Et, de mille et une manières différentes, elle était tout autant inaccessible.

SIX

Et zut, zut et rezut…

D'une main, Etta ôta le sel de ses yeux et de ses joues ; de l'autre, elle agrippa ses jupes. Elle ne parvenait pas à se débarrasser de la boule de panique qui s'était formée sous ses côtes : le corset la comprimait si fort que chaque inspiration, même superficielle, était une souffrance. Pire : sa paume droite la lançait encore. La preuve qu'elle avait bien foiré ce dîner – preuve dont elle se serait bien passée.

Quand Sophia apprendrait que, primo, elle avait assisté au dîner, et, secundo, elle avait tout raté, Etta aurait de la chance si elle obtenait l'autorisation de se rendre aux toilettes sans escorte. Se promener sur le navire pour rallier l'équipage à sa cause ? Autant oublier ça tout de suite.

Pourtant, tout s'était bien passé la première heure. Enfin, presque tout. M. Wren – *non, Wren, tout simplement* – leur avait imposé son long monologue jusqu'à ce que le plat devant lui ait totalement refroidi, aspirant le peu d'énergie dont Etta disposait encore. En dépit des grands airs que Wren – ou plutôt Edward, si elle avait bien compris le prénom qu'il lui avait soufflé à l'oreille – se donnait, Etta le soupçonnait d'être à peine plus âgé qu'elle, ou même que Nicholas.

Elle plaqua une main sur sa bouche. *Nicholas.*

C'était difficile à admettre, mais pourquoi se voiler la face ? Sophia avait raison. Etta n'avait réellement aucune idée des mœurs de l'époque. Tout ce qu'elle avait appris à l'occasion de ce dîner, c'était à quel point on se sentait impuissant face au jugement des autres.

Nicholas n'avait pas besoin qu'elle livre bataille pour lui. Il s'en était tiré à merveille avec Wren, retournant contre lui chacune de ses remarques, faisant la démonstration sans l'affirmer ouvertement que c'était un imbécile. Jamais il n'avait cédé à la colère que l'autre n'avait eu de cesse de provoquer chez lui.

Etta avait détesté l'air fataliste de Wren lorsqu'il avait exposé sa haine et son ignorance. En plus, il avait eu l'audace de regarder les convives attablés comme s'il attendait leur approbation à tous !

La fureur qui avait bouillonné en elle était si intense que son sang aurait pu virer à l'acide. Avoir lu quantité d'articles et de livres sur les mœurs du passé était une chose ; être le témoin direct de cette cruauté désinvolte en était une autre. C'était comme se prendre un seau d'eau glacée sur la tête. Les siècles qui s'étaient écoulés entre cette époque et celle d'Etta, avec ses privilèges de base, l'avaient protégée de toutes ces horreurs. Les gens croyaient sincèrement à ces bêtises, qu'ils colportaient sans réfléchir. Comme s'ils ne parlaient même pas d'êtres humains !

Etta s'agrippa au bastingage et contempla les eaux noires. Le clair de lune se reflétait sur la crête des vagues, les saupoudrant d'une traînée argentée. Une symphonie de sons résonnait autour d'elle : le clapotis de l'eau contre les flancs incurvés du navire, le battement des immenses voiles au-dessus d'elle, les bruits sourds plus bas – un gouvernail, peut-être ? Au début, elle trouvait les grincements du bois agaçants et s'était demandé si le vaisseau allait se fendre en deux, mais à présent cela lui rappelait les craquements de son appartement datant d'avant la guerre.

Tu t'es comportée comme une idiote.

Elle ne pouvait pas se permettre de commettre des erreurs. Pas quand la vie d'Alice était en jeu.

Elle croisa les doigts et y appuya son front. Allait-elle devoir s'excuser d'avoir giflé Wren, en espérant ne pas vomir au passage ? *Non, je m'y refuse. Non, non, et non.* Elle serra fort les paupières.

— Voyez-vous ça, un vrai matelot !

Elle se retourna au son de la voix grave et rocailleuse. L'apparition de Nicholas dans l'obscurité fit enfin éclater sa bulle de panique. Elle compta le nombre de pas qui les séparait, mais il s'arrêta pour l'observer et passa la main dans ses cheveux coupés court. Il la dévisagea, comme s'il ne savait par où commencer.

Etta n'eut aucun scrupule à le détailler à son tour. Toutefois, elle n'était pas certaine d'en tirer profit : Nicholas semblait prendre soin d'afficher un air neutre.

Elle regarda ses vêtements. Elle avait vu juste : ce devait être sa seule veste. Celle-ci avait été brossée. Etta avait flotté dedans, mais elle allait parfaitement à Nicholas. Sa chemise blanche soulignait la largeur de ses épaules. Son pantalon lui colla aux jambes quand il reprit sa marche. Il était grand, élancé, la musculature compacte. Tout en lui respirait l'efficacité, de sa manière de parler à ses gestes empreints d'une grâce naturelle, qui épousaient les mouvements du navire.

Quant à l'aura qu'il dégageait, elle était plus impressionnante encore que sa présence physique. Lorsqu'il la rejoignit, elle sentit la chaleur qui émanait de lui, comme s'il l'avait de nouveau enveloppée de sa veste.

— Vous avez le pied marin, reprit-il enfin en levant les yeux. Vous serez un vrai matelot le temps que nous arrivions au port.

— Je n'en suis pas si sûre, répliqua Etta en suivant son regard vers le grand mât.

Était-ce un homme, là-haut, qui travaillait sur la vergue ? Un peu plus tôt, elle avait vu des marins monter et descendre dans les gréements telles des araignées sur une toile, mais aucun d'entre eux n'avait grimpé si haut, au point qu'elle ne distinguait pas ses traits. L'ovale clair de son visage se découpait sur le ciel étoilé. Le simple fait de l'observer lui donnait le vertige.

— Va-t-il réussir à descendre ? s'inquiéta Etta.

Elle se rendit compte qu'elle s'accrochait au bras de Nicholas, qui s'était pétrifié. La laine était rêche sous ses doigts – sensation qui ne la quitta pas, même après qu'elle eut retiré sa main et se fut écartée de lui.

— Ne vous en faites pas, la rassura-t-il. La plupart d'entre nous ont grimpé dans les gréements depuis leur plus jeune âge. Le vent se lève, donc Marsden va arriser la voile – la réduire pour maintenir la stabilité du navire.

Etta hocha la tête en tripotant le bord de ses manches pour en desserrer les poignets. Il avait parlé avec un tel détachement, comme elle aurait raconté qu'elle grimpait aux arbres à Central Park.

Il croisa les bras sur sa poitrine et, les paupières closes, offrit son visage à la brise.

— Désolée d'avoir gâché le dîner, souffla-t-elle. Cependant, je ne m'excuse pas pour ce que j'ai fait. Il a dépassé les bornes.

Les lèvres du jeune homme tressaillirent.

— Hélas, ce repas était voué à l'échec dès l'instant où la table a été dressée. Sachez aussi que vous vous trouvez avec des gens qui sont confrontés à une violence extrême. Un coup de main est toujours apprécié.

— C'est la première fois que je donne une gifle, avoua-t-elle.

— Alors, c'était comment ?

— J'en aurais tiré plus de satisfaction s'il avait volé de sa chaise, comme je l'imaginais, répondit-elle. J'aurais bien voulu continuer toute la nuit, mais... cette attitude vous aurait créé davantage d'ennuis, je le crains.

Nicholas la regarda avec une sorte d'émerveillement. Elle se rendit compte trop tard qu'une jeune femme n'était pas censée s'exprimer ainsi à cette époque.

Elle s'empressa d'ajouter :

— Il se donnait tellement de mal pour vous provoquer ! Je ne sais pas ce qu'il mijote. Sans doute cherche-t-il un autre moyen de s'en prendre à vous.

— En tout cas, ce n'est pas à vous qu'il se mesurera, dit Nicholas d'une voix sèche. Pas s'il tient à sa peau. J'éprouverais un grand plaisir à l'écorcher avec un chat à neuf queues.

— Êtes-vous certain de ne pas pouvoir... l'abandonner sur une île déserte avec une bouteille de rhum ? s'enquit Etta en ne plaisantant qu'à moitié. Ou le faire sauter d'une planche, directement dans la gueule d'un requin ?

— L'abandonner sur une île ? Le faire sauter d'une planche ? (À sa grande surprise, Nicholas éclata de rire.) Miss Spencer, je crois que vous avez un vrai cœur de pirate ! Dommage que le capitaine Hall ne soit pas des nôtres, ne serait-ce que pour vous raconter quelques-unes de ses aventures au dîner.

— Dommage, en effet, confirma-t-elle, soulagée de voir la tension enfin dissipée. En connaissez-vous qui valent la peine d'être entendues ?

— Je les raconte moins bien que lui. Peut-être cela vous intéresserait-il de connaître la charmante histoire des pirates qui avaient arraché le cœur d'un officier britannique, puis l'avaient fait tremper dans l'alcool avant de le dévorer ?

Elle resta bouche bée.

— Était-ce censé lui donner meilleur goût ?

— À mon avis, peu de choses peuvent améliorer une telle expérience gustative. Mais tout est possible, j'imagine, avec suffisamment de rhum et de courage.

Cette conversation était si éloignée des échanges convenus du dîner qu'Etta se demanda si on ne lui tendait pas un piège. Les avertissements de Sophia lui revinrent en mémoire, mais c'était si rafraîchissant de parler à quelqu'un qui n'essayait pas de se montrer plus malin qu'elle, ou de lui transmettre des informations au compte-gouttes ! Etta desserra sa prise sur le bastingage et rit.

— Comment faites-vous pour supporter cela ? s'entendit-elle demander.

Nicholas se tourna vers elle, les sourcils haussés.

— Je ne suis pas sûr de bien comprendre.

— Ces règles…

Elle croisa les bras sur sa poitrine et laissa le tangage du navire l'ancrer dans cet instant. Une partie d'elle-même savait qu'elle s'aventurait sur un terrain glissant, mais l'autre, encore un peu éméchée par le vin, semblait s'en moquer.

— Il y en a tant ! poursuivit-elle. Des règles qui dictent ce dont on peut ou non s'entretenir, et où le faire. Il en existe sûrement une stipulant que nous ne sommes pas censés avoir une conversation sans la présence d'un tiers, n'est-ce pas ?

— Croyez-moi, dame pirate, nous sommes déjà si loin des exigences de la bienséance que je doute de parvenir à trouver un jour le chemin du retour.

— Personnellement, ça ne me pose pas de problème. Du moment que vous n'y voyez pas d'inconvénient vous-même, répliqua-t-elle avec espoir.

Si tout cela parvenait aux oreilles de Sophia, le risque était grand de se retrouver enfermée dans sa cabine, avec quelques restes de bœuf salé glissés sous sa porte.

Ses propos ne firent qu'éveiller davantage l'intérêt de Nicholas.

— Et qu'en dirait votre « sœur » ?

Ah, zut ! Elle lutta pour trouver une explication et sentit sa gorge chauffer un peu plus.

— Je n'ai pas été éduquée de la même manière que Sophia… Je suis toujours en train d'apprendre ce qu'on attend de moi. Manifestement, il y a encore du travail.

Perplexe, Nicholas répéta :

— Pas éduquée de la même manière ?

Que dire qui ait du sens pour ce jeune homme du XVIIIe siècle ?

— Cette famille... Je ne connaissais pas l'existence de cette Sophia, ni des autres, jusqu'à ce qu'ils m'enlèvent, expliqua Etta. Ils ont mis fin à ma vie d'avant, et voilà que je dois appliquer leurs règles et me plier à leur volonté, peu importe ce que je souhaite ou ressens. Je n'ai pas le choix.

Nicholas se retourna et s'appuya au bastingage. Il semblait si plongé dans ses réflexions qu'Etta n'avait aucune idée de ce qui se passait dans sa tête. Encore une fois, son expression ne laissait rien paraître.

— Vous préféreriez donc retourner à Nassau plutôt que de continuer vers New York ?

Nassau. C'était la deuxième fois qu'on mentionnait ce nom. Il ne parlait donc pas du comté de Nassau à côté de New York, mais... des Bahamas.

— Pouvez-vous m'y ramener ?

— Non, répondit-il d'une voix atone qui éteignit aussitôt la petite flamme d'espoir d'Etta. Pour être payé, je dois vous conduire à New York.

Bien entendu.

— À moins que vous ne craigniez pour votre vie... poursuivit-il.

— C'est peut-être le cas, l'interrompit-elle. Si ça ne tenait qu'à moi, je prendrais un de ces petits canots et je ramerais moi-même jusqu'au rivage.

— Ne dites pas de bêtises. (Nicholas s'était raidi.) Hormis le fait qu'il vous faudrait des jours pour apercevoir une terre, vous n'y connaissez rien en navigation, et vous n'auriez ni assez d'eau ni assez de vivres pour tenir aussi longtemps.

— Vous allez donc me retenir ici contre ma volonté…

— Sachez une chose, dame pirate, dit-il en agrippant le bastingage. Vous êtes ma passagère, et que je sois maudit si je laisse quiconque vous faire du mal.

Etta ne sut comment répondre à cette fervente déclaration.

— Encore une règle ? parvint-elle enfin à articuler.

— Une promesse. Si je vois que vous êtes en danger entre les mains des Boisdefer, je viendrai moi-même vous secourir. Mais, si vous tentez de partir seule, ayez à l'esprit que j'irai vous chercher jusqu'au bout du monde.

Elle sentit ses joues devenir écarlates devant l'intensité de ses propos.

— Au risque de ne pas recevoir votre dû ?

— Ne soyez pas ridicule. Nous nous échapperons dès que j'aurai été payé. (Nicholas secoua la tête, mais Etta décela dans son ton une pointe de taquinerie.) Franchement, miss Spencer, vous devez baisser pavillon, à présent.

— Les pirates se rendent-ils ? s'enquit-elle. Je pensais qu'ils préféraient mourir avec gloire et éclat.

— Seulement les mauvais, précisa-t-il avec un sourire en coin. Les autres tiennent suffisamment longtemps pour vivre une autre bataille et devenir légitimes.

Elle parvint à esquisser un sourire.

— Je tâcherai de m'en souvenir.

— Vous avez raison, dit-il en examinant les petites cicatrices qui parsemaient le dos de sa main. À propos des règles. Elles sont souvent tacites, et ne se justifient pas nécessairement.

Au début, voir les hommes mener leur joute verbale avait été distrayant. C'était tellement ridicule d'entendre ces échanges polis férocement haineux ! Puis, avec Wren, l'atmosphère était devenue sinistre. Par ses propos, il avait causé de sérieuses blessures sans pour autant s'écarter des normes admises.

Sophia avait décrit cela comme un jeu, mais Etta n'était pas d'accord. Au cours de cette première heure, le cérémonial des présentations, la conversation, le placement à table lui avaient donné l'impression de faire partie d'un petit orchestre. Sur chaque morceau étaient notées des consignes strictes indiquant comment jouer, quel rythme garder, ainsi que cent autres détails qui, ajoutés les uns aux autres, donnaient le mouvement voulu par le compositeur. Il n'y avait pas vraiment de place pour s'approprier les morceaux. C'est pourquoi Etta s'efforçait de transmettre beaucoup d'émotion dans ses interprétations. Les juges les plus critiques semblaient toujours mettre en avant l'exécution parfaite devant l'inspiration, ou même la passion.

Mais cette métaphore du jeu ou de l'orchestre était faussée, car elle impliquait l'adhésion des participants. En vérité, Etta doutait que chacun ait réellement envie de s'adonner à cette mascarade, hormis ceux qui instauraient les règles et en tiraient profit.

— Je choisis de m'en affranchir dès que c'est possible, reprit lentement Nicholas, comme s'il hésitait à poursuivre. (Il baissa la voix. Etta dut s'approcher pour l'entendre.) Être contraint de dîner avec les officiers prisonniers constitue une rare exception. Respecter les hommes avec qui je navigue ne me pose aucun problème, car je les admire et les apprécie. Mais vous avez raison. Ces faux-semblants sont épuisants.

— Pourtant, on croirait que l'un des avantages d'être en mer, dit-elle en montrant l'eau, c'est de pouvoir établir vos propres règles.

— Pour être honnête, elles sont encore plus nombreuses à bord d'un navire, et bien plus strictes. Vous avez peut-être secouru le jeune Jack après qu'il eut fait tomber la louche, mais tout le monde dans la cabine sait qu'il sera puni pour s'être comporté de la sorte envers un officier.

— Puni de quelle manière ? Ce n'est qu'un gamin…

— Sur un navire, on n'a pas le luxe de n'être « qu'un gamin », rétorqua Nicholas non sans dureté. C'est un membre de l'équipage. Nous survivons grâce à nos règles et à notre hiérarchie. Il y a une logique et un but à maintenir l'ordre, même dans les situations les plus désespérées. Les punitions pour ceux qui enfreignent le règlement sont sévères, car manquer à son devoir affecte tout le monde.

Etta serra les dents et s'écarta d'un pas. Un peu plus tôt, il avait mentionné une sorte de fouet, et l'idée que celui-ci claque sur le dos nu du garçon, qui tenterait d'endurer stoïquement son châtiment, sous le regard des autres hommes, pour avoir fait quelque chose que tous à table auraient rêvé de faire…

— Miss Spencer, je parlais juste de le priver de sa ration, murmura Nicholas. Ne vous inquiétez pas. Il doit apprendre la discipline, mais il n'a pas commis de crime.

Il émanait de ses propos une douceur qu'elle n'attendait pas.

— Vous-même, avez-vous déjà été… châtié ?

Il acquiesça et, du pouce, frotta la courbe généreuse de sa lèvre. Etta le regarda faire jusqu'à se rendre compte qu'elle n'était pas censée l'observer du tout.

Concentre-toi. Tu dois retourner chez toi. Elle fit rouler entre ses doigts la perle froide de sa boucle d'oreille. Pendant un instant, elle eut l'étrange sensation que quelqu'un scrutait la jonction entre son cou nu et son épaule, mais, lorsqu'elle leva les yeux, il n'y avait personne près d'eux, et Nicholas fixait la lune du regard.

— Quand j'avais à peu près son âge, oui, répondit-il. J'avais un caractère de cochon à l'époque, et Hall a dû se retenir maintes fois de m'étouffer tant je l'exaspérais. Au final, je l'ai remercié, car il m'a donné l'occasion d'intégrer cet équipage. Je préfère cette existence plus franche, qui nous oblige à nous passer de qualités qui importent peu, qui comptent bien plus pour ceux qui restent à terre. Ici, mon travail et mes compétences me définissent avant tout – comme pour Jack. À moins d'avoir été enrôlé de force dans la marine, chaque homme s'y trouve par choix.

Nicholas ne l'avait pas dit ouvertement, mais Etta comprit que les « qualités » dont il parlait étaient en fait directement liées à sa couleur de peau.

— Avez-vous vraiment quitté Nassau contre votre gré ? souffla-t-il.

— Oui.

Etta soupira et ramena sa tresse sur son épaule. Le vent s'était levé, comme Nicholas l'avait prédit, et fouettait les mèches qui s'étaient échappées de sa natte.

— Je doute que votre infortunée compagne de voyage vous aide.

— Ma compagne ! répéta-t-elle avec un rire sec.

Il avait évité de prononcer son nom. Il ferma les yeux un moment. Quand il les rouvrit, il semblait être parvenu à une décision.

— Sophia Boisdefer se ferait un plaisir de me démembrer et de me livrer en pâture aux cochons. Elle préférerait mourir que de reconnaître que nous venons de la même lignée et avons bien plus en commun qu'une simple aversion l'un pour l'autre.

Le mot la fouetta comme si les embruns glacés l'avaient aspergée.

« *Nous venons de la même lignée.* »

De la même famille ?

Comme dans…

Elle recula, observa son profil. Il refusa de la regarder.

Évidemment. Évidemment ! Pourquoi n'y avait-elle pas songé plus tôt ?

« *J'ai vu la pourriture de son âme.* »

« *Je sais que ce n'est qu'un porc déloyal.* »

Sophia se serait-elle exprimée avec autant de virulence à propos de quelqu'un qu'elle connaissait à peine ? De plus, il avait mentionné maintes fois Boisdefer – le « grand-père » de Sophia –, sous-entendant qu'il en savait plus sur lui que sur une simple relation professionnelle. Sophia connaissait Nicholas parce qu'il était comme eux.

Un voyageur.

Mais… il était là, sur ce navire, comme dans son élément. S'il naviguait depuis son enfance, alors quand avait-il… ?

Sonnée, Etta recula encore.

— Elle ne vous a réellement rien révélé, constata Nicholas. Je ne peux pas dire que cela me surprenne.

— Vous… (Elle lutta pour reprendre ses esprits.) Vous n'alliez rien me dire non plus, n'est-ce pas ? Avez-vous la moindre idée de ce que j'ai traversé ? Imaginez combien j'aurais été plus à l'aise à table, sachant que j'avais un véritable allié ? Pas étonnant que vous n'ayez de cesse d'intervenir dès que je commettais un impair ! Vous y étiez obligé.

— Bien sûr que je suis intervenu pour vous aider, déclara-t-il, sur la défensive. Notre règlement interdit de laisser éclater notre secret au grand jour. Ce serait de la folie ! Vous devez bien le savoir, à présent.

Elle sut alors qu'elle ne pourrait jamais mener son projet à bien. Même si elle ralliait les hommes de l'équipage à sa cause, ils ne désobéiraient pas à Nicholas. Elle ne parviendrait pas à avoir raison de sa résistance par la logique, ou en usant de ses charmes – si tant est qu'elle en ait. Nicholas n'était pas qu'une vague connaissance gravitant autour de la galaxie des Boisdefer. Il faisait partie du système. Il était l'un d'entre eux.

— Votre formation… commença-t-il.

— Quelle formation ? aboya-t-elle, laissant de nouveau libre cours à sa colère. Je ne savais même pas que j'étais capable de voyager dans le temps jusqu'à ce que Sophia me pousse dans… dans un passage, ou que sais-je !

— Elle vous a poussée ? (Il se retourna vers elle, ses yeux lançant des éclairs.) Vous voulez dire que c'est la première fois que vous voyagez ?

— Résumons : je n'ai jamais voyagé, je n'ai jamais entendu parler des Boisdefer, et il y a des chances que je ne rentre jamais chez moi. Ce n'est même pas ma famille : ils ont tué une personne qui m'est chère pour m'atteindre !

Nicholas lâcha un juron dans sa barbe et lui tourna le dos un instant.

— Vous ignoriez que vous aviez ce don ? Votre mal du voyageur a dû être épouvantable. Pas étonnant que personne parmi l'équipage ne vous ait vue. Vous avez dû rester inconsciente pendant des jours.

Le mal du voyageur ?

Non, elle ne devait pas se laisser distraire.

— Ne faites pas comme si vous n'étiez au courant de rien, cracha-t-elle. Sophia et vous…

— Non ! l'interrompit-il sèchement en l'attirant vers lui.

En reprenant contact avec la réalité, Etta comprit que Wren et Chase avaient quitté la cabine et se dirigeaient vers l'écoutille menant au pont inférieur.

— Ne m'associez pas à elle, insista Nicholas. La requête de Boisdefer ne faisait aucune mention de cela. J'ai supposé qu'il vous rappelait, Sophia et vous, pour vous confier une mission. Il n'est pas dans mes habitudes d'enlever les gens, miss Spencer.

— Vous voulez dire que vous vous contentez juste de voler les navires des autres et de retenir leur équipage en otage ?

Il haussa les sourcils et sembla sur le point de sourire. Cela l'apaisa, mais seulement quelques secondes.

— Il ne dévoilait rien d'autre dans sa lettre ? demanda-t-elle. La raison pour laquelle il souhaite me voir, par exemple ?

— Non. Je devais intercepter l'*Ardent* et vous amener, Sophia et vous, à New York au plus tard le 21 septembre. Bon sang, marmonna-t-il en se frottant la nuque. La première fois que j'ai voyagé, j'ai attaqué une automobile avec un parapluie et j'ai failli me faire dessus tant j'étais terrifié. Alors, quand je dis que vous prenez bien la chose, j'espère que vous me croyez.

Etta n'arrivait pas à l'imaginer terrorisé.

— Je regrette que vous ne m'ayez rien dit, souffla-t-elle. Vous êtes un Boisdefer, non ? Sophia a parlé d'autres familles, mais…

— J'aimerais dire que je n'en suis pas un, répliqua-t-il, la lèvre retroussée par le dégoût. Je ne les fréquente plus, désormais. Je ne traite que pour affaires avec eux. Je ne voyage pas, je n'obéis pas à Boisdefer, je mène une existence libre. Cette transaction achevée, cette famille sortira de ma vie.

Quelque chose échappait à Etta. S'il détestait tant les Boisdefer, pourquoi accepter de collaborer avec eux ? Et, s'il pouvait voyager n'importe où, n'importe quand, pourquoi rester dans une époque qui lui était si ouvertement hostile ?

D'après Jack, Nicholas et Chase avaient été recueillis par Hall quand ils étaient enfants, et ils avaient navigué depuis. Alors quand Nicholas avait-il voyagé ?

« *Je ne voyage pas, je n'obéis pas à Boisdefer, je mène une existence libre.* »

Pourquoi avait-il cessé de le faire ?

Etta le sentit battre en retraite, aussi bien en esprit que physiquement : d'instinct, il reprenait la direction de la cabine du capitaine.

— Connaissant cette famille… refusez-vous malgré tout de me ramener chez moi ? demanda-t-elle. Savez-vous où se trouve le passage que Sophia m'a fait emprunter ? Est-il à Nassau ?

— Ce navire est parti de Nassau ; on peut donc en tirer la conclusion qui s'impose. Cependant… (Il secoua la tête.) On ne m'a jamais donné la liste des passages et de leur emplacement. De quelle année venez-vous, exactement ?

Elle lui répondit, ce qui en valait la peine étant donné l'air émerveillé qu'il prit, transformant totalement son visage.

— On m'avait dit qu'aucun passage ne menait au-delà de la Seconde Guerre mondiale. C'est une croyance répandue. Bien sûr, je sais que nombre d'anciens passages ne sont pas répertoriés, et leur destination reste inconnue. Peut-être le vôtre en fait-il partie. À quelle famille appartenez-vous ?

— Aux Tilleul. D'après Sophia.

Elle le vit s'étonner de nouveau.

— Aux Tilleul ? En êtes-vous certaine ?

— Elle mentait peut-être, mais elle a parlé de ma mère, Rose. (Etta lui jeta un coup d'œil.) Ce nom vous est-il familier ?

Il expira longuement par le nez, incapable de la regarder en face.

— Qui dans notre petit cercle ne connaît pas Rose Tilleul ? C'est la seule voyageuse qui se soit montrée plus maligne que Boisdefer. Elle lui a volé quelque chose avant de disparaître sans laisser de traces. Mais alors, que représentez-vous, dans ce cas ? Une demande de rançon ? Pourquoi ne s'est-il pas contenté d'enlever

Rose, s'il vous a retrouvées toutes les deux ? Est-elle encore en vie ?

Etta acquiesça.

— Savez-vous autre chose à son sujet ? s'enquit-elle.

— Juste qu'elle a laissé derrière elle un cœur brisé. Celui d'Augustus Boisdefer, fils et héritier de Cyrus, qui a passé des années à la chercher. Il a manqué d'en perdre la raison. (Il secoua la tête. Quand il reprit la parole, ce fut d'un ton résolu.) Je veillerai à ce que vous retourniez dans votre époque. Si vous êtes un appât, ou s'il a l'intention de se servir de vous contre Rose, alors nous partirons dès que possible et nous mettrons en quête de ce passage nous-mêmes.

La déception la frappa. « Si ». Elle détestait ce mot, à présent. « Si » et seulement « si » elle était en grand danger, il lui viendrait en aide. Bien sûr, il n'allait pas changer d'avis par compassion : d'une part, il ne savait pas où l'emmener et, d'autre part, il serait grassement rémunéré grâce à ce travail. Toutefois… elle avait beau se sentir minuscule et idiote, elle avait espéré. Elle avait cru déceler quelque chose dans son hésitation.

Son ventre se noua.

— Vous avez dit que quelqu'un avait été tué, dit-il. Qui ?

Elle s'apprêtait à lui débiter un mensonge et se détesta aussitôt pour cela, pour avoir envie de tomber dans la facilité en lui racontant des histoires plutôt que de retirer d'un coup sec le pansement et laisser jaillir le sentiment confus qui l'agitait. Elle aimait la franchise qui s'était installée entre eux : réelle, tangible, suffisamment solide pour qu'elle s'y raccroche, alors qu'elle était entourée de tant de mensonges et de secrets.

— Vous avez vécu une expérience éprouvante, déclara-t-il doucement quand elle eut fini son récit. Je suis désolé. J'allais vous demander si vous aimeriez que je trouve le violon dont M. Goode a parlé, si cela peut vous réconforter.

À cette idée, elle eut la nausée. Elle refusa de la tête.

— Au contraire. Je ne peux pas... Pas tant que je ne serai pas de retour chez moi.

Il ouvrit la bouche, s'apprêtant à répliquer, puis se ravisa.

— Quoi ? demanda Etta.

— Voulez-vous sauver votre professeur ? Alice ? Changer le passé ?

— Je sais ce que vous pensez, mais elle était innocente. Elle ne méritait pas de mourir, qui plus est... à cause de moi.

Il soupira avec une sorte d'apitoiement qui tordit de nouveau les tripes d'Etta. Elle lâcha le bastingage au moment où une bourrasque souffla. Le navire gîta sur la droite. Les semelles d'Etta étaient trop souples, trop glissantes. Elle bascula...

Un bras s'enroula autour de sa taille, la remit sur pied et l'ancra à la chaleur de Nicholas. Elle enfouit son visage contre son épaule et planta ses ongles dans le dos de sa veste. Dans le silence, elle n'entendait plus que sa propre respiration rauque, et les battements d'un cœur caché sous plusieurs couches de tissu.

Elle s'écarta, essayant de trouver comment être moins consciente de la main appuyée fermement sur ses reins. Il la devança.

— Faites attention, murmura-t-il en regardant le cuir noir poli de ses chaussures. Il ne m'en reste qu'une paire.

— Encore là ?

Etta ne sut dire qui d'elle ou de Nicholas fut le plus surpris par la voix de Chase.

— Le prochain quart va commencer. Mieux vaut raccompagner la dame à sa cabine.

Il se tenait près de l'écoutille, non loin d'eux, les bras croisés sur la poitrine. Il faisait trop sombre pour déchiffrer son expression, mais il resta immobile jusqu'à ce que Nicholas s'écarte d'Etta et s'empresse de croiser les mains dans le dos.

— Il est temps de vous retirer, miss Spencer, confirma Nicholas. Je vais vous escorter jusqu'à votre cabine.

Il ne lui prit pas le bras et ne lui tendit pas non plus la main, veillant à rester à bonne distance.

À présent, Etta comprenait ce qu'avaient dû ressentir les membres de l'équipage vaincu quand on les avait menés dans le ventre du vaisseau. Ils ne savaient pas quand, ni même s'ils reverraient un jour le soleil, les étoiles, le ciel. Elle n'avait pas eu le temps d'apprécier leur conversation pour l'instant de liberté que celle-ci lui avait offert. Entre Sophia et l'équipage, Nicholas et elle auraient-ils une autre occasion de se parler ouvertement avant d'atteindre New York ?

Apparemment, il songeait à la même chose.

— Dix jours jusqu'à Long Island, l'informa-t-il. Peut-être moins avec un vent favorable. Je suis content que nous ayons pu discuter, car je doute que miss Boisdefer, une fois remise de son mal de mer, vous laisse sans surveillance.

Etta s'arrêta devant sa porte. Il fit de même devant celle de la cabine du capitaine, juste en face.

— Puis-je vous poser une question ? murmura-t-elle.

Il hocha la tête, les yeux éclairés par une lanterne non loin. Elle inspira profondément, humant l'odeur du sel et de la cire, et pesa ses mots.

— Si vous pouvez voyager n'importe où… et pratiquement n'importe quand, pourquoi restez-vous ici ? Dans une époque où des hommes comme Wren peuvent vous traiter de la sorte ?

— Vous supposez que j'ai le choix, répondit-il. Bonne nuit, miss Spencer. Reposez-vous bien.

Sur ce, il disparut dans sa cabine et en ferma le battant d'un geste décidé.

SEPT

Après plusieurs longues journées d'un gris brumeux, Nicholas se réveilla aux premières lueurs de l'aube avec l'impression que le diable en personne lui martelait le crâne. Maudit rhum. Maudit feu capitaine qui cachait sa maudite bouteille dans un endroit que Nicholas n'avait eu aucun mal à trouver, à un moment où il avait besoin de calmer ses nerfs. En général, songea-t-il en grognant, les bonnes idées qu'on avait dans le noir, mieux valait les y laisser.

Quelqu'un répéta : « Terre en vue ! »

Il se frotta le visage. Quand il bougea, des fourmillements douloureux lui parcoururent les jambes, la dernière partie de son corps à comprendre qu'il était temps de se lever. Il lâcha un juron en se cognant les genoux contre le bois dur : sa couchette.

Il remonta sur la paillasse pour s'adosser à la cloison, ses longues jambes tendues devant lui. Sur le pont, la cloche du navire tinta pour signaler le début du quart du matin. Il déglutit pour humidifier sa gorge sèche et leva les yeux vers le plafond bas, écoutant les bruits de pas et les appels lancés sur le pont.

L'apparition de la terre signifiait que leur voyage de dix jours pour rejoindre les colonies touchait à sa fin.

Dans quelques heures, il se retrouverait face à celui qui avait tenté de le détruire.

Il s'étira et serra les dents en sentant l'air froid autour de lui. Il s'habilla en hâte et avait presque fini de se raser quand Jack lui apporta du café et du porridge. Chase apparut juste au moment où le mousse sortait. Il emplissait tout l'encadrement de la porte avec ses larges épaules et une angoisse palpable.

— Il reste une heure pour rejoindre Oyster Bay, annonça-t-il en fermant le battant derrière lui. Dis-moi une bonne fois pour toutes que tu es sûr de cette folie.

Plutôt que de risquer de débarquer les deux jeunes filles au port de New York sur un navire de commerce britannique capturé, Nicholas s'était arrangé avec Boisdefer pour accoster près d'Oyster Bay, sur Long Island, où une calèche les attendrait. Nicholas connaissait l'avenir du conflit et savait que ce jour-là, le 21 septembre, les Britanniques auraient déjà pris le contrôle de la ville et du port. Wren avait eu raison sur ce point : si Nicholas et son équipage de prise étaient découverts sur un navire britannique capturé, ils seraient traduits en justice en tant que pirates et, pire encore, en tant que traîtres.

— J'en suis sûr, répondit Nicholas en ajustant sa veste. Vois-tu un inconvénient à mener l'*Ardent* à New London sans moi ?

— Nous réussirons cet exploit ; toutefois, vais-je garder les yeux secs après ton départ ? ironisa sèchement Chase.

Cela avait été son unique condition : que l'*Ardent* et son équipage soient maintenus à bonne distance du conflit, et conduits directement aux Lowe, dans le

Connecticut. Cependant, Cyrus Boisdefer avait exigé de Nicholas qu'il escorte les filles dans Manhattan, où il logeait temporairement. Il avait refusé de les retrouver à Long Island, ou même dans le Connecticut, où ils auraient pu également éviter les Britanniques. Comme toujours, Boisdefer décidait de tout, et, si une quelconque complication surgissait, ce serait à Nicholas d'y faire face.

Ils disposaient de moins d'une journée pour respecter l'heure limite du délai imposé par Cyrus Boisdefer. Il n'y aurait donc tout simplement pas le temps pour un contretemps – pas quand l'enjeu était si important.

— Veux-tu bien vérifier que nos deux passagères sont prêtes à débarquer ? demanda Nicholas. Je voudrais procéder à une dernière inspection du navire et des membres d'équipage.

— Miss Etta Spencer est levée depuis bientôt deux heures, répliqua Chase avec un petit rire. Elle dit avoir senti qu'on était près du but et être trop énervée pour dormir. Elle l'a « senti » ! Pour ma part, je crois qu'elle a surtout vu une ultime occasion de fuir sa sœur.

Comme Nicholas l'avait prévu, tout le reste du voyage, Sophia s'était évertuée à terroriser sa « sœur » par sa présence constante et écrasante. Il avait cessé de compter le nombre de fois où il était tombé sur Etta cachée sur le gaillard d'avant, plongée dans une partie de cartes avec Jack et les autres mousses, jusqu'à ce que Sophia surgisse dans un tourbillon de jupes et ne l'arrache à ses activités. En dix jours, il n'avait pu lui voler que quatre mots. Il en avait eu mal au ventre, en plus de se sentir mal à l'aise.

Nicholas jeta un coup d'œil vers la table. Le violon et l'archet étaient posés sur un tas de cartes marines. Il avait trouvé l'instrument de musique la nuit qui avait suivi le dîner catastrophique et l'avait laissé dans sa cabine, nourrissant le fol espoir qu'Etta change d'avis et demande à le voir.

Chase se racla la gorge.

— Avant que tu débarques, si tu me le permets, mon cher ami…

— Je ne te le permets pas, mais tu le feras quand même, rétorqua Nicholas.

– Je sais que vous avez eu du mal à trouver un moment pour être seuls, et peut-être n'aurais-je pas dû intervenir le premier soir, mais j'espère qu'il t'a semblé évident que la fille ne t'est pas indifférente…

— C'est une personne charmante, qui s'intéresse à la navigation, se justifia Nicholas avec empressement. Elle ne laisse personne indifférent, toi compris…

— Je n'ai pas terminé. Je ne sous-entendais rien d'indécent. Je voulais te demander si tu te souvenais d'Anne, l'épouse de Hall, et de ce qu'il disait d'elle.

— Je me rappelle juste ce qui s'est passé à son décès, mentit-il.

Ils avaient consacré cette longue année à poursuivre Hall de taverne en taverne, sans prendre une seule fois la mer. Jamais il n'aurait cru qu'un homme si puissant et si imposant, ayant connu mille batailles, se brise ainsi quand sa femme était tombée malade.

— Menteur, rétorqua Chase non sans affection. Il a dit que jamais il ne se remarierait, car jamais il ne retrouverait une dame qui ferait une si bonne compagne. Selon lui, elle était son *alter ego*.

Nicholas lissa ses manches. Anne avait été l'une des âmes les plus charitables que ce monde ait connues. Elle s'était occupée de Chase et de lui comme s'ils avaient été ses fils, sans jamais poser de questions à Hall quand il les avait ramenés chez lui, l'un après l'autre, enfants errants qu'ils étaient alors.

Il ne put se résoudre à laisser poursuivre son ami, à le laisser entrevoir qu'il y avait un espoir en ce monde. Cela finirait par lui faire du mal.

— Elle n'est pas pour moi.

— Moi, je crois que si, insista Chase. Mais tu ne le vois pas.

— Ce que je vois, c'est qu'il n'y a pas d'avenir là-bas, même si cette dame y était disposée. (Ces mots avaient un goût amer.) Que crois-tu donc, que je vais l'épouser ? Cette union serait interdite par la loi.

— Tu ne t'es jamais autorisé à attendre quoi que ce soit de la vie. Pourquoi ne pas commencer avec quelque chose qui vaille la peine ?

Nicholas ne voulait pas y réfléchir et parvenir à la conclusion qu'il redoutait depuis le début. Mieux valait ne pas penser à cette affaire. Trop d'incertitudes entraient en ligne de compte… à commencer par les sentiments qu'il inspirait à la jeune fille en question.

— Très bien, déclara Chase d'un ton bourru. Je préviendrai les autres que tu n'as pas de vues sur elle.

Nicholas plissa les yeux.

— Que diable veux-tu dire ?

— La moitié des hommes du navire est à ses pieds, et l'autre moitié lui a déjà proposé le mariage, y compris le jeune Jack, qui a juré à sa chère « miss » qu'il lui resterait fidèle si elle voulait bien patienter encore quelques années.

— L'incorrigible chenapan ! (Agacé, Nicholas caressa d'un doigt la courbe du violon.) Se sont-ils montrés importuns ?

— En aucune façon, s'amusa Chase. Mais ils l'apprécient beaucoup. Suffisamment pour regretter de devoir la quitter.

Rien que pour cette raison, Nicholas se félicita d'être arrivé au terme de leur voyage.

Le temps qui lui restait à passer sur l'*Ardent* fila comme le vent entre ses doigts. Bien plus tôt qu'il ne l'aurait voulu, Nicholas se retrouva à scruter au loin les touffes vert émeraude des arbres sur la côte, apparaissant et disparaissant entre les nappes de brouillard. L'odeur de l'humus, mêlée à celle de la mer, pesait lourd dans ses poumons.

Etta portait une robe d'un bleu profond. La couleur évoquait pour lui la nuit, la mer en hiver, comme si elle avait été faite pour son œil, pour s'adresser au diable en lui. Sur le pont, aux côtés de Chase, il la regardait faire ses adieux aux membres d'équipage. Elle l'attirait comme un aimant auquel il était impossible de résister, mais il se força à se détourner d'elle pour faire face à son ami.

— Je te retrouve au port dans une semaine, dit-il. Assure-toi que l'agent comprenne bien que Wren est hostile. Il refusera probablement de coopérer au moment du passage au Tribunal de prises.

— Entendu, répondit Chase en posant une main sur son épaule. Envoie-moi un message si tu as du retard.

— Je n'en aurai pas, répliqua Nicholas.

À son air, il sut que Chase n'était pas aussi confiant.

L'un des canots du navire avait été mis à l'eau. Nicholas aurait préféré monter à bord d'une chaloupe, plus stable, et disposer de quelques bras supplémentaires pour l'aider à la manœuvrer. Mais cette embarcation leur conviendrait : la distance à parcourir n'était pas si longue, et chacun avait rangé ses affaires dans des sacs de toile plutôt que dans des malles.

Une fois Nicholas installé, les filles montèrent prudemment à bord. Sophia semblait prête à lui cracher au visage s'il tentait de lui prêter main-forte. Ce fut Etta qu'il aida en la prenant par la taille. Une fois assis, les rames en mains, il fut convaincu qu'elle s'était appuyée sur lui plus longtemps que nécessaire.

Il leva les yeux pour faire un signe d'adieu à l'équipage quand Chase se pencha et murmura à l'oreille de Jack.

Le visage du garçon s'illumina. À son tour, il souffla quelque chose et bondit sur le bastingage.

— Et un baiser ? cria Jack.

Etta rit et lui envoya un baiser. Fusillant du regard Chase, qui pouffait de rire, Nicholas tira sur les rames. À mesure qu'il prenait le rythme, ses bras se mirent à chauffer agréablement. Il resta silencieux pendant qu'il ramait, même quand Sophia grommela :

— Tu ne peux pas accélérer la cadence ?

La brume se dissipa tandis que le soleil se levait. Les oiseaux chantaient au-dessus de l'eau, et il se moqua bien des premières taches de sueur qui apparurent sur sa chemise, du moment qu'il respirait de l'air frais. Sophia ferma les yeux et, impatiente, tapota des doigts le sac posé sur ses genoux. Etta fixait un point par-dessus l'épaule de Nicholas. Il tendit le cou pour suivre son regard dirigé vers la ligne noire des arbres qui bordaient la plage déserte.

Nicholas avait lu les consignes de Cyrus Boisdefer sur le point de rencontre à Flitch, et ils avaient regardé les cartes du littoral pour repérer l'endroit. Mais ce ne fut que lorsque Etta déclara « Je crois voir de la lumière » qu'il fut certain d'avoir pris la bonne direction.

Lui aussi la voyait à présent. Une lanterne luisait faiblement dans l'ombre des rochers, sur la plage, et, tandis qu'ils se rapprochaient, une silhouette sombre commença à prendre forme. Nicholas ramena les rames à l'intérieur du canot et laissa la marée faire le plus gros du travail, jusqu'à ce que le fond du bateau touche le sable. Il descendit d'un bond dans l'eau froide, projetant des gerbes d'éclaboussures, et tira sur le canot pour l'amener sur le rivage.

Avant qu'il ait eu le temps de la prévenir de l'étrange sensation qui remontait le long des jambes quand on se retrouvait enfin sur la terre ferme, Sophia sauta et s'effondra sur le sable.

Ce fut par pure politesse – un héritage de la sainte Anne Hall – que Nicholas lui tendit la main. L'expression affichée par Sophia et ses joues rouges de honte lui donnèrent enfin un aperçu de la jeune femme qu'elle était, et non de la harpie qu'elle s'efforçait d'être. Pendant un instant, il crut même comprendre ce que Julian avait bien pu lui trouver naguère.

Puis il la vit se souvenir de qui il était.

De ce qu'il avait fait.

Le visage de Sophia devint dur comme la pierre. Elle enfonça les doigts dans le sable, comme pour lui en envoyer dans les yeux. Lorsqu'elle se releva, ce fut sans son aide.

Etta posa une main sur l'épaule de Nicholas pour maintenir son équilibre et descendit à son tour. Ensemble, ils regardèrent Sophia se diriger en vacillant vers la calèche et le cocher qui attendait.

Nicholas devait dire à Etta qu'il y avait des règles qui régissaient les contacts physiques, que ce siècle requérait une certaine étiquette.

Mais… peut-être pas tout de suite.

— Je ne sais pas si vous me croirez, chuchota Etta, mais elle est de meilleure humeur que d'habitude. Ce matin, quand je suis venue la réveiller, elle m'a jeté à la tête la moitié du contenu de sa malle.

— Ah, le charme des Boisdefer, ironisa Nicholas. J'imagine qu'elle vous a fait tout ramasser ensuite ?

— En fait, je lui ai lancé l'eau de la cuvette pour la refroidir. (Etta prit un air sombre en voyant la calèche osciller quand Sophia y grimpa avec détermination.) J'aurais dû lui balancer le pot de chambre à la place.

Un éclat de rire lui échappa.

— Merci d'avoir fait preuve de retenue, dit-il en réprimant un sourire. J'aimerais pouvoir affirmer que vous serez mieux accueillie quand nous retrouverons Cyrus Boisdefer. Cependant, je vous préviens : s'il sent que vous avez peur, il prendra un plaisir tout particulier à vous tailler en pièces.

Etta redressa les épaules et grimpa la colline, le devançant de quelques pas.

— Vous n'avez rien à craindre, répondit-elle avec un petit sourire. Parce que je serai avec vous.

Nicholas ferma les yeux et inspira une dernière bouffée d'air marin.

Il aurait aimé que cela suffise.

NEW YORK
1776

HUIT

La fumée les accueillit plusieurs kilomètres avant qu'ils atteignent le bac de Brooklyn.

— Que se passe-t-il ? s'enquit Etta. Il y a une guerre ?

Comme elle, Nicholas semblait perplexe. Lui aussi regardait par la vitre les volutes de fumée noire qui emplissaient le ciel.

— C'est le signal pour que tu interviennes, dit Etta à Sophia. On attend tes explications concernant la chose terrifiante qui se passe là-bas.

Sophia examina ses ongles.

— Faire de la rétention d'informations, c'est nous mettre tous les trois en danger, lui rappela Nicholas. Je ne peux pas vous protéger si j'ignore ce qui nous attend.

Exaspérée, Sophia laissa tomber sa main sur ses genoux.

— Bon, très bien ! Il y a un incendie. Il s'est déclaré ce matin. On l'appelle le grand incendie de New York. Tu le saurais si tu avais été plus attentif pendant ta formation.

— Si j'avais appris autre chose que comment ne pas me faire tuer, comment ne pas divulguer notre secret, et comment Julian voulait qu'on lui noue sa cravate, dans ce cas, oui, j'aurais pu le savoir.

Pendant qu'ils se disputaient, Etta fouilla sa mémoire pour se rappeler si elle avait déjà lu quoi que ce soit à ce sujet.

— Qu'est-ce qui a pris feu ? demanda-t-elle. Pour faire autant de fumée, ça doit être quelque chose d'énorme.

Après un silence prolongé, Sophia répondit :

— Tout l'ouest de la ville. Dans mon souvenir, ça a commencé ce matin, le 21 septembre. Il doit en être au premier quart, à cette heure.

Une fois de plus, Etta se dit qu'il était sûrement très étrange pour les Boisdefer de vivre en dehors de la chronologie normale, de savoir, dans une certaine mesure, tout ce qui s'était produit et presque tout ce qui allait arriver. Cela devait avoir grandement facilité leurs choix pour investir, décider du lieu où habiter et des batailles à mener, profitables à leur famille.

— Comment a-t-il démarré ?

— Ça dépend à qui tu poses la question. Pour les Britanniques, l'auteur est l'un des espions de Washington. À leurs yeux, c'est une sorte de bâtard qui a mis le feu quand l'armée a été contrainte de fuir la ville.

À cette époque, la majorité des constructions était en bois. Il suffisait d'une étincelle. Etta jeta un coup d'œil à Nicholas. Il avait défait son foulard, et sa chemise entrouverte laissait apparaître une zone de peau. Après des jours de labeur et de voyage, ses vêtements élimés étaient froissés, mais cela ne paraissait pas le troubler, alors que Sophia s'affairait sur sa robe pour en ôter la poussière de la route. Elle s'était aussi aspergée de parfum. Etta se concentra toutefois sur l'odeur que Nicholas dégageait : un mélange de brise fraîche, de soleil et de rhum.

Alors que l'angoisse de Sophia se traduisait par des gestes frénétiques – elle ne cessait de croiser et décroiser les mains sur ses genoux et de remuer les jambes sous ses jupes –, Nicholas semblait se retirer en lui-même. Etta ne vit plus sur son visage l'inquiétude qu'elle y avait lue lorsqu'ils avaient débarqué, mais une sorte de colère mêlée d'exaspération envers Boisdefer. D'un doigt, il tripotait sa lèvre supérieure, les yeux rivés sur le paysage qui défilait, sans se focaliser sur un point en particulier.

Etta songea qu'il pouvait compter ce qui l'énervait sur une main, voire avec un doigt. Visiblement, il était capable de gérer Sophia, et prêt à rencontrer Boisdefer. Alors pourquoi prenait-il cet air si glacial ?

Pour rompre ce silence insoutenable, elle demanda :

— Avez-vous déjà vu New York avant l'incendie ?

Question idiote. Elle savait qu'il y était déjà allé, qu'il y avait même vécu un temps. Jack le lui avait dit.

C'était fou à quel point on se sentait insignifiant quand on ne faisait même pas l'effort de vous regarder. Une seconde, Etta crut qu'il n'allait pas répondre et se contenter de continuer à contempler le paysage. Puis elle obtint deux mots :

— Une fois.

— Qu'en avez-vous pensé ? insista-t-elle en se concentrant sur son agacement pour ne pas s'appesantir sur son orgueil blessé.

— C'était sale.

À son grand étonnement, Sophia intervint :

— Le seul point sur lequel nous sommes d'accord. Ils jettent leurs ordures dans les rues en espérant que les animaux et la vermine les mangeront, et que le reste sera emporté dans les rivières par les pluies. On sent l'odeur de la ville bien avant de la voir. La fumée de l'incendie la rendra plus supportable.

Enfin, la calèche cessa de cahoter et tangua quand le cocher quitta son siège pour leur ouvrir la portière. Etta se serait volontiers cogné la tête par terre pour soulager son mal de crâne. Derrière elle, les jambes flageolantes, Sophia descendit à son tour. Sorti le dernier, Nicholas tendit une petite bourse au cocher.

Charriée sur l'East River par une brise constante, la fumée emplissait l'air. Etta en sentait le goût au fond de sa gorge. Sous la forte odeur de bois calciné, elle distingua celle, douceâtre, du crottin chaud et de la pourriture. Elle aurait été toutefois bien en peine de dire si cette dernière provenait des déchets en train de brûler ou des soldats qui déambulaient autour d'elle.

La première fois qu'elle vit les taches écarlates de leurs uniformes disséminées dans le paysage verdoyant de Long Island, elle fut impressionnée. Dans les villes qu'ils avaient traversées, elle avait immédiatement reconnu les fameuses tuniques rouges des soldats britanniques qui patrouillaient, vérifiant à chaque poste de contrôle les papiers que leur donnait le cocher.

De près, Etta détailla sur leurs revers les ornements très travaillés blanc et or, le lustre des boutons alignés le long de la veste couleur crème qu'ils portaient en dessous. Pour la plupart, leurs hauts-de-chausses et leurs bas étaient couverts de poussière, et tous avaient l'air épuisés tandis qu'ils escortaient la foule de gens qui fuyaient l'incendie de New York.

— … réduite à un tas de cendres plutôt que de nous la laisser, pas vrai ?

— … fait exprès, l'incendie s'est déclaré dans Broad Way pour gagner l'Hudson, remonter vers le nord et l'ouest et brûler les meilleures tavernes…

Etta se tourna quand deux soldats arrivèrent près d'elle. En la voyant, ils la saluèrent poliment d'un signe de tête et poursuivirent leur chemin en lui lançant un simple « Bonsoir, madame ». Sous leur chapeau noir, leur visage était étonnamment jeune. Pourquoi avait-elle toujours imaginé les gens du passé bien plus âgés qu'elle ? Au cours de l'histoire, les guerres avaient toujours reposé sur les épaules des jeunes hommes.

Après quelques tractations, le passeur accepta d'effectuer une dernière traversée du détroit avant la tombée de la nuit. Sophia fonça tel un boulet de canon et manqua de renverser Etta en grimpant sur la longue et plate embarcation. Une main apparut en périphérie du champ de vision d'Etta : celle de Nicholas, qui lui proposait de l'aider pour descendre. Il s'était montré si distant jusqu'à présent qu'elle n'eut guère envie de répondre à ce geste de galanterie. Elle garda donc les yeux rivés sur la forêt de mâts et de voiles qui défilaient le long du cours d'eau.

Du fait de l'absence d'immeubles dans le Manhattan de l'époque, elle eut du mal à reconnaître où ils étaient exactement. Son incapacité à s'orienter dans la ville où elle avait grandi lui tordait les tripes. La distance à partir de la pointe de Manhattan, qu'elle connaissait comme étant Battery Park, la vue qu'elle en avait désormais… Elle ferma les yeux et s'imagina le pont de Brooklyn s'étirant au-dessus d'elle, avec ses câbles tendus et ses robustes arches de pierre. Lorsqu'elle rouvrit les yeux, aucun gratte-ciel aux vitres brillantes ne se découpait sur les teintes violettes du crépuscule. La fumée ne contournait pas d'appartements luxueux au sommet de tours vertigineuses. Aucun des bâtiments ne semblait dépasser quelques étages.

Les deux passeurs utilisaient de longues rames, projetant des gerbes d'éclaboussures. Rien à voir avec le rugissement mécanique des bacs modernes et motorisés. Sans les autoroutes, sans circulation, il régnait un silence incroyable. Etta leva les yeux, s'attendant à voir un avion traverser le ciel.

Ce n'est pas New York. Ce n'est pas chez moi, c'est impossible.

Ne pleure pas, se réprimanda-t-elle. *Ne t'avise pas de craquer*. Cela ne servirait à rien hormis attirer davantage encore l'attention sur elle.

Nicholas avait adopté sa posture habituelle : bras croisés devant lui, visage de marbre. Elle ne comprenait pas comment on pouvait à ce point garder pour soi ses réflexions et ses sentiments.

— Êtes-vous décidé à m'adresser à nouveau la parole ? demanda-t-elle.

— Je suis né ici, en 1757. (Il ferma brièvement les yeux, mais Etta eut le temps d'y déceler son trouble.) Au début, ce n'était pas... agréable.

Elle attendit qu'il poursuive.

Il déglutit, comme s'il avait une boule dans la gorge.

— Le capitaine Hall, que vous avez rencontré... Sa femme et lui possédaient une petite maison près des quartiers pauvres. Après qu'il eut acheté ma liberté, je suis allé vivre avec eux. Mes conditions de vie se sont alors considérablement améliorées.

« *Acheté ma liberté.* » Une vive douleur la transperça, bientôt chassée par la perplexité.

— Vous voulez dire... commença-t-elle. Vous êtes né chez les Boisdefer, mais ils...

La fureur l'empêcha de finir sa phrase. Nicholas haussa les épaules – mouvement qui l'interloqua.

— Je n'étais ni légitime ni désiré. À cette époque, un enfant prenait le statut de sa mère. Ma mère était leur propriété ; par conséquent, je l'étais moi aussi. (Il lui jeta un coup d'œil.) Ils ignoraient que j'avais hérité de leur... don. Ils ne l'ont su que plus tard, alors que je vivais déjà depuis quelque temps avec les Hall.

— Vous avez également grandi avec Chase ? s'enquit-elle.

Voyant la légère surprise provoquée par sa question, elle ajouta :

— Il m'en a parlé il y a quelques jours, quand nous nous promenions sur le pont. Selon lui, Mme Hall avait dit au capitaine qu'elle ne l'autorisait pas à vous emmener en mer tant qu'elle ne vous aurait pas appris à lire et à écrire.

À ces mots, il sourit.

— C'était une femme d'une gentillesse et d'un courage exceptionnels. Quand elle nous a quittés, nous n'avions plus de raison de revenir ici, sauf ponctuellement pour affaires.

— Comment Hall vous a-t-il trouvé ? Pourquoi les Boisdefer... ?

Elle ne put se résoudre à prononcer les mots « vous ont vendu », tant ce concept lui donnait envie de vomir.

Nicholas baissa la voix.

— Vous le savez sûrement, le don se fait de plus en plus rare dans la famille à mesure qu'on avance dans le temps.

Etta hocha la tête.

— Hall est une relation éloignée des Boisdefer, expliqua Nicholas. Ils ont exterminé sa famille, les Tsuga, puis ont intégré les rescapés à la leur. Ce n'est pas un voyageur, mais un « gardien », comme on les appelle. Ils surveillent l'entrée des passages pour assurer la sécurité des voyageurs, en notant scrupuleusement leurs allées et venues. Ils accomplissent aussi d'autres tâches pour la famille, telles que veiller sur leurs intérêts et sur leurs propriétés, à travers les différentes époques. Ils relaient les messages d'un siècle à l'autre.

Etta écarquilla les yeux.

— Comment ?

— S'ils nous précèdent, ils laissent des lettres dans des coffres familiaux qui sont vérifiés par d'autres gardiens. S'ils nous suivent, les lettres sont apportées par un voyageur mandaté. Hall lui-même a été réquisitionné pour superviser le transport et la vente de sucre en provenance de l'une de leurs plantations, dans les Caraïbes, de 1750 jusqu'à récemment.

Quelque chose échappait à Etta.

— Connaissiez-vous Hall avant de partir vivre chez lui ?

Il secoua la tête.

— Boisdefer a décidé de vendre la vieille demeure familiale sur Queen Street, avec tous ses biens. Ma mère a été achetée avec une autre esclave et a prétendu que j'avais fugué. Elle m'a caché dans un placard, espérant que je parviendrais à m'échapper pour mener une vie libre. Je n'aurais jamais accepté si j'avais su ce qui m'attendait.

Etta s'apprêtait à demander ce qu'était devenue sa mère, mais Nicholas se hâta d'enchaîner :

— Hall m'a découvert quand il est venu inspecter la maison avant l'arrivée des acheteurs. J'étais à demi mort de faim, aussi sale qu'un chiot errant. Ma mère m'avait dit de ne pas bouger et de rester silencieux, et à l'époque j'étais bien plus docile. (Il afficha un sourire ironique.) Il m'a sorti de là. Il a fait en sorte que je sois libre légalement. Il s'est écoulé des années avant que Boisdefer revienne et soit au courant de ma situation. J'ai reçu une formation et j'ai voyagé un moment pour Boisdefer, mais c'est terminé. Jamais plus je ne quitterai la mer ni ma vraie famille.

Etta s'obligea à ne plus penser à lui petit garçon, terré dans le noir pendant des jours.

— Quels sont vos projets, une fois votre affaire bouclée avec Boisdefer ?

Il se massa l'épaule d'un air distrait.

— Je dois retrouver Chase et les autres pour m'acquitter de mes responsabilités en tant que maître de prise. Le capitaine Hall sera de retour au port avant la fin du mois, et nous repartirons en mer peu après.

Bien entendu, il avait des responsabilités. C'était là sa vie, qui avait croisé celle d'Etta durant quelques jours. Pourquoi était-elle si angoissée à l'idée qu'ils soient séparés ?

— Est-ce sans danger de voyager ? Ne prenez-vous pas de risques ? demanda-t-elle.

— Ne vous inquiétez pas pour moi, miss Spencer, répondit-il lorsqu'ils accostèrent sur l'autre rive. Je m'en sors toujours.

— S'il vous plaît, appelez-moi Etta, dit-elle en souriant. Je préfère.

Le masque calme qu'il s'efforçait d'afficher se fissura un instant. Etta y lut de la colère, mais, d'instinct, elle sut que c'était pire que cela : une sorte de choc douloureux, comme si elle venait de le pousser dans les eaux glacées.

— Vous... commença-t-il.

Il leva les yeux vers le ciel en esquissant un sourire triste. Etta ne put détourner le regard, ni vers Sophia, qui l'appelait, ni vers les voiles qui contrastaient avec les ténèbres naissantes. Nicholas laissa échapper un rire discret, presque atterré. Il plaqua ses mains contre ses flancs.

— Parfois, miss Spencer, votre victoire sur moi est totale.

Avant qu'elle ait le temps de comprendre le sens de ces propos, il s'était avancé vers l'avant du bac pour aider les hommes d'équipage à l'amarrer. Quand il fut temps de débarquer, seule Sophia l'attendait.

— T'importunait-il ? Dieu merci, il va bientôt partir, dit-elle d'une voix suffisamment forte pour être entendue de la ville entière.

— Non ! rétorqua Etta. Non, pas du tout.

Malgré tout, Sophia regarda d'un œil mauvais le jeune homme qui marchait devant elles. Il passa en coup de vent devant un groupe de femmes aux yeux brillants et aux joues couvertes de fard. Leur poitrine débordait presque de leur décolleté vertigineux.

— Tu cherches où dormir, chéri ? demanda l'une d'entre elles en le suivant. J'espère qu'le feu a pas brûlé ta jolie maison. J'connais un endroit où il fait bien chaud…

— Je suis déjà pris, dit-il en ôtant la main qu'elle avait posée sur son épaule. Passez une bonne soirée, mesdames.

« Déjà pris » ? Tandis qu'il avançait, Etta observa son dos, ses muscles déliés.

Après avoir marché dans un tas de crottin frais, Sophia laissa échapper un hoquet étranglé suivi d'un chapelet de jurons. Etta sentit son estomac se soulever quand l'odeur du fumier se mêla à celle de la fumée.

Il faisait presque nuit noire quand Nicholas trouva la calèche de Boisdefer parmi la foule de réfugiés. D'après Sophia, ils devaient loger dans une « affreuse petite taverne » appelée *La Colombe*, en périphérie de la ville – ce qu'Etta connaissait comme étant le quartier financier. Cyrus Boisdefer avait distribué suffisamment d'argent au propriétaire des lieux pour le convaincre de leur louer les chambres sous les combles pour trois nuits, tandis que lui, sa famille et ses domestiques dormiraient dans le cellier.

— Pourquoi ne pas avoir acheté une maison en ville ? demanda Etta en songeant à l'histoire de Nicholas. Il ne fait aucun doute que la famille en a les moyens.

— Grand-Père se renseigne sur les propriétés disponibles, expliqua Sophia d'une voix tendue. Il a décidé de nous laisser dans cette époque pour l'instant, donc il va devoir trouver un logement permanent. Pour le moment, il a demandé que nous nous installions à *La Colombe*, c'est donc ce que nous allons faire.

— On dirait que ça ne te plaît pas de devoir vivre de façon rustique, commenta Etta, un sourcil haussé.

Ils passèrent par ce que le cocher appela la rue de la Vieille-Poste. Etta avait reconnu le nom des rues lorsqu'ils s'étaient retrouvés au cœur de Manhattan : Wall Street, Broad Way. Mais, une fois qu'ils eurent traversé les quartiers pauvres et un parc bondé de réfugiés, chargés des biens matériels qu'ils avaient réussi à sauver de l'incendie, entourés des soldats qui essayaient de les canaliser, la ville laissa place à des terres cultivées.

Des champs.

Nus.

Ondoyants.

Stupéfaite, Etta secoua la tête.

— Je sais, murmura Sophia d'un ton rêveur. C'est tentant d'acheter quelques terrains et de les garder précieusement pendant deux siècles.

Dans le New York actuel, Etta s'était habituée à marcher dans l'ombre des gratte-ciel en journée, et à ne jamais contempler les étoiles à cause de la pollution lumineuse. Mais, ici, le ciel lui apparaissait nu, inviolé, parsemé de milliers d'étoiles scintillantes. Il n'y avait rien à voir hormis une maison de temps à autre, certaines modestes, d'autres plus imposantes. Elle entendit le bêlement des moutons, le hennissement des chevaux, le chant apaisant des ruisseaux. Le rythme effréné de la vie citadine lui manquait ; la chaleur qui montait des trottoirs, les reflets du soleil sur les parois de verre, les rues peuplées de monde, le bourdonnement constant de la circulation, des alarmes, des trains.

Ce sera bientôt terminé, se rappela-t-elle.

Avec un peu de chance.

La tension qui lui nouait l'estomac se répandit dans ses veines comme une toile d'araignée, trop collante pour s'en débarrasser totalement. Etta essaya d'imaginer à quoi ressemblerait ce « Grand-Père », ce qu'il penserait d'elle, mais elle n'avait que les descriptions de Nicholas et de Sophia. Elle se figurait un homme muni de crocs et de griffes, armé d'une épée ensanglantée, dont le cœur desséché était fait de cendres et de glace.

Respire, pensa-t-elle, peu à peu gagnée par le désespoir. *Respire*. Que faire d'autre ? Chaque bribe d'information qu'elle parviendrait à lui soutirer ne pouvait que l'aider à fuir, à trouver le moyen de retourner auprès d'Alice.

La taverne de la Colombe était située plus haut dans la ville. Etta passa le plus clair du trajet à tenter de comprendre où ils se trouvaient sur l'île grâce à l'emplacement de l'East River : ils se dirigeaient vers l'est, sans trop s'éloigner du centre. Peut-être était-ce là Lexington, ou la Troisième Avenue de son époque ?

— Qu'est-ce que c'est ? s'enquit-elle en se penchant en avant pour mieux voir la constellation que formaient de petits feux de camp, loin devant eux.

Nicholas se pencha également, son bras chaud appuyé contre le sien.

— Le Parc royal de l'artillerie, j'imagine.

Il avait deviné juste. Tandis qu'ils se rapprochaient, l'éclat des torches et des lanternes du campement s'intensifia. Au-delà d'une impressionnante rangée de canons, Etta distingua des alignements de charrettes, chariots, tentes blanches et écuries.

En bordure d'une route de terre, *La Colombe* donnait directement sur le parc, à l'opposé. Des bougies brillaient à travers les fenêtres de la façade de bois dénuée d'ornements. Aux yeux d'Etta, l'ensemble évoquait davantage une grande demeure coloniale qu'une taverne. La maison, légèrement penchée vers la droite, comportait deux niveaux, sans compter les combles. Quelqu'un avait essayé de lui donner un peu de charme en peignant les volets en rouge. Une enseigne de bois, suspendue au-dessus de la route, se balança quand Sophia passa en dessous. Dans l'obscurité, l'oiseau en vol qui y était sculpté ressemblait plus à un corbeau qu'à une colombe.

— Venez, dit Sophia après que le cocher eut descendu leurs bagages.

Etta la suivit d'un pas traînant, partagée entre l'appréhension et l'impatience. L'excitation qu'elle ressentait à l'idée qu'on lui dévoile ce pan secret de l'histoire la rendait malade, et ses entrailles se tordaient tant elle redoutait d'apprendre ce que Boisdefer voulait d'elle.

Nous y voici.

Elle pouvait rentrer chez elle.

Nous y voici.

Trouver comment sauver Alice.

Nous y voici.

Il fallait juste qu'elle respire.

Nicholas se posta à ses côtés et observa les fenêtres de la taverne. Il y faisait sombre, mais les lanternes projetaient une douce lueur sur sa peau. Etta s'empressa de détourner le regard : elle le savait capable de sentir son angoisse aussi facilement qu'elle percevait la sienne. L'idée qu'il la voie de nouveau vulnérable, perdant ses moyens, l'insupportait.

— Le seul moyen de s'en sortir, dit-il, c'est de se jeter dans la gueule du loup.

Etta acquiesça et redressa les épaules.

Le bruit de la taverne les heurta de plein fouet quand un client, un soldat qui n'avait réussi à passer qu'un seul bras dans la veste de son uniforme, surgit dans la rue en chancelant. Il tapota sa perruque et oscilla d'un côté à l'autre en regardant d'abord Sophia, puis Etta.

— Bonsoir, les filles… commença-t-il doucement.

Etta recula et se cogna contre le corps solide de Nicholas, qui la saisit légèrement par les coudes pour l'aider à dépasser le soldat et à atteindre la porte.

— Bonsoir, monsieur, rétorqua Nicholas d'un ton ferme.

Il ouvrit la porte, libérant une bouffée d'air vicié.

— Ne les regardez pas, conseilla-t-il.

Etta l'entendit à peine à cause du vacarme des conversations. Malgré l'heure tardive – minuit passé –, les lieux étaient envahis de soldats et d'hommes attablés ou qui se levaient pour se traîner d'un pas incertain jusqu'au bar. Etta inspira profondément : il régnait un parfum de cire venant des bougies fondues, mais aussi une odeur âcre de corps et de bière.

Sa jupe se prit dans quelque chose ; déséquilibrée, Etta se cogna une nouvelle fois contre Nicholas. Elle se baissa pour décrocher le tissu et sursauta en effleurant une chair moite. Nicholas soupira et se baissa à son tour pour ôter la grosse main qui la retenait. Le soldat à qui elle appartenait semblait suer chaque goutte d'alcool qu'il ingurgitait : il arborait deux énormes auréoles sur sa chemise au niveau des aisselles, et avait le dos trempé.

— Continuez à avancer, murmura Nicholas.

Etta voulut se retourner pour décocher un regard meurtrier à l'homme, mais Nicholas la guida vers l'escalier, au fond de la salle.

— J'aurais pu me débrouiller, marmonna-t-elle.

— Je sais, chuchota-t-il. Je lui ai rendu un service qu'il ne méritait pas. Mais, si vous exigez que du sang soit versé, je lui infligerai une cicatrice en repartant.

Ces paroles la troublèrent. Elle se retourna si vivement sur la première marche que ses jupons la firent basculer. Bras tendus, Nicholas dut une nouvelle fois la rattraper. Elle sentit à travers les nombreuses couches de tissu la chaleur de ses mains. Enfin, leurs regards étaient à la même hauteur.

Il haussa un sourcil.

— Vous partez ce soir ? s'inquiéta-t-elle.

— Pour le Connecticut ? Non, demain matin. Toutefois, je vais devoir chercher une auberge.

— Ne pouvez-vous pas loger ici ?

Son expression se radoucit. Pendant une seconde, Etta aurait pu jurer qu'il avait resserré sa prise sur elle.

— Non, miss Spencer, je ne peux pas.

— Allez, Etta, viens ! appela Sophia. Il n'aime pas qu'on le fasse attendre !

Etta ne cilla pas.

— Croyez-vous vraiment que je partirais sans vous dire au revoir ? demanda Nicholas à voix basse. Je vous ai donné ma parole que je vous emmènerais si vous étiez en danger.

— Promis ? souffla Etta.

— Promis.

L'escalier, étroit, grinça sous leur poids. Nicholas dut se plier en deux pour ne pas se cogner la tête contre le plafond bas.

Au passage, Etta jeta un coup d'œil furtif à l'étage, essayant de voir dans les chambres dont la porte était restée entrouverte. Ce devait être des pièces privées : les hommes y étaient moins nombreux, et leurs uniformes en meilleur état que ceux qu'elle avait vus en bas.

D'après les descriptions de Sophia, elle s'était attendue à voir des murs effondrés, les meubles et les tapis se déplaçant dans les couloirs, sur le dos d'une mer de rongeurs. Au lieu de quoi, malgré leur surface modeste et leur aspect quelque peu lugubre, les chambres paraissaient en ordre.

Le deuxième étage était encore plus simple. Ils avaient le choix entre trois portes. Sophia lissa ses cheveux puis sa robe et s'avança vers celle de gauche, où un homme armé d'un fusil montait la garde. Nicholas le jaugea d'un seul coup d'œil.

Avant que Sophia ait eu le temps de frapper, une voix sonore lança :

— Entrez.

Etta, Sophia et Nicholas s'exécutèrent. Cette pièce était aussi nue que le couloir. Le feu qui brûlait dans l'âtre la rendait presque étouffante. À l'exception d'un lit à baldaquin, d'une table de chevet, d'une malle et d'un pot de chambre en porcelaine, le seul autre meuble était une bergère. Un homme y était assis, face à la flambée.

Il ne se leva pas quand ils entrèrent et leur jeta à peine un regard. Etta entendit Sophia déglutir. Le vieil homme leva la main droite et attendit. Aussitôt, Sophia se précipita pour baiser l'anneau d'or qui ornait son doigt.

— Bonjour, Grand-Père. Vous semblez bien vous porter.

— Et toi, tu pues autant que le cul d'un cheval.

Surprise, Etta laissa échapper un petit rire, vite étouffé par le regard acéré que le vieil homme posa sur elle.

Il avait le visage rond comme celui de Sophia, et les traits bien dessinés malgré son grand âge. Ses paupières lourdes recouvraient des yeux d'un bleu glacial. Les commissures de ses lèvres descendaient naturellement, lui donnant l'air las et apathique, comme s'il tolérait à peine leur présence. Il ajusta la robe de chambre en damas de soie bleue qu'il avait enfilée par-dessus sa chemise et ses hauts-de-chausses, puis se tourna vers Sophia.

— Tu peux disposer.

Elle sursauta comme s'il l'avait poussée brusquement vers la porte.

— Mais...

— Remets-tu mes ordres en question ? demanda-t-il posément. (Sophia serra les lèvres et se tourna vers Nicholas.) Lui reste, commenta l'homme d'un ton ferme, avec un geste impatient de la main. Dis-moi, chère enfant, attends-tu que je meure de vieillesse pour franchir cette porte ?

Etta vit Sophia inspirer à fond, se redresser et sortir avec panache. Elle comprit tout à coup que Sophia n'avait qu'un seul désir, être intégrée, alors qu'on ne cessait de l'exclure.

— Viens dans la lumière, ordonna le vieil homme, une fois le battant refermé.

Il posa par terre le livre qu'il avait sur les genoux.

Nicholas croisa les mains dans le dos, poings serrés. Lorsque Etta s'avança, il l'imita, restant moins d'un pas en arrière.

— Je suis Etta, dit-elle pour essayer de meubler le silence terrible qui avait suivi.

Il fallait qu'elle parle, sinon l'envie de quitter les lieux à son tour prendrait le dessus. Malgré son expérience de la scène et le trac qu'elle avait connu avant chaque interprétation, jamais elle n'avait été terrorisée à ce point. Pourquoi se contentait-elle de rester là sans rien faire ? Pourquoi ne hurlait-elle pas, ne lui disait-elle pas le fond de sa pensée sur la manière dont il l'avait forcée à venir ici, sans la moindre explication ? Elle aurait pu être chez elle, mais non, elle se trouvait là, parce qu'il le voulait ainsi. Pourtant, cette espèce de vieille gargouille ne cillait même pas. De plus, c'était cette même créature qui avait réduit Nicholas et sa mère à l'esclavage, qui n'avait pas vu d'inconvénient à sacrifier leur liberté au nom d'un jeu de rôle, pour se fondre dans la masse.

— Tu es en retard, Samuel.

C'était peut-être une illusion due à la lumière, mais Etta aurait juré voir Nicholas se raidir.

— Je m'appelle Nicholas désormais, comme vous le savez depuis des années. Et je ne vois pas comment vous êtes parvenu à cette conclusion.

— Je voulais qu'elles soient là le 21 septembre au plus tard. Pourtant, la première heure du 22 est déjà passée de dix minutes. Ta paie sera réduite en conséquence.

Etta rugit :

— C'est…

— Le gérant de mes affaires se trouve en bas. J'imagine que tu te souviens de lui ? Bien entendu, il ne te connaît que par ton véritable nom. Nicholas ! Mon Dieu. Peut-être que tu aurais dû choisir Charlemagne quand tu as décidé de prendre un nouveau départ. En tout cas, tu es entré dans cette pièce avec une allure d'empereur.

Le vieil homme se moquait-il de Nicholas pour avoir choisi un prénom qui lui plaisait au lieu de celui qu'on lui avait attribué ? Quelle façon abjecte de lui rappeler le passé !

J'y arriverai. Elle s'accrocha aux paroles de sa mère, à la confiance que celle-ci plaçait en elle. Elle ne flancherait pas sous le regard d'acier du vieil homme. Sa mère serait fière d'elle.

— Dites-moi ce que je fais ici, déclara-t-elle froidement.

— À ton avis ? répliqua-t-il en relevant un fin sourcil argenté.

On aurait dit un lion observant un chat de gouttière.

— Je pense que vous comptez me retenir en otage. Pour atteindre ma mère.

Cyrus partit d'un rire profond.

— Ah oui ? Et comment réagirais-tu si je te disais que c'est exactement le contraire ?

Incrédule et terrifiée, Etta le regarda sortir de la poche de sa robe de chambre une photographie sur papier glacé. Elle était tellement paralysée par la peur qu'elle se crut incapable de tendre la main pour la prendre.

Le visage de sa mère, partiellement caché par un bâillon, la regardait avec colère. Si elle avait eu l'air terrifié plutôt que furieux, Etta aurait pu se dire qu'il s'agissait d'une autre femme se faisant passer pour sa mère. Mais non : Rose portait toujours la robe qu'elle avait mise ce soir-là au musée. Malgré l'obscurité qui entourait sa mère, Etta reconnut leur salon. Un bras apparaissait dans le champ, brandissant un exemplaire du *New York Times* daté du lendemain du concert.

Etta ne vit plus que le visage d'Alice qui fermait les yeux pour la dernière fois.

Elle ne sentit plus que le sang d'Alice qui séchait sur ses mains.

— À cause d'elle, tu as une dette envers cette famille – envers ceux qui sont comme nous, déclara le vieil homme. Tu vas faire exactement ce que je t'ordonne, sinon elle mourra, et jamais tu ne quitteras cette maudite époque.

NEUF

Le choc fit naître une boule de rage au creux de son ventre. Etta se rua sur Cyrus, mais fut aussitôt retenue par Nicholas, qui la saisit par la taille et la tira en arrière tandis qu'elle continuait à se débattre.

— Miss Spencer… (Nicholas resserra sa prise, tentant de l'immobiliser.) Etta !

Devant son ton suppliant, elle cessa de lutter et s'abandonna à son étreinte. Cyrus se leva et les contourna, examinant de près le visage d'Etta.

— Initialement, je croyais que tu pouvais être une Boisdefer, qu'Augustus avait encore commis une folie. Je vois à présent que je me trompais. Tu ne portes pas du tout notre marque. Qui est ton père ?

— Comme si je comptais vous le dire un jour ! gronda-t-elle.

Il esquissa un geste dédaigneux avant de se diriger vers la malle, près du lit.

— Peu importe, il ne fait aucun doute que tu n'es ni une Boisdefer, ni une Jacaranda, ni une Tsuga.

D'après Sophia, il existait trois autres familles capables de voyager, dont les Tilleul. Mais elle avait également précisé, comme Nicholas, que ces autres familles avaient disparu, ou avaient été absorbées, contraintes et forcées par le clan Boisdefer.

— Ta mère était la dernière voyageuse en vie de la lignée des Tilleul, jusqu'à ce qu'on apprenne ton existence.

Cyrus sortit l'objet qu'il cherchait dans le fond de la malle. Il le tendit à Etta. Alors seulement Nicholas la libéra.

C'était un petit livre à la reliure de cuir, portant les initiales RCT en relief et orné d'un magnifique arbre d'or. Etta fut captivée par sa silhouette, la légère courbure de son tronc, les branches qui s'étendaient et s'entremêlaient jusqu'à disparaître dans l'abondant feuillage. Les racines de l'arbre s'enchevêtraient de la même manière, chacune croisant le chemin d'une autre.

— Tu ignores ce que c'est, n'est-ce pas ? demanda Boisdefer, apparemment amusé. Ta mère et son grand-père, Benjamin Tilleul, étaient si fiers de leur héritage ! C'est le symbole de ta famille.

— Chaque famille a un arbre pour symbole, expliqua Nicholas à voix basse lorsque Etta leva les yeux vers lui pour avoir confirmation.

D'un signe de tête, il désigna la malle, dont le couvercle était armorié d'un superbe arbre aux branches robustes, si basses qu'elles semblaient surgir du sol.

Son grand-père. Sa mère lui avait bien dit qu'elle avait été élevée par son grand-père. Alors… tout n'était pas que mensonges ? Juste la vérité déguisée ?

— Nos chemins se sont croisés, à Rose et à moi, quand nous visitions l'Italie à la Renaissance. Cela m'avait alors paru un heureux hasard, poursuivit Cyrus avec un regard accusateur, étant donné que son grand-père venait de décéder et qu'elle se retrouvait seule. J'avais procédé aux arrangements nécessaires pour l'accueillir dans notre famille, en la mariant à Augustus, la sauvant par la même occasion de cette vie solitaire, mais ta mère a disparu il y a dix-sept ans, et nous n'avons jamais cessé de la chercher depuis.

Etta resserra sa prise sur le livre jusqu'à ne plus pouvoir résister à l'envie de le feuilleter. Elle souleva la couverture et passa en revue les annotations rédigées d'une écriture nette : celle de sa mère. C'était comme ouvrir une porte au hasard et tomber sur elle, qui l'attendait.

Le Londres victorien. Rome au Ve siècle. L'Égypte au début du XXe. Il devait y avoir une centaine de lieux différents, chacun ayant quelques entrées, comme un journal de bord. Par exemple : « J'ai vu la reine quand le prince et elle sont passés devant nous à cheval en allant vers le palais de Buckingham » ; « Le dromadaire a pris les cheveux de Gus pour une touffe d'herbe et a failli le scalper » ; « Bon sang, si je vois encore un homme bedonnant en toge… »

— Les voyageurs tiennent des carnets de bord, précisa Nicholas. Ils notent les dates auxquelles ils empruntent les passages pour éviter de s'y croiser eux-mêmes par accident.

Etta hocha la tête, les doigts posés sur le cuir, mais son esprit était en ébullition. Comment ça, « s'y croiser eux-mêmes » ? Pourquoi fallait-il l'éviter ?

— Redresse-toi, mon enfant. Tu vas devenir bossue avant même d'atteindre l'âge adulte.

Au lieu de quoi, Etta se mit à arpenter la pièce.

Sa mère avait donc disparu… ou bien s'était-elle enfuie ?

Elle eut l'impression de voler en éclats. Sa mère avait bel et bien pris la fuite ! Elle cherchait à échapper à un père adoptif envahissant, qui voulait contrôler sa vie.

Elle se retourna et observa le vieux à la dérobée. Les derniers membres des autres lignées avaient été adoptés par la famille Boisdefer. Et si c'était précisément ce que sa mère avait voulu éviter ? Et si, après la mort de son grand-père, elle avait été contrainte de devenir une Boisdefer ?

— Moi aussi, je l'ai cherchée, déclara Cyrus en soulevant un cartable de cuir posé par terre.

Il fouilla dans le sac et finit par en sortir un morceau de parchemin qu'il jeta à Etta. Elle le prit et le déplia avec soin. C'était une lettre, écrite par une main inconnue.

2 janvier de l'an de grâce 1099

Gus,

Je m'apprête à faire mon rapport à Père, et à recevoir avec plaisir mon châtiment, mais j'ai longuement lutté avec ma conscience pour savoir si je devais te faire part ou non de ce qui va suivre. Depuis toutes ces années, tu fais face à la situation avec grand courage. Cependant, j'ai conscience que ta souffrance est immense. Je suis certain que savoir vaut mieux que vivre le restant de tes jours avec cette incertitude qui te ronge. C'est en tout cas, après mûre réflexion, la conclusion à laquelle je suis parvenu.

Un peu plus tôt dans la semaine, j'ai découvert un passage près de l'endroit où je logeais à Nassau. Pour tout t'avouer, je m'ennuyais terriblement et j'étais frustré d'avoir été rappelé en 1776. Pourquoi suis-je obligé de suivre la moindre piste dans cette quête interminable, à la poursuite de l'objet de sa maudite obsession ? J'ai donc emprunté ce passage. Imagine ma stupeur quand je me suis retrouvé bien après 1946, dans ce qui ressemblait à un musée. Je t'épargnerai les attitudes et propos vulgaires des personnes qui m'entouraient, pour t'annoncer sans plus tarder que, d'après un journal, je me trouvais à Manhattan en 2015.

Oui. Tu as bien lu. Jamais je n'avais vu une telle foule ! Les bâtiments qui ont été construits sur l'île sont extrêmement surprenants. Tu le verras sûrement bientôt de tes propres yeux.

J'en arrive à ce que j'hésitais à te dire. Me détesteras-tu après cela ? C'est possible, sachant combien l'avoir vue une fois à Paris t'a tourmenté durant des années. Gus, j'ai parcouru le journal pour tenter de comprendre ce qui se passait dans le monde. Dans un article, j'ai vu une photo qui m'a coupé le souffle, car j'aurais juré que c'était notre Rosie.

Au lieu de quoi, c'était une fille nommée Henrietta Spencer. Une virtuose du violon. L'article parlait d'un concours qu'elle venait de remporter en Russie. Je l'ai lu jusqu'au bout : on y faisait mention de sa mère, une certaine Rose Spencer.

La technologie de cette époque est remarquable, mais je manque de place pour t'en parler ici. Une employée de la bibliothèque municipale m'a aidé à trouver plus d'informations grâce à quelque chose appelé… l'Interweb, je crois. Non, l'Internet. Quoi qu'il en soit, son usage était suffisamment simple pour que je m'en serve seul, et je me sentais redevable envers toi. J'ai donc entamé des recherches. La trace la plus ancienne que j'ai trouvée sur elles était un rapport de police daté du 5 octobre 1998, disant qu'une jeune femme appelée Rose Spencer avait été arrêtée avec son bébé âgé de trois mois pour vol dans un magasin. Rose expliquait qu'elle venait d'arriver en ville et qu'elle espérait contacter un ami.

J'espère que je ne t'ai pas bouleversé, mon frère. Je sais que tu t'es construit une nouvelle vie, que tu as retrouvé un équilibre avec Amelia et Julian. Puissent ces révélations t'aider à apaiser tes tourments. Rosie et sa fille semblent aller bien. Malgré le chagrin qu'elle a causé à cette famille, je me félicite de voir que tout paraît s'être arrangé pour elles.

Virgil

— Virgil était mon autre fils. Il s'en est allé peu de temps après avoir envoyé cette lettre, indiqua Cyrus en la lui arrachant de ses doigts engourdis. Augustus est mort un an plus tard, quand son navire a sombré, au XVIIe siècle.

Nicholas regarda le vieil homme et déclara d'un ton agacé :

— Ça suffit. Dites-lui pourquoi vous avez besoin d'elle.

Cyrus se redressa et l'observa longuement.

— Je ne pouvais pas utiliser Rose, par conséquent la tâche retombe sur miss Tilleul…

— Spencer, le corrigea sèchement Etta.

— *Tilleul*, rugit-il presque. J'ai besoin que tu voles pour moi ce que ta mère m'a volé en premier lieu.

Alors qu'Etta s'apprêtait à répliquer avec colère, cette révélation la coupa dans son élan.

— Je vous demande pardon ?

— Ne feins pas d'être sourde, la patience n'est pas mon fort. Je t'ai dit ce que j'attendais de toi. Si tu persistes à refuser de coopérer, je reprendrai moi-même les recherches, et tu resteras coincée dans cette époque. Tu as sûrement remarqué les femmes, après avoir débarqué du ferry ? Celles qui s'attardent sur les quais ?

Nicholas grogna :

— Vous osez sous-entendre…

— Je ne sous-entends rien du tout. J'énonce clairement les choses. Ce sera ton seul moyen de subsistance, ma fille. Comment feras-tu, sinon, sans protecteur, sans compétences ni connaissances sur cette époque ?

Etta avait donc le choix entre se prostituer ou lui obéir.

— Je sais où se trouve le passage, assura-t-elle. *(À peu près.)* J'ai juste besoin de retourner à Nassau…

— Je condamnerai le passage avant de te laisser l'emprunter de nouveau, mon enfant, alors réfléchis bien. Jouons à un jeu. Ferme les yeux et essaie d'imaginer que tu arrives sur l'île avant mes hommes. Avec quel argent vivrais-tu ? Quels amis aurais-tu ici qui pourraient te venir en aide ? (Il parlait d'une voix légère, comme s'il s'adressait à une fillette.) Et qu'est-ce qui nous empêcherait de revenir t'enlever ?

Nicholas m'aiderait. Etta risqua un coup d'œil vers lui. Autour d'eux, l'air vibrait de fureur contenue.

— Qu'est-ce qui nous empêcherait de tuer ta mère ?

Etta se sentit vaincue, au point d'en avoir la nausée. Quand elle reprit la parole, ce fut d'un ton si sec que Nicholas eut un élan vers elle. Elle se demanda s'il se tenait prêt à la retenir au cas où elle voudrait sauter au visage du vieux.

— Vous avez déjà la mort d'une femme sur la conscience. Êtes-vous si malfaisant que vous seriez prêt à en avoir une autre ?

— La mort d'une femme ? répéta Cyrus en haussant les sourcils. Mes agents n'ont fait état d'aucune victime, même s'ils sont autorisés à… disons, à employer la force s'ils l'estiment nécessaire.

La fureur l'embrasa.

— Elle était innocente ! C'était une femme âgée, sans défense !

Cyrus haussa les épaules.

— Dans ce cas, elle était déjà au terme de sa vie. Ne gâche pas tes larmes sur le sort de cette femme. La plupart d'entre nous n'ont pas la chance de connaître une si longue existence. Mon fils, par exemple. Mon petit-fils. Le sang que ta mère a sur les mains me soucie bien davantage. Si j'appliquais les anciennes lois des voyageurs, j'aurais parfaitement le droit de te tuer pour mettre fin à cette querelle. Estime-toi heureuse que j'aie choisi un chemin plus noble.

Etta était si abasourdie, si incrédule, qu'elle ne sut quoi répliquer. Voyant sa réaction, Cyrus poursuivit :

— Après la découverte du passage, j'ai envoyé quantité d'agents rejoindre votre répugnante ville grouillante de monde pour mener l'enquête. Quand il ne fit aucun doute que Rose avait eu un enfant, qui en plus avait peut-être le don, des dispositions furent prises pour te mettre directement en position de voyager. (Boisdefer croisa les doigts sur sa poitrine.) Mes agents ont fait une généreuse donation de ma part au musée qui emploie ta mère. Ils ont suggéré de t'inviter à y jouer. Bien sûr, tout est possible avec des pots-de-vin.

Etta sentit sa lèvre se retrousser. Elle s'obligea à rester silencieuse.

— Je me suis demandé si ta mère s'était rendu compte que le passage se trouvait là, si elle l'avait entendu. J'ai aussi pensé que, peut-être, tu n'avais pas le don. Sophia a donc été envoyée pour voir si tu entendais le passage et, si oui, pour te le faire emprunter.

Etta savait qu'elle avait entendu quelque chose. Pourtant, elle s'était rendue maintes fois au musée sans rien remarquer, jusqu'au soir du concert.

— Rose a commis une grave erreur en te laissant dans l'ignorance. (Cyrus semblait lire dans ses pensées avant même qu'Etta eut le temps de les former.) Nos ancêtres, ceux qui ont créé les passages il y a mille ans, avaient le sang plus pur que les voyageurs actuels. Afin de survivre, il devint indispensable de… mêler notre lignée à des personnes communes. Notre capacité à entendre et à voir les passages s'est estompée par un processus naturel. Nous nous basons sur la résonance.

Cyrus sortit de son cartable un harmonica glissé dans une housse de velours. Il porta l'instrument à ses lèvres : trois notes puissantes en jaillirent simultanément.

Avant qu'il ôte l'harmonica de sa bouche, Etta entendit un cri distant, terrifiant. D'instinct, elle eut un mouvement de recul et tendit la main pour s'agripper à quelque chose, jusqu'à buter sur le manteau de la cheminée. Dans sa tête, le bruit lui faisait l'effet d'un deuxième battement de cœur.

— Le passage résonne sur l'accord de *sol* majeur, expliqua Cyrus.

Etta se frotta la tempe pour déloger le nœud de douleur qui s'y était formé. Le largo de la *Sonate numéro 3*, qu'on avait sélectionné pour elle... Il contenait ces trois notes, *sol*, *si* et *ré*, seulement quelques secondes après le début du morceau.

Elle avait fait appel au passage par l'intermédiaire de son violon, et le passage lui avait répondu.

— C'est très curieux... commença Cyrus. (Il attrapa sa canne posée contre l'accoudoir gauche du fauteuil, se leva et s'avança vers Etta d'un pas lourd.) C'est très curieux que ta mère ne t'ait jamais rien dit à ce sujet.

D'un geste vif, il lui saisit le menton et l'immobilisa. Il la tenait si fermement, et la surprise d'Etta était si grande qu'elle laissa mollement retomber ses bras le long de son corps. Plus grand qu'elle, il avait la robustesse d'un bouledogue. Un quart de seconde, alors que la flambée lui brûlait le dos, Etta fut persuadée qu'il allait la pousser dans l'âtre.

— Arrêtez, intervint Nicholas en jetant son bras entre eux.

Un moyen de protestation un peu faible, mais qui fit son effet. Le regard bleu glacial de l'homme alla d'Etta à Nicholas. Elle le sentit relâcher sa prise, puis il fit glisser sa main le long de son cou et l'y laissa, comme le nœud coulant d'une corde.

— Ta mère s'est attiré les faveurs de ma famille alors que nous étions à la recherche d'un objet de valeur ayant autrefois appartenu à mes ancêtres. Elle a joué le rôle de la pauvre orpheline, nous a soutiré les informations dont elle avait besoin, et nous a dérobé l'objet juste sous notre nez. Des dizaines d'années de recherches, vaines.

« *De toute ma vie, je n'ai jamais rien volé.* »

Tels avaient été les propos de sa mère quand Etta avait plaisanté en l'accusant d'avoir volé les boucles d'oreilles. Elle avait paru bouleversée par cette accusation, qui d'ailleurs n'en était pas une.

« *Même dans les pires moments, même quand je désirais quelque chose plus que tout.* »

Nicholas se raidit : il semblait avoir une révélation.

— Vous parlez de l'astrolabe… Vous sous-entendez que Rose Tilleul est la voyageuse qui l'a dérobé ?

— Une fois de plus, je ne sous-entends rien. C'est un fait, que tu ignorais, étant donné ta position. (Cyrus expira bruyamment par le nez.) J'avais entendu parler de plusieurs endroits, à diverses époques, où elle aurait pu le cacher, mais les pistes explorées n'ont abouti à rien, hormis semer plus de confusion encore. (Il se tourna vers Etta.) Ces recherches m'ont coûté deux fils et un petit-fils, tous des héritiers directs.

— Dans ce cas, rétorqua Etta, vous auriez dû les stopper avant, et me laisser en dehors de toute cette affaire !

Il la libéra et arma son bras, comme prêt à lui décocher un coup de poing. Nicholas s'interposa davantage entre eux, son épaule cachant le vieil homme à la vue d'Etta.

— Assez ! Ne faites pas semblant d'avoir été affecté par leur perte. Je me souviens vous avoir entendu appeler Julian « moucheron » à plusieurs occasions. Vous n'avez pas versé la moindre larme à sa mort.

Etta s'interrogea : si Augustus et Virgil étaient les fils de Cyrus, et que Julian était son petit-fils… quelle place occupait Nicholas dans l'arbre généalogique ?

— Sophia a-t-elle fouillé leurs affaires pendant qu'elle se trouvait à leur époque ? s'enquit Nicholas. Comment savez-vous que l'objet n'y est pas ?

— Rose n'aurait pas fait la bêtise de le garder avec elle. Elle aura pris ses précautions pour que, si nous la retrouvions, il n'en soit pas de même pour l'astrolabe. Elle a toujours été sournoise, malgré tout ce que j'ai fait pour elle. Elle prétendait qu'il appartenait à la famille Tilleul, mais rien ne saurait être plus éloigné de la vérité.

« *Un jour, on a essayé de me tromper, et je me souviendrai toujours de ce que j'ai ressenti alors. J'ai failli perdre un objet ayant appartenu à ton arrière-grand-père.* »

Etta s'obligea à rester aussi impassible que possible, terrifiée à l'idée de se trahir.

— L'un de mes agents a fouillé minutieusement leur demeure il y a quelques mois, dit Cyrus. Si on peut appeler ça une demeure. D'après sa description, c'était plutôt un placard.

— Votre agent… (Etta se sentit pâlir et crut que son cœur s'était arrêté de battre.) Votre agent est entré chez nous par effraction et a fouillé dans nos affaires ?

— Ainsi que dans plusieurs coffres qu'il a trouvés un peu partout dans Manhattan. Il est revenu avec une lettre qui a éveillé mon intérêt, et je les ai renvoyés, lui et les autres, poursuivre leurs recherches à ton sujet.

Une lettre ? Etta fronça les sourcils. De quoi parlait-il ?

Le vieil homme reprit :

— Ils devaient, si nécessaire, aider Sophia à te faire voyager, et retenir ta mère. (Cyrus tâta sa poche, dans laquelle il avait glissé la photographie de Rose.) Ils attendent mes consignes pour savoir quoi faire d'elle. M'as-tu bien compris ?

À contrecœur, Etta hocha la tête.

— Et qu'a-t-il de si spécial, cet astrolabe, pour que vous ne daigniez pas vous en procurer un autre ?

Si elle savait ce qu'était un astrolabe, c'était uniquement grâce à ses nombreuses visites au musée, en compagnie d'Alice et de Rose. Plus grand qu'une boussole, cet instrument était utilisé dans l'Antiquité et à l'époque médiévale pour effectuer des calculs astronomiques, astrologiques et topographiques, et même pour connaître l'heure. La partie inférieure, où se trouvaient les deux plateaux ronds mobiles internes, était divisée en heures et en degrés. Sur les plateaux étaient gravées les latitudes, hauteurs et, partiellement, les sphères célestes.

Cependant, cet astrolabe-ci avait manifestement d'autres qualités.

— En le dirigeant vers un passage, grâce à l'interprétation de ses vibrations, on peut savoir à quelles destination et période il mène, précisa Cyrus. On peut aussi voir si le passage est suffisamment stable pour être emprunté sans qu'il s'effondre.

Etta se tourna vers Nicholas, dans l'attente d'une confirmation. Les yeux rivés sur les flammes crépitantes, il déclara :

— Quand un voyageur meurt, une concentration de... d'énergie est libérée. Le passage le plus proche devient alors instable, et il aura tendance à se refermer. Mais, s'il s'effondre alors qu'un voyageur s'y trouve, celui-ci peut être projeté à n'importe quelle époque, ou se retrouver piégé dans le passage pour l'éternité.

Etta en eut la chair de poule.

— Nous utilisons des centaines de passages, enchaîna Cyrus, mais il en existe encore un grand nombre qui ne sont pas répertoriés. Les gens comme nous, les voyageurs, sont de plus en plus rares. Chaque fois que j'en envoie un quelque part, je prends le risque de ne jamais le voir revenir : il peut atterrir sur un champ de bataille, en pleine jungle sauvage, ou être arrêté par les autorités en place. Malgré ton étroitesse d'esprit, parviens-tu à comprendre à quel point il est vital que nous retrouvions l'astrolabe pour leur éviter ce sort funeste ? Permets-moi d'insister : nous sommes de moins en moins nombreux. Songe à tous ces voyageurs qui sont… perdus… dans le futur, qui ignorent leur pouvoir, et qui ils sont censés servir. Leur famille a besoin de leur aide, et, par le sang ou la force, ils me doivent allégeance.

Etta frissonna. Était-ce là la vérité ? Sa mère s'était-elle emparée de l'objet pour arracher les futurs voyageurs à l'emprise de Cyrus ?

Si je le retrouvais… et si je le lui rendais…

En dissimulant l'astrolabe, Rose avait voulu protéger les voyageurs, mais Etta connaissait sa mère. C'était plus que ça. Les lignées pouvaient être cachées, les noms changés, les gens relogés, jusqu'à ce qu'on les perde dans les archives du temps.

— Vous remettre cet objet n'aurait-il pas une incidence sur mon futur ? demanda-t-elle, tout à coup consciente des conséquences. Cela ne l'effacerait-il pas complètement, même ?

Cyrus haussa les sourcils, comme surpris de l'entendre poser la question.

— Ton futur sera préservé. Les investissements auxquels j'ai procédé au cours des siècles en dépendent. Je n'ai qu'un seul souhait : retrouver et protéger ceux qui sont comme moi.

— Dans ce cas, pourquoi ne pas convaincre Rose de vous révéler l'emplacement de l'astrolabe, et laisser miss Spencer en dehors de tout ça ? s'enquit Nicholas. Vous pouvez échanger sa fille contre le lieu de la cachette.

— Ne dis pas de sottises, mon garçon, rétorqua Cyrus. Rose préférerait mourir que de me confier son secret. Elle en profiterait pour mentir et envoyer des membres de cette famille à leur perte, ce que nous ne pouvons nous permettre. Par conséquent, miss Tilleul est la candidate idéale pour le récupérer. De plus, si elle venait à disparaître, elle aura au moins décodé cela pour nous.

De la poche de sa robe de chambre, il tira une feuille pliée et la tendit à Etta d'un air à la fois austère et intrigué.

— Mon agent a découvert ceci chez toi. J'imagine qu'il y a une manière particulière de décrypter ce genre de message… étrange, connue des Tilleul seuls.

La lettre, qui commençait par « *Chère Etta, ma douce petite étoile* », était une suite d'inepties. Chaque phrase avait du sens, comme « *Les arbres étaient magnifiques aujourd'hui* », mais, mises bout à bout, elles n'avaient aucune suite logique : « *Demande-toi si les dieux inconnus existent.* » L'ensemble, dans sa composition, formait un texte sans queue ni tête.

Etta savait exactement ce qu'elle avait entre les mains. Elle savait lire cette lettre, car sa mère avait codé ses messages ainsi pendant des années. Il n'y avait pas de deuxième feuille à superposer sur la première, mais il était arrivé que sa mère n'ait pas le temps de la découper selon la bonne forme ; dans ce cas, Etta utilisait les indices de la première ligne…

« *Chère Etta, ma douce petite étoile...* »

Même si cela partait d'une bonne intention, sa mère ne faisait jamais preuve d'un tel sentimentalisme. Par conséquent, si l'on dessinait une étoile sur la lettre, on révélerait le message caché.

Cette lettre m'est destinée.

À moi seule.

« *Elle y arrivera.* »

Elle veut que je retrouve l'astrolabe. Moi, et personne d'autre.

C'était ce que Rose avait voulu dire en affirmant que c'était « son moment ». Elle savait qu'Etta serait amenée à voyager dans le passé dans ce but, et parce que Boisdefer en avait décidé ainsi.

— Comme tu peux le voir, cette lettre t'est destinée, tu es censée la décrypter, déclara Cyrus. (Une seule phrase était soulignée, à l'endroit où se trouverait sûrement le centre de l'étoile.) « *Demandez aux tyrans l'allégeance qu'ils vous doivent* », voilà la partie qui m'intéresse.

— Qu'a-t-elle de spécial ? demanda Etta, d'un air faussement innocent.

— C'est tiré d'une chanson célèbre de cette période, sur l'exécution de Nathan Hale. J'ai mis un certain temps à me rappeler où j'avais entendu cette phrase.

Nathan Hale ? Le lieutenant qui avait déclaré : « Je regrette seulement de n'avoir qu'une seule vie à donner pour mon pays » ? Cet espion américain s'était fait prendre par les Britanniques pendant la révolution et avait été pendu à l'âge de vingt et un ans.

— Je préférerais que vous ne dévoiliez pas... commença Nicholas.

— Comme si je me souciais de tes préférences ! l'interrompit Cyrus d'un ton sec. Si j'ai reconnu cette chanson, c'est parce que Benjamin Tilleul adorait l'entonner quand il avait trop bu, ce qui était d'un ennui profond. Cela ne peut être une coïncidence, étant donné son rapport avec sa seule famille. Mais imagine ma surprise quand j'ai découvert que l'histoire ne dit pas où l'exécution a eu lieu précisément. J'ai dû m'y rendre personnellement et, comme par hasard, il y avait un passage inconnu jusqu'alors qui attendait juste de l'autre côté. Je crois que cette lettre contient des indices qui mèneront d'un passage à l'autre, dans un enchaînement qui révélera l'époque et l'emplacement exacts de l'astrolabe.

En d'autres termes, chaque indice indiquait l'emplacement d'un passage qu'il faudrait emprunter dans l'ordre pour retrouver l'objet. C'était un peu comme relier des vols en avion pour arriver à la destination souhaitée. Sauf qu'il lui faudrait trouver les bons.

Etta s'obligea à déglutir pour conserver une expression neutre. Elle fit glisser ses doigts sur le journal de sa mère. Boisdefer surprit son geste et lui arracha le recueil des mains avant de le caler sous son bras.

— L'exécution de Hale est prévue pour demain, l'informa Cyrus. Nous avons dû patienter pendant des mois et venir nous-mêmes dans le Manhattan de 1776 pour retrouver l'emplacement exact, puisque l'histoire ne le dit pas. La pendaison aura lieu juste en face, dans le Parc royal de l'artillerie.

— Et vous n'allez rien faire pour empêcher ça ? demanda Etta. Pour tenter de le sauver ?

Cyrus éclata de rire.

— Intervenir, et ainsi modifier le cours des choses ? Non, je ne crois pas. Cet idiot s'est fait prendre, sans uniforme, au-delà des rangs ennemis. C'est sa faute s'il est condamné. Tu vas décoder cette lettre avant de te lancer à la recherche de l'astrolabe. Avant que tu commences, nous aurons peut-être même le temps de te fournir des tenues adéquates et de t'enseigner les manières de l'époque.

Nicholas se raidit.

— Quelques heures de formation ne lui seront d'aucune aide !

L'orgueil d'Etta s'en trouva piqué. Ne se débrouillait-elle pas bien, étant donné les circonstances ? Et, sans vouloir s'estimer supérieure, si lui était parvenu à voyager entre les époques, elle aussi en serait capable.

Nicholas avait dû voir l'éclat de colère qui brillait dans ses yeux, car il enchaîna, gêné :

— Je voulais seulement dire…

— Elle s'en sortira, l'interrompit Cyrus. J'ai attendu suffisamment longtemps. Voici mes conditions, miss Tilleul. Décode cette lettre et les indices qu'elle contient sur les passages qu'il faut trouver. Emprunte-les, et rapporte-moi l'astrolabe. Après quoi, ta mère sera libérée, et vous pourrez toutes les deux rentrer chez vous.

Etta soutint son regard aussi longtemps que possible. L'épuisement s'abattit sur elle, ainsi que le poids de ses pensées. Elle récapitula les points importants.

Si elle désobéissait, Cyrus ne lui dévoilerait pas l'emplacement du passage qui lui permettrait de retourner au musée, à son époque. D'ailleurs, peut-être ne le ferait-il pas même si elle remplissait sa mission. Ce qui signifiait qu'elle ne sauverait peut-être jamais Alice.

Nicholas ne lui viendrait pas forcément en aide, puisque techniquement sa vie n'était pas menacée.

Sa mère lui avait menti, déformant la vérité, en omettant la plus grosse partie, glissant quelques énigmes et devinettes çà et là pour qu'un jour, peut-être, Etta assemble les pièces du puzzle en essayant de se débrouiller seule. Tout ça pour… maintenir l'astrolabe dans la famille ? Pour que, en tant que protectrice, elle le retrouve et le cache de nouveau au cas où un autre voyageur tomberait dessus ? Dans ce cas, pourquoi sa mère ne l'avait-elle pas préparée, ne l'avait-elle pas formée, pour que cette tâche ne lui paraisse pas aussi… aussi… insurmontable ?

Pas étonnant qu'Alice affirme qu'elle n'était pas prête. Elle ne l'était pas ! Mais sa mère la croyait capable de le faire, et elle n'allait pas les abandonner toutes les deux. Elle ferma les yeux et respira par le nez, jusqu'à calmer son pouls qui résonnait à ses oreilles.

Chez moi.

Alice.

Maman.

Et, bientôt, sa première en tant que soliste. Tout cela l'attendait.

Y avait-il moyen de réécrire le destin d'Alice ? De s'assurer que sa mère était en sécurité ? De parvenir à la sauver, même sans donner au vieil homme ce qu'il voulait ?

— Vous ne pouvez pas accepter ce marché, protesta Nicholas, incrédule. Réfléchissez, miss Spencer. La tâche dont il veut que vous vous acquittiez n'a rien de simple.

— Je ne me souviens pas avoir demandé ton avis, tonna Cyrus.

— À quoi dois-je réfléchir ? demanda froidement Etta en regardant le vieil homme droit dans les yeux. Si je ne rapporte pas l'astrolabe, vous la tuerez, n'est-ce pas ?

Il afficha un sourire méprisant.

— Avec plaisir. Tu dois savoir qu'il te faudra revenir au plus tard le 30 septembre. Au-delà de cette date, notre contrat sera caduc.

Le 30 ? Dans neuf, non, huit jours ?

— Le délai est bien trop court ! s'exclama Nicholas. Julian et moi avons passé des années à le chercher. Quelle importance si sa mission lui prend dix-huit jours et non huit ? Que sont quelques jours de plus quand vous avez la gestion du temps à portée de main ?

— J'ai mes raisons, répondit Cyrus. Elle devra être de retour au plus tard le 30 septembre, sinon elle perdra tout.

Etta croisa les mains devant elle et serra si fort les doigts qu'ils blanchirent. Être contrainte de travailler pour l'homme qui avait fait du mal à sa mère, envahi leur vie, volé celle d'Alice… Il la dégoûtait.

Que faire ?

La réponse lui vint, limpide et implacable, telle une bourrasque balayant ses doutes : mettre la main sur l'astrolabe, s'en servir pour trouver le passage à Nassau, et secourir sa mère. Sans que Cyrus Boisdefer se doute de quoi que ce soit. Rose et elle pourraient rentrer sauver Alice, puis disparaître…

Et quel genre de vie aurais-tu ? Une vie dans l'ombre, où elle ne pourrait être violoniste professionnelle. Tout ce travail pour rien, pour vivre cachée.

Toutefois, si Alice et sa mère étaient à l'abri, alors cela en vaudrait la peine.

— Je vais le faire, déclara-t-elle en ignorant ses angoisses.

Puis, avec l'espoir que Cyrus ne s'apercevrait pas de son mensonge, elle ajouta :

— Ça va peut-être me prendre un peu de temps pour décoder la lettre. La nuit n'y suffira pas.

En réalité, il ne lui faudrait que deux minutes, mais il n'avait pas besoin de le savoir.

Nicholas secoua la tête et marmonna dans sa barbe en s'écartant brusquement d'elle. Il posa le bras sur le manteau de la cheminée.

— Parfait, dit Cyrus en frappant dans ses mains. Tu peux garder l'original, et tu commenceras demain matin. Sophia et toi partagerez la même chambre, à côté de la mienne.

Etta ne se donna pas la peine de dissimuler une grimace. Après avoir vu la fureur se peindre sur le visage de la fille lorsqu'on lui avait demandé de partir, elle se dit que dormir sur le toit pendant un ouragan présenterait moins de risques. Comprenant qu'on venait de la congédier, elle se tourna vers la porte.

— Miss Tilleul ? l'appela Cyrus au moment où elle saisissait la poignée. Sache que j'ai une copie de cette lettre, au cas où tu aurais l'idée de la détruire. De même, garde à l'esprit qu'il n'est pas prudent de me tester.

— Je comprends, répliqua-t-elle.

Mais vous ne me faites pas peur.

Le bruit de la taverne flotta jusqu'à elle, dans un nuage de tabac, d'odeur de cuir et de chien mouillé. Juste avant de fermer la porte, elle jeta un dernier regard à Nicholas qui, de profil, l'air abattu, contemplait les braises rougeoyantes de l'âtre.

Sitôt la taverne désertée et ses occupants endormis, elle suivrait la résonance du passage pour en trouver l'entrée, comme elle l'avait fait au musée. Pour la première fois depuis des jours, elle sentit qu'elle reprenait le contrôle de sa vie, qu'elle n'était plus une passagère prisonnière à la merci d'un autre.

Une main se referma sur son bras, l'obligeant à faire volte-face. Devant l'homme qui montait la garde, Sophia la tira pour lui faire grimper la volée de marches menant à la pièce voisine, au bout du couloir. Une fois à l'intérieur, elle referma doucement le battant derrière elles et se posta contre la cloison séparant la chambre de celle du vieil homme.

Cyrus Boisdefer avait épuisé le peu de patience qu'il restait à Etta, et la fatigue lui donnait mal au crâne. Elle observa la pièce exiguë. Encore ? Peut-être était-ce là une punition que le vieil homme lui infligeait : la contraindre à vivre confinée avec une Sophia furieuse, n'ayant d'autre choix que l'écouter râler sans pouvoir l'étrangler. La frustration qui l'étouffait était si réelle qu'elle sentit ses doigts s'enrouler sur le dossier d'une chaise. Elle songea sérieusement à la fracasser contre le mur le plus proche.

— On peut savoir ce que tu fabriques ? demanda-t-elle.

Sophia se contenta de lever la main tout en gardant l'oreille collée à la cloison.

— Je ne les entends pas, souffla-t-elle. On peut donc espérer qu'ils ne nous entendront pas non plus.

Bouillonnant de rage, elle s'assit sur le lit dans un froufrou d'étoffes.

— Ils en ont, du culot, de me faire passer pour une idiote, de m'écarter ainsi, alors que c'est moi qui suis allée te chercher ! Comment osent-ils ne pas me mettre dans la confidence ?

— Ne pas te mettre dans la confidence ? s'étonna Etta.

— Oui ! s'écria-t-elle en ôtant ses épingles à chignon.

Une malle avait été montée dans leur chambre, contenant du linge, des flacons en verre et une brosse en argent. Sophia l'utilisa avec des gestes énergiques sur ses cheveux lâchés.

Le vieil homme était aussi agréable qu'un chat enragé. Si Etta s'était trouvée à la place de Sophia, elle aurait accueilli avec bonheur chaque occasion de fuir sa présence. L'homme avait obligé Sophia à le servir, lui avait interdit d'aller dans une époque qui aurait pu octroyer aux femmes quelques droits fondamentaux. Etta songea à quel point la vie de Sophia serait meilleure si elle échappait au joug de son cher grand-père.

— Pourquoi tenais-tu à assister à cette entrevue ? l'interrogea-t-elle. Si cela t'ennuyait tant de ne pas savoir ce qu'il attendait de moi, pourquoi n'as-tu pas insisté pour rester ?

Sophia éclata d'un rire méprisant.

— Personne ne conteste les ordres de Grand-Père. Demande donc aux autres familles. Elles te diront sans hésiter comment tu seras traitée pour avoir agi contre sa volonté.

Etta réfléchit à ces propos et s'avança lentement vers le lit pour s'asseoir à côté d'elle. La fille souffla de colère, et peut-être aussi d'humiliation.

— Raconte-moi exactement ce qu'ils ont dit, exigea Sophia.

Etta s'exécuta, sans mentionner toutefois la lettre codée qu'elle gardait hors de vue, pressée contre ses lourdes jupes.

— L'astrolabe ? répéta Sophia, incrédule. Il le cherche toujours malgré tout ce qui s'est passé ?

— Que sais-tu d'autre à propos de cet objet ? demanda prudemment Etta.

Sophia laissa échapper un petit rire dénué d'humour.

— Rien. Pourquoi m'aurait-il dit quoi que ce soit, à moi ? Tu vas devoir poser la question à ton cher ami, M. Carter. Julian et lui se sont lancés à sa recherche il y a des années de cela.

Encore ce mystérieux Julian.

— C'est le petit-fils de Cyrus, non ?

— Il… commença Sophia. Il est mort. Il est devenu l'héritier après la noyade de son père, et l'accident de chasse de son oncle.

Elle passa la main dans son épaisse masse de cheveux noirs, sans la moindre émotion apparente sur son visage de poupée.

— C'était mon promis.

Son promis ?

— Vous étiez fiancés ?

Malgré elle, Etta se sentit prise d'un élan de compassion et lutta pour retrouver un peu de la froideur qu'elle éprouvait pour cette fille.

— Oui, depuis notre enfance, expliqua Sophia. C'était une union parfaite. Sais-tu à quel point il est rare que deux voyageurs se marient ? Ce n'était envisageable que parce que j'étais une cousine éloignée. C'était mon…

— Ton quoi ? insista Etta.

À la façon dont Sophia se livrait, Etta se demanda si la jeune fille ressentait le besoin d'évoquer ce sujet. Peut-être n'avait-elle personne avec qui le faire.

— Mon père n'était personne aux yeux de cette famille, reprit Sophia. C'était un cousin éloigné de Grand-Père. Il a abusé d'une femme de petite vertu et, quand il est revenu, il l'a retrouvée morte, et moi livrée à moi-même. L'alcool l'a tué quelques années plus tard. Seul Grand-Père a bien voulu m'élever. Il disait qu'il ne pouvait pas se permettre de perdre une vraie voyageuse. La plupart des gens n'ont qu'une ombre, mais, pour ma part, j'ai l'impression d'en avoir deux : mon passé me poursuit chaque jour, chaque seconde. Je ne peux m'en défaire. Épouser Julian aurait mis un terme aux commérages des autres voyageurs. J'aurais peut-être pu avoir enfin accès au respect.

Pour nombre de femmes, le mariage était le seul moyen d'échapper à leur passé ou à leur famille. Contrairement aux hommes, elles ne pouvaient améliorer leurs conditions de vie par le travail. C'était une injustice profonde.

La colère d'Etta s'était envolée. Songeuse, elle porta une main à son front. Sophia se leva et entreprit de défaire son corset.

Au bout d'un moment, Etta se leva pour l'aider.

— Si tu es de la même famille que Cyrus, et qu'il reste si peu de voyageurs, pourquoi n'es-tu pas son héritière ?

Sophia roula les yeux.

— Un enfant, né il y a quelques mois, qui n'a qu'une goutte de sang en commun avec Grand-Père, est plus légitime que moi, tout simplement parce que c'est un garçon. C'est le petit Marcus Boisdefer, l'héritier. Pour le moment. Nous devons attendre de voir s'il est voyageur ou gardien. Dans le second cas… Eh bien, peut-être Grand-Père sera-t-il suffisamment aux abois pour envisager de modifier la règle.

— C'est ridicule ! s'insurgea Etta.

L'idée que Sophia prenne la tête de la famille et soumette ses membres à sa volonté avait quelque chose de terrifiant, mais elle ne pouvait être pire que le vieil homme. Elle était ambitieuse, et Etta n'était toujours pas convaincue de son innocence dans la mort d'Alice, mais Sophia ne pouvait être écartée tout simplement à cause de son sexe !

— C'est… (Surprise, Sophia s'interrompit.) Tu comprends ? C'est ainsi que les choses se déroulent, tout simplement. Il en a toujours été ainsi, mais les cousins plus âgés ont renoncé à leurs prétentions en épousant d'autres personnes que celles désignées par Grand-Père. Je suis la seule de ma génération suffisamment proche de sa lignée à avoir une légitimité pour cette position, et je suis sans nul doute la seule voyageuse vivante qui soit sous sa tutelle directe.

— Il est peut-être temps que ça change, alors, répliqua Etta. Peux-tu plaider ta cause ?

— Les femmes ne sont pas autorisées à assister aux réunions, alors comment faire ? Comment faire en sorte que Grand-Père voie ce qui est sous son nez depuis le début ? (Sophia secoua la tête.) Comment lutter contre une montagne ? Comment la déplacer quand on ne dispose même pas d'une pelle ?

— Tu n'as peut-être pas à la déplacer, suggéra Etta en pliant sa robe sur le couvercle de la malle. Peut-être dois-tu… l'escalader.

Sophia l'observa, les joues encore rougies par la teneur de ses propos.

— Je ne sais pas si je retrouverai un jour un meilleur choix que Julian. Il était… il était parfait.

— Personne n'est parfait. Pas même toi.

La fille ricana, se glissa dans le lit et se plaça côté mur du fond, laissant une place à Etta. Après un instant d'hésitation, cette dernière y grimpa à son tour et s'installa aussi près du bord que possible. On aurait dit que le matelas était bourré de paille – il en avait aussi l'odeur. Le cadre du lit craqua, mais un autre grincement se fit entendre : celui des cordes qui soutenaient le matelas. Elles frottaient les unes contre les autres, comme les bouts sur le navire quand les hommes réglaient les voiles. Les pensées d'Etta se tournèrent de nouveau vers Nicholas. Où allait-il dormir ?

Sophia se pencha au-dessus d'elle pour souffler la bougie sur la table de chevet. La fumée laissa une trace dans l'obscurité, comme une chaîne argentée.

— Augustus était-il le père de Nicholas ? chuchota Etta.

— Oui. (Le lit entier remua quand Sophia se retourna. Le silence s'étira sur quelques secondes, seulement ponctué d'un soupir.) Je ne sais pas grand-chose à ce sujet, pour tout t'avouer. Il y a beaucoup de rumeurs. Augustus était fou amoureux de ta mère. Tout le monde le savait, et tout le monde savait qu'il ne fut plus le même après la disparition de Rose. Il était… perturbé.

Que disait la lettre ? *« J'espère que ces révélations t'aideront à apaiser tes tourments. »*

— Il a passé des années à la chercher, même après que Grand-Père eut essayé de l'en empêcher de force. Il a fini par être obligé d'accomplir son devoir et d'engendrer un héritier. Il s'est donc marié, et Julian est né. Mais Augustus était... désagréable. Il n'a jamais été fidèle ni aimant. C'était un monstre. Il prenait ce qu'il voulait, quand il voulait. Tu comprends ?

Etta comprenait.

La mère de Nicholas était l'esclave de la famille. Augustus l'avait violée, et finalement il ne l'avait jamais libérée. La fureur d'Etta se raviva. Elle se sentait capable d'abattre les murs à mains nues.

— Julian n'était pas comme ça, poursuivit Sophia à voix basse. Pas du tout. Il était gentil.

— L'aimais-tu ? demanda Etta.

Sophia faisait preuve d'une prudente réserve en évoquant le jeune homme. Soit son chagrin était encore trop récent, trop douloureux, soit l'amour qu'ils éprouvaient l'un pour l'autre n'avait jamais été transcendant.

— J'étais... satisfaite, répondit Sophia. Lui méritait de vivre, pas cet être abject. C'est sa faute si Julian est mort. Il le reconnaît volontiers, comme si cela pouvait l'excuser ! Ils n'auraient jamais dû emprunter ce sentier dans l'Himalaya, pas à la saison des pluies. Son rôle était de veiller sur Julian, de répondre à ses besoins, de l'empêcher de se blesser. De sacrifier sa vie, si nécessaire. Il aurait dû leur faire faire demi-tour pour prendre une autre route.

Etta se retourna et fit face à Sophia. Elle avait presque peur de lui poser des questions. Il y avait une raison au fait que Nicholas avait cessé de voyager. Il avait laissé entendre qu'il était coincé dans cette époque, et Etta sentait qu'elle était sur le point de savoir pourquoi.

— Que s'est-il passé ?

— Ils s'apprêtaient à fouiller le monastère de Taktshang, à la recherche d'un objet pour Grand-Père...

L'astrolabe ? Nicholas n'avait pas semblé surpris de l'entendre...

— Le monastère se trouve sur les hauteurs. Il est bâti sur le flanc de falaises à pic. Si tu crois la version de ce rat, il y a eu une tempête ; Julian a glissé et est tombé.

Comment pouvaient-ils se tenir si près l'un de l'autre, sans que Nicholas ait la possibilité de le rattraper ?

— Oh, c'est terrible, souffla Etta.

Sophia se tourna vers le mur, raide comme une planche.

— L'un des frères a survécu, l'autre est mort. Si tu veux mon avis, ce n'était pas un accident.

Etta sentit ses mâchoires se crisper et croisa les mains sur son ventre.

— Pourquoi aurait-il commis un tel crime ? Julian était son demi-frère. Nicholas est un homme d'honneur...

— Qu'est-ce que l'honneur quand les racines sont rongées par la cupidité ? reprit Sophia. Mais tu as raison : on en revient au fait qu'ils étaient du même sang. Julian éjecté du tableau, il était l'héritier suivant, puisqu'il est issu de la descendance directe de Grand-Père.

— Non, murmura Etta en fermant les yeux.

Pas lui. L'image qu'Etta avait de lui se craquelait. Il était son ancrage dans ce monde, le seul sur qui elle pouvait compter pour connaître la vérité. Sophia ne lui enlèverait pas cela, pas tant qu'elle n'aurait pas entendu la version de Nicholas.

— C'est impossible, insista-t-elle.

— Tu sais ce qui est le plus triste ? demanda Sophia à voix basse. S'il le lui avait demandé, s'il avait plaidé sa cause, Grand-Père aurait examiné sa requête. Je le sais. Parce que, dans cette famille, être né bâtard vaut mieux qu'être née fille.

— Quitte cette époque, Sophia, déclara Etta. Enfuis-toi s'il le faut. Puisque tu ne peux pas réparer les choses dans cette famille, alors échappe-toi, comme ma mère l'a fait, et recommence une nouvelle vie.

Sophia mit beaucoup de temps à répondre d'une voix ténue :

— Si je ne suis pas une Boisdefer, je ne suis personne. Et je ne possède rien.

— Ce n'est pas vrai, insista Etta, choquée de voir que Sophia s'estimait vaincue d'avance.

Mais seule la vibration du passage résonna en retour, bourdonnement sourd empli de mensonges : il faisait miroiter la liberté, la découverte, les retrouvailles, quand en réalité il était enfermement et source de déceptions.

DIX

Nicholas contemplait la danse des flammes. Malgré le regard d'Etta qu'il sentit peser sur lui, il resta impassible jusqu'à ce que la porte soit refermée derrière elle. Il entendit la respiration saccadée de Cyrus quand ce dernier s'avança vers la table de chevet pour allumer une bougie. Nicholas vit alors le vieil homme caresser du bout des doigts le cadre doré d'un petit portrait ovale qu'il avait déjà vu maintes fois.

Celui de Minerva, sa première épouse. Pas la seconde, la triste mégère qui lui avait donné deux fils, morte en accouchant du troisième. Pas Augustus, ni Virgil, dont il n'avait aucune intention d'honorer la mémoire ; pas même Julian, qui s'était toujours plié à la volonté de son grand-père, avec fierté et sans poser de questions. D'après les dires, Cyrus avait vécu un mariage d'amour, avec une autre voyageuse : Minerva.

Pour lui, elle seule comptait. Avec ses cheveux dorés, ses yeux verts, sa beauté peu commune, c'était une véritable Hélène de Troie. Lorsqu'ils se marièrent, Cyrus était au cœur d'une conspiration visant à contrôler le destin des voyageurs.

Il avait beau l'avoir cachée, finalement, ça ne l'avait pas sauvée. Les quatre familles se livraient une guerre ouverte quand le rival de Cyrus, Roman Jacaranda, assassina sa femme. Dès lors, Boisdefer perdit le peu d'humanité qui restait en lui. Julian avait raconté à Nicholas comment Cyrus, animé d'une fureur vengeresse, avait vaincu tous ses ennemis, jusqu'à devenir le Grand Maître, régnant sur tous leurs descendants.

Toutefois, rien de tout cela ne pouvait ramener Minerva. Ses rivaux s'étaient montrés fins stratèges en choisissant une des rares années vers lesquelles aucun passage ne menait. Ainsi, ils avaient empêché Cyrus de rejoindre la cachette de Minerva et d'intervenir. Il ne pouvait pas non plus voyager quelques années en avance et attendre que les jours défilent, car il aurait risqué de se croiser lui-même. Par ailleurs, il lui aurait été impossible de prévenir qui que ce soit à temps, pas même lui, sans modifier le contrôle qu'il exercerait par la suite sur les autres familles.

Nicholas se disait que c'était là tout ce qu'il y avait à savoir sur cet homme : il ne dérogerait pas à ses règles, ne prendrait pas le risque de compromettre sa position ou sa richesse, pas même pour une femme dont la mémoire le hantait encore à ce jour. Le cœur de Cyrus Boisdefer était devenu dur comme la pierre. La seule émotion qu'il pouvait encore éprouver était une colère féroce. Elle lui permettait de comploter impitoyablement, d'enlever une jeune femme, et de l'envoyer sans ménagement dans une quête folle qui lui prendrait des décennies.

— Vous ne pouvez pas exiger d'elle qu'elle se lance dans cette recherche, protesta Nicholas.

Se retenant de serrer les mâchoires, il ajouta :

— Elle pourrait y laisser la vie. Vous lui demandez de prendre d'énormes risques, contre la simple promesse de la laisser rentrer chez elle.

Etta du XXIe siècle. Etta du futur lointain, imprévisible. Etta au cœur de pirate. L'astrolabe avait déjà coûté trois vies, et voilà que Cyrus réclamait qu'elle sacrifie aussi la sienne ?

Le vieil homme le regarda.

— S'est-elle montrée inapte à accomplir cette tâche ? Elle a la motivation et les moyens de la mener à bien, et contrairement à la plupart des autres voyageurs, elle ne prendra pas le risque de se croiser elle-même en chemin. Je n'ai guère besoin de garanties supplémentaires, hormis sa discrétion concernant notre famille. Celle-ci sera assurée une fois que j'aurai prévenu les gardiens des différentes époques de surveiller ses allées et venues à travers les passages.

Etta croirait qu'elle travaillait seule, sans se douter que Cyrus ressemblait au mythique Argos, le géant aux cent yeux. Cyrus, lui, aurait des yeux répartis sur toute la chronologie. Si Rose avait emprunté d'autres passages non répertoriés en plus de celui qui se trouvait de l'autre côté de la route, dans le Parc royal de l'artillerie, serait-ce mieux ou pire ? Etta pourrait voyager sans que des gardiens vérifient ses déplacements, mais, s'il lui arrivait malheur, si elle se blessait, ou pire… qui lui porterait secours ?

— C'est une tâche que votre famille…

— *Notre* famille, le corrigea Cyrus.

L'homme qui lui faisait face l'avait frappé au visage de si nombreuses fois quand il était enfant que Nicholas avait appris à l'écouter et à éviter de se trouver sur son chemin. Bien sûr, ce lâche n'avait jamais levé le petit doigt sur Augustus, le monstre qui lui servait de fils, même quand celui-ci terrorisait son entourage.

— Julian était tout ce que vous aviez, et pourtant vous l'avez envoyé à sa perte...

Cyrus abattit violemment son poing sur la table. Nicholas sursauta.

— Je t'ai demandé de l'accompagner pour que tu le protèges. Je subis les conséquences de ton échec chaque jour.

Si peu. Nicholas gardait pour lui son amertume. Il rêvait souvent de l'accident : le dernier regard empli d'espoir que Julian avait posé sur lui, juste avant que sa main glisse du gant et qu'il tombe dans le rideau de pluie, sur les rochers en contrebas. Les éclats de lumière qui se reflétaient dans la brume blanche. Le craquement du passage non loin, qui absorbait l'énergie libérée à la mort d'un voyageur.

La dernière fois qu'il s'était tenu devant Cyrus, Nicholas était affaibli par la faim et l'épuisement, écrasé par le poids de la culpabilité. On l'avait forcé à rester debout pendant des heures pour qu'il fasse le compte-rendu des événements. Avec la mort de Julian, le passage qu'ils avaient emprunté pour arriver au Bhoutan s'était effondré, obligeant Nicholas à utiliser le journal de bord décousu de son demi-frère pour en trouver un autre dans la même année, qui le conduirait à un autre, puis à un troisième, jusqu'à ce qu'il retourne dans l'année où le vieil homme résidait. Cela lui avait pris des mois. Même s'il avait eu la force nécessaire pour riposter, il n'aurait pas eu le courage d'empêcher les insultes et les coups de pleuvoir sur lui, jusqu'à ce qu'il ne puisse plus rien dire et s'étouffe dans ses excuses.

Désormais, il refusait de se taire.

— Miss Spencer est ma passagère. L'honneur me force à assurer sa sécurité.

— C'est à moi que ton honneur te lie, lui rappela Cyrus. À moi seul.

— Je n'ai d'ordres à recevoir de personne, rétorqua Nicholas d'un ton sec.

Le vieil homme l'observa, les mains sur les genoux.

— Quand j'ai entendu dire que tu avais le don, lorsque j'ai retrouvé votre piste, à Hall et toi, sur les quais, il y a si longtemps, sais-tu ce que j'ai pensé en te voyant ?

Nicholas se raidit.

— J'ai trouvé que tu avais l'allure d'un Boisdefer. J'étais impressionné par ton empressement à te former et à travailler aux côtés de Julian.

Avoir cédé à la proposition de Boisdefer était la pire honte de l'existence de Nicholas. On lui avait fait miroiter l'aventure, la reconnaissance…

— Vous m'aviez promis une compensation, ainsi que des informations sur la personne qui avait acheté ma mère, répliqua Nicholas d'une voix morne. Au final, je n'ai rien obtenu de tout cela.

Il avait gâché quatre années de sa vie. Et, lorsqu'il avait été exilé, contraint de rester dans cette époque – la sienne – pour ne pas s'être acquitté de son devoir envers Cyrus et n'avoir pu empêcher la mort de Julian, une deuxième punition lui avait été assenée. Le temps qu'il découvre par lui-même ce qu'il était advenu de sa mère, celle-ci était morte d'une fièvre, seule parmi des étrangers, pendant que Julian et lui buvaient plus que de raison à La Nouvelle-Orléans, en 1921, dans une nouvelle quête infructueuse de l'astrolabe.

L'appel discret du passage emplit le silence qui suivit, uniquement troublé par les crépitements du feu.

— Je vous préviens, le menaça Nicholas, si vous comptez me flouer de nouveau, si vous refusez de me payer ce que vous me devez pour les jeunes filles que je vous ai amenées, je vous tuerai sur-le-champ, et me ferai pendre avec plaisir.

Cyrus le regarda d'un air approbateur qui lui donna la nausée.

— Tu n'as pas terminé ton travail, Samuel, déclara le vieil homme.

— Je m'appelle Nicholas.

C'était le nom qu'il s'était choisi enfant, quand les Hall lui avaient permis de prendre un nouveau départ. Le vieux refusait d'employer ce prénom, même quand il avait fait revenir Nicholas au sein de la famille pour le mettre au service de Julian. Nicholas, saint patron des marins, des voleurs repentants, des enfants. Tout ce qu'il était et pourrait être. Avec ce nom, il se sentait plus que protégé : il pensait pouvoir être lui-même le protecteur.

Bien entendu, les Boisdefer voyaient ce choix comme un échec supplémentaire.

Cyrus pencha la tête.

— Tu m'as donné satisfaction jusqu'à présent. Je voudrais te récompenser, si tu es disposé à me rendre service.

Quelque chose dans ses propos empêcha Nicholas de réagir. Enfin, il revint à la raison :

— Notre affaire est terminée, trancha-t-il, résolu. Je vais voir votre comptable en bas.

Et trouver le moyen de tirer Etta de ce sac de nœuds.

— La somme qu'il te versera suffira à peine à couvrir l'achat de ton propre navire, insista Cyrus. Oui, je sais exactement pourquoi tu as accepté cette mission. J'aime ce projet. Ta sagacité. Tu me fais penser à moi.

Nicholas eut l'impression d'avoir reçu un seau de goudron bouillant sur la tête.

— Je vous assure que vous et moi ne nous ressemblons en aucun point.

Cyrus agita la main.

— Tu as entièrement raison : je ne peux laisser cette enfant partir seule. Elle risque de se faire démasquer et tuer, et c'est la fille de sa mère : rusée et sournoise. Quand je l'ai regardée dans les yeux, j'ai vu Rose Tilleul. Je ne me laisserai pas duper deux fois.

Nicholas se demanda si le vieux avait également vu l'éclair de compréhension dans les yeux d'Etta lorsqu'elle avait lu la lettre. Il l'avait sentie se rebeller intérieurement, malgré le fait qu'elle accepte la mission.

— En plus de ce que je t'ai promis initialement, je t'accorderai le contrôle absolu de mes plantations dans cette époque. Tu agiras à ta guise : tu pourras libérer les esclaves, vendre les terres ou les gérer dans leur état actuel. Tu seras en mesure d'acheter non plus un navire, mais une flotte entière.

Nicholas sentit tout son corps se contracter, sans comprendre pourquoi. Était-ce par espoir ou par terreur ?

— Pourquoi feriez-vous une telle chose ? D'après Sophia, vous avez décidé de rester dans cette époque. Vous cherchez à acquérir une propriété.

Les Boisdefer tiraient leurs revenus de siècles de profits, investissaient, possédaient des actions dans des entreprises lucratives. Nicholas savait que ce n'était qu'une goutte dans l'océan de leurs richesses, mais la proposition était trop alléchante. Il y avait sûrement une contrepartie.

— Sophia ignore mes intentions. Je ne souhaite pas m'installer dans ce siècle, j'attends seulement que l'astrolabe me soit rendu, expliqua Cyrus – au grand étonnement de Nicholas, car le vieux ne parlait jamais de ses projets.

Nicholas hésita un moment avant d'encourager le vieil homme à poursuivre en lui adressant un signe de tête.

— En échange de ma proposition, tu accompagneras la fille dans ses recherches. Elle ressemble trop à sa mère. Il ne fait aucun doute qu'elle essaiera de disparaître, à un moment ou à un autre. Tu devras t'assurer qu'elle ne révèle pas son don, qu'elle n'interfère pas sur la chronologie, et tu veilleras à ce que l'astrolabe me soit remis. Tout cela sans lui révéler notre marché. Si elle venait à découvrir notre accord, celui-ci serait caduc, et je te jure que tu ne pourras jamais remettre un pied à quai, que ce soit en Amérique, en Europe, ou aux Antilles.

Nicholas sentit une sueur froide lui couler le long du dos. Il tenta d'éloigner la tentation. Il se voyait déjà revenu, enfin en position de libérer les esclaves de la famille, d'obtenir réparation ! Cette offre était une ouverture inespérée sur presque tout ce qu'il désirait. L'argent, c'était le pouvoir. Il exigerait le respect, et traiterait comme il se devait ceux qui ne le lui accorderaient pas.

Toutefois, le visage de Julian lui revenait sans cesse en mémoire. Il n'arrivait pas à chasser de son esprit l'horreur de la scène qui s'y jouait, encore et encore. Une fois de plus, il était cantonné à un rôle de domestique, placé en position d'échec. Une fois de plus, il était redevable…

Le visage de Julian disparut, remplacé par celui d'Etta, blanc de terreur. L'image lui déchira le cœur.

Cela ne se reproduirait pas. Il n'y survivrait pas.

— Je sais que tu as de l'expérience, poursuivit le vieil homme. Il te faudra t'attirer les bonnes grâces de cette fille, gagner sa confiance, afin qu'elle te révèle la cachette de l'astrolabe une fois qu'elle l'aura trouvée. Si vous êtes séparés, tu me rejoindras immédiatement et nous aviserons en conséquence.

Et nous l'abandonnerons, perdue, blessée, ou otage, pendant qu'elle poursuivra sa quête seule ? Cette idée piqua son orgueil et raviva ses craintes.

Nicholas avait juré de la protéger, de l'éloigner de Boisdefer si nécessaire. Il était désormais indéniable qu'elle était en danger de mort. Cependant… il était possible de concilier cette promesse avec ses espérances. Veiller sur Etta signifiait non seulement empêcher qu'on lui fasse du mal, mais aussi lui éviter la colère de Boisdefer. Une fois le maudit objet retrouvé, il s'assurerait que le vieux tiendrait parole. Nicholas ramènerait ensuite Etta au passage de Nassau, où qu'il soit.

Avait-il le choix ? Pouvait-il se permettre d'abandonner un avenir à portée de main pour quelqu'un qui, à un moment donné, ne serait plus qu'un souvenir ? Presque toute son existence, il avait vécu pour les autres.

N'était-il pas temps qu'il vive pour lui, qu'il assure son avenir ?

Il se le devait bien. Il devait également à Julian d'achever ce qu'ils avaient commencé, qu'il ne soit pas mort en vain.

C'est moi qui leur suis réellement redevable. Pas Etta. Il avait volé Julian. Il paierait sa dette au vieux, après quoi il ne reverrait plus jamais son maudit visage.

Cyrus l'observait avec attention.

— Tu as l'air indécis, constata-t-il. Si cela peut rendre mon offre plus alléchante, je lèverai ton interdiction de voyager. Je mettrai un terme à ton exil dans ton époque naturelle. Tu seras libre d'aller où tu veux, l'année de ton choix.

Nicholas eut un mouvement de recul instinctif, puis se ressaisit.

— Mon exil est ma punition pour la mort de Julian. Je ne souhaite pas voyager de nouveau.

Il parlait avec sincérité. La proposition de l'homme le mettait même mal à l'aise. Boisdefer avait éprouvé une colère noire quand Nicholas était revenu, affaibli, blessé, et sans Julian. Sa fureur était légitime ; Nicholas la méritait, et il le pensait encore. Non parce qu'il avait privé l'homme de son dernier héritier direct, mais parce qu'il avait privé le monde de la seule âme noble que comptait cette famille. Et voilà que le vieux pardonnait tout, comme si de rien n'était ? Comme si Julian ne représentait rien ?

Nicholas avait fourni de gros efforts pour regagner la confiance de Chase et de Hall après les avoir abandonnés pour de fausses promesses et des révélations fumeuses. Hall avait fait tout ce qui était en son pouvoir pour le dissuader de partir avec Boisdefer, mais Nicholas ne l'avait pas écouté et le regrettait amèrement.

— Pourquoi le 30 ? demanda-t-il. Pourquoi cette date est-elle si importante ?

— Ce n'est qu'une date butoir, répliqua Cyrus.

Le vieux ne laissait jamais rien au hasard. Il taisait quelque chose d'essentiel, et tout avec lui était affaire de secrets. Nicholas n'était pas sûr de vouloir négocier pour connaître celui-ci.

— Accepte, Nicholas, dit Cyrus d'un ton persuasif, la main tendue vers lui.

Tout son avenir se trouvait dans la paume calleuse que le vieil homme lui présentait. Il lui suffisait juste d'accepter. Quelques mots, et son sort serait scellé…

Peut-être Cyrus et lui se ressemblaient-ils plus qu'il ne l'aurait voulu, finalement.

— J'ai besoin que cette offre soit mise par écrit. Il me faut un vrai contrat, s'entendit-il répliquer.

Le regard du vieux s'illumina.

— Je m'en suis déjà occupé. Voici ton exemplaire. Tu peux le conserver.

Le contrat attendait dans sa malle, avec un stylo-bille. Cela faisait des lustres que Nicholas n'en avait pas utilisé. Le poids de l'objet lui parut étrange lorsqu'il s'en saisit et posa sa pointe métallique sur le parchemin. La nausée le prit à la lecture des termes du contrat. Le vieux était sûr que Nicholas serait assez faible pour céder. Aurait-il dû se montrer plus combatif ? Pouvait-il négocier des avantages supplémentaires ?

— C'est bien, déclara Cyrus en prenant un exemplaire signé qu'il plia soigneusement en trois.

Il lui tendit de nouveau la main. Nicholas la prit et la serra fermement et brièvement. Il ressentit une sorte de brûlure, comme s'il venait d'échanger une poignée de main avec le diable en personne.

Cyrus reprit :

— Tu partiras demain avec la fille, dès qu'elle aura décodé la lettre.

Nicholas acquiesça, une boule dans la gorge.

Pardonne-moi, mère, songea-t-il en prenant congé aussi vite que possible. *Il me faut accomplir mon devoir.*

Il ne faisait pas cela pour prendre le nom de Boisdefer, pour rester au sein de cette famille qui n'avait jamais voulu de lui. Il ne faisait pas cela pour voyager de nouveau, ou voir ce que le futur réservait. Ni pour une fille qui ne lui appartiendrait jamais réellement. Il le faisait pour son avenir. En mémoire de Julian.

Il contrôlerait ses émotions.

Il veillerait à accomplir cette mission.

Puis il refermerait ce chapitre une bonne fois pour toutes.

Nicholas marcha.

Sur plusieurs lieues, sans but particulier. Il marcha pendant ce qui lui sembla des heures, essayant de retrouver dans ses jambes la sensation de la terre ferme. Il n'avait sur lui que ses papiers d'affranchissement et la rétribution de Boisdefer pour avoir amené Sophia et Etta à New York. Il n'était pas assez sot pour laisser tout cela à la taverne. Le ciel était étrangement dégagé, et l'aube n'allait plus tarder à se lever, le monde s'illuminant peu à peu autour de lui. Quand il se surprit à penser que les yeux d'Etta avaient la même couleur que ce bleu délavé, il s'obligea à se concentrer sur la tâche déplaisante qui l'attendait : écrire une lettre à Chase. « *Cher ami, tu avais raison. Je serai très en retard* » lui paraissait un peu court, et renforcerait Chase dans ses prédictions. S'il ajoutait « *Je dois voyager dans le temps avec la reine pirate* », son destinataire, perplexe, se demanderait si Nicholas avait perdu la raison.

« *Des affaires me retiennent ici, à New York. Je serai à New London début novembre.* » Voilà qui était mieux.

Son cœur se serra à l'idée de voir ses amis prendre le large sans lui. *Mais je naviguerai bientôt à bord de mon propre vaisseau*, se rassura-t-il. Que penserait Hall en apprenant que Nicholas s'était de nouveau jeté dans la gueule du loup ? Il ne pouvait imaginer meilleurs partenaires en affaires que Chase et Hall. Peut-être comprendraient-ils sa démarche lorsqu'ils verraient les livres de comptes des plantations.

Derrière lui, la route montait puis descendait, parsemée de flaques d'eau sale et de crottins séchés par le soleil. Il passa devant des champs et des fermes. Il ne croisa personne en reprenant la direction de *La Colombe* et du Parc royal de l'artillerie.

Il savait qu'une exécution par pendaison devait avoir lieu quelques heures plus tard : un espion s'était fait capturer au-delà des rangs ennemis. Sa bonne vieille culpabilité refit surface : un homme s'apprêtait à mourir, et ni lui ni Cyrus ne lèveraient le petit doigt pour l'empêcher. D'ailleurs, il était même fort probable que Boisdefer et Sophia assistent au spectacle, qui s'ajouterait à la longue liste des événements dont ils avaient été témoins.

Si Nicholas n'avait pas levé les yeux de la chaussée boueuse, il aurait sûrement manqué la mince silhouette qui traversait la route en direction du parc. Un tourbillon de tissu saphir, de longs cheveux blonds tressés dans le dos, telle une corde…

Aussitôt, il s'élança en jurant. Il quitta la route pour suivre un sentier qui menait entre les arbres, derrière ce qui devait être le quartier des officiers. Il perçut une odeur de pelage mouillé, de poudre à canon et d'hommes. Le campement n'était pas loin.

— Miss Spencer ! siffla-t-il dans le silence.

La rivière apparut devant lui, ruban d'un bleu scintillant. Où donc était-elle passée ? Avait-il rêvé ?

Non : il retrouva les traces de ses pas. Après tout, Boisdefer ne s'était pas trompé : Etta tentait bien de le berner en s'enfuyant ainsi, à la faveur de la nuit. Avec, sans nul doute, la lettre décodée de sa mère.

Alors qu'il avançait, il sentit des fourmillements sur sa peau. Il connaissait cette sensation. Le passage ne chantait plus dans ses oreilles ; le bruit s'était transformé en un puissant bourdonnement sous le pépiement des oiseaux, puis en un faible sifflement qui lui rappela l'instant où un éclair apparaissait au-dessus des eaux, ou lorsque de rares lumières blanc-bleu dansaient au-dessus des mâts et de la voilure.

L'entrée du passage, rideau scintillant, se dressait devant lui, juste à l'endroit où la terre et l'eau de la rivière se rejoignaient. Elle ondoyait encore, comme si on venait de s'y engouffrer.

— L'idiote ! souffla-t-il en se frottant les joues pour apaiser sa peur.

Pendant quelques secondes, il ne sut que faire. Il n'avait pas le temps de retourner à la taverne récupérer le reste de ses affaires. Le temps qu'il regagne *La Colombe* et prévienne Boisdefer, Etta pouvait s'échapper pour de bon, ou pire, être blessée ou tuée.

Il secoua la tête. Le vieux lui avait donné des consignes strictes : il devait gagner la confiance de la jeune fille et ne revenir qu'en possession de l'astrolabe – ce qui lui paraissait impossible s'il retournait la chercher. Elle douterait de ses motivations. De plus, il ne pouvait prédire quel châtiment Boisdefer leur infligerait, à sa mère et à elle, pour avoir tenté de le doubler.

Il avait signé le contrat de Cyrus. Tous deux savaient ce qui attendait Nicholas en cas d'échec. Le vieux comprendrait très vite la situation si, à son réveil, il découvrait qu'ils avaient tous deux disparu. Mais ce qui comptait, au final, c'était qu'ils reviennent avec l'astrolabe. Que disait toujours Julian ? « Mieux vaut demander pardon que permission. »

Son demi-frère occupait toujours ses pensées quand il se dirigea d'un pas assuré vers le passage. Depuis quand n'en avait-il pas senti un se refermer sur lui, privant d'air ses poumons ? Plus d'un an. Assez longtemps pour l'obliger à inspirer profondément.

« Amène-toi, Nick. » La voix de Julian résonna dans la brise qui soufflait dans son dos. « *On a encore du chemin à faire.* »

Après avoir respiré une dernière fois, il franchit l'ouverture puis céda à la pression et aux ténèbres accablantes quand le temps se tordit autour de lui.

LONDRES
1940

ONZE

Etta revint à elle dans une symphonie de verre brisé. Elle entendit une vitre exploser une demi-seconde avant de sentir les éclats lui trancher la peau. La douleur lui coupa le souffle ; ce fut comme si le monde autour d'elle était transformé en sable. À l'instant où elle fut sûre de pouvoir s'accrocher à la réalité alentour, les images et les sensations s'effacèrent de nouveau, jusqu'à devenir inexistantes. Son corps palpitait alors qu'elle luttait pour ne pas perdre conscience. La pression exercée par le passage ne s'allégea pas, même lorsqu'elle vomit.

Elle comprenait désormais pourquoi elle avait oublié son premier voyage avec Sophia, dans quelles conditions elle avait rejoint le navire.

Surtout, surtout – elle s'accrocha aux mots, s'obligea à ouvrir ses yeux brûlants –, *ne tombe pas dans les pommes…*

Pris entre des poutres calcinées et ce qui ressemblait au cadre d'une fenêtre démolie, le corps d'Etta était recroquevillé à l'intérieur, semblable à une poupée qu'on aurait lâchée d'en haut. Elle remua prudemment et se tortilla jusqu'à toucher le sol avec son pied. Sa manche se déchira au niveau de l'épaule dans un craquement. Ses genoux cédèrent et tout redevint noir. Un frisson étrange la secoua, glaçant son corps entier. Sa joue frappa le béton, mais elle ne sentit rien du tout.

À son réveil, elle remarqua d'abord la chaleur, puis une pression délicate. Ses bras et ses jambes la faisaient souffrir, et une douleur intense irradiait de la moitié droite de son visage. Il régnait dans l'air une odeur de fumée, de feu, mais aussi de… À travers ses paupières mi-closes, elle distingua une tête brune penchée sur elle. Quelqu'un était occupé à nettoyer sa main droite, salie et ensanglantée. Concentré, Nicholas avait les traits tirés. Etta sentit sa gorge se nouer en le voyant porter délicatement sa main à ses lèvres, comme s'il voulait l'embrasser, son souffle chaud caressant sa peau. Mais il secoua la tête et reposa soigneusement sa main sur son ventre. Malgré la douleur, les pulsations du passage qu'elle percevait encore, Etta s'autorisa à éprouver une pointe de regret.

Puis la mémoire lui revint.

Paniquée, elle voulut bouger, se mettre debout. Si Nicholas était ici… cela signifiait qu'elle avait échoué. Boisdefer avait dû apprendre qu'elle avait tenté de le doubler. Et sa mère…

Il va la tuer.

Elle n'aurait pas dû partir. Elle aurait dû être plus prudente. Quel intérêt, si Cyrus tuait sa mère alors qu'Etta se trouvait à des siècles et à des continents de distance, incapable de la protéger ?

Il fallait prendre ce risque. Je devais lui échapper.

Elle ferma les paupières, rejoua la scène en pensée. Elle voyait déjà sa mère poser ses yeux morts sur elle.

C'était la meilleure solution. Pour la sécurité de Rose, partir sans l'autorisation du vieux valait mieux que d'attendre et de manquer de temps.

— Miss Spencer ? appela Nicholas, sa voix résonnant à ses oreilles. M'entendez-vous ?

Etta s'obligea à ouvrir les yeux et observa son visage, un plafond en ruine, le ciel bleu au-delà. Ne sachant guère ce qu'elle devait dire, elle tenta :

— Salut ?

Sur le visage de Nicholas, l'agacement succéda au soulagement.

— Vous rendez-vous compte que vous auriez pu mourir ? Qu'avez-vous dans le crâne ? Avez-vous quelque chose, d'ailleurs ?

La colère monta en elle.

— Occupez-vous de... vos affaires.

Il faut que je bouge... Je dois le retrouver... Je dois rejoindre Maman...

Mais ses jambes refusaient de coopérer.

— Je devrais vous étrangler ! rétorqua Nicholas. Avez-vous mal ailleurs qu'à la joue et à la main ? J'ai nettoyé vos coupures du mieux possible...

Etta secoua la tête. À part ça, elle allait bien. À peu près bien.

— J'ai le tournis.

— C'est le mal du voyageur. Après chaque passage, ça ira mieux. Pour le moment, je crains que vous ne deviez l'endurer.

— C'est affreux...

Elle essaya de se redresser, pour au moins s'asseoir. Hormis la fureur qui émanait de Nicholas, il ne semblait pas affecté.

Etta s'écarta de lui lorsqu'il voulut l'aider et recula dans la poussière et les débris jusqu'à ce que son dos rencontre un mur. Nicholas afficha un air froid. La culpabilité s'abattit brusquement sur elle. Elle n'aurait pas cru cela possible, mais elle se sentit encore plus mal qu'auparavant.

— Vous tentiez de vous enfuir, dit-il, pointant l'évidence. C'était d'une stupidité abyssale. Croyez-vous sincèrement que le champ d'action de Boisdefer se limite au XVIIIe siècle ? Vous pourriez au moins avoir un peu de considération pour votre mère. S'il vous voit agir de la sorte, il la tuera.

— J'ai laissé un message à... à Sophia, expliquant qu'il fallait que je parte tout de suite, à cause du délai... (Elle avait écrit à la lueur du clair de lune et attendu assez longtemps pour que le garde à la porte s'endorme.) Je ne peux pas me permettre de perdre du temps. (*Et je ne voulais pas forcément que Boisdefer soit en mesure de me suivre.*) Vous ne comprenez pas...

Etta avait conscience des risques qu'elle prenait. Elle se doutait que le vieux avait les moyens de surveiller ses déplacements dans le temps. Il lui fallait juste prendre un peu d'avance pour trouver ses marques et éviter qu'on note les passages qu'elle utilisait. Malheureusement, elle avait oublié le mal du voyageur.

Et Nicholas.

— Alors expliquez-moi, souffla-t-il d'une voix dure. Expliquez-moi pourquoi vous risquez sa vie, et la vôtre, en partant ainsi, sans matériel ni formation ! Je ne vous savais pas idiote !

Elle serra les dents et lui jeta un regard noir. Quand la circulation sanguine se rétablit, des picotements lui parcoururent les bras, mais elle parvint à les lever et chercha à tâtons le sac contenant les affaires « empruntées » à Sophia, dans sa malle.

À première vue, ils se trouvaient dans une sorte de galerie. Le plafond de pierre voûté était percé de lucarnes, et de longues lanternes y étaient suspendues. Il y avait des boutiques à l'intérieur : elle repéra des chaises cassées, des chaussures soufflées de leurs vitrines. Les fenêtres du premier étage, au-dessus de chaque entrée noir et or, semblaient avoir été toutes ouvertes d'un coup.

— Tenez, dit-elle en désignant le sac de cuir non loin d'elle. Je ne suis pas venue… les mains vides.

Que s'était-il donc passé ici ? On aurait dit qu'une bombe avait explosé. Tout paraissait humide, comme si on venait d'éteindre un gigantesque incendie. *Où suis-je ?* La panique commença à l'envahir. Elle entendit des voix, au loin, un accent britannique prononcé, des paroles trop faibles pour être distinctes.

Nicholas fouilla dans le sac.

— Des ciseaux de couture, un harmonica aux initiales de Sophia, un petit miroir, quelques pièces d'or, la lettre de votre mère, une pomme, et un pistolet.

Il referma le sac.

— De quoi d'autre aurais-je eu besoin ? demanda-t-elle d'un air innocent.

— D'eau ? De cartes ? D'une liste des passages répertoriés ? De vêtements adéquats avec l'époque ? De munitions pour ledit pistolet ? Savez-vous l'utiliser, au moins ?

Bon, il marquait un point.

— Si vous tentez de me ramener…

— Qu'allez-vous faire, miss Spencer ? l'interrogea-t-il en s'accroupissant devant elle. Me fusiller du regard ?

Etta referma la main sur un éclat de verre et le brandit devant elle. L'expression de Nicholas changea : ses yeux s'assombrirent. Il observa l'arme de fortune, puis le visage d'Etta. Elle refusa de baisser les yeux, affichant un air de défi malgré sa joue qui avait doublé de volume.

Il céda le premier et se radoucit. Il s'assit sur un tas de gravats et sortit un mouchoir plié.

— Vous vous êtes encore coupée, pirate.

Etta finit par reposer le bout de verre et laissa Nicholas presser le linge tiède sur sa paume, remarquant comme ses mains étaient immenses comparées aux siennes.

— Pourquoi ne pas m'avoir mis dans la confidence ? chuchota-t-il. Vous m'avez fait promettre de ne pas vous quitter sans vous dire adieu. Ne pouviez-vous faire la même chose pour moi ?

— Désolée. (Elle n'y avait pas songé.) Je ne voulais pas perdre une seconde, alors qu'il pouvait blesser ma mère, ou la tuer. Mais je pense qu'il n'aurait rien fait tant que je ne serais pas rentrée avec l'astrolabe, car dans le cas contraire je n'aurais vraiment rien eu à perdre, non ?

Nicholas acquiesça.

— Il a d'autres moyens pour vous atteindre.

— Mais pas pour me motiver. De plus… (Elle hésita, ne sachant si elle devait lui confier l'autre raison qui brûlait en elle.) Je vous ai parlé d'Alice… Je dois accomplir cette mission, et retourner auprès d'elle.

Nicholas s'assit sur ses talons et leva les yeux vers la bande de ciel visible.

— Etta, vous ne pouvez pas la sauver, souffla-t-il.

— Bien sûr que si, insista-t-elle, mais son cœur s'accéléra lorsqu'elle vit la culpabilité et la compassion s'afficher sur le visage de Nicholas. Il suffit que je remonte le temps…

— Et que vous changiez le passé ? finit-il pour elle. Que vous modifiiez la chronologie ?

Mâchoires serrées, la jeune fille bougonna :

— Boisdefer joue avec le passé depuis des années, et moi je n'aurais pas le droit de sauver une vie ?

— Non, écoutez-moi. Ce que vous évoquez n'est pas une question de morale. C'est une impossibilité.

Le dos toujours collé au mur, elle s'écarta de lui, de ses allégations.

— Sophia ne vous en a-t-elle pas parlé ? Vous ne pouvez pas vous croiser vous-même. Vous ne pouvez pas exister deux fois au même endroit, au même moment. Le temps lui-même ne le permet pas. Vous seriez renvoyée à l'extérieur du passage avant même d'avoir pu le traverser, expliqua-t-il d'un ton posé. C'est pourquoi les voyageurs tiennent un journal de bord : afin de se souvenir des dates qu'ils ont déjà visitées.

Etta eut l'impression qu'on venait de la gifler. Sa poitrine lui faisait mal. Ainsi, il lui serait impossible d'utiliser le passage qu'elle avait emprunté pour venir, et de remonter au moment précédant l'assassinat d'Alice ? Mais, surtout, elle ne serait pas en mesure de remonter plusieurs mois ni même plusieurs années auparavant, afin de la prévenir de ce qui pourrait arriver. Tout ça parce qu'une version passée d'elle-même y était déjà.

— Sophia ne vous a-t-elle pas précisé que les passages relient les années ensemble, et non les jours ?

— Comment ça ? murmura Etta.

L'expression de Nicholas se radoucit.

— Je vois. Elle ne vous a rien dit. Même si vous trouviez un autre voyageur prêt à emprunter ce passage pour sauver Alice, il vous faudrait attendre un an avant de le faire. Le plus simple, c'est d'imaginer que chaque année est comme un minuscule ruisseau, et qu'ils coulent tous dans la même direction, parallèles les uns aux autres, même quand on saute de l'un à l'autre. Nous avons quitté Manhattan le 22 septembre 1776. Nous sommes arrivés ici également un 22 septembre – de quelle année, on ne sait pas. Comprenez-vous ?

Etta hocha la tête.

Il doit y avoir un autre moyen. Cela ne pouvait se finir ainsi. Elle n'acceptait pas la mort d'Alice, par sa faute.

Maman saura quoi faire.

— Boisdefer a voulu m'utiliser car je n'ai encore jamais voyagé nulle part, affirma-t-elle. Par conséquent, les chances de me croiser moi-même sont extrêmement minces. Ai-je raison ?

Il acquiesça et lui effleura le coude.

— Oui, vous avez compris.

Elle leva le menton.

— Ce que je comprends, c'est qu'il y a toujours une solution, un autre choix, si on se donne la peine de réfléchir.

Il laissa échapper un petit rire et ferma les yeux.

— Je me doutais que vous alliez répondre quelque chose dans ce goût-là.

— Une minute... dit Etta quand une idée germa dans son esprit. Boisdefer ne vous en voudra-t-il pas d'avoir vous-même voyagé ?

— Ma crainte pour vous supplante celle que j'ai de lui, répondit-il simplement. Et je vous l'avais promis : si vous partiez, je vous suivrais.

« Mais, si vous tentez de partir seule, ayez à l'esprit que j'irai vous chercher jusqu'au bout du monde. »

Cette promesse résonna silencieusement entre eux. Un nuage de cendres descendit sur les jeunes gens. D'une main amicale, Etta balaya les flocons dans les cheveux de Nicholas. Il ferma les yeux, tête basse, s'abandonnant juste assez pour la faire frémir.

— Vous connaissez le contenu de la lettre. Celle de votre mère. Et vous ne me faites pas confiance... commença-t-il. Vous me voyez comme l'un d'eux, n'est-ce pas ?

— Non ! s'insurgea-t-elle.

Certes, il avait accepté de travailler pour Cyrus, de la ramener à New York, mais il n'était pas comme eux. Cette famille lui avait fait beaucoup de tort. Elle ne voulait pas qu'il se mêle encore plus profondément à ces gens, ou qu'il leur donne un autre moyen de le rendre malheureux.

— Même après tout ce que je vous ai dit ? demanda-t-il.

Etta laissa reposer sa tête contre le mur. Un regard de Nicholas, et elle se sentait fondre.

Elle devait toutefois lui soutirer toutes les informations dont il disposait à propos des Boisdefer et des voyages.

— Puis-je vous faire confiance ? s'enquit-elle. Et vous, avez-vous confiance en moi ?

Nicholas acquiesça brièvement.

Elle inspira à fond.

— Oui, je sais comment décoder la lettre, avoua-t-elle. Et je pense que le vieux ment, ou du moins qu'il ne dit pas tout.

Il entrouvrit les lèvres, seule fêlure à son masque.

— Qu'est-ce qui vous pousse à le croire ?

— Ma mère n'est pas une voleuse. Peu importe ce qu'il raconte. Je crois que cet objet, l'astrolabe, appartenait aux Tilleul. (À sa famille, dont sa mère et elle étaient les dernières représentantes.) Ils s'en sentaient – ma mère, en tout cas – responsables, comme s'ils devaient le protéger.

— Peut-être leur a-t-il réellement appartenu, concéda Nicholas après un instant de réflexion. D'après Julian, chacune des quatre familles, les Boisdefer, les Jacaranda, les Tilleul et les Tsuga, possédait un astrolabe. Mais, il y a un siècle, trois d'entre eux ont été perdus, ou totalement détruits. En tant que Grand Maître de ces familles, Boisdefer pense que tous les astrolabes lui appartiennent, quel que soit leur propriétaire initial.

Etta hocha la tête. Qu'avait-il volé d'autre à sa famille ? Quel héritage, quels secrets, quelle histoire avaient été absorbés par le clan Boisdefer ? Peut-être sa mère le savait-elle.

Peut-être que, ensemble, elles pourraient réclamer une partie de leur dû.

Une fois que tu auras berné le vieux, délivré ta mère, sauvé Alice et assuré ta première le mois prochain.

— Pour en revenir à la lettre… Ma mère devait se douter qu'il se tramait quelque chose, sinon pourquoi l'aurait-elle écrite ? demanda-t-elle.

Nicholas entoura ses genoux de ses bras.

— Vous lui poserez la question une fois que nous aurons remis l'astrolabe à Boisdefer et qu'il aura libéré votre mère.

Etta cligna des yeux.

— Vous voulez m'accompagner ?

Une émotion fugace passa sur son visage, sans qu'elle parvienne à la déchiffrer. Il détourna le regard. Après un moment, Nicholas s'esclaffa :

— Comme si je pouvais avoir l'esprit tranquille en vous laissant livrée à vous-même ! Je vois bien à votre air que cela ne vous plaît pas, mais en ce qui me concerne j'ai dû me former pendant des années pour être capable de voyager. Vous commencez à peine. Ce n'est pas un signe de faiblesse que de réclamer de l'aide, ou une protection.

— Je n'ai pas besoin qu'on me protège, se défendit Etta. C'est un partenaire qu'il me faut.

Nicholas contemplait les ruines alentour puis l'entrée chatoyante du passage. Toutefois, lorsqu'elle prononça ces mots, il reporta son attention sur elle et la regarda dans les yeux.

— Quelles sont… vos conditions ? demanda-t-il.

N'avez-vous pas voyagé avec Julian ? Sophia l'avait qualifié de domestique au service de Julian, une sorte de valet. Sur le coup, Etta l'avait seulement pensée cruelle et méprisante, mais, à voir la mine de Nicholas, elle avait dit vrai. Son cœur saigna lorsqu'elle songea au rôle qui lui avait été attribué, et à la façon dont Nicholas envisageait d'occuper la même position avec elle.

— On surveille mutuellement nos arrières, proposa-t-elle. Vous m'appelez Etta. On se tutoie. Et on n'a aucun secret l'un pour l'autre. (Sauf, bien sûr, son intention de ne jamais rendre l'astrolabe à Cyrus si c'était possible.) Et…

— On continue d'éprouver l'un et l'autre du mépris pour Boisdefer, finit-il pour elle.

Etta sourit, alors même que le doute commençait à l'assaillir.

Et si rendre l'objet au vieux était la seule façon d'éviter un châtiment à Nicholas ?

Impossible de réfléchir sur ce point maintenant. Elle le ferait quand – et si – ils trouvaient l'astrolabe. Toutefois, accepter l'aide du jeune homme n'était pas sans conséquence : il risquait de s'attirer les foudres du vieux.

Comme s'il avait lu dans ses pensées, Nicholas déclara à voix basse :

— Je suis d'accord. Je décide moi-même de ce que je fais.

— Très bien. (Le nœud invisible qui enserrait le cœur d'Etta se détendit légèrement.) Avant de savoir où aller, as-tu une idée de l'endroit où nous sommes ?

Nicholas se mit à genoux et la regarda sans douceur.

— J'étais plutôt distrait par le fait que vous… que tu gisais dans une mare de sang.

— Je n'en vois pas, protesta-t-elle en frottant sa joue enflée.

Dans un geste très naturel, il lui prit la main et la tint dans la sienne.

— Ne touche pas, conseilla-t-il en effleurant sa blessure. (Elle retint sa respiration jusqu'à ce qu'il la libère.) Maintenant, tu ressembles à un vrai pirate, affirma-t-il avec un sourire en coin. Mais on doit t'acheter des vêtements et du matériel. Vois-tu un inconvénient à ce que je t'abandonne quelques instants ? Je ne serai pas long, promis.

Etta ouvrit le sac qu'elle avait préparé à la hâte et fouilla dedans jusqu'à refermer les doigts sur la petite bourse de velours pleine d'or. Elle la lui tendit.

— Ma mère n'est peut-être pas une voleuse mais, moi, j'ai moins de scrupules.

— Étant donné le préjudice que tu as subi, cela me semble un paiement justifié, argua Nicholas en soupesant la bourse dans sa paume.

Il entreprit de traverser les devantures en ruine et les gravats qui les entouraient. Etta le vit se retourner et lui jeter un dernier coup d'œil par-dessus son épaule. Elle lui adressa un signe exaspéré de la main pour le faire déguerpir, et le rire qui retentit ensuite la réchauffa comme une gorgée de thé.

Etta scruta de nouveau les environs et lutta pour se mettre debout, en s'appuyant contre le mur derrière elle. Les écriteaux étaient en anglais, et, d'après les odeurs et le spectacle qui s'offrait à elle, elle comprit qu'il y avait eu un incendie.

Elle recula jusqu'à l'endroit où elle se trouvait en premier lieu et se cacha derrière le mur. De temps à autre, elle entendait une voix ou le vrombissement discret d'un moteur. Elle se pencha pour jeter un coup d'œil. Un bus d'un rouge vif passa, suivi de deux jeunes femmes en tailleur coiffées d'un petit chapeau maintenu par des épingles. Etta eut soudain conscience de sa robe du XVIIIe siècle et du corset qui lui comprimait les côtes.

L'Angleterre, songea-t-elle, émerveillée. *Londres, certainement. Quant à la mode… Les années 1950 ? Ou…*

Non.

Elle observa les murs effondrés, les traces de l'incendie, les hommes en uniforme à l'autre bout de la galerie marchande.

Londres pendant la guerre.

La Seconde Guerre mondiale.

Nicholas le lui confirma en revenant avec des vêtements sous le bras. Il s'était changé et portait une chemise boutonnée amidonnée et un pantalon, ainsi que des chaussures Richelieu. Elle ne sut comment il avait justifié le fait qu'il portait jusque-là des hauts-de-chausses, des bas et une veste.

— Je n'étais pas sûr de la taille... commença-t-il, les yeux baissés, en lui passant une robe couleur bleuet et une élégante veste assortie.

Elle examina la robe : col en V, arrivant sous les genoux, manches courtes. Elle caressa la dentelle qu'elle venait de remarquer.

— C'est très joli, merci. (Elle se félicitait que la taille soit large, et la ceinture fournie lui permettrait de la resserrer si nécessaire.) C'était comment, dehors ?

Nicholas la scruta tandis qu'elle luttait pour déboutonner sa robe, jusqu'à ce qu'elle rougisse puis se racle la gorge. Il sursauta et pivota sur ses talons pour lui donner un peu d'intimité. Elle ôta enfin la robe par la tête.

— Des hommes travaillent pour débarrasser les gravats des frappes de la nuit dernière, expliqua-t-il. Ils cherchent encore des survivants. Je les ai entendus dire qu'ils quitteraient bientôt la zone. Il faut donc que nous nous hâtions.

Etta était bien d'accord, mais cela ne l'aidait pas à défaire rapidement les lacets de son corset. Elle avait mal aux mains à la suite de sa chute, et ses doigts tremblaient.

— Je suis désolée, marmonna-t-elle, il va falloir m'aider…

Nicholas lui jeta un coup d'œil mais se retourna aussitôt face au mur. Etta sentit ses joues et sa gorge devenir écarlates. Elle était en corset et en tunique presque transparente. Elle aurait au moins pu croiser les bras sur sa poitrine.

Il inspira péniblement puis se retourna. De ses mains calleuses, il défit les lacets avec des gestes rapides et sûrs. Ses larges épaules lui bouchaient la vue. Il se tenait si près d'elle qu'elle aurait pu se laisser aller contre lui, presser son visage dans le creux de son cou.

— Voilà, murmura-t-il, en s'attardant quelques secondes de trop sur les longs lacets, effleurant les bords supérieurs du corset et le fin tissu de la tunique.

Etta ne cilla pas, trop effrayée à l'idée de s'abandonner, ou de faire quoi que ce soit qui mette fin à cet instant.

De nouveau prise de vertiges, elle sentit le souffle chaud de Nicholas contre sa clavicule, juste avant qu'il s'écarte.

Ce ne fut que lorsqu'il lui tourna le dos qu'elle retrouva ses esprits et se souvint de la paire de ciseaux qu'elle avait glissée dans son sac.

La robe qu'il avait choisie lui allait bien, mais Etta allait devoir se satisfaire des bottes de cuir à lacets qu'elle avait empruntées à Sophia, et ignorer la douleur qu'elles lui infligeaient, le temps de trouver mieux.

Elle toucha ses boucles d'oreilles pour s'assurer de leur présence.

— Bon, dit-elle en lissant ses cheveux en arrière. De quoi ai-je l'air ?

Tandis qu'il la contemplait, elle dut se persuader qu'il ne regardait que l'excroissance hideuse qui lui servait de joue.

Au bout d'un moment, il déclara :

— Cela fera l'affaire, pirate. Maintenant, dis-moi ce que contient réellement la lettre de ta mère.

Pendant qu'il roulait l'ancienne robe en boule, Etta récupéra la missive et le stylo tout au fond du sac. Prenant appui contre le mur, elle traça une étoile sur le papier puis examina les mots contenus au centre de la figure. Nicholas s'approcha pour lire par-dessus son épaule. Autour d'eux, la ville se réveillait, pleine de voix, d'odeurs de brûlé et d'essence, mais ils se trouvaient un peu à l'écart du tumulte.

— *Montez et entrez dans le repaire, où les ténèbres vous donneront vos galons. Demandez aux tyrans l'allégeance qu'ils vous doivent,* lut Etta en suivant du doigt les lignes à l'intérieur de l'étoile. *Cherchez les dieux inconnus qui sont restés sourds aux sermons. Tenez-vous debout sur les épaules de la mémoire. Apportez une pièce à la reine veuve. N'oubliez pas que la vérité est dans les dires, et qu'une fin doit être définitive.*

— Ça alors ! s'exclama Nicholas, ravi. Comment as-tu fait pour la décrypter ?

Avec aussi peu de détails que possible, Etta lui parla des messages secrets que sa mère cachait dans l'étui de son violon et dans son sac, lorsqu'elle partait en voyage.

— Elle voulait que tu sois capable de décoder cette lettre, dit-il, gagné par l'excitation. Elle pensait qu'un jour, peut-être, tu partirais à la recherche de l'astrolabe. Comprends-tu les indices ?

Elle nia de la tête en lisant plusieurs fois les phrases, se demandant si elle se trompait, si l'étoile était la bonne forme. Ces mots n'avaient aucun sens !

— Si nous supposons que c'est une liste de consignes, de directions, alors je crois qu'on peut ignorer le premier indice, déclara Nicholas en prenant le bout de papier. Le deuxième, « *Demandez aux tyrans l'allégeance qu'ils vous doivent* », est une référence au lieu de l'exécution de Nathan Hale. C'est le passage qu'on a emprunté. Ce qui signifie que c'est le suivant qui doit retenir notre attention : « *Cherchez les dieux inconnus qui sont restés sourds aux sermons.* » Cela te rappelle-t-il quelque chose ?

Impuissante, Etta secoua de nouveau la tête. La lueur d'espoir commençait à s'éteindre. Comment décrypter autant d'indices sibyllins en si peu de jours ?

— Je ne vois pas le rapport entre les dieux inconnus et le Londres de la Seconde Guerre mondiale, se désola-t-elle. Est-ce que ce sont des gens ? Est-ce une certaine foi ? Le dernier indice reliait l'emplacement du passage à la mort d'un homme.

Et il était tiré d'une chanson que son arrière-grand-père aimait chanter de temps à autre. L'indice suivant était-il, de la même manière, en rapport avec sa famille ?

Quelque chose la tracassait. Elle repensa à *La Colombe*, au Parc de l'artillerie, puis elle laissa tomber quand Nicholas répéta :

— Sermons… Sermons, sermons, sermons…

Il fit volte-face vers elle et manqua de la bousculer. Son regard s'illumina, lui donnant un air presque enfantin.

— Serait-il possible que ce soit une référence au discours de l'apôtre Paul à l'Aréopage d'Athènes ?

Etta répondit à son enthousiasme par un visage complètement neutre.

— Païenne ! la taquina-t-il. Actes 17, 16-34. Paul, l'apôtre, fait un discours – un sermon, en réalité, car la loi grecque interdisait de prêcher pour les divinités étrangères – à Athènes, à l'Aréopage.

— Si tu le dis.

Nicholas émit un petit rire et lui effleura le menton. Il ne semblait pas avoir conscience de son geste, alors qu'Etta crut sentir des étincelles jaillir de chaque centimètre carré de sa peau.

— L'Aréopage, expliqua Nicholas, c'est la zone rocheuse en contrebas de l'Acropole. Dans l'Antiquité, c'est là que siégeait la haute cour d'appel de la cité, expliqua-t-il. (Impressionnée, Etta se sentit terriblement inculte.) J'ai lu des écrits sur le sujet, poursuivait-il déjà. Le capitaine Hall se considérait autant philosophe que marin. Il a fait ses études à Harvard. Incroyable, non ? Il gardait sous le coude nombre de dissertations dans l'espoir que Chase et moi tombions dessus un jour. Quant à Mme Hall, elle était plutôt stricte à propos de notre éducation religieuse.

— J'aimerais pouvoir en dire autant, marmonna Etta.

La seule messe à laquelle elle avait assisté, c'était pour l'enterrement d'Oskar, l'époux d'Alice. Étant donné l'importance de la religion au XVIIIe siècle, les connaissances de Nicholas en la matière n'auraient pas dû l'étonner. Lorsqu'elle le reconsidéra à la lumière de ce qu'il venait de découvrir, elle se surprit à se pencher vers lui, une boule de chaleur dans la poitrine. Elle se réjouit sincèrement qu'il l'ait suivie dans le passage.

— En résumé, le sermon dit : « Athéniens, je vois que vous êtes trop superstitieux. En effet, en passant, j'ai vu un autel qui porte cette inscription : "À un dieu inconnu." » Son discours fait part de son désarroi face à la vénération des Athéniens pour les fausses idoles : le panthéon des dieux grecs.

— Et quel rapport entre Londres et la Grèce antique ? intervint Etta, avec l'espoir qu'il aurait la réponse, car elle ne l'avait pas.

— L'architecture, la loi, les statues, l'art, proposa-t-il. Je suppose que ça désigne un endroit ou un objet auquel tu es rattachée personnellement. As-tu déjà visité la ville ?

Etta acquiesça : elle était venue un certain nombre de fois. Sa mère, Alice et elle avaient pris l'avion et loué un appartement l'été pour échapper à la chaleur étouffante de New York. Alice avait grandi à Londres, et… on lui avait toujours dit que sa mère aussi, même si cette question faisait désormais débat. La vérité et la fiction dans ses histoires avaient commencé à se mêler en les rendant floues, comme un tableau détrempé.

Pendant leurs vacances, elles avaient vécu dans plusieurs appartements. En les passant mentalement en revue, Etta réalisa qu'aucun d'entre eux ne se différenciait vraiment des autres. Elles avaient marché dans toute la ville, visité les parcs, la maison d'enfance d'Alice. Elles étaient allées au théâtre, au musée…

— Oh ! s'exclama-t-elle soudain. (L'idée la frappa comme si elle venait de recevoir une gifle. Elle se tourna vers Nicholas, presque avec le tournis en pensant qu'elle allait peut-être apprendre quelque chose au jeune homme.) C'est fou, mais… Le British Museum dispose d'une importante collection de pièces de la Grèce antique. Les plus célèbres sont des morceaux du Parthénon, rapportés – ou volés, selon à qui on s'adresse – par un lord britannique, Elgin, qui les a vendus au gouvernement pour le musée. C'est un sac de nœuds juridique… (Elle leva les yeux vers les nuages et la fumée qui s'amoncelaient au-dessus d'eux.) C'est peut-être tiré par les cheveux, toutefois l'Acropole et le Parthénon sont si proches de l'Aréopage qu'on les dirait reliés. Je n'ai pas visité cette partie du musée depuis un bon moment, et je ne me souviens pas tout à fait de ce que représentent les marbres d'Elgin… Une bataille, me semble-t-il. Cependant, il y a aussi des statues d'hommes et de femmes…

— Continue, la pressa Nicholas.

— J'essayais de comprendre le « restés sourds » en songeant à des personnes qui existent bel et bien, mais… et si ma mère parlait de statues ?

— Te souviens-tu d'avoir entendu des bruits étranges quand tu étais à proximité de ces statues ? s'enquit Nicholas.

Etta secoua la tête.

— Si l'on part de l'indice donné par ta mère sur l'exécution de Nathan Hale, il est probable que le passage suivant se trouve au musée, près de ces statues. Le British Museum de mon époque est certainement très différent de celui que tu connais. Je n'ai jamais eu l'occasion d'y entrer, et on ne m'a pas donné la liste complète des passages répertoriés. Je ne sais donc guère quoi suggérer...

La frustration gagna Etta. Nicholas l'observait, dans l'attente.

— Je ne sais pas... Ne complique-t-on pas trop les choses ?

Il s'inclina légèrement pour la regarder dans les yeux.

— Ne nous affolons pas. Peut-être cela nous aiderait-il de penser à voix haute ? Tout, même un détail, peut nous être utile...

Elle acquiesça. Il pouvait l'aider à y voir plus clair dans ses pensées, et découvrir le sens caché des mots.

— Ma mère travaille pour un musée, mais à New York. De nombreux débats ont eu lieu récemment afin de déterminer si les marbres d'Elgin devaient être restitués à la Grèce. Les journaux en ont parlé. Alice était notre guide lors de nos visites. Son père était conservateur. Elle m'a raconté comment les marbres ont fini par intégrer la collection du British Museum.

— Alice... ton professeur ?

La gorge soudain nouée, Etta ne fut plus en mesure de continuer. Nicholas se contenta d'acquiescer une nouvelle fois, comme s'il avait lui-même assemblé les pièces du puzzle.

Avec un sourire timide, il demanda :

— On y va ?

L'image d'Alice trop présente dans son esprit, les émotions exacerbées par la fatigue, Etta avait peur de craquer. Elle marqua son accord d'un signe de tête avant d'accepter la main qu'il lui tendait. Elle n'avait pas conscience de la froideur des siennes jusqu'à être en contact avec lui. Malgré tout, elle sentit l'impatience pétiller dans ses veines. Le décor autour d'elle la pénétra, devint réel. Nicholas la regarda d'un air complice.

— C'est juste que... C'est incroyable d'être ici, s'étonna-t-elle. Tout ça...

C'était beau, étrange, contre nature, mais c'était plus fort qu'elle : elle avait envie d'explorer son nouvel environnement. De voir cette époque par elle-même, le monde tel qu'il était, et non les versions tronquées présentées dans les films et les livres.

— Dans un contexte moins dramatique, aurais-tu été heureuse de voir cela ? s'enquit Nicholas.

Répondre « oui » serait comme nier la colère qu'elle éprouvait envers les Boisdefer, même si la question était habilement posée.

— Je ne sais pas. Voyons comment nous nous en sortons. Je te répondrai ensuite.

Voyons si nous arrivons à trouver l'astrolabe et ma mère, et à remettre ma vie sur ses rails.

Ils zigzaguèrent entre les gravats, Nicholas portant le sac. Tout à coup, il s'immobilisa et fixa un point du regard. Etta vit qu'il s'intéressait aux lettres dorées luisant au-dessus de l'entrée en forme d'arche. Le contraste qu'elles offraient avec le bâtiment en ruine lui donna la chair de poule.

— Burlington Arcade, lut-il.

Etta connaissait ce passage couvert. Alice l'avait accompagnée dans cette prestigieuse galerie marchande, bordée de magasins aux devantures raffinées. Elles y avaient acheté des cadeaux de Noël pour Rose.

— Je crois savoir où on est, dit-elle. Grosso modo.

Le spectacle de la rue dans laquelle ils débouchèrent les stupéfia. Elle savait qu'elle devait s'attendre à une scène de désolation : elle avait vu des photos, et Alice et Oskar lui avaient décrit la guerre, leur douleur encore vive des décennies plus tard. Ce qui surprit Etta, c'étaient tous ces Londoniens en costumes, tailleurs, chaussures à talons, en train d'avancer à pas prudents entre les débris, évitant habilement les cratères dans les trottoirs. La rue, éventrée, laissait paraître les tuyaux souterrains.

Des nuages obscurcirent le soleil, projetant des ombres au sol. Alors qu'ils se dirigeaient vers l'est, Etta observait Nicholas. Soudain, elle dut le saisir par la manche : la nausée et les vertiges du mal du voyageur s'étaient dissipés, mais elle se sentait de nouveau désorientée. Nicholas n'avait que peu d'avance sur elle ; pourtant, elle eut l'impression que la distance s'était installée entre eux, jusqu'à ce qu'un sentiment de solitude s'abatte sur elle.

Le jeune homme était régulièrement confronté à la nouveauté : une bicyclette, une vitrine, un policier en uniforme, un feu de signalisation… Cela le perturbait. À l'évidence, il ne tenait pas à lui demander des explications, car il aimait comprendre les choses par lui-même. Cependant, sa curiosité était piquée au vif.

— Es-tu déjà venu ici ? finit-elle par lui demander.

— Non, dit-il à voix basse. Je ne suis pas allé au-delà de 1925, et c'était à La Nouvelle-Orléans.

Comparé au silence qui régnait au XVIIIe, le Londres du XXe siècle rugissait autour d'eux. Une automobile les dépassa en klaxonnant. Etta sentit une main se refermer sur son poignet. Nicholas se plaqua contre la vitrine la plus proche, faisant trébucher Etta.

Non loin, un commerçant, qui écrivait dans la vitrine soufflée de sa boutique *Les affaires continuent* sur une planche de bois, leva les yeux vers eux. Etta lui adressa un sourire rassurant avant de se tourner vers Nicholas. La respiration haletante, les narines palpitantes, il avait les yeux rivés sur la voiture, arrêtée plus loin.

Au bout d'un moment, il s'expliqua :

— Elles sont… plus bruyantes que dans mon souvenir. Plus rapides.

— Oui, sûrement, acquiesça Etta.

— Mais toi, tu en as dans ton époque ?

— Oui, elles sont même plus performantes. Plus rapides, moins bruyantes. Elles consomment moins de carburant. Certaines ont des GPS intégrés.

Bon, là, Etta entrait peut-être un peu trop dans les détails. Devant ses yeux grands comme des soucoupes quand elle avait prononcé les mots « carburant » et « GPS », elle sut que Nicholas était perdu.

Était-ce la manière qu'il avait de contempler sa bouche, et la façon dont il effleurait les plis de sa robe sans même s'en rendre compte ? La confusion qui régnait dans l'esprit d'Etta se mua en compréhension.

Oh, songea-t-elle, une boule dans la gorge. *Oh*…

— Tu… tu veux vraiment que je te dise comment est mon époque ? s'enquit-elle.

S'il comptait réellement rentrer chez lui et ne plus voyager, il ne profiterait jamais du progrès, ne le verrait pas de ses propres yeux. Connaître ce qui se trouvait hors de sa portée, de son époque naturelle, le rendrait fou.

Enfin, il secoua la tête.

— Je préfère le découvrir par moi-même.

En attendant, elle pouvait au moins le préserver.

— Tu m'as protégée sur le navire. À mon tour de te rendre la pareille, de mon mieux.

Le sourire de Nicholas devint triste.

— Ce concept de partenaire en affaires est plutôt nouveau pour moi… Toutefois, j'apprécie ta proposition.

Etta aurait voulu l'interroger sur Julian, mais elle ne souhaitait pas le voir plonger dans un océan de souvenirs douloureux. Elle recula sur ce qui restait de trottoir et plaça une main en visière pour se protéger du soleil.

— Bon. Je n'ai officiellement aucune idée de l'endroit où nous sommes.

Il en resta bouche bée.

— N'avais-je pas dit que nous aurions besoin d'un plan ?

Elle ne comptait pas le laisser prendre l'avantage.

— Attends… Une seconde…

— Attendre quoi ? lança-t-il quand Etta se fut éloignée de quelques pas.

Le commerçant qu'elle avait vu un peu plus tôt balayait à présent dans sa boutique la poussière et la cendre. Etta passa la tête dans l'embrasure de la porte.

— Bonjour ! le salua-t-elle. Désolée de vous déranger, je voudrais un renseignement.

L'homme s'appuya sur le manche de son balai. Son visage dur s'adoucit lorsqu'il lui rendit son sourire. Derrière lui s'étalait un long comptoir en bois, ainsi que des rangées d'étagères sur lesquelles étaient disposées des bouteilles noires étiquetées. Ce devait être une sorte de pharmacie.

— Vous êtes américaine ? Ce n'est pas la meilleure période pour faire du tourisme. À moins que vous ne soyez la première d'une nouvelle vague d'alliés ? Les Yankees se sont-ils enfin décidés à se lancer dans la bataille ?

Il plaisantait sûrement, mais sa voix tremblante dévoilait sa vulnérabilité malgré l'écriteau de façade *Les affaires continuent*.

— Pas encore, répondit-elle en essayant de garder un ton léger. Je pense qu'ils vont mettre un certain temps à arriver...

Et seulement une fois que nous serons directement attaqués, songea-t-elle. Ce qu'elle ne devait pas lui révéler.

Pour la première fois, elle se rendit compte à quel point le passé était fragile. Quelle étrange sensation de se retrouver dans cette boutique, entourée de milliers d'objets en verre, et de savoir que le moindre faux pas de sa part risquait de les faire exploser en mille morceaux ! Elle doutait qu'évoquer l'entrée des Américains dans le conflit, présentée comme un avis personnel, suffise à bouleverser l'ordre des choses. Cependant, elle ne tenait pas à vérifier les conséquences d'un changement minime sur le futur qu'elle connaissait.

L'homme s'agenouilla pour jeter la poussière à la poubelle.

— C'est une question de patience, je suppose. En quoi puis-je vous être utile ?

Du coin de l'œil, elle vit Nicholas en train de la regarder depuis l'encadrement de la vitrine soufflée.

— Pourriez-vous s'il vous plaît m'indiquer la direction du British Museum ?

Le commerçant haussa ses sourcils gris.

— Continuez dans cette rue, vers l'est. Ensuite, prenez à gauche sur Dean Street, puis à droite sur Oxford Street, et enfin Great Russel Street. Vous visitez la ville ?

— Oui. C'est juste que je n'étais pas sûre d'avoir pris le bon chemin. Merci beaucoup !

Elle s'était déjà retournée vers la porte quand l'homme laissa échapper un petit rire.

— Miss, revenez. J'aurais dû vous le dire tout de suite, je ne peux pas m'empêcher de plaisanter, surtout en ces temps difficiles.

Oh, oh. Elle sentit aussitôt son excitation retomber.

— Vous pouvez vous rendre au musée, mais je crains qu'il n'y ait rien à voir, expliqua-t-il. Ils ont emporté tous les objets de valeur l'été dernier, et depuis, le musée est fermé.

Elle aurait dû croire le commerçant sur parole, mais cela lui semblait impossible d'avoir parcouru un tel trajet pour se retrouver devant les imposantes grilles noires du musée, fermées à double tour. Plus ils attendaient devant le bâtiment de pierre sombre, aux colonnades et au fronton inspirés de l'Antiquité, plus celui-ci paraissait s'effacer. Il se moquait d'eux.

Pour enfoncer le clou, Etta sortit du sac porté par Nicholas l'harmonica qu'elle avait volé dans la malle de Sophia, un instrument identique à celui utilisé par Cyrus pour activer le passage à New York. Elle souffla un grand coup dedans et tendit l'oreille, essayant de se pencher à travers les grilles, comme pour mieux percevoir un son qui, peut-être, n'existait pas.

— Rien, constata Nicholas.

— Rien, confirma-t-elle en fourrant l'instrument dans le sac. Même si les statues ont été déplacées, j'espérais que le passage serait toujours là.

— Nous avons sans doute sous-estimé ta mère, suggéra Nicholas. Elle n'allait pas laisser le premier venu trouver ce passage aussi facilement.

— Une guerre mondiale, ça ne suffit pas comme difficulté ? railla Etta en se frottant les joues. Bon... réfléchissons.

— J'ai une idée, mais je crains qu'elle ne soit médiocre, proposa le jeune homme en examinant le cadenas sur la grille.

Il tira dessus d'un geste brusque.

— Une mauvaise idée, c'est déjà mieux que rien.

— Je suis content que tu le prennes ainsi, car cette idée est extrêmement mauvaise. (Il se tourna vers elle.) Contournons le musée, et je te ferai la courte échelle pour te faire passer par-dessus la grille. Une fois à l'intérieur, tu prendras les éventuels gardiens ou conservateurs en otages pour qu'ils te révèlent l'endroit où se trouvent les statues.

— Les prendre en otages ? répéta-t-elle.

— Tu ne connais pas la méthode ? C'est ainsi que Barbe-Noire a bâti presque toute sa fortune. Il demandait des rançons à des villes entières. Je te montrerai même comment utiliser le pistolet.

Etta sourit malgré elle.

— J'apprécie ta confiance dans mes capacités de criminelle. Cependant, même si je tombais sur quelqu'un à l'intérieur, je doute qu'ils fassent autre chose qu'appeler la police pour me faire sortir. C'est le genre d'information que l'on protège à tout prix.

Nicholas s'appuya contre les barres noires.

— Ont-ils réellement emporté quantité d'objets de valeur ?

Elle désigna les rues alentour : les tas de gravats, les coquilles vides des bâtiments bombardés dont il manquait des pans entiers.

— S'ils pensaient qu'il y avait un risque de destruction ou de pillage, alors oui. J'ai conscience que tu ne souhaites pas en savoir trop sur le futur, mais... Je dois te dire que l'Allemagne a envahi la France et occupé Paris pendant presque toute la guerre. La France a fait la même chose avec les tableaux et sculptures du Louvre : des conservateurs les ont cachés à la campagne, ce qui au final les a sauvés.

— La première fois que j'ai entendu parler de cette guerre, j'ai cru que Julian plaisantait, avoua Nicholas.

Etta hocha la tête.

— Eh bien, c'est une bonne chose que le musée ait pris les devants. Il aurait suffi d'une seule bombe pour que des milliers d'années d'art et de culture soient perdues.

Un vrombissement au-dessus d'eux leur fit lever la tête. Deux avions – de guerre, apparemment – passèrent dans le ciel, projetant leurs ombres allongées sur eux. Nicholas se raidit. Avant qu'elle puisse lui demander ce qui se passait, il courait déjà sur le trottoir pour les regarder le plus longtemps possible, si émerveillé qu'Etta en eut le cœur serré. Elle resta près de lui et remarqua ses yeux écarquillés d'étonnement, son petit sourire, jusqu'à ce qu'enfin les appareils disparaissent à l'horizon.

— Voler… marmonna Nicholas, toujours incrédule. Je ne devrais pas être surpris de voir que les hommes mettent au point des moyens toujours plus ingénieux pour s'entretuer, mais… (Il secoua la tête.) Si les statues n'y sont plus, cela vaut-il la peine de les chercher ? Ou devons-nous relire les indices et parvenir à une autre solution ?

— J'étais tellement sûre de moi ! regretta Etta, têtue. On est sur la bonne piste, j'en suis certaine. C'est juste un petit contretemps. On va trouver.

— Un « petit » contretemps ? répéta Nicholas.

Etta se retourna, les yeux rivés sur les marches menant à l'entrée du musée. C'était étrange de les voir désertes. Des nuées de pigeons se promenaient dans la cour, comme s'ils se souhaitaient mutuellement une bonne journée. *Qu'essaies-tu de me dire, Maman ? Y a-t-il quelque chose ici que je suis censée voir ?*

— Eh, notre navire n'a pas encore coulé, déclara-t-elle en détournant les yeux du bâtiment. On n'a peut-être qu'une seule voile, mais on continue à avancer.

Nicholas rit.

— J'apprécie cette métaphore qui m'est spécialement destinée, mais je ne sais pas comment tu fais pour ne pas céder à la panique. J'imagine que, lorsque tu seras inquiète, c'est que nous serons réellement en danger…

Sur le trottoir, Etta vit un jeune couple élégant avancer dans leur direction. Le manteau rouge vif de la femme contrastait avec les débris calcinés alentour. L'homme avait le visage dissimulé par le bord de son chapeau, mais leva le menton en arrivant à leur niveau. Nicholas se rapprocha des grilles pour les laisser passer.

L'homme le regarda froidement avant de marmonner quelque chose à l'intention de la femme.

— Pouvons-nous aller ailleurs, s'il te plaît ? demanda Nicholas, mâchoires crispées. S'il n'y a rien ici, partons.

Mais… il venait de parler de sauter par-dessus les grilles !

— Quel est le problème ?

— Il n'y en a pas, répondit-il. S'il te plaît, allons-y.

Elle scruta les alentours, cherchant ce qui le tracassait. Seuls des passants déambulaient de l'autre côté de la rue. Rien ne semblait justifier la réaction de Nicholas. Ce devait être l'inconfort de se retrouver dans un lieu étrange, à une époque inconnue.

— D'accord, concéda-t-elle en posant une main dans son dos.

À son contact, il s'écarta brusquement. Elle en ressentit une gêne profonde.

Tandis qu'ils rebroussaient chemin, elle marcha quelques pas en arrière. Il n'avait probablement pas de destination précise en tête. Il leva à peine les yeux, sauf pour surveiller la circulation. Une fois sur le trottoir d'en face, après avoir zigzagué parmi le flot d'automobiles, il se retourna enfin.

Pendant cette attente, le soulagement de Nicholas fut aussi palpable que sa colère avait été vive. Etta se hâta de le rejoindre, mais il resta immobile. Elle vit sa pomme d'Adam monter et descendre quand il déglutit.

— Tu n'as pas à t'expliquer, le rassura-t-elle. Toute cette affaire est difficile à vivre.

— Ça n'a rien à voir, objecta-t-il, les traits tendus, tout en observant la rue. C'est juste que… Tu t'habitues à un certain degré d'invisibilité quand… quand tu as mon apparence. Je ne m'attendais pas à ce que ce soit le contraire dans cette époque, mais je découvre que je n'aime pas l'attention que je suscite. Les regards.

Espèce d'idiote, se sermonna Etta. Elle n'avait jamais eu à se soucier des réactions de son entourage par rapport à sa couleur de peau, ce qui était un privilège. Il se sentait mal à l'aise, de toute évidence. Si c'était la première fois qu'il voyageait dans cette époque, il lui était impossible de prévoir les réactions des gens.

— Je ne voulais pas paraître si… irritable, marmonna-t-il. (Il leva de nouveau les yeux vers elle, l'air plus sérieux.) Mais je ne peux pas être ce que je ne suis pas.

— Je n'ai pas envie que tu sois quelqu'un d'autre. Je suis contente que tu m'aies dit ce qui n'allait pas. J'aimerais comprendre ce que tu ressens.

Quelque chose dans ses propos le fit de nouveau battre en retraite. Il ouvrit la bouche. Elle savait ce qui allait suivre, la façon dont il tenterait de mettre de la distance entre eux.

— Miss…

— Ne m'appelle pas miss Spencer, le prévint-elle. Ça me tue que tu agisses ainsi, comme si nous n'étions pas amis.

— Nous ne sommes pas amis, rétorqua-t-il.

Elle tressaillit. L'un d'eux avait clairement mal interprété ce qu'il y avait entre eux. Elle, apparemment.

D'un pas furieux, elle le devança sur le trottoir. Il la rattrapa en trois grandes enjambées et lui prit le bras, l'obligeant à s'arrêter. Elle ne put toutefois se résoudre à lever les yeux vers lui et attendit qu'il prenne la parole.

— Avec toi, je ne me contrôle pas, déclara-t-il brutalement. J'oublie les règles. J'oublie tous les occupants de ce monde. Tu comprends ?

« Nous ne sommes pas amis. »

Parce que, à ses yeux, ils étaient...

Son cœur battait si fort contre ses côtes qu'elle en eut le souffle coupé.

— Je me moque des règles et de ce que les autres disent. Les gens sont horribles. Des imbéciles. S'ils essaient de te faire du mal, je te défendrai bec et ongles. Je me soucie de toi, et tout ce que je te demande, c'est de ne pas me donner l'impression d'être totalement ignorante. Tu es censé... (Elle serra les poings pour ne pas l'attraper par les épaules.) Tu es mon partenaire.

Elle risqua un coup d'œil vers lui. Ils se regardèrent dans les yeux. Une fois de plus, sa gorge et ses joues s'enflammèrent. Elle laissa ses mains planer au-dessus de ses longs avant-bras, de sa peau chaude et lisse. Pendant une seconde, elle se demanda quel effet cela ferait de le caresser à cet endroit, de détendre ces muscles rigides.

Arrête. Elle se connaissait suffisamment pour savoir que, si elle continuait à le dévorer ainsi des yeux, si elle cédait à son envie de se pencher vers lui, si elle se hissait sur la pointe des pieds, et qu'il s'écartait à nouveau d'elle... leur partenariat deviendrait vraiment très compliqué. Mieux valait ne pas songer à ça maintenant. Elle ne pouvait pas se permettre de penser à la ligne de sa mâchoire, à ses entailles et cicatrices, à ses lèvres entrouvertes, au tissu de sa chemise quand elle l'effleurerait...

Chez moi, se rappela-t-elle, alors même que sa peau, rafraîchie par l'air automnal, était parcourue de picotements.

— Bon, dit-elle en croisant les bras sur sa poitrine, la tête tournée vers le musée. Contente que ce soit réglé. Remettons-nous au travail.

Nicholas haussa un sourcil.

— Je n'aurais pas dit ça, mais tu as raison.

L'après-midi était déjà bien entamé. Chaque heure comptait. Etta préférait ne pas imaginer où ils devraient dormir s'ils passaient une journée de plus ici. Elle ne voulait pas non plus penser au fait que l'accès à un moteur de recherches l'aiderait à localiser les statues. Il aurait même suffi d'interroger Alice, dont les connaissances et la rapidité à les mobiliser valaient bien Internet.

Penser à Alice la cloua sur place. *Réfléchis, réfléchis...* Ce devait être quelque chose qu'elle savait. Elle l'avait senti en contemplant l'austère bâtiment, par-delà les grilles. Sa conscience avait frémi...

Cependant, lorsqu'elle ferma les yeux pour visualiser la cour, les marches désertes et les imposants cadenas n'apparaissaient pas. Elle se vit allongée sur le canapé du salon, chez elle, à contempler les tableaux de sa mère accrochés au mur. Le troisième en partant du bas, juste au milieu, représentait exactement ce lieu. Les oiseaux s'envolaient devant une Alice plus jeune.

La réponse parut tomber du ciel avec légèreté, comme une plume solitaire qui aurait atterri juste sur sa tête.

Non, songea-t-elle, *non...*

Impossible que ce soit aussi simple !

Comme ils le pensaient, l'indice désignait très probablement les marbres d'Elgin. Toutefois, pour les localiser, pour trouver le passage, il lui faudrait avoir recours à la méthode que sa mère et elle utilisaient toujours quand elles cherchaient une réponse : interroger Alice.

Alice, qui avait grandi à Londres pendant la guerre.

Alice, dont le père était conservateur au British Museum.

Alice, qui leur avait montré au moins trois fois la maison de son enfance.

Etta se tourna vers Nicholas pour partager ses réflexions, mais il scrutait le trottoir d'en face : appuyé contre une boîte aux lettres laquée, un homme en chapeau et en trench semblait ne pas s'intéresser au journal plié qu'il tenait.

— Un problème ? souffla-t-elle en voyant Nicholas contracter les épaules.

— Marchons, répliqua-t-il. Il ne faut pas rester là.

— Je sais où nous devons aller. Suis-moi.

Vint le moment précis où le soupçon qui la gênait, comme une mèche de cheveux rebelle, s'intensifia suffisamment pour l'obliger à jeter un coup d'œil en arrière. L'homme au trench marchait à la même allure qu'eux. Une femme vêtue d'un costume chocolat apparaissait et disparaissait, mais finissait toujours par réapparaître.

Nicholas acquiesça, confirmant son impression : ils étaient suivis.

Etta observa la rue, à la recherche d'un endroit où discuter, quand une tache rouge familière attira son attention. Sans prendre le temps de s'expliquer, elle leva le bras et fit signe au chauffeur, qui stoppa le bus à impériale.

— Etta…

Le chauffeur lui fit signe de monter lorsqu'elle se posta près de sa vitre. Elle entendit Nicholas la rejoindre d'un pas pressé.

— Qu'est-ce qui te prend ? demanda-t-il, perplexe.

La vitre s'ouvrit.

— On monte à l'arrière… commença le chauffeur d'un certain âge, le visage ouvert et amical.

Son ventre rebondi touchait presque le volant.

— Ce bus passe-t-il par Kensington ? l'interrompit-elle.

— Oui, mon ange. Toutefois, je n'ai pas d'arrêts officiels. Le contrôleur te dira combien tu dois. Pour te laisser descendre, moi, je me contenterai d'un sourire et d'un signe de la main.

La montée dans le bus se faisait par l'arrière, à droite. Etta se tint à la barre métallique, imitée par Nicholas après qu'il lui eut jeté un regard interrogatif.

Elle aurait dû l'installer sur le siège le plus proche. Au lieu de quoi, elle voulut se diriger vers l'avant du bus, où le chauffeur la verrait mieux, et où elle-même observerait mieux la route. Elle avait oublié qu'elle avait dix-sept ans d'expérience en matière de trajets en bus, tandis que Nicholas n'en avait aucune. Quand le véhicule redémarra, le jeune homme chancela tel un ivrogne en manquant de renverser un petit garçon et une dame d'âge mûr chargée d'un sac de provisions.

— Veuillez nous excuser, dit Etta en saisissant Nicholas par le bras pour l'aider à retrouver son équilibre. (D'un signe de tête, elle désigna les poignées qui pendaient au plafond.) Attrape ça.

Atteindre l'avant du bus se révéla un vrai parcours du combattant, même pour quelqu'un habitué au roulis et au tangage. Le visage baigné de sueur, Nicholas se laissa choir sur un siège. D'une main, il agrippa un dossier ; de l'autre, le genou d'Etta.

— Bon sang ! s'écria-t-il pour couvrir le rugissement du moteur. Quelle est cette odeur épouvantable ?

Un homme en uniforme apparut – sûrement le contrôleur dont le chauffeur avait parlé. Il portait une sorte de boîtier autour du cou, duquel sortait un ruban de tickets aux couleurs vives.

— Ça sent l'essence, mon garçon !

Nicholas regarda Etta comme si elle l'avait trahi.

— Allons-nous mourir de suffocation avant d'être arrivés ?

Le contrôleur secoua la tête en riant. Etta s'obligea à rire à son tour tout en alertant Nicholas d'un simple coup d'œil. Manifestement, il comprit son erreur : il plaqua une main sur son front et soupira.

— Où descendez-vous ? demanda le contrôleur.

— À Kensington, répondit Etta.

— Deux pennies par personne.

À sa grande surprise, Nicholas plongea la main dans son sac pour en sortir des pièces de cuivre, et non l'or auquel elle s'attendait. Le contrôleur leur donna leurs tickets et se dirigea vers d'autres passagers.

— J'ai échangé un peu d'or, expliqua le jeune homme. On se fait déjà assez remarquer comme ça.

— Mais c'était ta récompense pour nous avoir ramenées, Sophia et moi, à New York ! protesta-t-elle avec une pointe de culpabilité.

Il agita la main pour chasser cette pensée.

— Concentre-toi plutôt sur les gardiens, qui ont déjà réussi à retrouver notre piste.

— L'homme au journal en est-il vraiment un ? insista-t-elle, déjà sûre de la réponse.

— Ne m'étant encore jamais rendu dans cette époque, chuchota-t-il, je n'ai pas rencontré les gardiens Boisdefer qui y vivent. Pour quelle autre raison ces deux individus – tu as vu la femme en costume marron – nous suivraient-ils ?

Il lui paraissait si injuste que les gardiens les aient déjà retrouvés ! Etta soupira, le front appuyé contre le dossier du siège devant elle. Elle qui pensait avoir un coup d'avance sur le vieux... Raté !

Nicholas se pencha, les coudes sur les genoux, et passa les mains dans ses cheveux courts.

— Il a posté des gardiens à chaque passage répertorié. Ils nous suivent sans doute depuis plus longtemps qu'on ne le pense.

Etta avait eu l'esprit si embrumé par le choc et le mal du voyageur qu'elle n'avait même pas songé à la réaction de Cyrus quand il découvrirait qu'ils s'étaient volatilisés.

— Allons-nous avoir des ennuis ? s'inquiéta-t-elle.

— Si Boisdefer veut nous obliger à rentrer pour avoir agi sans sa permission, oui, on est dans le pétrin. Nous serons retenus prisonniers dans l'une de ses propriétés, à son époque, dans l'attente d'un châtiment. Et il n'est pas réputé pour sa clémence. (Nicholas laissa naître un sourire sur son visage tendu.) Heureusement, il ignore à quel point les pirates sont difficiles à capturer.

La dernière fois qu'Etta avait vu la maison de briques beiges à deux étages et au toit plat, avec sa porte verte et son heurtoir doré en forme de lion, remontait à cinq ans, soit plus de soixante-dix ans dans le futur.

Il faisait alors un temps épouvantable, quand la pluie glaciale se transforme en grésil, et que l'eau vous fouette tout le corps. Ce jour-là, Etta se trouvait dans une voiture de location. Fatiguée, agacée et frigorifiée, elle avait fait semblant de dormir pour écourter la visite.

Elle aurait pu gifler la gamine de douze ans qu'elle était à cette époque, car plus elle restait plantée devant la porte, plus elle doutait d'être au bon endroit. Elle n'était plus du tout certaine de vouloir entrer.

— Tu as affirmé être déjà venue, lui rappela Nicholas. Si ton instinct te souffle que c'est ici, je m'y fie.

Rose et Alice l'avaient conduite à cette adresse à trois reprises car elles voulaient qu'Etta s'en souvienne. Qu'elle soit capable d'y revenir.

Mais Alice…

— Ça va aller ? demanda Nicholas. Préfères-tu que je parle à ta place ?

La maison faisait face à Kensington Square, à quelques pas du palais et de ses jardins. Le beau quartier alentour était tranquille, presque épargné par la guerre. Le soleil du milieu d'après-midi disparaissait tandis que le ciel se chargeait de nuages gris. Les arbres du parc, rouge et or, offraient un contraste flamboyant. Certains logements étaient agrémentés de jardinets, dont celui à la porte d'entrée verte.

Etta secoua la tête. Elle lui était reconnaissante de sa proposition, mais si Nicholas avait raison et qu'il était réellement impossible de sauver Alice, alors… *C'est mon ultime chance de la revoir*. Cette pensée brisa quelque chose en elle.

Nicholas poussa le portillon. D'un geste de la main, il invita Etta à s'avancer. À la fois excitée et terrorisée, elle s'exécuta, redressant les épaules. Elle empoigna le heurtoir et frappa trois coups secs.

Pendant quelques secondes interminables, elle crut qu'il n'y avait personne. Elle se pencha en avant, colla l'oreille au battant. Elle entendit enfin une jeune fille s'écrier à l'intérieur « Un instant ! », puis un bruit de pas dans l'escalier. Etta recula. Un raclement se fit entendre – le cache du judas qu'on soulevait, peut-être ? Elle jeta un coup d'œil à Nicholas, qui se tenait en bas des marches, une main sur son sac. La porte s'ouvrit en grand.

— Rosie ? s'exclama la jeune fille avec un hoquet de stupeur. Mais, que fais-tu... ?

Etta déglutit et la détailla de la tête aux pieds.

Elle avait de longs cheveux auburn tombant sur les épaules, le nez et les pommettes constellés de taches de rousseur. La tête protégée par un chapeau de feutre vert, le col de sa robe gris-vert était déboutonné jusqu'à l'insigne blanc placé sur la poche de poitrine, sur lequel on lisait en lettres rouges : *WVS Civil Defence*[1].

Elle était si jeune ! Etta avait vu des photos, mais... cette Alice-là n'avait pas encore perdu les rondeurs de l'enfance. Etta reconnut immédiatement ses yeux : ce

1. WVS : Women's Voluntary Service, ou Service volontaire féminin, est un organisme bénévole fondé en 1938, ayant pour objectif d'aider les gens dans le besoin en Angleterre, en Écosse et au Pays de Galles.

gris pâle si familier. Incapable de parler, elle se retrouva pétrifiée. Elle dut croiser les bras sur sa poitrine pour se retenir d'étreindre Alice.

— Tu n'es pas Rose, articula Alice en tenant la porte, comme prête à la lui claquer au nez.

— Non, confirma Etta en tendant le bras pour laisser le battant ouvert. Je ne suis pas Rose.

DOUZE

— Je n'ai pas de thé à vous proposer. De toute façon, il n'y a ni sucre ni lait. Le rationnement. Désolée.

Alice les mena au petit salon. D'un geste, elle invita Nicholas et Etta à prendre place sur le canapé victorien rigide et trop rembourré. Elle s'absenta un instant, puis revint avec des verres d'eau accompagnés de quelques crackers.

— Tout va bien ? s'enquit-elle.

Etta s'obligea à détacher son regard d'Alice pour s'intéresser au tableau accroché au-dessus de la cheminée : un champ de coquelicots dans le style impressionniste. Elle esquissa un sourire, comme si elle retrouvait un vieil ami. Ornée d'un cadre riche et doré, la toile traverserait l'Atlantique une dizaine d'années plus tard pour rejoindre l'appartement d'Alice et d'Oskar, dans l'Upper East Side.

Des partitions formaient une pile nette sur un piano fermé. Sous son bois lustré, il y avait un petit pupitre et un étui à violon – celui d'Alice – contenant l'instrument qu'Etta, des décennies plus tard, pratiquerait chaque jour pendant des heures. Elle avait oublié qu'à cause de la guerre, les cours d'Alice avaient dû s'interrompre.

Elle n'avait commencé à jouer comme professionnelle qu'à vingt ans passés, après avoir quitté Londres.

— Pardonnez mon impolitesse, déclara Alice en s'asseyant dans le fauteuil de cuir en face d'elle, mais je vais devoir bientôt partir assurer mon service.

— Pas de problème, répliqua Etta, au bord des larmes.

Toutes ces horreurs qu'elle lui avait dites au musée, juste avant le concert...

Certaines choses ne changeaient jamais : la façon dont les traits d'Alice, compatissante, s'adoucissaient en faisait partie.

— J'ai seulement quelques questions à vous poser, poursuivit Etta. Si cela ne vous ennuie pas.

— C'est au sujet de Rosie ? demanda Alice en examinant Etta avec autant d'attention qu'Etta la détaillait. Pas de chance : je ne l'ai pas vue depuis des années.

Gênée par le ton ferme d'Alice, Etta se tortilla sur le canapé. Jusqu'à présent, elle était persuadée que la froideur d'Alice venait juste d'une prudence polie, puis elle comprit que celle-ci la considérait avec suspicion. La ressemblance troublante d'Etta avec sa mère avait dû beaucoup la surprendre lorsqu'elle avait ouvert la porte.

Elle ne va rien nous dire. D'ailleurs, était-elle au courant de quoi que ce soit à cette période ?

— Étiez-vous... Êtes-vous proche d'elle ?

— Pas vraiment, répondit Alice. (À la façon dont elle l'avait accueillie à l'entrée, Etta savait qu'elle mentait.) Nous fréquentions la même école jusqu'à la mort du professeur, son grand-père. Rose disparaissait souvent ; elle fréquentait certaines personnes... mais elle restait chez nous de temps à autre. Je vous l'ai dit, ça fait des années que je ne l'ai pas vue.

Etta remarqua l'air inquiet de Nicholas. Depuis le début de la conversation, il gardait les yeux rivés sur son verre d'eau, comme s'il avait du mal à croire qu'aucune saleté n'y flottait.

— Excusez ma grossièreté, dit Alice d'une voix plus dure encore, mais qui êtes-vous, et quel est le motif de votre visite ?

Autant ne pas tourner autour du pot.

— Je m'appelle Etta. Je suis la fille de Rose.

Nicholas recracha l'eau qu'il venait de boire et, pris d'une quinte de toux, se frappa la poitrine. Incrédule, il se tourna vers elle.

— Sa fille ? répéta Alice d'un ton soudain différent, résolument joyeux. C'est merveilleux ! Ça alors, tu lui ressembles tant, c'est incroyable ! J'aurais dû m'en douter. Etta… C'est un diminutif ? Dans quel siècle es-tu née ? Te rencontrer hors de la chronologie, voilà qui est perturbant !

Quantité d'émotions contradictoires assaillirent Etta : colère, excitation, espoir, frustration… Il lui fallut une seconde pour reprendre son souffle et rassembler ses esprits.

— Etta est le diminutif d'Henrietta, expliqua-t-elle. Et voici Nicholas Carter.

— Pour vous servir, madame, dit Nicholas en la saluant d'un signe de tête.

Il posa la main sur l'épaule d'Etta pour maintenir la jeune fille en place. Vu son état, elle lui en fut reconnaissante.

— Mais, très chère, qui est ton père ? demanda Alice. Henrietta… Serait-il possible que ce soit… Henry ?

Pour la deuxième fois en moins d'une minute, Etta crut que le monde basculait autour d'elle.

— Henry ? souffla-t-elle.

— Etta ignore qui est son père, précisa Nicholas. La situation est assez compliquée, je le crains.

Il s'efforça d'exposer le plus clairement possible la raison de leur visite, se débrouillant bien mieux qu'Etta ne l'aurait fait avec les milliers de pensées qui lui traversaient la tête. Elle vit l'expression d'Alice passer de l'horreur à l'émerveillement, avant d'être saisie d'une frayeur sincère.

— Alors, tu es comme nous ? s'enquit Etta. J'ai tellement de questions, je ne sais même pas par où commencer…

— J'aimerais être comme vous ! (Alice émit un petit rire, visiblement aussi troublée qu'Etta.) Le professeur Tilleul, ton arrière-grand-père, était un cousin de mon père, mais aussi un grand ami et mentor. Ni mon père ni moi n'avons hérité du don des Tilleul.

— Vous êtes une gardienne, alors ? demanda Nicholas.

Sonnée, Etta se cala au fond du canapé. Dans son cœur, Alice avait toujours été la grand-mère qu'elle n'avait jamais eue. L'amour avait suffi à lui donner cette impression, alors qu'elle croyait ne pas avoir une goutte de sang en commun. Et maintenant, de toute évidence, elles faisaient partie de la même famille ! Certes, un lien ténu les unissait, mais toutes deux étaient bien des Tilleul.

Quand Rose avait échappé à Boisdefer, Alice avait tenté de la retrouver. Une fois de plus, Etta sentit les larmes lui brûler les yeux, submergée par une culpabilité désormais familière, et la frustration d'avoir appris la vérité si tard.

Alice nous protégeait. Elle était gardienne dans tous les sens du terme.

— Ils avaient mis en place une organisation bien rodée, dit Alice. Le professeur tombait « par hasard » sur une relique et, grâce à mon père, l'intégrait aux collections du musée. Bien entendu, toutes ces transactions restaient secrètes. (Elle extirpa une chaîne cachée sous la robe de son uniforme ordinaire et leur montra la pièce qui servait de pendentif.) Rose m'a rapporté ça de vacances en Grèce. La Grèce antique, avant Jésus-Christ.

— Comment s'est-elle retrouvée avec les Boisdefer ? demanda Nicholas.

— Le professeur a consacré un soin tout particulier à la tenir à l'écart des autres familles – les Boisdefer, surtout, répondit Alice. Vous le savez sans doute, les familles s'entredéchiraient pour déterminer laquelle parmi elles établirait les règles que les autres devraient suivre. Par la suite, quand les chronologies ont été altérées, et des êtres chers assassinés, ça a tourné à la vengeance. D'après le professeur, les lignées de voyageurs étaient toujours à la limite de la destruction mutuelle. En tant que derniers survivants de la famille Tilleul, Rose et son grand-père préféraient se cacher que prendre parti. Une fois la domination de Boisdefer assurée, et après le décès du professeur, Rose a passé quelque temps avec un groupe qui voyageait de concert. Ils s'étaient autoproclamés réfugiés.

Nicholas posa son verre vide sur la table avec un peu trop de force.

— Des réfugiés, dites-vous ?

Alice hocha la tête.

— J'en ai entendu parler, poursuivit-il en jetant un coup d'œil à Etta. Pour nous, les réfugiés sont les gens qui, après qu'une chronologie a été modifiée, n'ont plus nulle part où aller. Leur foyer s'est volatilisé. Moi, on m'a interdit de retourner dans mon époque naturelle, mais eux l'ont littéralement perdue. L'année qui les a vus naître, celles qui les ont vus grandir… Elles ont été effacées.

— Sophia l'a mentionné, intervint Etta. Selon elle, lorsqu'une chronologie change et que l'époque naturelle d'un voyageur s'en trouve suffisamment affectée, il ne cesse pas d'exister, mais tout ce qu'il connaît, les gens comme les choses, peut disparaître.

— Tout à fait, acquiesça Alice. Cela se produisait tout le temps pendant la guerre entre les familles. La chronologie était devenue si instable, si imprévisible, que nombre de voyageurs craignaient beaucoup les conséquences si cela continuait ainsi. Certains survivants des Jacaranda et des Tsuga ont fini par prêter allégeance à Boisdefer et par se mettre à son service. Mais un groupe lui a échappé pendant des années. Leur objectif était de saboter ses affaires, afin de venger la mort de leurs proches… Les Épines. Voilà comment Boisdefer les appelait. Ils tentaient constamment de créer des ridules dans la chronologie pour rétablir leur futur. Ta mère s'est associée à un groupe dangereux.

— À entendre le vieux, on aurait dit que Rose avait infiltré sa famille dans le seul but de les manipuler… (Etta n'acheva pas sa phrase et regarda Nicholas.) Est-il possible que ces gens aient eux aussi été à la recherche de l'astrolabe, sachant que Cyrus le voulait, ou qu'il était sur sa piste ?

— C'est une hypothèse logique. (Nicholas se frotta le menton.) Peut-être savent-ils où se trouve l'objet, eux aussi. Seulement… ce serait le genre d'outil qu'ils aimeraient pouvoir utiliser.

Cette idée plana sur eux, lourde comme un nuage d'orage. Etta s'attendait presque à ce que la foudre s'abatte sur elle.

— J'ai eu plaisir à faire votre connaissance, mais… (Alice se leva brusquement et récupéra les verres.) Veuillez m'excuser, je dois y aller.

En l'observant avec attention, Etta comprit qu'elle se dérobait.

— Que sais-tu à propos de l'astrolabe ? demanda-t-elle.

— Rien, rétorqua Alice en leur tournant le dos. Désolée, je ne sais rien du tout.

S'il te plaît. La panique et le désespoir envahirent Etta. *Tu ne peux pas partir tout de suite.*

— J'essaie juste de retrouver ma mère, lança-t-elle dans une ultime tentative. Il n'y a pas d'autre solution. Si je retrouve l'astrolabe, je la retrouve elle. Je t'en prie… Si tu sais quoi que ce soit, même un détail, cela pourrait m'aider.

— Tu es sa fille, mais j'aurais l'impression de… de la trahir, chuchota Alice avec regret. Elle ne voulait pas qu'on le retrouve, et surtout pas les Boisdefer.

— Pourquoi ? s'enquit Etta. (Nicholas croisa et décroisa les jambes, comme incapable d'adopter une position confortable.) Dis-moi au moins la raison.

— Elle croyait… que Dieu me pardonne ! Elle croyait qu'ils s'en serviraient pour leurs intérêts propres. Qu'ils provoqueraient des dégâts irrévocables dans le monde, dans le seul but d'en tirer un bénéfice personnel. C'est un héritage familial. Oui, il nous appartenait, et pendant des années nous avons discuté de ce qu'il convenait d'en faire : le laisser à l'endroit où le père du professeur le cachait, ou le changer de place ? Nul ne devait savoir où il était. Puis, par un moyen que nous ignorons, Boisdefer s'en est approché de trop près à notre goût. Rose l'a sorti de sa cachette seulement quand Cyrus a été sur le point de le découvrir. Le professeur et elle auraient mieux fait de le détruire, voilà tout, mais ils n'ont pu s'y résoudre. L'histoire a trop d'importance à leurs yeux.

Alice reposa sur le manteau de la cheminée une petite figurine de tigre en porcelaine avec laquelle elle n'avait cessé de jouer. Elle poursuivit :

— Boisdefer la croyait assez sotte pour se laisser duper et manipuler. Je suppose qu'il essaie de faire pareil avec toi.

Etta secoua la tête.

— Je ne le laisserai pas mettre la main dessus. Je n'ai qu'un objectif : rentrer chez moi, retrouver ma mère. Et toi.

Alice se retourna lentement.

— Moi ?

— Oui, confirma Etta en se levant pour traverser la pièce. Elle voyage dans le futur. Toi, tu es là pour nous aider, elle et moi. Tu vis à New York. Ton avenir te réserve un très beau violoniste polonais…

Alice leva les mains.

— Je ne veux pas en entendre davantage. Sincèrement. Je vois sur ton visage que tu meurs d'envie de me confier autre chose, mais abstiens-toi. Je n'ai peut-être pas les moyens de changer la chronologie ; en revanche, toi, tu le peux, rien qu'en m'en dévoilant trop.

Etta scruta les lieux pour lui prouver qu'elle connaissait la future Alice. Son regard s'arrêta une nouvelle fois sur le tableau.

— Je sais que tu as acheté cette toile alors que tu te promenais sur les bords de Seine. Ce qui t'a décidée, c'est le joli poème écrit au dos, en français. Je sais aussi que ton père le déteste, et que tu l'as fixé au mur de manière qu'on ne puisse pas l'enlever.

Alice caressa le bas du cadre, qui ne bougea pas d'un pouce. Elle se tourna vers les visiteurs et secoua la tête.

— J'aimerais t'aider, mais… cela fait si longtemps que Rose me protège ! J'ai l'impression que mon tour est venu de la protéger, elle.

C'était bien Alice. Cette femme les avait couvertes toutes ces années, comme une lionne défendrait ses petits. Etta avait encore plus envie de la serrer dans ses bras, tandis que Nicholas, visiblement frustré, se raidissait sur le canapé.

— Je ne compte pas changer l'avenir – *son* avenir, précisa Etta. Déjà, ça modifierait complètement ma vie. Qui plus est, je refuse de laisser Boisdefer accéder à mon époque.

Le canapé grinça quand Nicholas se leva. Il se dirigea vers la fenêtre. Les bras croisés sur la poitrine, il observa les passants sur le trottoir, en contrebas.

— Bon, entendu, admit Alice en se tordant les mains. J'ignore totalement où il se trouve. Désolée, mais…

j'imagine… j'imagine que je ne risque pas grand-chose en vous confiant que c'est le dernier d'une série de quatre. Il y a très longtemps, chaque famille en possédait un. Trois d'entre eux ont été perdus ou détruits par les familles ennemies.

Nicholas et Julian avaient vu juste.

— Cet astrolabe est le dernier, unique en son genre, poursuivit Alice. Une bénédiction, étant donné ce qu'il peut faire.

— Donner des informations sur les passages ? interrogea Etta.

Alice cligna des yeux avant de rectifier :

— Non. Créer des passages.

— Les créer ? répéta Etta en regardant de nouveau Nicholas, juste au moment où il tournait la tête vers elle. Il semblait aussi interloqué qu'elle. Impossible !

— Oui, affirma Alice, surprise que ni l'un ni l'autre ne le sache. J'ai l'impression que nombre de passages deviennent instables ou s'effondrent quand des voyageurs meurent, ou parce qu'ils sont… trop anciens. Comme Rose l'a expliqué, Boisdefer et ses rivaux – les Épines – veulent être en mesure de voyager dans des années qui leur sont devenues inaccessibles, pour y modifier le cours des événements. La personne en possession de l'astrolabe peut potentiellement contrôler le temps.

Ça alors, songea Etta. *Pas étonnant que Cyrus ait été prêt à sacrifier ses fils et son petit-fils pour dénicher cet objet.* Il représentait la prise ultime, l'atout absolu des voyageurs. Si Boisdefer n'exerçait pas encore un contrôle total, il le ferait très bientôt une fois l'astrolabe entre ses mains. Tout le monde, à toutes les époques, serait affecté par ses projets, quels qu'ils soient.

Les passages étaient-ils donc un phénomène naturel, découvert par les voyageurs plusieurs siècles auparavant ? Avaient-ils été créés par les ancêtres de ces familles pour leur usage personnel ? Qu'il existe des années sans passage, qu'il y en ait autant qui ne soient pas répertoriés, cela n'avait rien de surprenant. Soit ils dataient d'avant le moment où les familles avaient commencé à consigner leurs destinations, soit ils avaient sombré dans l'oubli – voire les deux.

Ou encore, certains passages demeuraient secrets, destinés à l'usage d'une seule famille.

— Et le groupe des Épines, qu'a-t-il à voir là-dedans ? demanda Nicholas.

Une symphonie de vies, de désirs, de vengeance, sur des générations, résonna soudain dans l'esprit d'Etta. Elle connaissait déjà la réponse.

— Ces gens se sont unis pour créer des passages vers le passé, pour retourner dans ce qu'ils considèrent comme la chronologie originale, et ainsi restaurer les siècles qui les ont vus naître, avant que Boisdefer ne torde le temps à sa convenance.

Le « vrai » futur ne serait donc pas celui dans lequel Etta avait grandi : les journées au parc, les cours avec Alice, le thé avec sa mère… Un instant, elle ne sut ce qui était le plus terrifiant : que Boisdefer parvienne à se rendre dans le futur, ou que les Épines modifient le passé.

— Et pour sauver ceux qu'ils ont perdus, ajouta Alice.

De la même manière que je désire te sauver. Etta plaqua les doigts sur ses lèvres, tentant de réprimer le tourbillon d'incertitudes qui l'envahissait. *En quoi mon objectif est-il différent du leur ? Pourquoi Alice mériterait-elle plus de vivre que leurs proches ?*

Non, impossible de se poser une telle question. Alice méritait de vivre. Elle ne méritait pas de mourir, pas de cette manière.

— Ils n'oseraient pas, déclara Nicholas.

Il évita de croiser le regard d'Etta, même lorsqu'il ajouta :

— On ne peut pas sauver les morts. On ne peut même pas les avertir, si nos chemins se croisent.

— À la condition qu'on respecte les règles, fit remarquer Alice. Celles que Boisdefer a établies quand il s'est retrouvé en position dominante. Il a tout détruit, même notre mode de vie.

Il fallait à tout prix retrouver l'astrolabe, et vite. Etta frotta le point entre ses yeux qui commençait à battre en rythme avec son cœur. *Continue, il n'y a rien d'autre à faire.* S'arrêter pour réfléchir la maintiendrait dans un doute perpétuel, et ce n'était pas le moment. Il lui fallait prendre les choses comme elles venaient. Son plan ne changerait pas : trouver l'astrolabe. Sauver sa mère. Sauver Alice. Échapper à Boisdefer si possible.

— Je regrette que les choses aient changé à ce point, se désola Alice, depuis l'époque où les familles s'épanouissaient, où le pouvoir était réparti de manière équitable. Le professeur et mon père en parlaient souvent avec beaucoup de nostalgie. Chaque famille avait son rôle à jouer. Elles alternaient tous les vingt ou trente ans pour s'assurer qu'aucune ne domine les autres, et veiller à la stabilité de la chronologie.

— Quel genre de rôle jouaient-elles ? demanda Etta, curieuse.

— Archivistes, comptables, et changeurs – les changeurs devaient corriger toute modification de la chronologie, vérifier eux-mêmes la stabilité des passages, précisa Alice. Bien entendu, une famille était chargée de représenter la loi, d'organiser les procès et d'appliquer des sanctions quand les règles étaient bafouées. Ses membres étaient des exécuteurs.

— Cela remonte à des siècles, railla Nicholas. Ce système a échoué à cause de la corruption. D'après ce que j'ai compris, ça a bien fonctionné quelques centaines d'années seulement, quand les « familles » n'étaient composées que d'alliances et de clans.

— D'alliances ? répéta Etta. Comment ça ?

— Ta mère ne t'a-t-elle donc jamais raconté votre histoire ? s'étonna Alice.

Etta secoua la tête, essayant de ravaler sa frustration.

— C'est… compliqué.

— Bon, décréta Alice, autant te mettre au courant. La croyance commune veut que nous ayons tous le même ancêtre possédant le don, mais que les « familles » d'aujourd'hui se soient formées à partir d'alliances entre nombre de familles différentes. Celles-ci se sont unies sous des bannières, les arbres que nous employons désormais comme patronymes, pour lutter contre leurs rivaux et leurs ennemis. C'était une époque très troublée : chacun voulait avoir sa part de siècles et de territoires à contrôler. L'ordre a été rétabli par le biais de traités et la mise en place d'un système de rôles et de lois. On voit encore la preuve de leur grand nombre dans la diversité des membres qui composent aujourd'hui les familles.

Nicholas jeta de nouveau un coup d'œil dans la rue. Etta observa la longue courbe de son dos, ses larges épaules, les doigts de sa main gauche qui tapotaient le muscle de son bras droit.

— La leçon d'histoire est terminée, trancha-t-il avec un soupçon d'impatience. Pose-lui la question qui nous a amenés à lui rendre visite.

Etta se tourna vers Alice avec un air désolé.

— Maman m'a laissé une série d'indices pour retrouver l'astrolabe, annonça-t-elle. Dans une lettre codée.

— Une lettre qu'on ne peut lire qu'avec une clé ? Un symbole que l'on place dessus et qui met en avant les mots à garder ? (Alice avait parlé avec un sourire entendu.) Nous échangions tous des messages cryptés de cette façon.

Etta en eut la chair de poule. C'était un lien, même fragile, à la grande famille qu'elle n'avait jamais connue.

— Nous pensons que l'énigme suivante, ou plutôt l'indice, doit nous conduire à un passage non loin des marbres d'Elgin. En revanche, nous ignorons où les trouver cette année. Je me disais que tu le saurais peut-être, puisque ton père travaille au musée...

— J'ai d'abord une question à te poser, déclara Alice. Comment es-tu venue ici ? As-tu cherché mon adresse ? T'es-tu renseignée ?

— Inutile, répliqua Etta. Maman et toi m'avez conduite ici plusieurs fois. Tu disais que c'était très important que je voie l'endroit où tu avais grandi.

Alice soupira. Elle semblait presque soulagée.

— Alors ta mère et moi voulions que tu sois capable de me retrouver. C'est bien. Elles... Je veux dire nous... nous savions sûrement que le problème risquait de se présenter.

La réalité était désormais bien ancrée en Etta : rien de ce qu'elle venait de vivre n'était une coïncidence. Alice, l'Alice du futur, avait rencontré Etta dans le passé. Alice avait connu Etta toute jeune femme avant même de la rencontrer petite fille, empoignant son violon taille enfant. C'était la raison pour laquelle Rose et elle s'étaient disputées : Alice savait qu'Etta viendrait à sa rencontre ici. Elle l'avait déjà vécu.

— Le musée et le gouvernement ont décidé d'entreposer les marbres en sous-sol, révéla Alice. Ils sont cachés dans le métro, entre les stations Aldwych et Holborn. Ce n'est pas vraiment la direction que je dois emprunter pour me rendre au travail, mais je peux au moins vous l'indiquer.

— Aurons-nous accès au tunnel ? s'inquiéta Etta.

— Les deux stations servent d'abris pendant les raids aériens, expliqua Alice. Il vous faudra trouver le bon moment pour vous y rendre, quand elles ne seront pas surveillées par la police. Mais vous devriez pouvoir descendre sur le quai et traverser le tunnel à pied. Les marbres sont rangés dans des caisses. Vous ne pourrez pas les manquer, vu leur taille !

Etta hocha la tête.

— Y a-t-il une issue à l'arrière de la maison ? demanda tout à coup Nicholas en refermant le rideau devant lui.

— Euh... oui, répondit Alice en se levant lentement. Pourquoi ?

— Deux hommes dans la rue surveillent votre logement, dit-il. À moins qu'ils n'aient l'intention de repeindre la façade, je pense ne pas me tromper en affirmant qu'ils nous ont retrouvés.

Ils sortirent par la porte de derrière, traversèrent le jardin puis ouvrirent un portillon donnant sur la rue. Une seconde, Etta crut qu'ils étaient tirés d'affaire, lorsque l'homme qu'elle avait vu auparavant, avec le chapeau et le journal, apparut à l'autre bout de la rue.

— Je le connais, dit Alice en la saisissant par le poignet.

— C'est un Boisdefer ? s'enquit Etta.

Elle secoua la tête.

— Non… Je ne pense pas. Rosie m'a laissé des photos pour que je puisse les identifier. Celui-là est déjà venu la chercher, j'en suis certaine.

Si ce n'était pas un gardien Boisdefer… alors qui était-ce ?

Les jeunes filles eurent du mal à ne pas se laisser distancer par Nicholas, qui avançait à grandes enjambées. Il gardait une main dans son sac, sans doute prêt à brandir le pistolet. Etta ignorait s'il s'était procuré des munitions, mais elle eut l'impression que…

Elle se cogna contre quelque chose et se sentit arrachée de la main d'Alice. Elle trébucha et atterrit lourdement sur les fesses, ses paumes déjà égratignées mises à mal. Quand les points noirs cessèrent de danser devant ses yeux, Etta vit une femme en tailleur chocolat chanceler en se tenant le nez. Derrière l'épaule de l'inconnue, Nicholas se retourna brusquement, le visage blême et l'air horrifié.

Une paire de mains saisit Etta par les coudes et la redressa avant qu'elle parvienne à se remettre sur pied. Une odeur de sueur et d'eau de Cologne lui frappa les narines. Elle projeta sa tête en arrière dans le but de frapper son adversaire.

— Rose ! hoqueta l'homme. Rose, bon sang !

Rose ?

Un poing blanc frôla le visage d'Etta et atteignit l'homme à la mâchoire. Alice avait les joues rouges de fureur lorsqu'elle secoua sa main. Nicholas se rua sur l'assaillant, qui tomba. Etta put enfin le regarder : lunettes à monture d'écaille, costume de tweed froissé. Ce n'était pas l'homme qui tenait le journal ; celui-ci était plus jeune.

— Je ne suis pas... parvint-il à articuler alors que Nicholas le hissait à sa hauteur avec un grognement pour lui décocher un coup de poing au visage. Je ne suis pas...

Pas quoi ? Etta regarda Alice, dans l'attente d'une réponse, mais celle-ci se contenta de hausser les épaules puis bouscula la femme en marron, qui gémissait toujours de douleur.

— Allez, Carter ! lança Alice. Ne restons pas là !

Il ne bougea pas, sauf pour lever de nouveau le poing.

— Nicholas ! l'appela Etta. Viens !

Enfin libéré de sa colère, il relâcha l'homme sur le trottoir et courut rattraper les filles.

— Tu vas bien ? demanda-t-il.

Il voulut toucher Etta, mais elle accéléra en direction de l'attroupement qui se formait devant eux et des voitures qui klaxonnaient pour passer.

Pas le temps. Cours, c'est tout. Cours !

Ses poumons la brûlaient tandis qu'ils traversaient à vive allure la ville animée, passant d'une rue à l'autre jusqu'à atteindre, une vingtaine de minutes plus tard, leur destination. Au-dessus de leurs têtes brillait un arc-en-ciel d'enseignes publicitaires au néon : au centre d'un rond-point, une statue d'Éros observait les lentes allées et venues des bus à impériale et des voitures de police. Même sans les panneaux d'affichage modernes, Etta reconnut le carrefour. Ils avaient couru jusqu'à Piccadilly Circus : ses crampes et ses ampoules en témoignaient.

Le visage rose et luisant de sueur malgré l'air frais, Alice regarda autour d'elle.

— Je ne peux pas aller plus loin, désolée. Je dois me rendre au travail. Des gens comptent sur moi. Je regrette…

Etta déglutit pour faire passer la vague de désespoir et d'égoïsme qui lui donnait envie de garder Alice auprès d'elle. Elle répondit :

— Ça ira, ne t'en fais pas. Merci de nous avoir accompagnés jusqu'ici. Le métro est-il encore loin ?

— Il faut compter vingt bonnes minutes de marche à partir d'ici, expliqua Alice. Je peux vous donner de quoi payer le taxi…

— Nous les sèmerons plus facilement à pied, intervint Nicholas. Merci. Quelle direction devons-nous prendre à présent ?

Etta tendit à Alice un stylo-bille et le dos de la lettre de sa mère pour qu'elle y note rapidement ses instructions. Etta regretta que satellites et téléphones portables n'existent pas encore.

— Soyez prudents, conseilla Alice en l'entourant de ses bras.

L'angoisse sourde qu'Etta ressentait jusque-là se mua en une terreur paralysante. *On n'a pas le temps, pourtant...*

— Il faut y aller, dit doucement Nicholas, comme un avertissement.

À contrecœur, elle s'arracha à l'étreinte d'Alice, une profonde impression de vide au creux de l'estomac. *Ce à quoi tu penses n'est pas une question de morale. C'est une impossibilité.*

Qu'est-ce que ça changerait si elle prévenait Alice maintenant ? L'idée rongeait Etta. Ce ne serait qu'une vaguelette, rien de plus. Une modification infime dans un immense océan d'instants. Si elle ne parvenait pas à rejoindre son époque et à mettre Alice en sécurité sans se croiser elle-même en chemin, elle pouvait au moins faire ça. Elle pouvait réécrire ce moment, le visage pâle de terreur de son professeur, le sang...

— Alice...

— Non, non, pas de ça, l'interrompit la jeune fille. Ni larmes ni secrets. Je souhaite mener la vie qui m'est destinée, Etta. C'est aussi simple que ça. Mon père dit toujours que la seule façon de vivre pleinement est de le faire sans attente ni crainte pesant sur nos choix... ce qui n'est pas une mince affaire quand des voyageurs vont et viennent. J'aimerais un jour pouvoir te connaître aussi bien que tu me connais. Je veux jouer du violon, commettre des erreurs, tomber amoureuse, visiter autant de villes que possible... Tu voudrais me priver de tout cela ?

Etta ne parvenait plus à respirer. Tremblante, elle pliait et dépliait les doigts pour se retenir d'éclater en sanglots. Elle jeta un coup d'œil à Nicholas, qui avait détourné le regard pour surveiller la foule et prétendre poliment qu'il n'écoutait pas. Enfin, elle secoua la tête.

— On nous appelle les gardiens parce qu'on est censés s'occuper de vous, les voyageurs, qui veillez sur notre monde, poursuivit Alice. Etta, garde à l'esprit que ce qui est remarquable dans ta vie, c'est que tu n'es pas obligée de la vivre de manière linéaire, comme nous autres. Tu peux venir me rendre visite quand tu veux. C'est comme dans la chanson *I'll be seeing you* : « On se reverra, dans tous les endroits familiers... »

Etta s'écarta, surprise d'entendre de nouveau ces paroles. Elle regarda Alice lui faire un signe d'adieu et se fondre dans la foule dense autour d'eux, jusqu'à ce que sa masse de cheveux brillants disparaisse complètement.

— ... Etta, tu vas bien ?

Elle ne s'était pas rendu compte que Nicholas lui parlait, jusqu'à ce que, du pouce, il effleure sa joue indemne.

— Elle l'a déjà dit... La dernière fois que je l'ai vue, juste avant...

Juste avant de mourir. Elle devait le formuler clairement. L'accepter, car désormais il ne faisait plus aucun doute pour elle qu'Alice se souvenait de leur rencontre. Elle savait qu'Etta essaierait de lui révéler son futur, mais elle ne voulait pas en entendre parler. Elle ne voulait pas que sa vie soit modifiée après sa rencontre avec Etta.

— Elle refuse que je la sauve. (Etta s'essuya les yeux, étonnée de trouver ses joues et son menton baignés de larmes.) Excuse-moi, je me sens juste un peu… chamboulée. Et fatiguée.

Tout ce que je voulais, c'était te sauver. Qu'allait-elle retrouver, dans sa vie sans Alice ? Quel intérêt de faire sa première, de commencer une carrière, si son professeur n'était plus là pour le voir ?

Elle savait Alice « au crépuscule de sa vie », selon l'expression de Rose. Elle avait mené une longue existence, et Etta avait compris très tôt qu'Alice ne serait pas éternelle. Cependant, elle n'arrivait pas à l'accepter. Elle trouvait cela profondément injuste.

Je la reverrai. Pas dans mon époque, et peut-être pas tout de suite, mais un jour…

— Ne t'excuse pas, dit Nicholas. Nous nous reposerons dès que nous serons à l'abri, mais nous devons continuer à avancer.

Etta hocha la tête et le suivit.

Nicholas était tendu, sur le qui-vive. Le regard acéré, il scrutait chaque personne qu'ils croisaient. De temps à autre, il frottait ses jointures meurtries et sa peau abîmée. Elle sut alors que, tandis qu'elle songeait à Alice, lui se concentrait sur ce qui s'était passé derrière la maison. Elle caressa légèrement le dos de sa main pour le tirer de ce qui semblait être un cercle fermé de pensées. Ils avaient déjà perdu une journée à essayer de résoudre l'énigme. Ils ne pouvaient se permettre d'en perdre une seconde avec des regrets.

Etta accéléra le pas, courant presque, mais il la rattrapa facilement avec ses longues jambes. Elle balaya la rue du regard, cherchant la cause des frissons qui lui remontaient sur la nuque.

— À ton avis, qu'allait dire l'homme qui m'a attrapée ? Qu'il n'était pas quoi ? demanda-t-elle. Un ennemi, un Boisdefer ?

— Si Alice ne s'est pas trompée, répondit lentement Nicholas, et que ce n'est pas un Boisdefer, c'est sans doute un membre des Épines. Tout aussi dangereux, étant donné qu'ils veulent eux aussi récupérer l'astrolabe.

Rose. L'homme l'avait appelée Rose.

— Il a employé le nom de ma mère, l'informa-t-elle. Cet homme l'a déjà vue, s'il nous a confondues.

Nicholas hocha brièvement la tête.

— Alice a expliqué que ta mère avait été en relation avec eux, à un moment donné.

Etta fronça les sourcils. Quelque chose la chiffonnait. Sa mère voulait qu'Etta voyage, car viendrait le moment où ce serait inévitable. Etta commençait à entrevoir les « conséquences » que Rose avait évoquées au cours de sa dispute avec Alice : retenir Etta dans son époque aurait modifié la chronologie. Dans ce cas, pourquoi Rose se serait-elle ralliée à un groupe qui souhaitait utiliser l'astrolabe dans son propre intérêt, et qui cherchait à empêcher Etta de mettre la main dessus ?

Elles auraient une longue conversation quand Etta aurait retrouvé Rose. Avant tout, elle lui demanderait pourquoi elle n'avait pas détruit l'astrolabe et ainsi évité bien des ennuis à tout le monde.

Le soleil se couchait. De lourds rideaux occultaient les fenêtres et des cartons les vitrines des magasins. Les réverbères restaient éteints. La foule commençait à se disperser, formant de petits groupes qui empruntaient des rues parallèles, sautaient dans des taxis ou des bus. C'était comme si la ville venait d'aspirer une énorme bouffée d'air puis retenait son souffle. Etta eut l'impression de marcher le long d'un précipice dont les bords menaçaient de s'effondrer à tout instant.

— Je croyais qu'ils avaient l'élec... l'électricité ? s'étonna Nicholas à voix basse.

Le sac de cuir qu'il portait sur le côté rebondissait contre sa hanche, et de temps à autre le dos de sa main effleurait celle d'Etta, dont le cœur battait alors deux fois plus vite.

— Ils l'ont, souffla-t-elle en regardant le rose pâle du ciel.

La coupure faisait-elle partie du rationnement dont Alice avait parlé, ou était-ce une sorte de panne générale ?

Ils passèrent Leicester Square : des couples vêtus de fourrures et coiffés de chapeaux s'attardaient à l'extérieur des théâtres, partageant des cigarettes comme ils l'auraient fait n'importe quel autre jour de n'importe quelle année.

On y est presque, on y est presque...

— Puis-je te poser une question ? demanda Nicholas alors que les ténèbres les enveloppaient.

Le ciel avait pris une teinte bleu nuit, faiblement éclairé par les dernières lueurs du crépuscule. À cause du manque d'éclairage, tous les autres sens d'Etta étaient en éveil. L'odeur du gazole et de la fumée. Le bruit de leurs pas. La sécheresse dans sa bouche quand elle essayait d'avaler.

— Demande-moi ce que tu veux, répondit-elle.

— Que feras-tu une fois que tu auras trouvé l'astrolabe ? (Il parlait d'un ton prudent, réservé.) Maintenant que tu connais ses pouvoirs réels ?

Elle ne voulait pas mentir.

— Je ferai ce qu'il faut pour sauver ma mère. Mon avenir.

— Y a-t-il une possibilité que tu le remettes au vieux ?

Quelle étrange question ! Était-ce une sorte de test ? Elle haussa un sourcil.

— Toi, tu le ferais ?

Il entrouvrit les lèvres, puis leva aussitôt la tête vers le ciel.

— Je ne peux qu'imaginer ce qu'il ferait s'il avait un accès plus large au futur, reprit Etta. Je suis effrayée par l'énergie qu'il déploie pour récupérer cet objet, et le mal que ma mère s'est donné pour le protéger. Ça me fait réfléchir à deux fois avant de le lui remettre, bien sûr. Je n'ai aucune raison de lui faire plaisir.

— Pourtant… n'est-ce pas la solution la plus facile ? Tu le lui donnes, et tu retrouves ta vie, ta mère… Tu peux faire ta première…

— Je retrouverai ce qui reste de ma vie à ce stade, le corrigea-t-elle. Les zones qu'il n'aura pas torpillées.

Elle refusait d'aller plus loin dans cette conversation, alors que ses idées étaient si confuses, et qu'elle en ressentait une profonde frustration. Pour le moment, sa mère était en vie et le resterait si Etta parvenait à trouver l'astrolabe avant l'expiration du délai imposé par Boisdefer.

Nicholas lui lança un regard perplexe.

— Torpillées ?

— Une torpille, c'est un missile sous-marin qui… Tu sais quoi ? dit-elle avec un petit rire. On verra ça plus tard. Mais je ne suis pas sûre que ce soit une si mauvaise idée de torpiller cet astrolabe à la noix, histoire qu'on en finisse.

— Ce ne serait pas raisonnable, répliqua Nicholas. Le processus qui nous permettrait de rentrer chez nous s'en verrait considérablement simplifié : par la création d'un passage, plutôt que de faire voile vers celui de Nassau. Boisdefer le ferait même peut-être pour vous.

— On parle bien de Cyrus, là ? demanda Etta, étonnée par cette drôle d'idée. Celui qui m'a menacée de me plonger dans une misère telle que je serai contrainte de vendre mes charmes pour survivre ?

Nicholas grogna.

— Dans ce cas, nous en créerons un pour ta mère et toi.

— Si on arrive à trouver comment on s'en sert, modéra-t-elle.

À la perspective de l'échec, une profonde lassitude la submergea.

— Puis-je te poser une question à mon tour ? demanda-t-elle en observant son profil.

Il acquiesça, mais elle le vit fermer les poings.

— Il serait injuste que je dise « non ».

— Que comptes-tu faire de l'argent que tu as reçu de Boisdefer ? Ta récompense pour nous avoir amenées, Sophia et moi, à New York ?

Ses épaules s'affaissèrent lorsqu'il soupira.

— Je te laisse deviner.

— Tu vas t'acheter un navire, répondit-elle aussitôt.

— Oui… Chase te l'a dit ?

Il tourna les yeux vers la cathédrale Saint-Paul et sa coupole richement décorée, dont la silhouette se découpait dans l'ombre entre les bâtiments voisins.

— Pas du tout, répondit-elle. Ça me paraît logique, voilà tout. C'est là que je te vois.

L'imaginer sous un soleil aveuglant, les vêtements au vent, les flots déferlant sous eux – sous *lui*, se corrigea-t-elle, déferlant sous lui – tel un tapis étincelant…

Nicholas s'immobilisa. Son bras effleura le sien lorsqu'il se posta devant elle. Il la regardait, sincèrement émerveillé.

— Suis-je donc si prévisible ?

Elle sourit et lui donna une pichenette sur la poitrine pour ne rien entreprendre de plus audacieux susceptible de la gêner ou de le surprendre.

— Tu étais si doué, et tu adorais ça. Je le voyais sur ton visage… Que se passe-t-il ?

Il eut soudain l'air affligé.

— Etta… commença-t-il d'une voix rauque. Tu…

Elle perçut du mouvement juste derrière lui. Noir et marron, blanc, gris… Trois hommes descendaient la rue. Ceux qu'ils avaient déjà vus. Les Épines. Ils fonçaient droit sur eux. Celui en tweed tirait quelque chose de sa poche. Un petit objet argenté…

Un pistolet.

Etta plaqua violemment Nicholas contre le mur de briques tout proche. Abasourdi, le jeune homme la dévisageait quand une balle fendit l'air entre eux dans un sifflement.

— Cours ! cria Etta en le saisissant par le poignet. Cours !

Il voulut faire volte-face pour regarder ce qui se passait, mais elle l'entraîna avec elle, sentant le pouls du jeune homme s'affoler sous ses doigts.

— Tourne par ici ! dit-il. On est…

Le bruit qui retentit soudain fut comme un souvenir dont elle aurait hérité : elle ne se rappelait pas l'avoir déjà entendu, mais le reconnut dès l'instant où il la transperça, l'atteignant jusqu'à la moelle. La plainte des sirènes d'alarme déchira le silence et s'intensifia, puis les bâtiments alentour la renvoyèrent en écho.

— Bon sang, qu'est-ce que c'est ? s'inquiéta Nicholas en tournant sur lui-même afin de localiser l'origine du bruit.

— Des sirènes d'alerte, expliqua Etta en jetant un coup d'œil par-dessus son épaule.

À cause des raids aériens imminents, leurs poursuivants avaient ralenti le pas, comme s'ils hésitaient à continuer – ou plutôt à les prendre pour cibles, songea Etta, le souffle coupé.

L'homme le plus en avant fit feu : la balle se logea dans le mur de briques derrière eux, projetant de la poussière dans les cheveux d'Etta, qui sentit les débris pleuvoir sur sa nuque.

— Arrêtez-vous ! leur lança l'un d'eux. Ne nous obligez pas à vous abattre !

— Enfer et damnation, marmonna Nicholas, mâchoires serrées.

La fureur qu'Etta éprouvait envers elle-même l'empêchait de parler. Pourquoi n'avait-elle pas pensé aux raids aériens ? Elle aurait dû insister pour partir de chez Alice plus tôt, ils auraient dû prendre un taxi, n'importe quoi qui les aurait déposés le plus vite possible à à la station Aldwych et au passage. Ils étaient en plein Blitz, bon sang ! Alice lui avait raconté des centaines de fois qu'il y avait à l'époque des bombardements presque chaque nuit.

— Que faire ? demanda Nicholas.

Un bourdonnement lointain étouffa la réponse d'Etta. Elle leva la tête vers les nuages, à la recherche des avions.

— Il faut se réfugier en sous-sol, répéta-t-elle.

D'après la jeune Alice, les stations de métro servaient d'abris… S'ils parvenaient à atteindre celle d'Aldwych… S'ils parvenaient à échapper à leurs poursuivants, s'ils parvenaient à rejoindre le passage ce soir-là…

Mais, si ce quartier était visé par les bombardements, ils mourraient avant même de comprendre ce qui leur arrivait.

Les Épines semblaient soumis au même dilemme. Etta perçut des bribes de leur conversation : « On rentre ! », « On les suit… », « Pas envie d'y rester »…

Nicholas et elle étaient passés devant un abri à Leicester Square et avaient repéré une station de métro non loin, mais Etta n'avait aucune envie de rebrousser chemin, alors qu'ils avaient la possibilité de quitter Londres dès ce soir. Les Épines paraissaient chercher eux aussi un abri souterrain, et elle ne voulait pas se retrouver dans les filets de Boisdefer si par malheur ils finissaient tous dans le même abri. Il fallait que ces hommes se rendent dans l'abri le plus proche, et que Nicholas et elle quittent Londres à tout prix.

C'était la guerre, c'était la réalité, et ils allaient mourir si elle ne prenait pas immédiatement une décision.

— Retournons sur nos pas, proposa Nicholas. On a vu un abri sur la place…

— Non, l'interrompit Etta, on a le temps d'aller jusqu'à la station d'Aldwych !

— Non, l'autre est plus proche ! insista-t-il en criant pour couvrir les sirènes. On peut les éviter s'il le faut.

Je vais nous tirer de là.

Je vais nous tirer de là, et je vais rentrer à la maison.

Elle lui prit la main et l'entraîna avec elle. Il voulut lui faire faire demi-tour, mais elle refusa.

— On peut y arriver ! Il ne faut pas qu'ils nous suivent jusqu'au passage. Boisdefer ne doit pas savoir lequel on a emprunté ! Semons-les !

Nous. Il fallait qu'ils le fassent ensemble, ou pas du tout.

Nicholas jura, mais lorsqu'elle se mit à courir, il l'imita.

Un coup de tonnerre claqua, semblable à celui d'un orage de fin d'été, comme ceux qui faisaient trembler les vitres de leur appartement ; un « boum » qui craquait au-dessus de la ville et résonnait entre les nombreux bâtiments. Le sifflement donna à Etta l'impression que ses tympans allaient éclater, les gémissements aigus perçant un silence étrange juste avant l'explosion assourdissante. La jeune fille en eut la chair de poule.

Plus jamais elle ne se plaindrait du bruit émis par le passage. Pas après avoir entendu ça.

Nicholas tendit le cou pour regarder les bombes déchirer le ciel nocturne. On aurait dit qu'un millier d'insectes sortaient de chaque avion et se précipitaient sur la ville. L'intérêt initial qu'Etta avait décelé sur son visage avait disparu.

Elle se retourna : derrière eux, la rue était déserte.

— Ils sont partis !

Elle pressa le pas jusqu'à se tordre la cheville sur un morceau de gravats. Toutefois, elle ne s'arrêta pas, et Nicholas non plus. Il plaça le bras d'Etta autour de son cou et l'aida à tourner dans Catherine Street.

— C’est au bout de la… rue… hoqueta-t-elle.

— Je vois les autres, répliqua Nicholas, ils font comme nous. (Les mots grondaient dans sa poitrine, rappelant le bourdonnement des avions.) On y est presque.

Des familles, des couples, des policiers – tous convergeaient vers un bâtiment à la façade de briques rouges. Une bannière blanche y était accrochée en hauteur, au-dessus de l’arche des fenêtres « LIGNE PICCADILLY », puis en plus petit en dessous : « STATION D’ALDWYCH ».

Etta laissa échapper un « oui ! » victorieux, au moment où Nicholas frissonnait en soupirant : « Dieu merci. »

À l’entrée, un policier en uniforme canalisait les Londoniens. Etta et Nicholas contournèrent les vêtements, draps, jouets et valises abandonnés dans la panique pendant que les gens descendaient, et se joignirent à eux. Juste avant de se faire avaler par la foule, Nicholas enserra la taille d’Etta d’un bras. De l’autre, il la saisit par les épaules et l’attira contre lui, tout en descendant en silence l’escalier sans fin, parmi des dizaines de personnes.

— Sommes-nous loin sous terre ? s’enquit le jeune homme en observant les pâles lumières du plafond.

— Oui, répondit Etta, espérant le rassurer un peu.

Les frappes n’avaient pas cessé ; elles étaient simplement étouffées. L’éclairage vacillait et clignotait quand l’électricité était mise à mal par les bombardements. Le dos trempé de sueur, Etta tremblait comme une feuille, même lorsqu’ils s’écartèrent du groupe pour se diriger vers les rails à l’est, appliquant les consignes d’Alice.

Elle espérait qu'il leur suffirait de marcher jusqu'au bout du quai, de sauter sur la voie et de s'engouffrer discrètement dans le tunnel. Pas d'histoires, pas d'esclandres, pas de questions. Cependant, après avoir descendu les dernières marches et contourné un angle, elle constata aussitôt qu'ils avaient un problème.

Des centaines de personnes se trouvaient déjà là, disséminées le long du quai, voire sur les voies. Avec tout ce monde, il faisait chaud et humide. Nombre d'hommes et de femmes avaient ôté vestes et manteaux, accrochés le long des murs. Quelqu'un avait même installé une sorte de corde à linge à l'entrée du tunnel.

Etta et Nicholas ne pouvaient pas passer la nuit ici. Ils n'avaient pas une minute à perdre, vu le court délai imposé par Boisdefer.

Nicholas serra un peu plus Etta ; ils furent doucement poussés par les gens derrière eux, qui continuaient d'affluer.

— Bon sang, murmura-t-il. Quelle direction faut-il prendre ?

Etta indiqua l'autre bout des voies, où des rangées de personnes étaient blotties sur des couvertures, ou rassemblées en cercles, avec leurs familles et amis. Beaucoup parlaient à voix basse ou essayaient de distraire les quelques enfants présents avec des jouets et des livres, mais la plupart, l'air stoïque, restaient silencieux.

Il fallait le reconnaître : presque résignés, ces Londoniens faisaient preuve d'un sang-froid exemplaire, comme si la situation n'était qu'un désagrément et non une horrible façon de mourir.

— Bon, d'accord, on attend. Il faut être patient.

Si Nicholas avait conscience d'être observé, il n'en montra rien. Ils naviguèrent dans la foule jusqu'à trouver un espace libre presque au bout du quai, sous l'affiche d'un film intitulé *J'étais une aventurière*, projeté au cinéma Paramount, avec une certaine Zorina pour actrice principale.

Nicholas posa le sac et retira sa veste tandis qu'Etta s'asseyait par terre pour s'adosser à la paroi incurvée de la station. Les jambes ramenées contre sa poitrine, elle les serra si fort qu'elle entendit ses genoux craquer.

Du calme, pensa-t-elle. *Zen.*

Les bombardements se poursuivaient. Elle songea que, si une bombe tombait juste au mauvais endroit, la partie serait finie. Pas seulement pour Nicholas et elle, mais pour les centaines de personnes entassées autour d'eux, comme un millefeuille.

Nicholas fouilla dans le sac et en sortit leur unique pomme. Bien qu'elle n'eût rien mangé depuis qu'ils avaient quitté New York, Etta n'avait pas faim. Elle avait comme une pierre dans l'estomac, et les muscles encore brûlants d'avoir autant couru.

Le jeune homme lui jeta un coup d'œil inquiet.

— J'aurais dû prendre de l'eau. Pardonne-moi, Etta.

— Ça ira, ne t'en fais pas, souffla-t-elle.

Ils en trouveraient après avoir emprunté le prochain passage.

— Je dois avouer que j'en veux terriblement à ta mère, murmura-t-il en s'appuyant à son tour contre le mur.

À cet instant, Etta ne ressentait pas non plus un amour débordant pour Rose, même si elle craignait pour sa vie : son esprit revenait sans cesse à la photographie où elle était ligotée. Elle se demandait quel genre d'hommes la retenaient prisonnière.

— Elle m'a toujours dit que relever un défi formait le caractère, chuchota Etta.

— Eh bien, on en aura à revendre, rétorqua sèchement Nicholas.

La foule était désormais si dense sur le quai que les deux jeunes gens se tenaient épaule contre épaule, hanche contre hanche, jambe contre jambe. À présent que ses nerfs semblaient sur le point de passer en mode panique totale, Etta était rassurée par la présence de Nicholas et la sécurité qu'il représentait. Elle croisa les jambes et laissa le béton la rafraîchir. Aucun des conseils de respiration prodigués par Oskar ne marchait – normal, avec le sentiment que, là-haut, c'était l'enfer sur terre. La femme à sa droite priait avec ferveur.

Combien d'heures allaient-ils devoir tenir ici, à espérer ? On était le 22 septembre, ce qui ne leur laissait que huit jours pour trouver l'astrolabe et rentrer. Et ils n'avaient toujours aucune idée de la signification des autres indices.

La respiration d'Etta s'accéléra à mesure que l'angoisse montait. Comment Nicholas faisait-il pour rester si calme, comme s'il était déjà passé par là ?

Peut-être était-ce le cas, en un sens. Les bombardements n'étaient pas si éloignés des canonnades sur les navires, des petites explosions produites par les pistolets. Etta aurait voulu lui poser la question, mais elle était incapable de parler, craignant de s'effondrer. Tout le monde prenait sur soi. Elle devait faire de même.

Dommage que je ne puisse pas jouer.

Elle avait un profond désir de se changer les idées, de se concentrer sur son violon. Faute de sentir physiquement le poids de son instrument entre ses mains, elle pouvait l'imaginer. Elle ferma les yeux et appela la musique à elle. Ses doigts pressèrent des cordes fantômes. Pour la première fois depuis la mort d'Alice, elle ressentit une joie familière, et non le dégoût et l'humiliation qui l'avaient envahie juste avant sa prestation, ou la colère destructrice et le chagrin qui étaient les siens quand elle s'était demandé ce qu'il allait advenir de la dépouille d'Alice. Sa mère et elle seraient-elles rentrées à temps pour les funérailles ?

À défaut d'un vrai violon, elle prit son avant-bras gauche dans sa main droite, paupières closes. Ne serait-ce que quelques secondes, elle pouvait imaginer que son poignet était le manche, et ses tendons les cordes. Elle visualisa l'archet glissant sur sa peau et se concentra sur le mouvement.

Bach. Ce compositeur exigeait de la concentration. Il la distrairait de cette épreuve.

— Que fais-tu ? demanda Nicholas.

— Je joue, répondit-elle sans crainte d'avoir l'air ridicule. Je me distrais.

Allongé sur le ventre devant eux, un homme leva les yeux de son livre et la regarda avec curiosité.

Par une coïncidence des plus étranges, une note aiguë et distincte troubla juste à ce moment-là l'étrange calme ambiant. Vers le milieu du quai, un homme d'un certain âge avait sorti son violon et jouait un doux morceau au rythme lent. Elle le reconnut : ce n'était pas du classique, mais quelque chose qu'elle avait entendu sur le tourne-disque d'Oskar.

Le son s'épanouit autour d'eux, telle une fleur déroulant un à un ses pétales. Il se répercuta contre les murs de carrelage blanc orné de croix noires. Un policier de passage inclina son casque à l'adresse de l'homme. Etta se leva et tendit le cou au-dessus des têtes qui la séparaient du musicien pour l'apercevoir.

Elle n'eut aucun mal à voir le couple de jeunes gens qui dansaient dans le peu d'espace dont ils disposaient. L'homme avait entouré d'un bras la taille de la femme, tenant sa main dans la sienne. Celle-ci rit et jeta des regards nerveux alentour, avant de suivre ses mouvements lents et de laisser sa tête reposer contre l'épaule de son partenaire.

Fasciné, Nicholas les contemplait aussi. Il devait sûrement trouver la scène scandaleuse.

— C'est beau, dit Etta.

Il se tourna vers elle.

— Veux-tu que j'aille te chercher ce violon ? Je serais ravi de me battre contre une éventuelle foule en colère si cela pouvait te rendre ton sourire.

Ces propos firent presque exploser le cœur d'Etta.

Sois courageuse.

— Je préférerais ne jouer que pour toi.

Il se détourna lentement d'elle, comme pour prendre le temps de digérer ces paroles. Elle ne voulait pas qu'il se méprenne. Si elle se trompait, et qu'il n'attendait rien de plus de leur relation, elle battrait en retraite. Mais à cet instant… elle voulait seulement faire preuve de courage. Elle posa une main sur la sienne. Malgré sa force évidente, la carapace qu'il s'était forgée pour ne pas montrer ses émotions, elle le sentit glisser ses doigts entre les siens.

Les lumières clignotèrent de nouveau, l'arrachant à ses rêveries. Une explosion retentit juste au-dessus d'eux, comme deux mains géantes frappant le sol. Un garçonnet se mit à pleurer, aussitôt imité par les autres enfants. Les danseurs s'immobilisèrent, mais l'homme d'âge mûr continua de jouer jusqu'à ce que les lampes s'éteignent, les plongeant dans le noir complet.

Etta ne put réprimer un frisson. Elle mordit l'intérieur de ses joues jusqu'à se faire saigner. Les ténèbres paraissaient trembler autour d'eux. La terreur qu'elle avait jusque-là réussi à tenir à distance l'engloutit complètement.

Je ne veux pas mourir ici.

Je ne veux pas disparaître.

Il faut que je rentre chez moi. Maman.

Maman va mourir, et ce sera ma faute...

Des larmes brûlantes roulèrent sur ses joues. Elle hoqueta en essayant de reprendre sa respiration.

— Etta, souffla Nicholas à son oreille.

Il remua et la rapprocha de lui. Elle pressa son visage sur le carré de peau entre son cou et son épaule et sentit une main passer dans ses cheveux, écartant les mèches collées à sa joue trempée.

— Chut, Etta, on est à l'abri. C'est notre bataille, pirate. Ils baisseront pavillon, ça passera.

Elle huma le parfum d'iode qui semblait toujours émaner de lui, même si loin de l'océan. Elle avait l'esprit embrumé quand elle sentit sa main s'éloigner de son visage et glisser vers son bras. Il lui prit la main, mêlant ses doigts aux siens, et la fit reposer sur son genou.

Elle fut surprise de sentir la peau brûlante de Nicholas.

— Joue-moi quelque chose.

— Quoi donc ? chuchota Etta.

— Quelque chose qui nous transportera ailleurs.

Nicholas la libéra et lui caressa l'avant-bras. La sensation fut si merveilleuse, si distrayante, si douce malgré la moiteur ! Etta ne choisit pas un morceau de son répertoire. Elle laissa libre cours aux notes qui lui venaient à l'esprit, venant du tréfonds de son âme.

La mélodie de son cœur n'avait pas de nom. Elle était rapide, légère. Elle roulait au gré des vagues, retombait comme sa poitrine quand il expirait, s'élevait quand il inspirait. C'étaient les gouttes de pluie glissant sur les vitres, la brume qui se répandait à la surface de l'eau. Les secrets murmurés par le vent, la vie invisible en contrebas.

C'était la flamme de la dernière bougie.

Le bras de Nicholas formait une carte de muscles fermes et de tendons délicats d'une perfection absolue. Etta se demanda s'il l'entendait fredonner la mélodie sur sa peau malgré les rugissements étouffés de la rue. Peut-être. De sa main libre, il laissa une traînée d'étincelles sur la peau nue d'Etta.

Ainsi plongée dans le noir, Etta se concentrait sur ses autres sens. Il lui repoussa les cheveux sur le front. Elle sentit son souffle sur le visage. Des lèvres douces se posèrent sur sa joue, la commissure de ses lèvres, sa mâchoire. Elle sut alors que c'était pareil pour lui : de toute leur vie, jamais ils n'avaient eu autant conscience de l'autre.

Elle relâcha son bras. Il le passa autour d'elle et la guida pour qu'ils s'allongent tous deux sur le flanc, la tête posée sur le sac qui leur servait d'oreiller, sa veste ramenée sur eux. Etta comprit que là, dans l'obscurité, ils avaient trouvé une zone au-delà des règles, à mi-chemin entre passé et futur. L'instant était unique, empli de possibilités.

Le vacarme des raids sembla s'estomper quand Nicholas colla son front au sien, caressant doucement du pouce le bleu qu'Etta avait sur la joue. Du doigt, elle dessina son visage : le nez droit, les pommettes hautes et fières, les lèvres pleines. Il prit sa main et y laissa un baiser appuyé, presque désespéré.

Mais, lorsqu'elle leva le visage, emplie de désir, le sang bouillonnant dans ses veines, Nicholas s'écarta d'elle. Elle le sentait toujours à ses côtés, son cœur battait la chamade, il avait le souffle court ; pourtant, c'était comme s'il avait disparu dans le noir et les grondements.

TREIZE

La bataille faisait rage autour de Nicholas avec une telle violence qu'il en eut le souffle coupé.

Il gardait l'œil rivé sur l'horizon à l'ouest, où des nuages gris fer s'étaient rassemblés en une tornade, comme agités par une main divine. Le ciel avait pris des teintes noires qui lui tordaient les tripes. Empli d'appréhension, il se retourna, prêt à donner les ordres pour que le navire affronte la tempête, mais…

L'équipage avait disparu.

Le vaisseau était désert.

S'élançant vers la proue, il cria le nom de Chase, le bruit de ses pas résonnant dans le hurlement du vent. Les voiles lâchèrent, claquant au-dessus de lui comme un avertissement. Du coin de l'œil, il surprit un mouvement : finalement, il n'était pas seul ! La silhouette avait le dos tourné, mais Nicholas reconnut immédiatement les boucles noires soulevées par la forte brise, la démarche assurée, les mains jointes dans le dos.

— Julian ? appela-t-il.

Comment diable pouvait-il être vivant ? Avait-il survécu à la chute ? Ils devaient rentrer au port, retourner à New York…

L'autre vaisseau apparut tel un fantôme glissant dans la brume sur les eaux sombres. Nicholas n'eut qu'une seconde pour retenir sa respiration avant de recevoir la première bordée.

Il sentit le navire se déchirer sous lui comme si c'était sa peau, et ses os se fragmenter en milliers d'éclats.

— Julian ! hurla-t-il au milieu des flammes et des gravats qui l'entouraient, prisonnier des fumées.

La canonnade se poursuivait, sans faiblir. Les poils de sa barbe, ses cheveux brûlèrent. Le paysage se retrouva nimbé d'une blancheur éblouissante. Nicholas laissa échapper un cri rauque et tomba : le bateau gîtait fortement sur la droite, ce qui ne pouvait signifier qu'une chose, terrible. Il prenait l'eau, et Nicholas allait se noyer. Aveuglé, brûlé, seul.

Puis il y eut le silence.

Ce fut ce calme soudain qui le sortit d'un lourd sommeil peuplé de cauchemars. Nicholas se frotta la nuque pour les dissiper. L'épuisement s'accrochait à lui comme une bernique ; il était incapable de raisonner. Une panique pure, impitoyable, le submergea, l'obligeant à s'écarter de la forme douce et chaude contre laquelle il s'était blotti. Le carrelage blanc, les centaines de monticules formés par les couvertures marron, bleues, rouges, noires… Les réfugiés…

Il se redressa et s'adossa au mur derrière lui. Il se frotta les yeux pour ralentir le rythme de son cœur affolé.

Tu sais où tu es, se réprimanda-t-il.

Oui, il le savait.

Londres. Le XXe siècle. La guerre.

Il se trouvait dans un tunnel. Où circulaient des… trains. C'était le métro.

Il soupira. Au-dessus de lui, les lumières vacillaient comme la flamme d'une bougie dans un courant d'air. Il inclina la tête, à l'écoute des étranges bruits qu'elles produisaient, entre bourdonnement et cliquetis frénétiques, lui rappelant les cigales dans les colonies du Sud.

L'électricité. Il n'en avait pas profité depuis très longtemps, et jamais autant que dans cette époque. Il l'avait découverte grâce à Julian. Ce dernier avait bien ri quand Nicholas avait examiné sa première ampoule. Depuis des années, le jeune homme avait réussi à maintenir le souvenir de son demi-frère enfoui dans son esprit, pour que les regrets n'affectent pas l'espoir qu'il nourrissait pour son avenir. Toutefois, les voyages et Julian étaient intrinsèquement liés. C'était grâce à lui que Nicholas avait emprunté les passages. Au début, selon lui, sa mission devait consister à s'assurer que les derniers rivaux de Boisdefer n'atteignent pas Julian. Il jouerait les protecteurs, un rôle dont il tirait une immense fierté. En réalité, il s'était retrouvé à gérer les vêtements de son demi-frère, à les laver et les raccommoder, comme un vulgaire valet. Il devait supporter ses sautes d'humeur. Même en tant que voyageur, il n'était qu'un domestique. Un esclave, à la merci de Boisdefer.

« *Je n'ai pas besoin qu'on me protège,* avait dit Etta. *C'est un partenaire, qu'il me faut.* »

Ces dernières heures avaient prouvé qu'elle avait en fait besoin d'une protection, mais… d'un partenaire ? Jamais Nicholas n'avait espéré qu'on attende cela de lui.

Il passa un instant de plus à retrouver ses esprits, puis regarda la fille endormie à ses côtés. Il avait les narines emplies d'un léger parfum de roses, comme s'il avait passé des heures le nez dans la masse de ses cheveux blonds indisciplinés. Avant de songer à quel point il s'était montré imprudent et de ruminer sur le grossier personnage qu'il était pour avoir profité d'elle dans le noir, il repoussa la mèche tombée sur le visage d'Etta.

Chaque fois qu'il la regardait, cela lui faisait le même effet que la première fois où il l'avait vue, sur le pont de l'*Ardent*. Les symptômes de son mal étaient clairs : son cœur tombait en chute libre, un étau lui comprimait la poitrine, ses doigts se refermaient par réflexe, comme pour ne pas glisser dans les cheveux de la jeune fille. Il savait ce qu'était le désir – celui-ci l'avait consumé trop de fois –, et connaissait les moyens de l'apaiser, d'éviter le piège de l'attachement, de retourner à son navire satisfait et apaisé.

En étreignant Etta, il avait sincèrement cru expérimenter la même chose. En la caressant, il saurait si sa peau était aussi douce qu'elle en avait l'air. Céder à l'envie de la réconforter serait acceptable, juste pour cette fois, alors que personne ne les verrait dans le noir, ni ne les jugerait...

Au lieu de quoi, chaque seconde passée à sentir son souffle, à effleurer son visage, à lutter contre la tentation de ses lèvres, avait alimenté le feu qui brûlait en lui. Il voulait se persuader d'avoir agi ainsi pour la rassurer, ou du moins pour la distraire. Sa confusion, voulait-il croire, était à mettre sur le compte de sa non-appartenance à cette époque, de leur risque de perdre la vie à tout instant. C'était là, pensait-il, leur dernière chance.

En vérité, il avait tenu Etta dans ses bras parce qu'il en avait eu envie. Il n'avait pas songé à la réputation de la jeune fille, ni à ce que les autres penseraient. Il avait satisfait un besoin, envoyant au diable le reste du monde.

Un sourire triste étira ses lèvres. Qu'il soit maudit pour cela, car à présent il la connaissait. Elle lui avait ouvert son esprit et son cœur, et voilà qu'il savait désormais quel goût avaient ses larmes.

Il se sentait anéanti.

Il s'accrochait à sa volonté comme un naufragé à un débris flottant. Il avait déjà assez de difficultés pour rester à la surface, garder en tête ce qui était important, alors qu'elle était si douce, si chaude, si vivante entre ses mains.

Avait-il le droit de l'embrasser, sachant qu'il était sur le point de la trahir et de s'assurer que l'astrolabe soit bien remis à Boisdefer ?

Avait-il le droit de l'embrasser, sachant qu'elle devait retourner dans son époque, et lui dans la sienne ? La calomnie dont ils seraient victimes, s'ils rentraient tous les deux au XVIIIe siècle, soumis aux lois cruelles des colonies…

Avait-il le droit de l'embrasser, sachant qu'elle ne brûlait peut-être pas du même désir que lui ?

Sitôt son exil commencé, Nicholas avait utilisé son rêve de posséder un navire comme point d'ancrage dans la tempête de rage et de culpabilité qui l'agitait. Une fois de plus, il avait appris à assimiler les limites de la société de cette époque, sans jamais toutefois les accepter totalement. Voyager avec Etta avait remué des idées qu'il avait pris soin d'enfouir et de ne pas toucher. Des idées dangereuses. À quoi ressemblerait son existence, s'il ne retournait pas dans son siècle ? Si, plutôt que de rendre l'astrolabe à Boisdefer, ils menaient une vie de pèlerins, voyageant à travers les terres et les siècles, jusqu'à se sentir en sécurité, leurs besoins satisfaits ? Quand deux êtres n'appartenaient pas à l'époque dans laquelle ils vivaient, devaient-ils suivre les attentes des autres, sans se préoccuper des leurs ?

Tu oublies qu'elle veut absolument sauver sa mère et rentrer chez elle.

Lui-même tenait à tout prix à réaliser son rêve. Ce qu'il voulait, c'était posséder son propre navire, mener une vie sans contraintes, être débarrassé pour toujours de sa famille et de ses machinations.

De plus, Etta ne serait jamais à l'abri s'il ne rapportait pas l'astrolabe à Boisdefer. Peut-être le comprendrait-elle un jour, et finirait-elle par accepter sa trahison.

C'était trop facile de se laisser emporter par des théories, des idées folles. Le vieux voulait juste grossir son troupeau. Trouver plus de domestiques. Même si leur départ avait été plus précipité que prévu, Nicholas ne doutait pas que tout serait pardonné, du moment que Boisdefer obtenait ce qu'il voulait.

Toutefois, il y avait eu un instant, quand Alice et Etta passaient en revue les intentions probables du vieux, où Nicholas avait failli se trahir.

Tu pourrais la garder.

Les mots s'insinuèrent dans son esprit, accompagnés d'images qui lui emplirent le cœur d'une joie sauvage. Depuis quand était-il dans ses habitudes d'abandonner ses récompenses ? Quand avait-il laissé derrière lui un trésor légitimement acquis ?

Nous sommes faits l'un pour l'autre.

Une fois cette pensée ancrée en lui, elle ne le quitta plus. Pourtant, tout les différenciait. Ils étaient comme deux navires faisant voile dans des directions opposées, ayant vogué ensemble la moitié du chemin. Il ne pouvait pas plus la « garder » que capturer le vent. Il ne l'insulterait pas en essayant de s'y employer, ni même en envisageant que ce soit possible. Le moment venu, ils poursuivraient leur chemin comme ils l'avaient fait jusqu'à présent. Etta retournerait auprès des siens, en sécurité, tandis que lui, propriétaire de son navire, serait maître de son destin. Tout ce qu'il désirait réellement pour lui-même.

Cela ne représenterait qu'une petite déception dans une vie par ailleurs réussie.

Céder aux sentiments qu'elle lui inspirait, c'était courir au désastre.

Avec le temps, la douleur s'estomperait.

Cependant… les regrets ne l'épargneraient pas. La simplicité lui manquerait. Ni l'un ni l'autre ne se préoccupait du regard d'autrui. D'après le bref aperçu qu'il avait eu des siècles futurs, il trouvait très singulier que cette jeune fille et lui soient si bien accordés, se comprennent aussi aisément. La vie lui avait prouvé qu'il n'existait que deux manières d'obtenir quelque chose : par la gentillesse et la pitié envers les autres, ou par la volonté pure. Pourquoi cela était-il arrivé d'une façon si différente ?

Nicholas regarda de nouveau autour de lui : les familles qui dormaient par terre, les époux, les femmes, les amis… Cela semblait si simple. Ce couple qui avait dansé quelques heures auparavant, comme ils s'étaient tenus et touchés librement, comme ils avaient pleinement profité de ce moment né de leur imagination !

Ça suffit. C'est une mission. C'est ma compagne dans cette mission. L'enjeu était trop énorme pour se laisser distraire par des sentiments.

Le jeune homme essaya de ne pas penser à la destruction de la ville. Le bruit des machines volantes et des tirs d'obus le terrifiait, mais moins que l'idée de ce qui leur serait arrivé s'ils n'avaient pas couru se mettre à l'abri, si cette pluie de feu s'était abattue sur eux…

Ils devaient quitter cette époque au plus vite. Les gardiens de cette période, réveillés, s'étaient sûrement lancés de nouveau à leur poursuite.

Il se pencha et hésita un instant avant de caresser la joue d'Etta pour la tirer du sommeil. Elle remua, étira ses jambes et, avec un léger soupir, ramena sur elle la veste de son compagnon. Celui-ci posa une main sur son épaule et la secoua jusqu'à ce qu'elle batte des paupières. Elle le regarda, toute chaude et ensommeillée. Il en oublia presque la raison pour laquelle il l'avait réveillée.

— Qu'est-ce que tu… ? marmonna-t-elle.

Il lui fit signe de se taire, se leva et glissa le sac de cuir sur son épaule. Etta saisit la main qu'il lui tendait et se leva à son tour en chancelant. Il lui passa la veste autour des épaules puis, main dans la main, ils marchèrent le long du quai, contournant les Londoniens endormis.

Nicholas montra le bout du quai. Etta hocha la tête. Il allait donc dans la bonne direction. Tant mieux.

Quand il ne voyait plus le ciel, il lui était impossible de s'orienter. Circuler sous terre lui était aussi agréable que le moment où il avait volé en éclats dans son cauchemar. Il y avait quelque chose de contre nature à ne pas pouvoir sentir, au petit matin, la chaleur du soleil sur sa peau.

Le quai se terminait brusquement. Nicholas dut lâcher la main d'Etta et sauter sur les voies. Il trébucha sur les rails. Etta s'assit sur la pierre grise et froide, puis se laissa glisser dans le noir, à ses côtés, en prenant soin d'éviter les familles regroupées entre les voies. Malgré le faible éclairage, la détermination et la concentration se lisaient sur son visage. Pivotant vers le tunnel noir, elle passa la première.

Ça sentait vaguement la fumée. Soudain mal à l'aise, il fronça les sourcils. Il resta près d'Etta, l'obligeant à ralentir le pas. Lorsqu'il se retourna, un homme se penchait sur le quai pour scruter l'obscurité du tunnel. Au début, Nicholas crut que sa peau était plus noire que la sienne. En réalité, il avait la figure couverte de suie. Il le reconnut malgré tout : l'individu leur avait tiré dessus lorsqu'ils couraient vers la station. Comment avait-il fait pour les retrouver si vite ?

— Un gars des Épines nous a repérés, prévint-il. Dépêchons-nous…

— Je vois quelque chose, répliqua Etta. (Tout au bout du tunnel, une lumière brillait.) Ce doit être la station suivante. On se rapproche.

Sans ralentir l'allure, Nicholas plongea la main dans son sac pour en sortir l'harmonica. Il porta l'instrument à sa bouche et souffla.

La note qui résonna n'était qu'un petit son de rien du tout. En réponse, ils furent assaillis par un monstrueux coup de tonnerre et des sons aigus abominables. Par réflexe, Etta recula vers Nicholas. Ils venaient d'arriver près de ce qui restait des marbres d'Elgin : une tête blanche sculptée dépassait d'un caisson en bois, suivant leur progression de ses yeux morts.

— Arrêtez-vous ! cria l'homme.

Jamais.

— Là ! Juste là !

Etta désignait le mur : un rideau invisible semblait ondoyer dans la pénombre. Les cris redoublèrent. Le sang battait violemment à ses tempes. Nicholas passa le premier. Etta lui emboîta le pas.

Lorsqu'il atteignit le bout du passage, la vitesse s'abattit sur lui. Il retint son souffle, son cœur martelant sa poitrine. Le monde devint noir d'encre, l'absence d'air autour de lui écrasant son dos raide. Puis, aussi vite que Nicholas était entré, il fut recraché de l'autre côté.

Les pépiements des oiseaux et les stridulations des insectes cachés dans les arbres au feuillage luxuriant résonnèrent autour de lui. Il y avait toujours un moment où, après avoir été plongé dans l'obscurité, il était aveuglé par la lumière soudaine. Afin de s'éclaircir les idées, il pressa son visage contre la terre mouillée. À peine s'était-il levé qu'un poids atterrit sur son dos et l'envoya s'étaler de nouveau dans la boue.

— Pardon ! s'écria Etta avant de s'écarter de lui en roulant sur elle-même. Aïe !...

Il se redressa et regarda en direction du passage. Une fois certain que l'homme n'allait pas en sortir – si c'était bien un membre des Épines, il était gardien plutôt que voyageur –, Nicholas scruta les alentours. Un vaste écran vert et brun, à la végétation dense, l'entourait. La jungle. Il régnait dans l'air des odeurs contrastées de fleurs sucrées et de végétaux en décomposition.

— Tu vas bien ? demanda-t-il d'une voix rauque. (Il avait la gorge sèche.) Etta ?

Elle gisait à plat dos, sa robe bleu ciel maculée de boue. Il ôta les longues feuilles vertes de ses cheveux pendant que la jeune fille grognait, saisie de tremblements incontrôlables.

— Tout va bien, la rassura-t-il. Regarde-moi. Regarde-moi, pirate.

Durant sa formation, il lui avait fallu pas moins de cinq voyages avant de ne plus ressentir le mal du voyageur. Il savait exactement ce qu'elle endurait : l'état de faiblesse, les sons martelant le crâne, le sang glacé coulant dans ses veines… Elle ouvrit les yeux, mais son regard était flou. Un petit soupir lui échappa. Elle battit des paupières et les referma.

— Ça va aller, marmonna-t-elle. J'ai… juste… besoin… d'un moment.

Ils n'avaient pas le temps de prendre ce moment. Ils ne l'auraient pas tant qu'il ne saurait pas où le passage les avait menés, et si d'autres gardiens se trouvaient dans les parages. L'homme à Londres ferait son compte-rendu au premier voyageur qu'il croiserait ; celui-ci serait alors envoyé à leurs trousses. Ils devaient au plus vite trouver le passage suivant, pour disparaître avant qu'on ait repéré leurs traces.

Nicholas apporterait à Boisdefer son fichu astrolabe, mais il souhaitait que cela se fasse à sa façon, sans y mêler Etta. Il devait se débrouiller pour que la jeune fille ne se doute pas que ce voyage se terminerait d'une manière bien différente de celle qu'elle avait imaginée.

Il baissa les yeux sur son visage grimaçant puis déglutit pour faire passer la boule qui lui obstruait la gorge.

Après un dernier regard alentour pour s'assurer que les seules menaces qui les guettaient étaient la faim et la soif, il prit Etta dans ses bras et se mit en marche.

Pas le moindre sentier en vue, ni le signe qu'un être humain avait déjà foulé ce sol. Nicholas tendit l'oreille, essayant de faire fi du bourdonnement des insectes… Là ! Il entendit ce qu'il espérait être un bruit d'eau qui coule.

Sentir le poids d'Etta dans ses bras était une expérience agréable. Son contact commençait à lui être un peu trop familier, songea-t-il avec une certaine gêne. Il enjamba une grosse racine qui saillait de la terre meuble. Il laissa les branches sur son passage lui griffer le visage et le cou en s'efforçant de protéger Etta.

— Où… ? demanda-t-elle en revenant déjà à elle.

Il réprima un sourire. La prochaine fois, elle aurait donc beaucoup moins de difficultés.

— Je ne sais pas trop, pour être honnête, répondit-il.

— Pose-moi, dit-elle. Je suis capable de marcher, je t'assure.

Nicholas resserra sa prise sur sa taille et ses jambes. La chaleur l'accablait de plus en plus. Le jeune homme avait conscience de dégager sûrement une odeur bien pire que celle de la jungle, pourtant ce fut à contrecœur qu'il aida Etta à se remettre sur pied.

Elle est assez grande pour veiller sur elle-même. Même si cela ne lui déplaisait pas de le faire pour elle.

Elle balaya les lieux du regard, s'attardant sur le feuillage, les ramures touffues qui les protégeaient des rayons ardents du soleil...

— Eh bien... On est dans un endroit... très différent.

Nicholas ricana.

— Viens, allons voir si on trouve de quoi boire et manger.

Il ne s'était pas trompé : il y avait bien un ruisseau non loin, dont le débit était assez rapide pour envisager que l'eau y soit à peu près potable. Quand Julian et lui tentaient de survivre dans la nature, ils portaient des sacs remplis de provisions et de matériel. Des récipients pour faire bouillir l'eau et cuire les aliments. Des couvertures pour les nuits froides. Des allumettes pour le feu, des cannes et des hameçons pour pêcher. Cependant, Hall lui avait enseigné comment se débrouiller sans rien de tout cela.

Depuis New York, Nicholas avait sur lui un petit couteau. Cela devrait suffire.

— Attends ici, dit-il en désignant une pierre sur la rive. Je reviens tout de suite. Crie si tu vois ou entends quoi que ce soit.

Etta hocha la tête, le regard fixé sur un point au loin. Il rebroussa chemin avant de prendre à droite lorsqu'il aperçut du coin de l'œil un cylindre vert pâle. Des bananes. Aucune n'était mûre, mais ça se mangeait quand même. Avec une prière de remerciement, Nicholas les arracha de l'arbre puis les fourra dans son sac. Le problème le plus urgent à présent était de trouver un récipient dans lequel faire bouillir de l'eau, ainsi que du bois suffisamment sec pour allumer un feu.

Il laissa courir sa main le long d'un tronc d'arbre abattu tout en réfléchissant. À l'aide de son couteau, il en découpa un morceau, balayant la terre et les insectes qui y étaient collés. L'arbre était creux. Taillé correctement, le bois pourrait devenir un petit bol.

Nicholas ôta sa chemise froissée. Alors qu'il la glissait dans le sac, il s'étonna de la voir déjà moite. L'humidité ambiante était désormais aussi élevée que dans les marécages des colonies du Sud, juste avant l'orage. Après tout, peut-être n'auraient-ils pas besoin de faire bouillir l'eau : ils se contenteraient de la recueillir.

Le jeune homme écorça le bout de bois, se perdant dans la satisfaction qu'il tirait du sentiment d'accomplissement. Il fit une pause pour se soulager et manger une demi-banane. Il se sentait déjà mieux. Il savait qu'il en serait de même pour Etta une fois qu'elle aurait quelque chose dans l'estomac.

Toutefois, quand il retourna près du petit ruisseau, elle n'était nulle part en vue.

Elle a disparu.

Il ferma les yeux, ce qui fut une erreur. Le visage de Julian lui apparut, tel qu'il était juste avant de finir englouti par la brume, loin en contrebas.

— Etta ? appela Nicholas d'une voix brisée. Etta !

Avait-elle glissé quelque part ? Était-elle tombée ? S'était-elle noyée ? La panique l'envahit au point qu'il en eut le tournis. Il traversa la clairière d'un pas rapide, à l'affût du moindre bruit de pas, d'un signe d'elle.

Soudain, il eut l'impression qu'elle lui avait caché ses intentions réelles à propos de l'astrolabe. Pourtant, elle ne pouvait pas être partie comme ça, non ? Avoir continué toute seule ?

Elle l'a déjà fait, souffla une voix cruelle dans son esprit, *à New York*...

Le buisson derrière lui frémit. Les yeux écarquillés, Etta en sortit d'un pas chancelant.

— Quoi ? Qu'est-ce qui se passe ? demanda-t-elle.

Un instant, la terreur que Nicholas avait ressentie l'étouffa. Son cœur battait à tout rompre. Les cheveux en bataille, elle avait une trace de terre en travers d'une joue, assortie au bleu et aux égratignures de l'autre. Lorsqu'elle réajusta sa robe, il comprit pourquoi elle s'était provisoirement absentée.

— Je... parvint-il à articuler. Je t'avais dit de ne pas bouger !

Devant sa colère, Etta fronça les sourcils, comme si elle ne voyait pas le danger de se promener en pleine jungle.

— Tu étais d'accord ! poursuivit-il.

Il se sentait ridicule, mais le feu qui brûlait dans sa poitrine semblait impossible à éteindre.

— O.K., articula-t-elle lentement. Excuse-moi...

— Que je t'excuse ? (Nicholas savait qu'il aurait dû s'en tenir là et s'occuper plutôt d'allumer un feu, mais il n'arrivait pas à se remettre de sa frayeur.) Tu imagines, s'il t'était arrivé malheur ? Comment t'aurais-je retrouvée ? Quand je te demande quelque chose, j'aimerais que tu me fasses le plaisir de m'écouter !

Etta se redressa de toute sa hauteur. Il remarqua alors qu'elle avait retiré sa veste et que quelque chose y était blotti. Une tête coupée !

La tête d'une statue. Son cœur s'apaisa lorsqu'il vit le sourire serein de la sculpture, offrant un contraste parfait avec l'air exaspéré d'Etta. Elle la posa par terre.

— J'allais dire que je pense savoir où nous sommes, mais, puisque tu sembles avoir réponse à tout, je te laisse deviner.

Elle se dirigea d'un pas furieux vers le ruisseau. Il aurait aimé la voir revenir en riant aux éclats, pour que l'étau comprimant sa poitrine se relâche et lui permette de respirer de nouveau, mais elle n'en fit rien, bien sûr. Elle trébucha et se rattrapa facilement à… un mur de pierre ?

C'était bien ça. Il n'y avait pas qu'un mur, d'ailleurs, mais aussi des marches, ainsi que des statues renversées, prises entre les épais taillis. La plupart arboraient un visage similaire à celui qu'Etta avait trouvé, mais d'autres étaient totalement dépourvus de traits. Le temps, les éléments les avaient érodés.

Le tonnerre qui gronda brusquement au-dessus d'eux immobilisa Etta. Elle plaqua les mains sur les oreilles. Affolés, les insectes et les oiseaux s'envolèrent aux premières gouttes de pluie.

— Oh, mon Dieu ! hoqueta Etta en se tournant vers Nicholas.

Le bras tendu, elle montrait quelque chose d'orange et noir à une courte distance, à demi dissimulé par la végétation.

Nicholas, lui, se concentrait uniquement sur ce qui se trouvait aux pieds d'Etta, derrière elle. Il vit la créature sortir la tête de la boue, ses écailles lisses et luisantes lorsqu'elle gonfla son cou. Etta avait dû marcher dessus.

— Ne bouge surtout pas, prévint-il.

La terreur s'abattit sur lui au moment où le tonnerre claqua de nouveau. Etta commença à reculer, se retournant pour le regarder. Le serpent ondula, prêt à frapper.

— Ne fais plus un geste !

Il ne savait pas si, à cette distance, il l'atteindrait avec son couteau. Le moindre courant d'air, la moindre erreur, et la lame se logerait dans la jambe d'Etta et non dans le maudit serpent. Avant même de s'en rendre compte, il dégaina le pistolet. Quand le serpent se jeta en avant, Nicholas fit feu.

ANGKOR
1685

QUATORZE

Une petite détonation claqua derrière Etta. Une fraction de seconde avant, elle avait été projetée au sol, à quatre pattes, avec une sensation de brûlure au mollet gauche. Elle leva la tête juste à temps pour voir la queue du tigre disparaître : l'animal faisait demi-tour entre les arbres. Les oreilles de la jeune fille bourdonnaient douloureusement. Elle se retourna et vit le cobra qui la fixait, le corps enroulé en anneaux. Il bougeait toujours.

Etta garda les yeux rivés sur lui, ne sentant pas la pluie torrentielle qui s'était tout à coup abattue sur eux, secouant les feuilles, martelant la boue.

Nicholas se tenait à quelques pas d'elle, le pistolet toujours à la main. On aurait dit que c'était lui qui venait de se faire tirer dessus, pas le serpent.

Etta toucha son mollet gauche et regarda sa paume ensanglantée. Elle l'observa si longuement que la pluie lava le liquide rouge. Nicholas sortit enfin de la transe provoquée par le choc. Il se précipita vers Etta et, d'un coup de pied, écarta le serpent.

— T'a-t-il mordue ? (Tout tremblant, il essaya d'examiner sa jambe.) Etta ! Le serpent t'a-t-il mordue ?

Apparemment pas, mais avant d'aller se loger dans le reptile, la balle lui avait effleuré le mollet. Sans en avoir conscience, Etta avait été à deux doigts de se faire mordre.

— Bon sang, grommela-t-il en pressant une main sur la plaie.

Il arracha une manche de la veste d'Etta puis fouilla dans le sac, à la recherche des ciseaux. Aussi délicatement que possible, il tamponna le sang. Ensuite, il banda son mollet avec un tissu propre.

Mais où est le tigre ? se demanda Etta. En le remarquant, elle avait d'abord éprouvé à la fois de la surprise et du plaisir. De son regard brillant, l'animal avait suivi ses mouvements avec un intérêt manifeste. Etta avait mis un certain temps à réaliser qu'aucune grille de protection ne les séparait.

Nicholas lissa les cheveux mouillés de la jeune fille puis fit glisser ses mains sur ses épaules et ses bras, avant de prendre son visage en coupe. Le voyant plus nettement, elle se rendit compte qu'il lui avait parlé pendant tout ce temps.

— Tu peux te lever ? s'enquit-il.

Sous leurs pieds, le sol s'était mué en une rivière de boue. Elle acquiesça en silence, acceptant son aide. Avec précaution, elle testa sa capacité à se tenir debout sur sa jambe blessée. Laissant ses mains sur les épaules nues du jeune homme, elle le regarda en face.

— Ça va ? demanda-t-il d'une voix qui parut encore étrange à Etta.

Elle hocha de nouveau la tête. Se tenir debout était facile ; s'exprimer l'était moins.

— Peux-tu marcher ?

Nouveau hochement de tête. Elle tint ses bras croisés sur sa poitrine.

Nicholas s'apprêtait à repartir quand une idée traversa l'esprit d'Etta. Elle le retint.

— Attends ! On devrait le prendre...

— Le prendre ? répéta-t-il. Quoi, le serpent ?

— Oui. (Elle secoua la tête pour dissiper les dernières nappes de brume dans son esprit.) Et si... si on avait besoin de le manger ? Ne devrions-nous pas l'emporter ?

En y réfléchissant, elle ajouta :

— Mais peut-être pas la tête.

Entouré d'un chatoyant rideau vert malgré la luminosité moins forte, le visage baigné d'eau de pluie, les épaules et la poitrine couvertes de cicatrices, Nicholas cligna des yeux. Soudain, il se mit à rire. Il renversa la tête en arrière, recevant la pluie en pleine figure, puis il s'inclina vers elle pour l'embrasser.

Elle eut l'impression que ce baiser s'achevait avant même d'avoir commencé. L'air à la fois effrayé et déconcerté, Nicholas s'écarta afin d'observer son visage. Elle eut envie de lui caresser le front pour en chasser les rides d'inquiétude. Mais Nicholas n'était pas du genre à se laisser apaiser. Etta le savait sensible aux convenances stupides qui régissaient son siècle. Ils avaient dépassé cela, à présent.

Elle redressa les épaules et le défia du regard.

— C'est ça que tu appelles embrasser ?

Il afficha un sourire en coin.

— On n'a pas le temps de le faire correctement, pirate. Maintenant, dis-moi où nous sommes exactement.

Entre le moment où Nicholas était parti pour faire ce qu'il avait à faire, et celui où Etta avait découvert la tête coupée du bouddha, le doute avait commencé à s'insinuer dans l'esprit de la jeune fille. Tandis qu'elle marchait, les sommets noirs du temple visibles au loin, elle fut soulagée d'avoir eu raison. Mais, rapidement, la colère revint.

New York.

Londres.

Et maintenant le Cambodge.

Une simple coïncidence, vraiment ? Etta avait sorti la lettre pour relire le premier indice qu'ils s'étaient permis d'ignorer, puisque celui-ci venait avant le passage à New York : « Montez et entrez dans le repaire, où les ténèbres vous donneront vos galons. » Il désignait de manière sûre le monastère de Taktshang, au Bhoutan, appelé le repaire du Tigre, ou encore la tanière du Tigre, où sa mère affirmait être allée dans une des grottes méditer sur le tournant à donner à sa vie. Une démarche qui, connaissant sa mère, lui semblait assez improbable.

Rose lui avait dit comment déchiffrer le message. Elle l'avait répété à maintes reprises, de manière détournée, au travers de ses histoires du soir, dans lesquelles elle racontait sa vie, ses aventures. Elle avait même peint les scènes en question puis accroché les toiles dans le salon. Dans l'ordre. Etta se sentait idiote d'avoir été si longue à faire le rapprochement. Chaque indice avait été habilement dissimulé pour cacher sa vie de voyageuse, et chaque cachette était évidente, à la vue de tous.

À présent, Etta ne doutait pas que la peinture du British Museum n'avait pas pour but de la mener jusqu'au musée, mais à l'autre sujet du tableau : Alice. Elle était prête à parier que, si elle se donnait la peine de le vérifier, elle découvrirait que le supposé premier appartement de sa mère en ville, celui qu'elle avait peint pour montrer à travers l'une des fenêtres un aperçu des lumières de Midtown, au sud de Manhattan, se trouvait à l'emplacement exact de la taverne de la Colombe.

« Tu m'écoutes, Etta ? »

« Etta, tu fais attention à ce que je dis ? »

« Je vais te raconter une histoire... »

Rose avait planté les graines et les avait arrosées régulièrement en lui répétant ces histoires au fil des années. Elle avait donné à sa fille ce dont elle avait besoin pour localiser l'astrolabe. Il ne lui restait plus qu'à établir les liens.

Etta ne s'était jamais rendue au repaire du Tigre ni même au Bhoutan, mais elle connaissait une personne, en dehors de sa mère, qui y était allée...

Nicholas marchait à côté d'elle, les yeux rivés sur le sentier qui se déroulait devant eux, jusqu'à ce que d'autres statues et pierres sombres se dessinent dans la végétation. D'après les histoires à demi vraies de sa mère, Etta savait que les deux villes – Angkor Wat, et l'endroit où ils se trouvaient actuellement, Angkor Thom – étaient, à l'époque moderne, entretenues pour maintenir la jungle à distance et permettre aux touristes d'explorer les temples et les monuments. Cependant, quelle que soit l'année ou l'époque où ils se trouvaient en ce moment, il ne faisait aucun doute que c'était après l'abandon des lieux par l'Empire khmer, mais avant qu'ils attirent l'attention des Occidentaux.

— On va devoir nager, constata Nicholas – les premières paroles qu'il prononçait depuis près d'une heure.

Ils avaient atteint, selon Etta, les douves qui entouraient les ruines de la glorieuse cité. Avec les années, les fossés s'étaient naturellement remplis de terre et de végétation, mais avec la pluie battante, l'eau avait atteint un tel niveau qu'on ne pouvait se contenter d'y patauger.

— Non, ma mère m'a parlé d'une sorte de pont… du côté de la porte sud, je crois, répliqua Etta.

Le pont ne ressemblait sans doute pas aux constructions modernes qu'Etta connaissait à son époque ; toutefois, cela valait le coup de le chercher, ne serait-ce que pour éviter d'entrer en contact avec les créatures vivant dans les douves.

Pour rompre le silence et oublier que la pluie dans les feuilles évoquait le bruit de crécelle d'un serpent en colère, Etta demanda :

— Où avez-vous voyagé, Julian et toi ?

— Un peu partout.

Très bien. Nicholas n'était pas encore capable de parler de son demi-frère, et elle ne devait pas insister. Toutefois, elle mourait d'envie d'en apprendre davantage sur cette période de sa vie.

— Je pense que vous n'étiez pas loin de retrouver la piste de l'astrolabe, déclara-t-elle. J'ignore si vous étiez dans la bonne année, mais je suis presque sûre que le premier indice se réfère au repaire du Tigre. L'endroit où Julian a disparu, n'est-ce pas ?

Nicholas passa la main dans ses cheveux courts et acquiesça.

Etta tritura ses doigts.

— C'est la faute de ma mère, non ? Tout ça. Le fait que tu voyageais avec lui, sa mort…

— Je peux pardonner à Rose d'avoir fait ce qu'elle pensait juste, même si ses méthodes étaient contestables, rétorqua-t-il. Mais, si l'on remonte à la racine du problème, seul Boisdefer est responsable.

Toujours lui.

— Je ne sais pas où ni par quoi commencer, poursuivit Nicholas en écartant une branche sur le passage d'Etta.

Il cherchait ses mots.

— On nous a envoyés au Bhoutan, Julian et moi, parce que le vieux avait découvert dans des archives qu'un moine avait aperçu une fois une jeune femme blonde dans l'une des grottes de méditation. Une femme qui n'en est jamais ressortie. Nous étions persuadés que ce voyage n'aboutirait à rien, comme d'habitude. Au fil des années, cette quête nous a conduits du Mexique à l'Inde, en passant par ce qu'on doit appeler l'Alaska à ton époque...

Etta confirma d'un signe de tête.

— Ce n'est pas... si facile d'aborder ce sujet, reprit-il d'une voix timide, couverte un instant par le grondement du tonnerre. Un moment, j'ai refusé de voir quel rôle je jouais en réalité. Je me répétais que je n'étais pas le valet de Julian, mais un frère, un ami, un protecteur. Je pense qu'il me considérait comme son confident, cependant... je suis trop orgueilleux, je le crains. Dès que j'ai compris que je lui servirais juste de domestique, ça m'a rongé. J'ai éprouvé de la rancœur envers lui. Quelques minutes avant sa mort, je lui ai dit que je ne voulais plus voyager. Je préférais, une fois de plus, fuir le piège de l'esclavage. Boisdefer m'avait promis une position si je revenais au sein de la famille. Il m'avait fait miroiter monts et merveilles, l'aventure, tout ce qui paraît excitant aux yeux d'un garçon de quatorze ans. Mais jamais on ne m'a accordé la moindre liberté. On me donnait des ordres. Je n'ai reçu ni la formation complète ni la liste de l'emplacement des passages… Aujourd'hui, je me demande si Boisdefer craignait que je les utilise pour m'échapper et disparaître.

Elle comprenait son ressenti. Apparemment, Cyrus était un manipulateur-né. Il aurait pu lui promettre la lune pour le persuader d'accompagner Julian dans ses voyages.

— Il m'importait d'avoir le choix. De construire ma vie, de me sentir seul maître à bord. Une liberté que je n'ai connue qu'avec les Hall, ou en voguant aux côtés du capitaine.

— Comment Julian a-t-il réagi quand tu lui as annoncé vouloir cesser de voyager ? demanda Etta.

Après un long moment, Nicholas répondit :

— Il m'a dit que j'avais signé un contrat, que les Boisdefer se refuseraient à le rompre. En gros, je n'avais pas d'autre but dans la vie, c'était dans l'ordre des choses. J'ai eu droit à « Toutes mes excuses, vieux frère », ce genre d'inepties. Au fond, je crois qu'il avait plutôt bon cœur, mais les justifications fumeuses avancées par les Boisdefer avaient déteint sur lui.

Etta aurait voulu lui prendre la main. Toutefois, à la vue de ses épaules voûtées, elle n'était pas sûre qu'il ait envie d'être touché.

— Je réalise que j'ai commis une erreur. Une fois revenu au XVIIIe siècle, j'avais l'intention d'échapper à la famille, de reprendre ma place dans mon époque naturelle. Je pensais pouvoir le faire, une fois rentré de… (Il n'acheva pas sa phrase.) Sophia est-elle toujours convaincue que je n'ai rien fait pour le rattraper ?

Etta grimaça, lui fournissant ainsi la réponse.

— Je lui ai dit que c'était impossible.

— Vraiment ? s'étonna-t-il en écartant une autre branche. Je ne lui en veux pas. Toute la famille devait savoir que je n'avais qu'une envie : rompre ce contrat. Ironie du sort, l'exil est une manière de le faire, bien qu'extrême. Malgré tout… je me suis demandé si une part de moi était capable de l'avoir laissé chuter, sachant ce qui en découlerait.

Etta secoua la tête.

— Je suis sûre que non. Pour ce que ça vaut, Sophia reconnaît qu'il s'agissait d'un accident.

— Mais elle m'en tient responsable, insista-t-il. Tout comme moi. Le plus idiot, c'est qu'en dépit de tout, c'était mon frère. Je ne l'ai jamais considéré autrement. Il m'était aussi cher que Chase, qui est comme mon frère. Pourtant, Julian ne me voyait pas ainsi.

— Ça n'a rien d'idiot, souffla Etta en repoussant une mèche de cheveux trempée de son front. Tu mérites d'être aimé et traité avec respect.

S'il l'avait entendue, il n'en montra rien. Il offrit un instant son visage à la pluie, puis reprit sa route en silence.

— J'aurais dû le sauver, regretta-t-il après une longue pause. Quand je suis revenu et que je ne te voyais plus… ça m'a rappelé cet épisode dans la montagne. Le souvenir m'a… saisi, et ne voulait plus me lâcher, même quand je t'ai vue réapparaître.

Une crise de panique ? se demanda-t-elle. Ou l'écho d'un horrible souvenir, qui expliquerait sa réaction disproportionnée.

— Reste au final la certitude que je ne peux pas te protéger de tout, conclut-il. Il m'est difficile de l'accepter. Toutefois, je suis sincèrement désolé de ce que j'ai dit.

— Je déteste qu'on m'infantilise, répliqua-t-elle. Je sais que tu n'en avais pas l'intention, et que les choses sont très différentes dans ton époque, mais rien ne me met plus hors de moi.

Il hocha la tête.

— J'en ai conscience. J'ai agi de manière irrationnelle.

Etta haussa les épaules.

— Crois-moi, je suis moi aussi parfois irrationnelle. J'ai passé la moitié de mon existence à être convaincue, en mon for intérieur, que ma venue au monde était une erreur amèrement regrettée par ma mère, parce qu'elle était froide, dure et impossible à satisfaire. Mais je sais qu'il n'en est rien. Quand j'étais plus jeune, Rose était… très différente. Elle m'a toujours donné tout ce dont j'avais besoin.

Sauf, bien sûr, la vérité à propos des voyages. Elle le regarda dans les yeux.

— C'est la première fois que j'en parle. Je ne suis même pas sûre d'avoir déjà formulé ce que je ressentais auparavant, même en pensées.

— Et, maintenant que tu connais la vérité… commença-t-il.

Alors qu'elle naviguait entre flaques de boue et ruisselets, elle perçut du coin de l'œil une couleur vive. Sans crier gare, elle s'accroupit et tira Nicholas pour qu'il l'imite.

Il tomba à genoux en grognant de surprise. Aux aguets, Etta se concentra sur un point devant eux et se redressa à demi pour regarder par-delà les buissons. Jusqu'à présent, ils avaient longé les douves en suivant autant que possible le mur d'enceinte de la cité, même si la jungle le dissimulait. Mais voilà qu'Etta avait remarqué quelque chose de nouveau. Penchée en avant, elle écarta les feuilles et les branchages. Des vêtements ocre. Du mouvement.

Des hommes.

Il lui fallut un moment pour comprendre la scène qu'elle voyait. À son époque, les moines bouddhistes étaient vêtus de robes aux couleurs vives allant du jaune safran à l'orange foncé. Ceux-là portaient du jaune plus terne, taché de boue. Ils restaient à l'abri de la porte visible à l'extrémité d'un pont en ruine.

— J'imagine que ce sont la porte et le pont dont tu parlais ? lui souffla Nicholas à l'oreille.

Elle acquiesça. Peu à peu envahie par la végétation, la structure semblait la seule encore debout à enjamber les douves.

Les moines paraissaient en pleine discussion. D'un geste, l'un d'eux désigna la jungle, où Etta et Nicholas se cachaient. Ils se jetèrent aussitôt à terre.

— On ne peut pas se contenter… d'y aller, voilà tout ? chuchota Etta.

Nicholas haussa les sourcils.

— Avons-nous l'air d'être du coin, à ton avis ? Comment donner une explication logique à notre présence ?

D'accord, Nicholas marquait un point. Si voyager dans le temps correspondait à l'art de se fondre dans la masse, il serait sans doute difficile de justifier leur tenue vestimentaire ici, en pleine jungle cambodgienne.

— Nous ne voyageons pas avec un gardien capable d'exposer les raisons de notre présence, poursuivit Nicholas à voix basse. S'ils notent dans leurs archives qu'ils nous ont vus, et que celles-ci survivent…

Le cours de l'histoire s'en verrait modifié. D'une ridule, peut-être, mais… Etta n'était pas prête à risquer leur avenir à tous les deux.

Elle n'aurait su dire combien de temps ils patientèrent. Assez longtemps pour qu'elle somnole contre l'épaule nue, chaude et solide de Nicholas. Un bruit de voix l'arracha aux brumes de l'épuisement. Le jeune homme se leva pour suivre du regard les moines qui quittaient l'abri de la porte afin de s'engager sur le pont.

Etta se frotta les yeux. Elle écouta leurs discrets murmures associés au bruit de leurs pas à travers la jungle humide. Elle les fixa du regard le temps qu'ils atteignent un sentier et soient engloutis par le feuillage. Ils étaient une dizaine. Nicholas attendit quelques secondes de plus pour voir si d'autres moines allaient quitter la cité pour rejoindre le premier groupe. Lorsqu'il fut certain que non, il aida Etta à se redresser. Sa jambe lui faisait mal.

— Ça va aller, promit-elle quand il lui jeta un regard inquiet.

Elle s'en sortirait.

— Ta mère doit être une force de la nature, remarqua-t-il en lui prenant le bras pour l'aider à franchir un arbre abattu. Une révolution, une guerre mondiale, une jungle isolée… J'ai presque peur de ce qui va arriver ensuite.

— Paris, souffla Etta.

Elle revoyait si clairement le tableau du jardin du Luxembourg qu'elle sentait presque le parfum de l'herbe et des parterres de fleurs. Après la pluie, l'odeur de pourriture de la jungle s'était intensifiée. Avec le ciel nuageux, la nuit tombait plus vite. Quel rapport sa mère – ou la famille de sa mère – avait-elle avec cet endroit ?

— Oh, non ! Laisse-moi deviner : la Révolution française ? Le règne de la Terreur ? (Il se pinça l'arête du nez.) Je ne suis pas certain de vouloir perdre la tête dans cette quête.

Etta n'en avait aucune idée, mais, au point où ils en étaient, elle ne se serait pas étonnée que sa mère leur réserve une guillotine en guise de défi. Elle comprenait vaguement que ces choix avaient pour but de décourager les voyageurs de remonter sa piste, mais… n'exagérait-elle pas ?

Elle étira ses bras, son dos. Si sa mère avait été assez courageuse pour le faire, Etta en aurait la force, elle aussi.

Chez moi, songea-t-elle. *Chez moi, Maman, et… quoi ?*

— Est-ce que je me trompe ou je lis de l'excitation sur ton visage ? s'enquit Nicholas avec un petit sourire complice.

À ces mots, elle se réchauffa, se remémorant le doux contact de ces mêmes lèvres sur les siennes.

— Eh bien… en quelque sorte, avoua-t-elle pour la première fois.

Ce dont ils étaient capables, ce pouvoir qu'ils possédaient, avait quelque chose d'exaltant, d'absurde, de terrible et de merveilleux à la fois. Son cœur en faisait des bonds. Pour la première fois depuis longtemps, elle était sortie de sa bulle de cordes, de concours et de pratique interminable. Elle se sentait capable, forte d'avoir survécu jusque-là, de survivre encore. À présent, elle avait envie de découvrir toutes ces époques cachées qui lui étaient désormais accessibles, comme dans un jeu de cartes où elle en aurait une à choisir.

Il m'a embrassée.

Elle l'avait embrassé.

Pas par accident. Ce baiser lui avait semblé aussi naturel et familier que la façon dont il lui tenait toujours le bras. Elle avait su qu'ils se dirigeaient vers quelque chose, et elle se félicitait que ce « quelque chose » soit ce qu'elle voulait. Après tout, elle avait sûrement un peu de pirate en elle, car elle se battrait comme un démon avant de remettre de son plein gré le trésor qu'elle avait déjà trouvé.

Elle jeta un coup d'œil au profil puissant de Nicholas. Une pensée s'imposa à elle, qu'elle ne parvint pas à chasser. Une solution propre, facile, à laquelle elle se raccrocha avec un espoir fou.

Si Cyrus punissait Nicholas pour avoir laissé Etta s'enfuir avec l'astrolabe, alors… peut-être devait-il venir avec elle. Voyager dans le futur, où il aurait accès à toute la technologie moderne qu'elle-même tenait pour acquise. Il pourrait trouver du travail, faire des études, et…

Ne plus jamais revoir le capitaine Hall ni Chase. La famille qu'il s'était créée. Ne jamais posséder le navire qu'il désirait si ardemment.

C'était égoïste de sa part de vouloir qu'il vienne avec elle, elle en avait conscience. Certes, elle voulait surtout s'assurer de sa sécurité, mais elle n'était pas prête à ne jamais le revoir, à ne jamais avoir de ses nouvelles, à ne plus jamais entendre le petit grognement qu'il avait émis en l'embrassant. Elle savait que son époque n'avait rien d'utopique. Injustices et discriminations dues à la couleur de peau existaient toujours, mais pas comme au XVIIIe siècle. Chez elle, Nicholas mènerait une vie libre, dont il aurait la maîtrise…

Elle expira longuement puis toucha la main qu'il avait posée sur son bras depuis l'instant où il l'avait guidée entre les pierres glissantes de mousse.

Ce n'est pas une décision à prendre à sa place. Elle ne pouvait décider que pour elle-même.

Pour une fois, le chemin qui menait chez elle lui paraissait dégagé. Chez elle, c'était New York, sa première, sa mère, Alice, et…

L'orage avait rafraîchi l'air. Elle frissonna ; Nicholas la prit contre lui tandis qu'ils montaient le sentier vers l'arche d'une des portes de pierre noire. Etta tendit le cou pour mieux voir le gigantesque visage tourné vers la jungle. Les sommets pointus de la tour formaient comme des rangées de dents, placées de telle sorte qu'ils évoquaient les pétales d'une fleur de lotus.

— Reposons-nous un peu, proposa Nicholas une fois à l'abri de l'arche.

La pluie s'était transformée en bruine – en crachin, comme disait Alice. Après l'orage, les arbres et les bâtiments autour d'eux dégoulinaient. Etta aurait bien voulu prendre le temps d'essorer sa robe, mais… elle ressentait le besoin impérieux d'avancer. Elle avait l'impression de perdre un temps précieux. Alors pourquoi était-elle reconnaissante de ces quelques minutes de pause ? Avoir droit à cette petite parenthèse juste avec lui, sentir sa peau contre la sienne, écouter ses pensées…

Arrête.

— On devrait continuer.

Et cesser de réfléchir aux autres options.

Maman. Plus elle songeait à son projet fou, plus elle prenait conscience du fait qu'il leur restait moins de sept jours pour accomplir leur tâche. Elle comptait sur un élément extérieur pour retourner dans le futur et empêcher qu'on s'en prenne à sa mère, sans parler du délai supplémentaire qu'il lui faudrait pour découvrir le lieu où elle était retenue prisonnière.

— Etta, s'il te plaît, la supplia Nicholas. Je sais que le temps presse, mais il faut que tu manges, et je dois m'assurer que nous sommes seuls. Je vais localiser le passage. Toi, occupe-toi de ta… de la blessure.

Son ton suppliant donna envie à Etta de protester. Cependant, alors qu'il s'éloignait d'un pas, le regard tourné vers la cité, elle le saisit par le poignet.

— Je ne veux pas qu'on se sépare, affirma-t-elle. Je t'en prie… reste. Je vais me reposer quelques minutes et manger. Ensuite, on trouvera le passage ensemble.

— D'accord, fit Nicholas en se radoucissant.

Etta s'assit dans la boue, adossée à un pilier de la porte. Nicholas s'installa contre l'autre. Elle vit enfin à quoi il s'était occupé lorsqu'il l'avait laissée seule près du ruisseau : il avait sculpté des bols en bois. Il lui en donna un pour récolter de l'eau de pluie. Elle avala son contenu en une gorgée, puis le tendit de nouveau pour en avoir davantage. Lui fit de même puis, fouillant dans le sac trempé, il en sortit sa chemise en piteux état et passa à Etta un petit paquet luisant : des bananes.

Affamée, elle en arracha une et mordit dans la chair pendant que Nicholas essorait sa chemise et l'enfilait. La pluie gouttait doucement de l'arche, renvoyant une lumière diffuse. L'eau s'écoulait le long du chemin formé par des siècles de pas. Etta plissa les yeux pour distinguer au loin les arbres à l'écorce claire qui poussaient à l'intérieur de certains monuments, détruisant des pans entiers de murs avec leurs branches et leurs racines.

Ce fut le retour des chants d'oiseaux qui l'incita à fermer les yeux et à respirer simplement l'air humide. Lorsqu'elle les rouvrit, Nicholas l'observait, genoux relevés, l'expression insondable.

Il semblait sur le point de se perdre dans ses pensées, aussi s'empressa-t-elle de l'y rejoindre.

— Et si on s'embrassait ?

Elle aimait pouvoir encore le surprendre, juste un peu. L'air concentré de Nicholas s'effaça lorsqu'il éclata de rire.

— Je ne sais pas si c'est sage. Nous resterions ici pour l'éternité.

Enfin, il souriait. Le sang d'Etta bouillonna. Même si l'initiative de flirter venait d'elle, elle rougit en songeant à la promesse induite par ses propos. Malgré tout, aussi vite qu'il était apparu, le sourire de Nicholas disparut. Il toucha sa jambe blessée et déroula le bandage pour examiner la plaie. Il secoua la tête. Une main sur sa cheville, il caressa de l'autre l'arrondi de son mollet. Elle en eut la chair de poule. Le désir naquit au creux de son ventre, et la chaleur se diffusa dans sa poitrine, son cou, son visage, jusqu'à ce que tout son corps réclame de le toucher en retour.

Il se pencha vers elle et déposa un baiser sur un hématome qu'elle n'avait pas remarqué jusque-là.

— Tu n'y es pour rien, dit-elle doucement.

Si elle avait été plus attentive, elle aurait pu éviter le serpent.

Il souffla sa réponse contre sa peau :

— Je finirai par l'accepter, mais, pour le moment, laisse-moi me complaire dans la culpabilité.

Le sourire aux lèvres, Etta se redressa pour s'approcher de lui, notant que la respiration de Nicholas se faisait plus irrégulière. Il l'observa. Lorsqu'elle posa ses mains sur les siennes, au sommet de ses genoux, elle s'aperçut qu'elles tremblaient.

Elle prit sa main droite et déposa un baiser sur ses articulations abîmées, couvertes de cicatrices. Elle la reposa et plaça les bras sur ses mains, les emprisonnant contre ses genoux.

— Tu me rends…

Il n'acheva pas sa phrase. Elle se pencha vers lui, l'effleura de ses lèvres. Il ne se déroba pas. Elle recommença, en appuyant un peu plus. Il chercha à se libérer ; elle tint bon et vit une expression d'émerveillement naître sur son visage. Avec lui, elle se sentait courageuse ; il la laissait être qui elle était, de manière inconditionnelle. Grâce à cette absence de jugement, la vie autour d'elle se muait en quelque chose de bien plus beau, de plus pur.

Il avait parlé si bas qu'elle se demanda si elle ne rêvait pas.

— Alors, pour toi, c'est pareil ?

Elle frotta son nez le long du sien. Tout chantait en elle ; la parfaite symphonie du bonheur.

— Libère-moi, poursuivit-il d'une voix rauque. (Il avait suffisamment de force pour ôter lui-même ses mains. Dans ses pensées se mêlaient la confusion, le désir, le désespoir.) Etta...

Il se pencha et captura ses lèvres, lui volant un baiser jusqu'à ce qu'elle se relève et aspire une bouffée d'air. Il l'attira de nouveau vers lui. Cette fois, elle le relâcha pour prendre son visage en coupe, et laisser ses mains à lui glisser dans ses cheveux, sur ses épaules. S'il s'était remis à pleuvoir, Etta ne l'aurait sans doute pas remarqué. Le temps revint la harceler, exigeant : les minutes défilaient, de plus en plus vite. Cependant, tout ce qu'elle voulait, c'était rester là, humer l'odeur de la mer sur sa peau, presser son visage dans le creux parfait de ce cou qui paraissait fait pour elle, et pour elle seule. S'il existait un lieu où le temps les oublierait, elle aurait rêvé de le découvrir.

Il respirait par à-coups, elle sentait son cœur cogner contre sa poitrine. Elle savait que le sien aussi s'affolait. De ses lèvres, elle caressa la courbe de son oreille, les doigts appuyés sur la solide musculature de son dos.

— On ne peut pas, murmura-t-il dans ses cheveux. Ça va être trop difficile...

Trop tard.

Pourquoi se torturait-elle avec ce qu'elle ne pouvait avoir ? Elle devait lutter contre cette force qui la ramenait toujours à lui. Ils rentreraient chacun chez soi, et ce qui les attirait finirait par se dissoudre avec la distance, le temps et la mort.

Il était déjà mort depuis des siècles quand tu es née, se raisonna-t-elle.

Jamais ils n'auraient dû se rencontrer. Cela expliquait en partie pourquoi elle le désirait tant : leur relation relevait de l'impossible, et tous deux étaient trop têtus pour se laisser dicter ce qu'ils pouvaient avoir ou pas.

À cet instant, elle s'en moquait.

À cet instant, lui s'en moquait.

Sans savoir qui avait pris l'initiative, Etta sentit de nouveau leurs lèvres scellées, ses poumons qui la brûlaient, l'envie de l'avoir tout contre elle. Elle tomba le dos contre la pierre mouillée de l'arche.

Il plaça les mains à la base de son cou et la maintint contre le mur. Il céda à son envie de l'explorer lentement. À son contact tendre, elle enroula les doigts dans sa chemise trempée. Le monde disparut autour d'elle, comme si elle venait d'emprunter un autre passage.

Un passage.

Elle l'attira plus près d'elle. Il laissa échapper un petit grognement affamé.

L'astrolabe.

Elle fit glisser ses mains autour de sa taille, à la recherche de la peau chaude sous la chemise.

Maman.

— Etta, murmura-t-il, comme si son prénom était secret, Etta... Nous... le passage...

On n'a pas le temps.

— Je sais, parvint-elle à articuler contre sa bouche. Je...

Elle n'eut pas la force de le repousser, de mettre fin à ce moment. Chacun d'eux savait qu'il le fallait, pourtant. Au contraire, elle était saisie d'une fièvre qui la poussait à continuer. Elle resserra sa prise, refusant de le lâcher.

On n'a pas le temps pour ça.

Il fallait qu'ils s'interrompent comme ils avaient commencé : en même temps. Elle le sentit ralentir le rythme. Ses baisers s'allégèrent, devinrent des fantômes.

On n'a pas le temps pour nous.

Elle soupira en tremblant et détourna la tête. Il appuya la sienne dans sa main, essayant de reprendre son souffle.

Au bout d'un moment, il déclara d'une voix rauque :

— C'est bien ce que je disais tout à l'heure : il faut qu'on y aille, avant que Boisdefer n'envoie un voyageur à nos trousses. S'il n'est pas déjà trop tard.

Les yeux rivés sur les pierres entre lesquelles l'eau s'infiltrait, Etta hocha la tête. *Pourquoi cela m'arrive-t-il ?* La question la taraudait. *Pourquoi lui ? Pourquoi ?*

— Sais-tu quelle direction prendre ? demanda doucement Nicholas.

Il leva la main pour lui caresser le visage, puis se ravisa.

— Je... Je crois qu'il faut chercher la terrasse des Éléphants, répondit-elle quand elle eut retrouvé sa langue. Ma mère a peint une vue de cette terrasse en légère contre-plongée. En revanche, je ne sais pas où ça se trouve dans la cité.

— Ne t'en fais pas. Avec un peu de chance, nous sommes assez près du passage pour qu'il réponde à la résonance.

Il fouilla dans le sac et souffla dans l'harmonica. La réponse du passage, une sorte de vrombissement qu'elle ne reconnaissait pas, se répercuta entre les pierres autour d'eux. Etta tendit l'oreille pour en repérer l'origine.

Tout son corps se raidit.

— Tu ne trouves pas que le son est différent ?

— Il est aussi atroce que d'habitude. (Nicholas remit le sac sur son épaule.) On y va ?

Etta chassa son inquiétude et le suivit à travers les ruines de la cité. Elle se demanda combien de temps il avait fallu à la jungle pour effacer presque toute trace de vie humaine. Elle regretta d'avoir oublié la raison pour laquelle Angkor Thom et Angkor Wat avaient été abandonnées. Cela avait un rapport avec la guerre et les changements de pouvoir incessants, qui finirent par provoquer l'effondrement de toutes les civilisations, même les plus glorieuses. Sans la résonance du passage, Etta aurait sûrement été incapable de le repérer. Sa mère lui avait montré des plans de la ville, indiquant le site de fouilles – si tant est qu'elle ait réellement participé à un chantier. Mais à présent le sentier était presque entièrement recouvert de végétation ; la pierre et ce qui restait des structures de bois étaient dans un tel état qu'elle reconnut à peine le Bayon lorsqu'ils passèrent devant.

— Voici le Bayon, expliqua Etta en voyant Nicholas admirer l'imposant temple. D'après ma mère, plus de deux cents visages y ont été sculptés. On dit que la plupart d'entre eux représentent celui du roi qui a bâti cette cité, Jayavarman VII.

— J'imagine que c'est une manière de s'assurer qu'on ne sombrera pas dans l'oubli, commenta Nicholas. Il était plutôt bel homme. Et moi, de quoi aurais-je l'air à ton avis, sur l'un de ces temples ?

— Et moi ? rétorqua-t-elle en riant.

— Je ne supporterai pas l'idée que ton visage y soit sculpté pour être admiré seulement par la jungle. (Il secoua la tête.) Non, je ne le permettrai jamais. Je préférerais commander à un artiste une figure de proue, afin qu'une partie de toi navigue éternellement sur les mers, là où est ta vraie place.

Etta fut si abasourdie devant la sincérité de ce discours qu'elle en resta sans voix. Il le remarqua et, gêné, baissa la tête.

— O.K., finit-elle par répliquer. Mais à la condition que tu me donnes une épée. Et un cache-œil ? De quoi terrifier tes futures proies.

— C'est d'accord, dit Nicholas. (Il ajouta, avec un accent de marin exagéré :) En te voyant, les hommes sentiront leur cœur se pétrifier d'effroi.

Etta sourit.

La pluie et les plantes grimpantes empêchaient de contempler les bas-reliefs sur les côtés du temple ; cependant, Etta distingua une scène de marché : des gens qui faisaient du troc et de la vente, tandis que des poissons nageaient au-dessus d'eux. Nicholas et elle passèrent d'un pas rapide devant des guerriers marchant aux côtés d'éléphants, d'un énorme poisson avalant une espèce de chèvre, et de ce qui devait être une procession royale. Avec la pluie, les moines avaient disparu. Nicholas, tendu, n'en relâcha pas pour autant son attention, jusqu'à ce qu'ils repèrent le passage : celui-ci formait un mur de lumière chatoyant flottant au-dessus de ce qu'Etta identifia comme la terrasse des Éléphants.

Celle que sa mère avait peinte et accrochée au-dessus du canapé, dans le salon.

La terrasse des Éléphants était située non loin du Phimeanakas, le premier temple de la cité. Celui qui abritait un arbre sacré, l'endroit même où sa mère disait avoir effectué ses fouilles. Etta observa les escaliers raides accolés aux diverses strates de l'édifice : la pierre semblait presque rouge comparée à la structure complexe grise qui trônait au sommet.

Quel était le rapport entre ce lieu et sa famille ?

Elle se tourna vers la plateforme qui s'élevait devant eux, acceptant la main que Nicholas lui tendait pour l'aider à grimper. Le roi utilisait cette terrasse pour regarder défiler son armée victorieuse. Elle était entourée d'éléphants en haut-relief, dont on aurait dit qu'ils la portaient sur leur dos.

— « Tenez-vous debout sur les épaules de la mémoire », souffla Nicholas.

À présent, Etta comprenait l'indice : les éléphants étaient connus pour leur bonne mémoire. Mais cela n'expliquait pas pourquoi le passage donnait l'impression que l'air hoquetait. Le son qui en émanait, habituellement semblable à un grondement, diminuait fortement une seconde, avant de retrouver son intensité. Etta le compara à un pouls que l'on percevait parfois à des endroits inattendus du corps.

— Un problème ? demanda Nicholas.

— Non, rien, c'est juste que…

Elle regarda en arrière, vers la cité, puis se retourna lentement vers les arbres comme prêts à enjamber les murs, et enfin vers les visages du Bayon qui l'observaient, leur sourire tranquille et serein aux lèvres. Reverrait-elle un jour ce spectacle, cette cité à cette époque, avant que l'humanité revienne l'envahir ?

Jamais.

C'était là le danger, l'attrait des voyages dans le temps. C'était la liberté de choisir parmi mille possibilités où vivre, et à quelle époque, pour tout recommencer. Ce cadeau précieux éclipsait même les périls les plus basiques comme l'effondrement des passages, le risque de se perdre, ou de se retrouver projeté dans une époque barbare.

— Il est temps, murmura Nicholas, la main tendue vers elle.

PARIS
1880

QUINZE

Etta se réveilla dans l'herbe, à l'ombre, les oreilles bourdonnantes et terrassée par un mal de tête. Au moins, elle était consciente et ne souffrait plus des horribles vertiges qui l'avaient assaillie après avoir emprunté les passages précédents.

Elle se redressa et balaya des feuilles rouges de ses cheveux. La luminosité automnale avait une teinte presque dorée à travers les feuilles couleur de feu au-dessus d'elle. En se retournant, elle reconnut sans surprise l'endroit magnifique où elle se trouvait.

— Tu avais raison. (Assis, adossé au même arbre, Nicholas se frotta le visage.) C'est le jardin du Luxembourg[1].

Etta ne put réprimer un sourire ridicule.

— Répète.

— Quoi ? demanda-t-il.

Répète, songea-t-elle. Sa voix était encore plus incroyable en français. On aurait dit que du miel sortait de sa bouche.

— C'est le jardin du Luxembourg[2], répéta Nicholas, apparemment perplexe.

1. En français dans le texte.
2. En français dans le texte.

— Alors… à ton avis, quel jour sommes-nous ?

— Le même jour que celui où on s'est réveillés à Londres, répondit-il.

L'ourlet de la robe d'Etta était déchiré en plusieurs endroits. De bleu ciel, le vêtement avait viré au marron digne d'une rivière boueuse. Ses bottes étaient pleines de terre séchée et de brins d'herbe, et Etta n'eut pas besoin de toucher ses cheveux pour savoir qu'ils partaient en tous sens.

Après avoir jeté un regard à la ronde pour s'assurer que personne ne les surveillait, Nicholas entreprit de lisser la chevelure indisciplinée d'Etta, ramenant les mèches sur sa nuque. Il prit soin de ne pas toucher sa peau en nouant le ruban qu'il avait sorti du sac pour les attacher. De son côté, Etta surmonta son envie de s'appuyer contre son épaule et d'entourer sa taille fine de ses bras.

Il savait à quoi elle pensait.

Sept jours. Moins.

— On y va ? demanda-t-elle.

— Allons-y doucement, répliqua-t-il. Je veux être certain de ne pas éveiller les soupçons.

Et elle voulait être certaine qu'il ne courait pas de danger.

Contre toute attente, alors qu'ils rejoignaient une allée du jardin, Etta ne sut dire à quelle époque ils étaient. Les costumes des femmes semblaient dater de la fin du XIXe ou du début du XXe siècle : couleurs vives, vestes cintrées élégantes et longues jupes bouffantes à l'arrière, ou ornées de ruches exagérant les courbes naturelles du corps. Des bonnets et des chapeaux décorés de fleurs et de rubans leur cachaient les cheveux.

Les femmes étaient accompagnées par des hommes en costume et haut-de-forme. Certains jouaient aux cartes ou aux échecs, d'autres se promenaient autour d'un grand bassin, une canne à la main. Des enfants couraient autour des artistes et de leurs chevalets. Assises sur des bancs, des femmes conversaient paresseusement. La scène n'était pas si différente du Luxembourg actuel. De l'autre côté du bassin se dressait le palais lui-même, aussi majestueux que dans le souvenir d'Etta, comme si une aile de Versailles s'était égarée.

— On devrait s'en sortir, assura Nicholas à voix basse. Il suffit de ne jamais regarder personne dans les yeux.

Tout à coup, on eût dit qu'une mouche l'avait piqué : debout près d'Etta, aussi droit qu'une statue de marbre, il se mit à courir, franchissant d'un bond un parterre de fleurs multicolores. Des femmes poussèrent des cris aigus lorsqu'il passa devant elles, des hommes l'interpellèrent... Il ne prit pas la peine d'emprunter l'allée qui contournait le bassin et le traversa, envoyant des gerbes d'éclaboussures autour de lui. Une fois de l'autre côté, deux petits garçons voulurent l'imiter, aussitôt rattrapés par leurs nourrices.

Un instant, Etta resta pétrifiée, les bras tendus vers lui. Quelque chose de froid fut pressé contre sa paume par un vieux passant au visage aimable : des pièces de monnaie.

— Attendez... Non ! commença-t-elle en voulant les lui rendre. Je ne suis pas... Laissez tomber.

Elle empocha la monnaie et s'élança derrière Nicholas, essayant d'oublier qu'on l'avait prise pour une mendiante. Il fallait un début à tout.

Elle n'eut pas de mal à suivre la silhouette de Nicholas à travers la foule tandis qu'il longeait à toute allure les statues à l'effigie des reines de France. Enfin, il s'arrêta, mais ses épaules lui cachèrent ce qu'il poursuivait. Ce ne fut qu'une fois derrière lui, entourée de badauds qui les observaient bouche bée, qu'Etta la vit.

Grande et élégante, la femme avait un certain âge d'après les rides qui marquaient son visage à la peau mate. Ses cheveux étaient rassemblés sous un petit chapeau ordinaire. Comparée à la tenue des autres femmes, la sienne était simple, presque semblable à un uniforme.

Un panier était renversé à ses pieds. Etta s'empressa d'en ramasser le contenu, répandu par terre. Quand l'inconnue se retourna, Nicholas avait toujours la main posée sur son épaule et parlait en français d'une voix rauque :

— Je suis vraiment désolé. Je croyais… ma mère…

À ces mots, l'air terrifié de la femme disparut.

— Ce n'est rien. (Elle lui adressa un sourire et lui tapota la main.) Tu es un bon garçon.

Etta se redressa et lui tendit le panier en silence. Nicholas semblait bouleversé.

— Au revoir, le salua la femme d'un petit signe de la main.

— Au… euh… Au revoir, parvint à articuler Etta en la regardant s'éloigner d'un pas rapide.

Chancelant, le pantalon et les chaussures trempés, Nicholas ne la quitta pas des yeux.

— Il faut éviter de se faire remarquer, c'est ce que tu disais, non ?

Il ne répondit pas. Il était pétrifié.

Mieux valait bouger que risquer de se faire repérer par les gardiens, ou la police. Etta glissa un bras au creux de son coude et l'écarta de l'allée, serpentant entre les arbres jusqu'à trouver un lieu qu'elle connaissait : la fontaine Médicis, et le long bassin qui s'étendait devant elle.

Etta fit asseoir le grand corps du jeune homme sur le banc le plus proche.

— Ça va ?

Il secoua la tête et déglutit, à l'évidence choqué.

Elle fouilla le sac qu'il portait pour lui donner quelque chose à manger. Ne trouvant rien, elle dit :

— Je reviens tout de suite.

Avec la monnaie du vieil homme, s'expliquant par gestes précis, elle parvint à acheter une miche de pain et un petit verre de limonade à un vendeur. Un passant bien intentionné évita qu'une file trop longue se forme derrière elle en lui servant d'interprète et en complétant la somme qui lui manquait.

Le temps qu'elle revienne auprès de Nicholas, celui-ci avait repris ses esprits et faisait les cent pas en la cherchant du regard. À le voir soudain soulagé, elle se précipita vers lui, prenant soin de ne pas renverser le verre de limonade qu'elle tenait.

Il lui prit des mains la nourriture et la boisson, les posa puis l'enveloppa de ses bras. Elle l'imita, perchée sur la pointe des pieds, cédant à l'envie qui l'avait tenaillée dès l'instant où elle s'était éloignée : l'étreindre jusqu'à ce qu'il cesse de trembler.

Elle se moquait bien des témoins. Une fois redescendue sur ses talons, elle le relâcha avant de désigner le pain.

— Ce n'était pas donné, alors n'en laisse pas une miette.

— Compte sur moi, promit-il.

Il rompit le pain pour lui en tendre un morceau, reprit place sur le banc et lança un regard penaud à la ronde.

— Je dois admettre que ça m'étonne qu'on ne nous ait pas pris pour des vagabonds et demandé de quitter les lieux, commenta-t-il.

Etta préféra ne pas lui avouer avec quel argent elle avait acheté le pain et la boisson. Au lieu de quoi, elle observa son expression fascinée et ses lèvres pincées quand il prit une gorgée de limonade.

— Bon sang ! s'exclama-t-il en toussant et en se frappant la poitrine. Est-ce que ça s'arrête de brûler à un moment ?

— Au cours de tous tes voyages, tu n'as jamais goûté à la limonade ? demanda-t-elle. Tu n'as bu que du vin et de la bière ?

— Mieux vaut ça que de l'eau contaminée.

Nicholas porta sa moitié de miche à son nez pour la sentir. Etta fut prise d'une bouffée de bonheur devant son ravissement.

— Que s'est-il passé ? s'enquit-elle doucement.

Il inspira à fond et regarda vers le bassin qu'il avait traversé en toute hâte.

— J'ai cru que cette femme… Je l'ai entraperçue alors qu'elle traversait le parc, l'air pressé. Pendant un instant, j'ai réellement cru que… c'était ma mère.

Etta sentit un poids énorme peser sur ses épaules, jusqu'à avoir des difficultés à respirer.

— Ça doit te sembler fou, reprit-il, et j'ai fait preuve d'une grande imprudence, mais la ressemblance était troublante. Bien sûr que j'ai fait erreur. L'année où nous sommes, elle est morte depuis longtemps. Je le sais, mais c'était comme si… (Il croisa les mains sur ses genoux et secoua la tête.) Une seconde, j'ai eu l'impression que les nuages du passé s'étaient dissipés et me l'avaient rendue.

Etta s'appuya contre son épaule et regretta de ne pouvoir dire autre chose que :

— Sais-tu ce qui lui est arrivé ?

Il acquiesça :

— Pendant que je parcourais le monde avec Julian, Hall a achevé le travail que j'avais commencé en me lançant à sa recherche : elle est morte en Caroline du Sud, en 1773. D'une fièvre. (Il eut du mal à poursuivre.) Toute seule. A-t-elle été enterrée ? Je n'en suis même pas sûr. Selon Hall, même avec mes papiers, essayer de localiser la tombe était une entreprise trop dangereuse.

— Je suis désolée, souffla Etta.

Il laissa reposer son visage sur sa chevelure avant de déclarer :

— J'ai peu de regrets dans ma vie, et je devrais m'estimer heureux de n'avoir que celui-là. Boisdefer est responsable, j'en ai conscience. Toutefois, je me sens coupable. Je n'aurais pas dû accepter sa proposition de partir en mer. Alors, peut-être, j'aurais retrouvé ma mère à temps, et acheté sa liberté. Julian n'aurait pas chuté. Quant à moi, je serais libéré des chaînes que cette famille a toujours voulu m'imposer.

Etta ne comprenait que trop bien son ressenti. Elle-même aurait donné n'importe quoi pour revivre les derniers instants d'Alice. Un rêve impossible, même par les voyages : il ne pouvait y avoir deux Etta la même année, au même endroit.

Cependant, Nicholas ne s'était jamais rendu en 1773. Du moins pas toute l'année. Elle craignait presque de poser la question.

— N'y a-t-il pas un passage débouchant en 1773 ? Je sais que sauver Julian est inenvisageable, car cela modifierait trop de choses. Si ta mère était malade, tu n'aurais sans doute rien pu faire, mais peut-être... peut-être que cela vous apporterait un peu de paix à tous les deux ?

Il secoua la tête.

— Il n'existe pas de passage menant à cette année-là, répondit-il. J'y ai déjà pensé mille fois. Je me suis demandé comment envoyer un message à Hall dans le passé, afin de ne pas m'y rendre moi-même. Même si je regrette mes choix, je ne peux me résoudre à agir de manière si égoïste : prendre le risque que ces changements aient une incidence sur la suite.

— Quand tu me disais que je ne pouvais pas sauver Alice, tu parlais d'expérience.

— J'aurais dû tout te raconter, murmura-t-il.

Il gardait ce souvenir profondément enfoui en lui, un poignard qu'il conservait enveloppé de couches de distractions, pour éviter de se blesser avec. Une façon de se protéger qu'Etta comprenait et respectait.

— Cela dit, enchaîna-t-elle, créer ce passage serait facile avec l'astrolabe.

Soudain, Nicholas se redressa et s'écarta d'elle. Une fois de plus, elle avait réussi à le choquer.

— Etta...

— Non, ne me fais pas croire que c'est impossible, car ça ne l'est pas. Rien ne nous empêche de prendre le temps de créer un passage pour toi, avant de...

— Avant de remettre l'astrolabe à Boisdefer ? dit-il à sa place, une lueur de suspicion dans le regard.

Elle acquiesça tout en se détestant de lui mentir ainsi.

— C'est beaucoup plus simple que tu voudrais le croire.

Contrarié, le jeune homme pinça les lèvres. Pourquoi une telle réticence à envisager cette option ? Il ne voulait plus voyager, mais une dernière fois pour voir sa mère, être avec elle et apaiser son âme… Cela vaudrait la peine, non ?

— Quoi qu'il en soit, il faut d'abord trouver ce maudit objet. Considérons-nous comme très chanceux que j'aie réussi à décoder l'indice. (Nicholas plaqua la main sur la rambarde de pierre qui courait le long du bassin.) Tu nous y as amenés directement.

— Tu veux dire… (Elle suivit son regard vers la fontaine.) « Apportez une pièce à la reine veuve. »

— Nous sommes bien face à la fontaine Médicis, commandée par Marie de Médicis, la veuve d'Henri IV ? interrogea Nicholas en désignant l'édifice. Julian m'a fait venir ici. Le point commun aux Boisdefer, c'est leur amour des sermons et des leçons d'histoire dont tout le monde se passerait volontiers.

Etta ne put qu'acquiescer. La pierre qui surmontait la fontaine était richement sculptée : deux personnages, entourés d'ornements, y étaient à demi allongés. Trois autres statues se trouvaient au centre : Polyphème surprenant Galatée dans les bras d'Acis. Polyphème, le gigantesque cyclope de bronze, observait par-dessus un rocher les amants maudits sculptés dans le marbre blanc. La mère d'Etta adorait les œuvres de la Renaissance italienne, période dans laquelle elle s'était spécialisée, et cette fontaine en reprenait des éléments. Pour Etta, le lien ne faisait aucun doute.

Nicholas laissa échapper un autre soupir avant d'enfouir son visage entre ses mains. Etta lui caressa les cheveux d'un geste rassurant. Elle ne savait pas ce qui le bouleversait le plus : avoir attiré l'attention sur lui sans le vouloir, ou avoir laissé l'espoir renaître ? Elle lui prit la main. Leurs doigts s'entremêlèrent. Il lui rendit sa douce pression.

— « Apportez une pièce »… marmonna-t-elle. Bien sûr ! On jette des pièces dans les fontaines pour exaucer les vœux. Tu as sûrement raison.

De sa main libre, elle sortit l'harmonica du sac pour le porter à sa bouche – non sans une certaine raideur, s'attendant à ce qu'un bruit assourdissant éclate brusquement.

— Attends, l'interrompit Nicholas en refermant la main sur son poignet, avant qu'elle ait eu le temps de souffler dans l'instrument. Etta, je dois te dire quelque chose.

Un violent craquement, émis par le passage, les déséquilibra tous les deux. L'harmonica manqua de tomber à l'eau. Etta se précipita pour le rattraper. Nicholas la maintint accroupie tandis qu'il scrutait les alentours.

— Je n'ai pas… commença-t-elle.

Je n'ai pas soufflé dedans. Pourtant, si le passage émettait ces sons insupportables, c'était bien parce que…

Deux silhouettes surgirent derrière la fontaine, lâchant leurs sacs et ôtant d'un coup d'épaule la veste de leur smoking. L'un, grand, les cheveux châtains, retira son nœud papillon puis éclata de rire aux propos du blond, plus petit, qui l'accompagnait. Tous deux étaient beaux.

Etta leur trouva un air familier. Elle ne sut dire d'où elle les connaissait, jusqu'à ce que le plus grand lève les yeux. Des yeux d'un bleu glacial.

À cet instant, elle ne sut qui était le plus surpris des trois : Nicholas, qui venait de respirer un grand coup ; elle-même, quand elle comprit que l'homme avait les mêmes yeux que Cyrus ; ou encore l'individu en question, qui devint livide et appela :

— Rose ?

Nicholas aida Etta à se remettre debout et fut très concis :

— Cours.

Avec ses grandes jambes, il n'eut aucun mal à parcourir une certaine distance tandis qu'elle devait courir à toute allure rien que pour le suivre.

— Rose ! cria l'homme. Rose !

— Merde, jura Nicholas.

Au coup de feu qui suivit, les promeneurs se dispersèrent telle une volée de moineaux. Un deuxième tir claqua, arrachant un morceau d'écorce à l'arbre à côté duquel Nicholas passait.

Avant qu'Etta liste les raisons attestant que son idée était mauvaise, elle plongea la main dans le sac de Nicholas. Elle referma les doigts sur le manche du pistolet et l'arracha du sac. Il y avait une sorte de crochet à l'arrière de l'arme. Elle y plaça le pouce, le tira en arrière, puis, d'une infime pression sur la gâchette, fit jaillir une balle.

Elle en ressentit les vibrations jusque dans ses os, les tympans douloureux à cause du bruit assourdissant. Mais elle obtint le résultat escompté : leurs poursuivants cessèrent de leur courir après.

— Sacrebleu ! s'écria Nicholas en se retournant pour la regarder. Ça t'a plu, hein ?

Elle haussa les épaules. Oui, peut-être un peu. Assez pour vouloir réessayer, et viser pour de bon, cette fois. La sagesse l'emporta toutefois : elle rendit le pistolet à Nicholas avant de reprendre sa course.

Le jeune homme leur fit traverser la pelouse, serpenter entre les arbres, jusqu'à se retrouver à l'extérieur du parc. Bousculant les passants surpris, il se précipita dans une ruelle. Lorsqu'il se baissa derrière un tas de cageots, Etta le suivit, la poitrine en feu, le cœur au bord des lèvres.

— Sacrebleu, répéta-t-il, tremblant comme une feuille.

Il toucha son épaule. La balle l'avait-elle effleuré ?

— Qui était-ce ? demanda Etta, essoufflée et penchée en avant pour mieux voir entre les cageots.

Nicholas laissa reposer sa tête contre le mur derrière lui.

— Mon père. Augustus Boisdefer.

Etta s'en doutait. Elle avait reconnu les yeux et l'allure de Cyrus, son nez, ses sourcils. Mais, surtout, elle avait vu l'inquiétude fugace sur son visage quand il l'avait appelée par le prénom de sa mère.

— Tu vas bien ? demanda-t-elle en touchant le bras de Nicholas.

— Ce n'est pas la première fois qu'il manque de me tuer, confia-t-il d'un ton désinvolte, mais espérons que ce soit la dernière. Bon sang, je ne pensais pas le revoir un jour. Maudits voyages dans le temps, maudit…

Oh, mon Dieu ! Etta venait de comprendre que, même après la mort d'un voyageur, il y avait toujours un risque de le rencontrer dans l'histoire. Chaque passage débouchait sur une année et un endroit, mais pas sur un jour précis. Y avait-il une chance qu'ils aient atterri au moment exact où une version passée de son père avait décidé de se montrer ?

— Quelle ironie de le voir !...

Nicholas secoua la tête tandis qu'elle lui caressait la joue du dos de la main.

Il la saisit dans la sienne. Il ne la regardait pas, mais Etta voyait bien les émotions qui l'agitaient.

Pourquoi sa mère aurait-elle caché l'astrolabe dans un lieu si facilement accessible aux Boisdefer par le passage ?

Non, elle n'aurait pas fait ça.

Les yeux fermés, Etta songea aux tableaux accrochés dans le salon et retraça les histoires racontées par sa mère pour revenir à la plus récente : celle qui la ramenait ici, car elle concernait l'épisode où Rose avait été acceptée à la Sorbonne, en histoire de l'art. C'était la dernière toile de la série.

Non.

Etta se redressa si vivement que Nicholas, soucieux, se tourna vers elle. Le tableau du jardin du Luxembourg n'était pas le dernier. Sa mère lui avait dit qu'elle comptait le remplacer par un autre. Celui du désert syrien, qu'elle avait peint. Elle y avait greffé l'histoire des boucles d'oreilles, du marché de Damas, de la femme qui les lui avait vendues. Comme Etta l'avait appris, sa mère ne laissait rien au hasard.

« Tu m'écoutes, Etta ? »

« Tu n'oublieras pas, n'est-ce pas ? »

— « N'oublie pas que la vérité est dans le récit », récita-t-elle lentement.

En d'autres termes, ce qu'elle m'a raconté prime sur ce qu'elle a écrit.

Peut-être sa mère avait-elle enlevé le tableau après avoir écrit la lettre contenant les indices, ou alors… c'était un leurre, au cas où Boisdefer parviendrait à décrypter les indices et à remonter la piste. Dans les deux cas, Etta et Nicholas n'étaient ni dans la bonne ville ni à la bonne époque.

— On doit faire marche arrière, conclut Etta à voix haute. On est passés à côté de quelque chose. On ne devrait pas être ici.

— Mais tu as dit… (Il fronça les sourcils.) Es-tu sûre de toi ?

— Absolument. Pouvons-nous retourner au passage d'Angkor ?

— On ne perd rien à essayer.

Comme redouté, les forces de l'ordre avaient été alertées après le trouble que Nicholas et Etta avaient causé au jardin du Luxembourg. La jeune fille frissonna à l'idée que son nom soit consigné dans les archives, qu'il y ait une trace de l'événement. Ils s'étaient montrés si prudents jusque-là !

— Je ne m'en ferais pas trop à ta place, la rassura Nicholas. Peut-être que c'était censé se produire.

Elle le regarda, étonnée. Ils restèrent en lisière du jardin, louvoyant entre les arbres de la rangée extérieure. Les uniformes des policiers se confondaient avec les costumes sombres des hommes livrant leurs témoignages. Les vêtements colorés des femmes, en revanche, offraient un contraste saisissant.

— Dans sa lettre, poursuivit Nicholas, Virgil disait que mon… qu'Augustus avait vu Rose à Paris. Je me demande s'il parlait de cette occasion.

Peut-être. Mais le concept était trop fou pour être accepté par Etta : cela signifiait qu'elle n'avait aucun libre arbitre, qu'un chemin était déjà tracé, et qu'il l'était depuis le début.

— Ou bien c'est une simple coïncidence, reprit Nicholas.

Lorsqu'ils trouvèrent le passage, ondoyant dans l'obscurité naissante, il émettait un faible bourdonnement. Pistolet à la main, Nicholas obligea Etta à patienter le temps de vérifier que la voie était libre entre les arbres. Quand enfin ils franchirent l'entrée du passage, la pression écrasante lui parut familière, comme une étreinte trop forte, non comme une agression de tous ses sens.

Le passage les recracha à toute allure. Etta glissa en avant sur la pierre, battant des bras pour ralentir sa progression. Son poids l'emporta jusqu'à ce que ses orteils soient au bord de la terrasse.

— Etta ! Où es-tu ?

Les ténèbres qui lui obstruaient la vue n'étaient donc pas le résultat du mal du voyageur : il faisait noir comme dans un four.

Le même jour, songea-t-elle avec lassitude. *Mais pas le même endroit*.

De gros nuages cachaient la lune et les étoiles. Ses autres sens se mirent aussitôt en alerte. L'odeur sucrée et écœurante de pourriture qui régnait dans la jungle la frappa de nouveau. Les gouttes s'abattant sur les feuilles et la pierre. Les mains de Nicholas lui touchant le sommet du crâne tandis qu'il avançait à tâtons.

— C'est bien toi et pas un tigre, j'espère…

Elle rit. Comme en réponse, un nuage se retira juste assez pour laisser un rayon de lune s'infiltrer jusqu'aux flaques et les faire briller.

— Vite, où est l'harmonica ? l'interrogea Nicholas.

Il y souffla un grand coup, une fois, et grimaça quand le passage hurla en réaction.

Ses autres sens étouffés, son ouïe, qu'Etta avait déjà développée, s'en trouva décuplée. Cela lui rappela les nombreuses fois où Oskar lui avait montré une technique et demandé de fermer les yeux pour se concentrer sur les différentes tonalités ou qualités de son. Les ondes qu'elle avait entendues auparavant lui semblaient à présent mieux séparées, comme les instruments d'un orchestre.

Voilà. Elle ne s'était pas trompée.

— Tu entends ?

— Je n'entends que les marteaux de Satan et les tambours de guerre de l'enfer, merci bien.

Elle lui demanda de se taire.

Il s'impatienta.

— Ne le prends pas mal, mais peut-être que…

— Écoute, l'interrompit-elle.

Elle reproduisit le son grave du passage. Celui-ci se modifia brusquement. Elle imita le grondement jusqu'à ce qu'il soit plus incisif, plus aigu, atteignant un trille que Nicholas n'avait pas perçu jusque-là.

Au moment de son apparition dans l'air, chaque passage semblait délivrer une véritable cacophonie, mais ces deux-là avaient des tonalités si différentes qu'Etta était furieuse contre elle-même de ne pas s'y être attardée plus tôt. Deux appels se mêlaient. Deux passages.

— Il y en a donc un deuxième, constata Nicholas. Je l'entends à peine...

Elle se retourna, cherchant la provenance du son. Celui-ci se répercutait contre les pierres, compliquant la tâche.

Nicholas aussi scrutait les alentours, à la recherche d'une ondulation dans l'air, de la lueur de l'entrée du second passage.

Puis il se tourna vers Etta, un grand sourire aux lèvres.

— Je l'ai repéré.

— Tu parles ! s'écria-t-elle, sur la pointe des pieds, en continuant à chercher.

— Sincèrement, je pense l'avoir localisé. On peut le mettre sur ma liste, répliqua-t-il, manifestement ravi de la voir vexée.

— Pourquoi, tu fais les comptes ? demanda-t-elle.

— Pas toi ?

Bon, d'accord !

— C'est moi qui ai compris comment trouver celui de Londres, renchérit-elle.

— On a trouvé celui de Paris ensemble, et c'est le vieux qui savait où était le passage à mon époque, rétorqua-t-il. Donc ceux-là ne comptent pas. On est à un partout, pirate. Match nul.

— Comment se fait-il que tu sois si sûr de toi ? s'enquit-elle.

— Tu as peut-être l'ouïe d'un chat, mais moi, j'ai l'œil d'un rapace, se vanta-t-il en désignant le sommet du Phimeanakas, le temple situé en face.

Des centaines de marches raides menaient à l'entrée principale, et… à un rideau chatoyant dans l'air, comme parsemé d'étoiles.

— Je suis persuadé que c'est le passage que nous cherchons, conclut-il.

DAMAS
1599

SEIZE

D'après Nicholas, la clé pour passer d'un portail temporel à un autre et atterrir sur ses pieds dépendait de l'approche et requérait une grande confiance en son équilibre.

Il suffisait de franchir d'un pas assuré le rideau d'air ondoyant, et vous sortiez du passage comme si on vous poussait légèrement. Vous apparaissiez en marchant vite, plutôt qu'en ayant l'impression d'avoir été éjecté comme un boulet de canon. Impossible d'échapper à la pression qui désorientait et aux ténèbres du voyage. Mais une bonne préparation psychologique permettait de limiter la casse.

Etta laissa échapper un discret « Oups ! » quand ses pieds heurtèrent le sol. Un air froid et sec les enveloppa soudain. Nicholas resserra sa prise sur sa main tandis que le monde reprenait forme autour d'eux.

Ils ne tombaient pas du bord d'une falaise. Personne ne leur avait tiré dessus ou n'avait cherché à les embrocher avec une baïonnette ou une épée. Ils n'avaient pas non plus atterri dans un marais infesté de crocodiles, ou au milieu d'un marché bondé, ni même dans un immeuble en feu. Nicholas aurait donc dû s'estimer heureux. Pourtant, il se sentait surtout épuisé.

Il ne pouvait pas savoir l'heure qu'il était. Seule certitude : il faisait encore noir, et c'était la même nuit que celle où ils avaient quitté le Cambodge. Il tendit l'oreille en percevant des voix au loin, les mots étouffés par la distance et prononcés dans une langue mélodieuse qu'il ne comprenait pas. L'air lui-même semblait avoir été assaisonné avec des épices aussi rares que parfumées, si puissantes qu'on pouvait presque les goûter. La brise charriait d'autres senteurs, à la fois familières et étrangères. Sous l'odeur chaude de la sueur des bêtes de somme et de la fumée, Nicholas distingua les notes d'une fragrance florale, entêtante.

Il finit par s'accoutumer à l'obscurité, assez pour voir des formes se dessiner autour de lui. La pièce était spacieuse, meublée dans un coin d'un lit en bois richement sculpté, ainsi que d'un bureau ou d'une table, dont le plateau était fort encombré.

Etta avança à tâtons. Dans un éclair blanc, elle ôta le drap qui recouvrait un fauteuil. Elle fit de même avec celui qui cachait une table basse couverte de livres et de journaux.

— On est chez quelqu'un ? hasarda Nicholas.

Derrière eux, le passage continuait à gronder. Le son ne s'éteindrait jamais tout à fait, mais d'ici une heure il serait beaucoup plus discret.

— J'en ai l'impression, confirma Etta en s'approchant du lit. Tiens, des allumettes, s'étonna-t-elle en brandissant une petite pochette. Tu vois des bougies quelque part ?

À l'époque de Nicholas, les allumettes n'avaient pas encore été inventées, mais Julian lui avait montré comment les utiliser au cours de leurs voyages. Une trouvaille très astucieuse. Tandis qu'il s'émerveillait de nouveau devant ce luxe modeste et mettait la main sur des bougies à demi fondues, Etta se dirigea vers les fenêtres obstruées par des volets.

— Non ! s'exclama-t-il en la rattrapant par le bras. Pas tout de suite.

Inutile d'ouvrir, si c'était pour se faire surprendre par un passant dans la rue en contrebas.

Etta recula, les mains dressées devant elle.

— Très bien. On allume un feu ?

Il jeta un coup d'œil vers le petit âtre et secoua la tête. Certes, ils y verraient mieux à la lueur d'une flambée, mais la fumée qui s'échapperait par la cheminée attirerait l'attention.

— Pas pour le moment, répliqua-t-il. Si tu as froid, je te réchaufferai.

Etta rit et le repoussa d'un geste taquin. Il fut surpris par la manière dont les pupilles de la jeune fille s'étaient enflammées lorsqu'il avait dit ça. Comme des allumettes.

Arrête, se sermonna-t-il aussitôt. Il ôta le drap le plus proche pour dévoiler un fauteuil de cuir sans doute européen. Peu importe qu'Etta l'ait regardé comme s'il était le seul trésor sur cette terre. Pourquoi était-il si prompt à la laisser gagner son cœur, alors que cela ne mènerait nulle part ?

Il restait une quantité de miroirs et de portraits à découvrir. Tous avaient été posés contre le mur, dans leur cadre. Des ladies anglaises de son époque, au visage poudré et à la mine boudeuse ; des princesses françaises dont les robes de soie semblaient couler sur leur corps ; de gentes dames espagnoles à l'air farouche. Le propriétaire avait bon goût. Il ou elle savait reconnaître la beauté et essayait d'en faire collection.

Nicholas se désintéressa un instant des tableaux pour se tourner vers un objet imposant de la taille d'un banc, lui aussi recouvert d'un drap. Il l'ôta d'un geste vif et se retrouva face à un tigre menaçant, aux crocs d'une longueur exceptionnelle.

Le jeune homme tomba à la renverse sur le tapis rouge aux motifs complexes. Stupéfait, il resta sur le dos tandis qu'une pluie de poussière s'abattait sur lui.

— Remis de tes émotions ? demanda Etta en s'approchant.

D'une main de fer, il la saisit par la cheville. Elle était folle si elle s'imaginait qu'il la laisserait faire un pas de plus vers cet animal !

— Il est mort, dit-elle en le regardant avec un sourire amusé. Je trouve ça dégoûtant, mais il a été empaillé pour être exposé. Regarde.

Nicholas respira un grand coup par le nez quand elle caressa la tête du fauve. En effet, celui-ci ne cilla pas. Il était bien mort.

— Est-ce ta mère qui l'a tué et empaillé ?

— Peut-être, répondit-elle.

Elle lui montra une photographie encadrée d'un homme d'âge mûr armé d'un fusil, vêtu comme un explorateur du début du XXᵉ siècle. Le tigre gisait à ses pieds bottés. À côté se tenait une minuscule fillette blonde, souriant de toutes ses dents. Une version plus jeune de la femme qu'il avait vue sur l'autre photographie. Rose.

Et dire qu'il se demandait d'où Etta tenait son inconscience du danger !

Etta hésita avant de caresser l'échine de l'animal au pelage orange strié de noir. Ayant manqué le tigre qu'elle avait vu dans la jungle, Nicholas prit le temps d'admirer celui-ci. Il avait entendu parler des ménageries en Europe, lu des descriptions et vu des croquis de bêtes exotiques, mais jamais il n'en avait vu un en vrai.

Cependant, de quel droit ôter la vie à une créature si puissante, dans le seul but de flatter son ego ?

— Cette pauvre bête est peut-être le lien qui unit ma mère au Cambodge. Et moi qui espérais que Benjamin Tilleul soit boud-dhiste ! Elle va m'entendre, promit Etta en tapotant affectueusement la tête du fauve. Le tigre est maintenant une espèce protégée, tu sais.

Ah ? D'accord…

— Vu les éléments dont nous disposons sur l'enfance de ta mère, l'homme sur la photographie doit être ton arrière-grand-père, supposa-t-il en lui redonnant le cadre.

Les yeux plissés, elle l'observa en passant le pouce sur le visage poussiéreux de Benjamin Tilleul.

— Oui, sûrement, approuva-t-elle à voix basse. Il a ses yeux. Et sa bouche.

Des traits dont elle-même avait hérité. Elle fut à la fois soulagée et ébranlée d'avoir enfin la preuve que sa famille ne se limitait pas à sa mère et elle.

— Alice a raison. Ils auraient dû le détruire, affirma-t-elle.

Nicholas hésita avant de demander :

— L'astrolabe ?

Elle hocha la tête. La culpabilité et la terreur, désormais familières, s'insinuèrent en lui comme du poison. Il aurait préféré éviter ce sujet, pour ne pas penser à sa propre perfidie ni à l'immense déception qu'Etta ressentirait en apprenant qu'il devait à tout prix rapporter l'objet à Boisdefer.

— Tu ne pourras pas l'utiliser si tu le détruis, s'empressa-t-il de souligner.

Et Boisdefer ne vous laissera jamais vous échapper, ta mère et toi.

— Tu as raison, mais je crois possible de manœuvrer sans provoquer trop de dégâts. Il me reste encore quelques jours… Je dois juste trouver comment ne pas le donner à Boisdefer, et sauver ma mère malgré tout. Ensuite, j'imagine que… nous disparaîtrons, conclut-elle.

Son cœur se serra.

— Et le violon ? Ta première ? objecta Nicholas.

— Et un avenir différent ? Un futur que je n'aurais jamais pu prédire ? renchérit-elle.

Il serra ses jambes contre son torse. Une partie de lui trouvait que Chase avait vu juste : il se sentait l'égal d'Etta. Mais, de temps à autre, dans des moments comme celui-ci, quand elle lui faisait part avec désinvolture d'idées qu'il ne comprenait pas, et qu'il avait honte de demander des explications, il se rendait pleinement compte des différences dans leur éducation, à quel point leur monde avait été façonné par le lieu et l'époque de leur naissance. Elle connaissait des choses qu'il ne pouvait concevoir. Et lui, qu'avait-il à lui enseigner, hormis des leçons d'histoire ?

Il lui avait menti, bien sûr, en disant qu'il ne voulait pas savoir. Il le voulait, même si cela impliquait de prendre conscience de tout ce qui manquait à sa vie. Une part de lui qu'il connaissait mal, qu'il avait appris à taire depuis son enfance, commençait à réclamer l'attention qu'on lui avait toujours refusée.

Je veux savoir. Je veux chercher. Je veux trouver.

Pour la première fois depuis que Hall l'avait sorti de la maison de l'horreur, il sentit le vent tourner, le pousser vers un chemin différent. Il pouvait obtenir tout ce qu'il désirait. Si ce n'était un navire, ce seraient des passages qui le transporteraient où bon lui semblerait. Et il serait accompagné de celle avec qui il avait envie de voyager.

Il repéra un cahier à la reliure de cuir près de la table de chevet. Sur la couverture, l'arbre emblématique de la famille Tilleul. À l'intérieur, les pages étaient blanches, dans l'attente d'être noircies de dates et de souvenirs.

— On doit être chez un membre de ta famille, fit-il remarquer. Boisdefer a saisi toutes les propriétés appartenant aux autres familles. Mais peut-être qu'il ignore l'existence de celle-ci, comme pour le passage que nous venons d'emprunter.

Etta tourna lentement sur elle-même, embrassa la pièce du regard, respirant l'air ambiant, comme pour faire corps avec lui.

Nicholas reporta son attention sur le journal qu'il tenait.

Retourner à *La Colombe* était une option, mais il doutait que le vieux y ait laissé ses maigres possessions intactes, s'il croyait pouvoir les utiliser contre Nicholas. Non. Il chercherait Chase et Hall une dernière fois pour leur faire part de ses intentions, puis…

Il partirait.

Il adorait plus que tout la beauté brute de la mer, même si celle-ci le châtiait, même si elle lui rappelait son insignifiance quand il devait affronter sa fureur par mauvais temps. Elle attendait toujours que des hommes se montrent assez courageux pour conquérir sa surface chatoyante, qu'ils se servent d'elle pour assouvir leur quête de fortune, de terres, d'eux-mêmes. À son époque, il restait sûrement quelques terres, îles et royaumes de glace à explorer, des routes à cartographier… La tristesse l'envahit à l'idée que cette quête, ce court voyage à travers la peur et l'émerveillement, touche à sa fin.

Non, songea-t-il en se frottant le front. Qui se contenterait de parcourir les quatre coins de ce petit monde, quand on avait accès à la chronologie dans sa totalité ?

— Oh, waouh !…

Etta rompit le fil de ses pensées en s'agenouillant auprès de lui.

— Qu'y a-t-il ? demanda-t-il.

Elle récupéra quelque chose derrière le tigre.

C'était un autre animal, une sorte de rat ou de grosse souris, qui se tenait sur ses pattes arrière et portait un pantalon rouge orné de boutons jaunes. Ainsi que des chaussures. Et des gants ?

Etta l'épousseta, et inexplicablement, le serra contre elle.

— Cette chose n'a rien à faire ici, supposa-t-il.

Elle acquiesça et reposa le rongeur empaillé avant de se diriger vers les derniers objets et meubles recouverts de draps. Lui resta assis. Il avait une vue parfaite sur les jambes nues de la jeune fille. Les femmes de son époque ne dévoileraient jamais les leurs, et il lui avait fallu une volonté de fer pour ne pas trop s'attarder sur cette peau soyeuse.

Le bandage de fortune qui entourait le mollet d'Etta commençait à glisser, dévoilant la blessure superficielle provoquée par la balle. Que lui avait-on dit à propos des germes et des maladies ? Il faudrait stériliser la plaie avec une sorte d'alcool, puis refaire un bandage propre, et prier pour qu'elle ne garde pas de cicatrice.

Quand elle se tourna vers lui, appuyée contre le bureau, il se demanda si son beau visage affichait de l'épuisement ou du désarroi.

— Un problème ? s'enquit-il. (Elle haussa les épaules et ne répondit pas.) Je ne sais pas lire dans les pensées.

Elle lui adressa un sourire.

— Pourtant, j'en ai parfois l'impression.

Certes, leurs pensées prenaient souvent la même orientation, mais en d'autres circonstances Etta lui paraissait aussi mystérieuse que les étoiles qui brillaient dans le ciel. Il se leva et la rejoignit.

— Je ne sais pas pourquoi ça me bouleverse, dit-elle en jouant avec le ruban qu'il avait attaché dans ses cheveux.

Il saisit sa main et la tint dans la sienne. Etta dégageait un parfum subtil de fleur qui le rendait fou. Cela lui évoquait la nuit, la lune pareille à une opale…

— Tous les voyageurs sont-ils comme ça ? demanda-t-elle en montrant de sa main libre l'espace autour d'eux. Est-ce que ce sont des collectionneurs ? Des touristes en visite dans différentes époques ? Voyagent-ils pour s'amuser, rapportent-ils des souvenirs pour pavaner ? (Elle s'empara d'un bout de papier jauni.) Quelqu'un s'est offert un billet pour le *Titanic*, et voilà une boîte portant l'étiquette *Pompéi*, que je préfère ne pas ouvrir. À part s'amuser, ont-ils un but ? D'après Sophia, ils protègent la chronologie. Je suis plutôt tentée de croire qu'ils ne protègent que leurs intérêts personnels.

En effet, la pièce rassemblait une collection d'objets hétéroclites glanés au cours de nombreux voyages, appartenant à différentes époques. Horloges, épées accrochées aux murs, bibelots en porcelaine, vêtements de soie, vieux journaux... Tout ce bric-à-brac était exposé comme la chose la plus naturelle au monde.

— Est-ce un problème ? demanda Nicholas. Rares sont ceux qui ont le privilège de pouvoir s'amuser. Je ne trouve pas que ce soit un crime de vouloir prendre du bon temps. Même toi, tu as ressenti le côté grisant des voyages. Ne faut-il pas y voir aussi l'occasion d'enrichir ses connaissances ?

— Si, admit-elle. Toutefois, je reste convaincue que ce n'était pas l'objectif premier des passages. Des générations de voyageurs les ont créés. Comment ont-ils réussi à le faire, et pourquoi ont-ils cessé de le faire ?

Il relâcha sa main, cherchant à dévier la conversation vers un sujet moins risqué. Etta était trop maligne. Elle comprendrait sa duplicité dès l'instant où il lui prendrait l'astrolabe des mains. Désormais, il ne doutait plus qu'elle n'avait aucune intention de le remettre à Boisdefer. Mais le plan qu'elle concoctait était aussi dangereux qu'audacieux. Elle allait tenter de se servir de l'objet pour retourner dans son époque et sauver elle-même sa mère. Même s'il admirait sa bravoure – et regrettait son imprudence –, il devait lui faire comprendre que la certitude de pouvoir échapper à Boisdefer relevait de la folie pure. Si Nicholas revenait avec l'astrolabe, le vieux penserait qu'il était parti sans sa permission pour honorer leur contrat : sa mission consistait à suivre

Etta à tout prix. Toutefois, comment Etta pouvait-elle être aussi certaine de sa clémence si elle refusait de lui remettre l'objet ?

Elle haïrait Nicholas pour l'avoir trompée. Il vivrait avec. Mais son existence lui pèserait trop en la sachant constamment en danger. C'était la seule manière pour lui de la sauver, de sauver Rose, et son avenir, en évitant que l'affaire se termine par un drame.

Etta le comprendrait, en temps et en heure.

Du moins l'espérait-il.

— À ton avis, pourquoi sont-ils partis ? demanda-t-elle en posant sur lui ses yeux bleus et doux.

Venant de quelqu'un d'autre, il aurait ignoré cette question, mais il était touché qu'Etta ait une réelle envie de connaître son avis. Le désir de savoir comptait parmi leurs points communs.

Son désir. L'épuisement l'avait réduit à ses plus bas instincts. Il désirait ses lèvres, ses caresses, son estime, son esprit.

Il désirait être en elle. À ses côtés. Avec elle. *Impossible*, se réprimanda-t-il.

Peut-être était-ce une bénédiction de ne pas pouvoir croiser sa propre route, car il aurait été tenté de tirer sur lui-même avant de conclure le contrat avec Boisdefer.

— Quel homme est capable de résister à la tentation de richesses à découvrir ? demanda-t-il en faisant glisser son pouce le long du bureau en bois sombre. Ou quelle femme, d'ailleurs ? ajouta-t-il en pensant à Sophia.

— Oui, pourquoi pas, répondit lentement Etta en se tournant pour fouiller dans les papiers sur le bureau.

— Tu n'es pas d'accord ?

— Si, dans les grandes lignes. Je suis sûre que c'est la motivation de la plupart d'entre eux, surtout les voyageurs nés plus tard. Mais les tout premiers ignoraient ce qu'ils allaient trouver, non ? Foncer dans l'inconnu exige un grand courage.

— Ou bien il faut être passé par le chantage et la peur, fit-il remarquer.

Elle rit.

— Je ne pense pas que ce soit ça. Du moins, je ne l'espère pas. Ces gens ont réussi l'impossible, ils ont trouvé le moyen de contourner toutes les lois de la science. Des portes sur d'autres mondes se sont ouvertes dans le leur. Je suppose qu'ils se voyaient comme des explorateurs, ou des savants. Ou bien ils considéraient les voyages comme une mission, l'occasion de connaître l'avenir et de procéder à des ajustements. Peut-être Alice avait-elle raison : ils ont modifié trop de choses et ont perdu le contrôle de la situation.

— Tu as parlé de mission ? répéta-t-il d'un ton sardonique.

— Oui. Tu n'y crois pas ?

— Pour moi, on fait des choix et on décide d'une direction à emprunter. Je ne crois pas à un chemin tout tracé, prédéterminé.

— Donc, pour toi, la marine n'est pas ta voie ?

— Non. C'est l'occasion qui s'est présentée à moi. La possibilité, par un travail acharné, de faire quelque chose de ma vie. Bien sûr, j'aime ça, le défi que la mer représente. Grâce à elle, j'ai pu voir le monde au-delà de tout ce que j'imaginais. J'ai envie d'en découvrir davantage. De plus, pour ne rien gâcher, j'excelle dans ce domaine. Toutefois, ce poste m'a été attribué par un autre, et non par la main divine.

Si Hall avait travaillé dans le commerce, peut-être l'aurait-il envoyé comme apprenti chez un marchand. Nicholas aurait mis ses gages de côté jusqu'à pouvoir acheter sa liberté. Au lieu de quoi, sa condition était considérée comme un fait, et non une question douloureuse qui méritait réflexion. Les Hall détestaient l'esclavage, d'abord pour ce que vivaient les esclaves, ensuite à cause de la noirceur que le principe faisait naître dans l'esprit de ceux qui y participaient.

En tant que capitaine, Nicholas aurait les moyens de subvenir à ses besoins. Il prouverait ses mérites aux yeux du monde. En tant que propriétaire d'une compagnie, à la tête d'une fortune importante, il pourrait imprimer sa marque dans la société.

Dis-lui la vérité, espèce de couard, songea-t-il en serrant les poings.

— Pour ma part, déclara Etta, j'ai toujours pensé qu'avoir un talent naturel dans un domaine signifie qu'on est fait pour cette chose. C'est pourquoi je me retrouve dans la panade.

— Considères-tu le violon comme ta voie ? s'enquit Nicholas. Comptes-tu le reprendre après cette mission ?

Etta arrêta sa main sur une petite boîte en bois lisse qu'elle avait dégagée d'une pile de livres.

— Je ne sais même pas si je le pourrai. Ma vie a tellement changé ! Je doute d'avoir le moyen de reprendre le cours de mon existence comme si de rien n'était. Mais… il y a peut-être un autre chemin pour moi, une voie que je n'imaginais même pas auparavant.

— Ne t'en fais pas, la rassura-t-il, il y aura toujours un poste pour toi à bord de mon navire.

Elle afficha son beau sourire.

— Tu me laisseras grimper dans les gréements ? Ariser les voiles ?

— Certainement pas.

Elle éclata de rire.

— Comme si tu pouvais m'en empêcher !

Malgré la voix en lui qui lui intimait d'être raisonnable, il lissa les cheveux d'Etta en arrière.

Bon sang, quand elle le regardait avec ces yeux-là, il avait l'impression de pénétrer dans le cœur blanc-bleu d'une flamme. Les pupilles de la jeune fille se dilatèrent. Elle se mordit le coin de la lèvre. Il songea aussitôt, de manière totalement inutile, que, si quelqu'un devait mordre cette lèvre, c'était bien lui.

Il recula en ayant l'impression de refaire surface.

— Et... nous, que sommes-nous censés faire, au juste ?

— Je l'ignore, répondit-elle avec un sourire taquin. Tu es si beau que je ne suis parfois plus capable de penser avec raison.

Il se retourna et scruta les lieux, réprimant un sourire.

— Il y a un bureau là-bas, constata-t-il. Peut-être y trouverons-nous un indice sur l'endroit où nous sommes. Je vais fouiller la commode.

Etta acquiesça. Avec une ferveur renouvelée, elle reprit ses recherches. La commode de bois massif, ornée de ferrures, n'était pas fermée à clé. Toutefois, hormis quelques sachets de lavande encore parfumée, le meuble ne contenait que des couvertures. Nicholas se retourna en entendant un gros « boum » derrière lui : Etta se battait avec le dernier tiroir du bureau.

Elle souffla sur la mèche de cheveux qui lui tombait sur les yeux.

— C'est fermé à clé.

Tirant dessus de toutes ses forces, Nicholas ne parvint qu'à arracher la poignée métallique.

— Crois-tu que je ne sais pas ouvrir un tiroir ? demanda-t-elle en lui prenant la poignée des mains. Pourquoi exposer tous ces trucs, attiser notre curiosité, mais empêcher l'accès à ce tiroir ? Quel intérêt ?

— Parce qu'on ne vous en a pas donné la clé, déclara une voix douce dans l'obscurité.

DIX-SEPT

D'instinct, Etta chercha un objet pour se protéger et fouilla les documents du bout des doigts jusqu'à mettre la main sur le coupe-papier du bureau, aperçu un instant auparavant.

Raide comme un piquet, Nicholas affichait une expression redoutable qu'elle lui avait vue une seule fois : quand il s'était rué sur l'homme qui l'avait agressée, à Londres. Il contourna le meuble pour s'interposer entre elle et l'individu.

— Pas un geste, ordonna la voix. (L'accent était prononcé, le ton guindé.) Je n'aurai aucun scrupule à tuer des voleurs.

Nicholas prit la menace au sérieux puisqu'il s'immobilisa aussitôt, à quelques pas d'Etta.

— Qui êtes-vous ? demanda-t-elle en brandissant le coupe-papier.

— C'est plutôt à moi de poser cette question, répliqua l'homme.

Il sortit de l'encadrement de la porte, qu'il était parvenu à entrouvrir discrètement.

En réalité, il était à peine adulte. Sa voix grave contrastait avec son visage doux, dont les rondeurs indiquaient qu'il devait être proche d'eux en âge. Il avait la peau mate, les yeux noirs et le regard sévère sous d'épais sourcils. Sa longue robe blanche émit un bruissement lorsqu'il marcha sur l'un des nombreux tapis à motifs qui ornaient la pièce. Etta reconnut le style de sa tenue : elle ressemblait à celles portées au Moyen-Orient à l'époque moderne.

Il était pieds nus... Malgré la fatigue, ce détail la frappa et elle s'obligea à réfléchir. « *Je n'aurai aucun scrupule à tuer des voleurs* »... Fallait-il en déduire qu'il était propriétaire des lieux ? Maintenant qu'il s'était rapproché, elle distingua des traces rouges sur son visage, comme si des draps y avaient imprimé leurs plis. Son regard était aussi légèrement vitreux, à moitié endormi.

Cet endroit n'appartenait-il pas aux Tilleul ?

Nicholas glissa une main dans la poche intérieure de sa veste. Le jeune homme souleva la lame incurvée qu'il tenait contre son flanc.

Ils allaient droit vers une issue fatale, et celle-ci ferait des taches sur les somptueux tapis.

— Quelqu'un nous a dit de venir ici, s'empressa d'expliquer Etta. Rose Tilleul.

Le jeune homme se rua sur elle.

— Baisse-toi ! hurla Nicholas.

Elle se laissa tomber à genoux ; Nicholas envoya un coup de poing au-dessus de sa tête. Le temps pour elle de se redresser, les deux hommes avaient roulé à terre, se cognant contre les chaises tout en se frappant mutuellement. L'épée échappa à leur assaillant et tournoya en direction de la porte.

— Arrêtez ! cria Etta. Ça suffit !

C'était comme interrompre un combat de chiens enragés, où séparer les animaux risquait de se solder par une morsure. Elle saisit à deux mains le dos de la veste de Nicholas et tira dessus de toutes ses forces.

— Nicholas ! Arrête !

Haletant et tremblant, il porta ses jointures ensanglantées à sa bouche. Quand Etta se dirigea vers l'inconnu, Nicholas se jeta sur elle pour la retenir. Elle secoua la tête. À contrecœur, il recula et alla ramasser l'épée.

— Le nom de Rose Tilleul ne vous est pas inconnu ? demanda Etta.

L'occupant des lieux ne prit pas la main qu'elle lui tendait pour l'aider à se relever. Elle comprit qu'elle venait de l'offenser.

— Et Benjamin Tilleul ? ajouta-t-elle.

La respiration sifflante, le jeune homme ferma les yeux. Quand il parla enfin, Etta dut se pencher vers lui pour l'entendre.

— Abbi, souffla-t-il. Père.

Le jeune homme, prénommé Hasan, refusa son aide lorsqu'elle lui proposa de nettoyer son visage. Il ne voulut même pas qu'elle le suive pour aller chercher de l'eau et des linges propres. Nicholas se vit donc contraint de le faire pour garder un œil sur lui. Toutefois, Hasan confia l'épée à Etta en signe de reddition. Etta mit à profit ces quelques minutes de solitude pour penser à quelque chose qui lui paraissait encore impossible.

Certes, le temps était une notion relative… mais l'idée que son arrière-grand-père ait un fils de son âge lui semblait complètement farfelue. Techniquement, Hasan était l'oncle de sa mère. Par rapport à Etta, il était donc… son grand-oncle ? Non, son cousin au deuxième degré ?

— Tu lui ressembles, déclara Hasan à son retour, le visage couvert d'un linge humide. À la douce Rose.

— Évidemment, c'est ma mère, l'informa Etta. Tu la connais ?

Il acquiesça et jeta un coup d'œil à Nicholas qui, debout derrière elle, l'observait d'un regard noir.

— Rose et Abbi ont vécu un temps ici, puis il a légué cet endroit à Ummi, ma mère. Ensuite, j'en ai hérité à sa mort. (Il secoua la tête.) Elle t'a demandé de venir ? Ça n'a aucun sens : Rose est venue et repartie il y a quelques jours à peine.

Etta sentit son ventre se nouer.

— Comment ça ?

Rose avait-elle échappé à ses geôliers ?

Décelant son agitation, Nicholas posa une main sur son poignet pour l'apaiser et demanda à Hasan :

— Rose... Était-elle jeune, ou plus âgée que dans ton souvenir ?

Oh.

— Jeune, répondit Hasan d'un ton de nouveau suspicieux. Trop jeune pour avoir un enfant de ton âge. Elle est venue ici dans un but précis. Elle a refusé de me dire lequel.

Nicholas regarda Etta et vit qu'elle était surprise. La Rose qui était venue ici n'était pas sa mère, celle qui l'avait élevée. À cause du fonctionnement des passages, ils avaient failli tomber sur une Rose plus jeune, venue cacher l'astrolabe.

— Pourquoi ne l'as-tu pas accompagnée ? demanda Etta par curiosité.

— Ce n'était pas en mon pouvoir. Je suis un gardien. En tant que tel, je me contente de m'occuper de cet endroit et de le surveiller. Je ne réponds pas aux appels du Grand Maître. Je refuse d'être un Boisdefer.

— Rose a-t-elle laissé quelque chose ici ? l'interrogea Etta, les mots se bousculant dans sa bouche.

Jusqu'à cet instant, elle n'avait pas anticipé le problème. Sa mère ou Benjamin Tilleul avaient-ils prévenu Hasan au sujet des autres familles, ou lui avaient-ils donné pour consigne de n'avoir confiance qu'en Rose concernant l'emplacement de l'astrolabe ?

D'un geste ferme, Nicholas saisit Hasan par le col.

Comme si une nouvelle démonstration de violence était nécessaire !

Le regard fuyant, Hasan s'humecta les lèvres. Un filet d'eau coula le long de sa joue, semblable à une goutte de sueur.

— Réponds à la dame, gronda Nicholas.

— J'ai juré sur ma vie, dit-il en remettant le linge mouillé dans la cuvette. Je ne peux pas me contenter de vous croire sur parole. Vous n'êtes peut-être pas qui vous prétendez être. Nombreux sont ceux qui voudraient nous duper, nous qui sommes toujours dévoués à la famille Tilleul et à ses secrets.

Etta redoubla aussitôt d'attention.

— La seule raison qui m'a poussée à venir ici, déclara-t-elle, c'est une histoire que ma mère m'a racontée… Elle évoquait souvent ses voyages en mêlant le vrai et le faux. Sa dernière histoire en date parlait d'une femme qui lui a vendu cette paire de boucles d'oreilles sur un marché de Damas. (Elle en ôta une et la tendit à Hasan.) Selon elle, elles lui venaient d'une certaine Samarah.

Le jeune homme prit la boucle d'une main tremblante et effleura la courbe du crochet. Le silence entre eux parut s'éterniser, jusqu'à ce qu'il le brise enfin :

— Samarah ne les lui a pas vendues. Elle les lui a données. Je le sais, car c'est mon épouse, mon amour, et que j'ai assisté à la scène.

Il plongea la main dans son col largement ouvert et saisit une longue chaîne d'argent, à laquelle pendait une fine clé argentée.

Il ne l'inséra pas dans la façade du bureau, mais en dessous, dans une serrure qu'ils n'avaient pas remarquée.

Un cliquetis bien huilé résonna, et le tiroir glissa sur ses rails.

Nicholas essaya de profiter de sa hauteur pour jeter un coup d'œil par-dessus Hasan. Celui-ci fouilla le contenu de la cache et trouva ce qu'il cherchait. Il referma le tiroir.

— Cela me rappelle…

Il tendit à Etta une petite enveloppe de couleur crème. Elle souleva le rabat et regarda à l'intérieur. Le premier document était une autre photographie de sa mère en noir et blanc. Toute jeune, elle portait un uniforme de collégienne. Ses cheveux bouclés étaient retenus en arrière par des épingles, ses mains posées sur ses genoux. Le sourire qu'elle affichait avait quelque chose de mystérieux.

Au dos, on lisait : *Rose à 13 ans*.

L'autre document était une lettre adressée à *Etta, mon cher cœur*.

— Vous aviez ça depuis le début, et vous ne lui avez pas fait confiance ? s'offusqua Nicholas.

— Sois un peu raisonnable ! rétorqua Etta. Comment pouvait-il être sûr ?

— Je suis le protecteur de cette famille, se justifia Hasan, la poitrine gonflée. Rosie est la fille chérie du fils d'Abbi, et nous avons tous une grande affection pour elle. Quand je t'ai vue, j'ai tout de suite remarqué ta ressemblance avec elle, qui tient de notre grand-père anglais. Comme lui, tu as le teint, les yeux et les cheveux clairs. Mais ces caractéristiques physiques sont communes dans son pays. Lors de sa dernière visite, Abbi paraissait aussi vieux que le désert, le *bādiyat ash-shām*. Il n'avait plus toute sa tête ; le sort réservé aux autres familles le terrifiait. Je n'aurais jamais risqué la vie de Rose à moins d'être absolument sûr de moi.

– Je comprends, répondit Etta, reconnaissante et touchée de voir avec quelle passion Hasan menait sa mission de protection. Je te remercie.

Elle déplia la lettre sur ses genoux puis chercha un crayon autour d'elle. *Mon cher cœur*... Encore un surnom tendre que sa mère n'employait jamais. Dévoué, Nicholas lui dénicha un stylo-plume dans un gobelet sur le bureau.

— C'est plutôt imprudent de ne pas cacher tous ces objets, fit-il remarquer.

Hasan haussa les épaules.

— Si l'endroit est découvert, la maison et son contenu seront brûlés.

À ces mots, Etta secoua la tête et dessina un cœur grossier sur les phrases sans queue ni tête jusqu'à avoir isolé ce qu'elle pensait être le message caché :

Je suis sincèrement désolée. J'aurais aimé qu'il y ait un autre moyen. J'ai voulu te protéger, mais, si tu trouves cette lettre, c'est que j'ai échoué. Ne fais confiance à personne hormis ceux de ton sang. Boisdefer anéantira ton futur, il est prêt à tout pour sauver une vie. Les Épines feront de même. L'objet doit être détruit. Personne n'a le droit de décider de ce qui doit ou devrait être. Apporte du jasmin à la mariée qui dort d'un sommeil éternel sous les étoiles, et cherche le symbole. Je t'y retrouverai dès que je le pourrai. Pardonne-moi. Je t'aime.

Etta leva les yeux. À sa grande surprise, elle pleurait.

— Je ne comprends pas. Comment ça, Boisdefer veut sauver une vie ? De qui s'agit-il ? Augustus, Julian ?

Nicholas connaissait la réponse, mais ce fut Hasan qui prit la parole.

— Sa première épouse, Minerva.

— Quoi ?

Etta perçut un malaise presque palpable chez Nicholas. Elle eut une furieuse envie de lui sauter dessus pour le contraindre à s'expliquer.

— Il veut donc tout, dit-il enfin. Quelle ordure !

Hasan se racla la gorge et jeta un regard lourd de sens à Etta.

— Minerva et lui ont été mariés quelques années, dans leur jeunesse, poursuivit Nicholas. Je connais l'histoire en gros, telle que Julian me l'a racontée. C'était un mariage d'amour, un cas rare pour les voyageurs. Mais il a eu lieu à une période incroyablement instable et violente, où la guerre faisait rage entre les familles. Les rivaux de Boisdefer ont profité du fait qu'il ait caché Minerva dans le passé pour la protéger. Ils ont découvert sa cachette, mais ont attendu une année dans laquelle aucun passage ne débouchait, pour empêcher Cyrus d'intervenir. Puis ils ont assassiné Minerva pour se venger. Ils ont fait en sorte que le meurtre soit inévitable, à moins que Boisdefer ne se prévienne lui-même et retourne vivre l'année en entier, afin d'être présent au moment où Minerva devait être tuée, en 1456. Bien entendu, cela aurait modifié son destin et le monde autour de lui : s'il avait renoncé et mené une existence normale aux côtés de son épouse cette année-là, sans voyager et terroriser les autres, il n'aurait pas formé les alliances qui lui ont permis d'accéder à la position de Grand Maître.

Oh, mon Dieu ! Etta sentit la lettre lui échapper des mains.

— Il a choisi le pouvoir, conclut-elle.

Mais… cela n'avait aucun sens. Il aimait cette femme au point de sacrifier ses fils et ses petits-enfants pour elle, afin de retrouver l'astrolabe, pour la sauver… Cependant, il avait d'abord choisi les richesses récemment amassées, le pouvoir et le contrôle sur les autres familles.

L'objet de son désir véritable lui avait été arraché. Cyrus avait-il toujours été ainsi, ou la perte de sa femme avait-elle fait de lui ce qu'il était devenu ensuite ? Si Minerva n'avait pas été assassinée, serait-il le même ?

— Il a épousé en secondes noces la mère d'Augustus et de Virgil, reprit Nicholas, mais… Il a dû faire le tri entre les événements indispensables à sa réussite et ceux qui l'étaient moins, et voir qu'il avait encore la possibilité de voyager dans le passé pour la sauver. Ses options : se laisser un message à lui-même, ou retrouver un objet particulier. Pourquoi la date du 30 septembre ?

Parce que sa femme est morte le 1er octobre. Il a imposé ce délai pour agir au plus vite.

— Il y a des règles, mais celles-ci ne peuvent être réécrites que par la main d'une seule personne, déclara Etta. (Hasan hocha la tête. Soudain, la jeune fille se tourna vers Nicholas.) S'il change le passé, alors ton père ne naîtra pas ? Et toi non plus ?

Le jeune homme secoua la tête.

— Non, je serai seulement coupé de mon époque, au point charnière entre l'ancienne et la nouvelle chronologie. Mon avenir, celui des gardiens… Tous seront modifiés, y compris le tien.

Il était difficilement concevable qu'une action isolée ait un impact si important. En quoi sauver une vie risquait d'en menacer bien d'autres, ou de les changer radicalement ?

— Les *ašwaak* – les Épines – ne valent pas mieux. L'objectif de ces gardiens et voyageurs est d'altérer la chronologie pour les mêmes raisons : défaire ce que Boisdefer a réalisé pour lui, et restaurer le monde tel qu'ils le connaissaient. Rose s'était laissé influencer par leur ferveur, par le nombre de personnes de notre famille assassinées par Boisdefer pour avoir refusé de s'allier à lui. Abbi était profondément peiné de la voir rejoindre ce groupe, mais il faut la comprendre. Boisdefer lui avait volé ses parents. Elle était furieuse contre Abbi, lui-même contraint de vivre caché.

Ainsi, ses grands-parents – les parents de Rose – n'avaient pas trouvé la mort dans un accident de voiture à Noël, comme on l'avait raconté à Etta.

— C'est tellement fou, commenta l'intéressée en essayant de rapprocher la jeune femme en colère que

Rose était alors de celle qui l'avait élevée. Je comprends ses motivations, mais… au risque de modifier l'avenir ?

Hasan répliqua :

— Au début, le seul objectif des Épines était de provoquer la chute de Boisdefer, de restaurer le conseil des familles, et de sauver leurs proches à son service. La chronologie connue des Épines était l'originale, vois-tu. N'est-elle pas plus légitime que celle d'aujourd'hui ?

Etta avait donc grandi dans une chronologie altérée, qui n'était pas celle qui aurait dû être. Tout ce qu'elle connaissait était dû aux modifications opérées par Boisdefer dans sa conquête des familles. Alors… quelle chronologie méritait de l'emporter ? La sienne ? La leur ?

Elle se sentit tout à coup épuisée, les jambes en coton et la tête lourde. La pièce pencha sur le côté une seconde avant que deux mains l'empêchent de tomber et la maintiennent le temps que les points noirs devant ses yeux disparaissent.

— Etta ?

Le visage de Nicholas flotta devant elle.

— Ça va, le rassura-t-elle, c'est juste que…

Hasan afficha un air sévère.

— Qui es-tu pour avoir cette attitude si familière envers ma nièce ? Ôte tes mains de là.

— Familière ? répéta-t-elle en sentant Nicholas resserrer sa prise sur elle au moment où il répondait : « Son mari. »

Elle fut prise d'une violente quinte de toux. Il l'avertit discrètement en serrant son bras une fois avant de l'envelopper de ses deux bras, comme s'il l'étreignait avec tendresse. Il grimaça à peine lorsqu'elle lui écrasa le pied du talon.

Si ce mensonge la mit en colère, il eut l'effet contraire chez Hasan, qui s'en trouva rassuré et apaisé. Enfin, presque, car il décréta :

— Je doute qu'Abbi approuverait cette union.

— Pourquoi ? le défia Nicholas.

— On dirait qu'elle a envie de te donner en pâture aux lions, se justifia Hasan.

Etta parvint à se dégager. Elle ne sut pourquoi elle se retint de proclamer que Nicholas mentait : peut-être à cause de la façon dont ses traits s'adoucirent, lui donnant l'air plus vulnérable, ou simplement parce qu'il n'avait pas pour habitude d'agir sans raison.

— La prochaine fois que nous serons en mer, dit-elle à Hasan avec un sourire de conspiratrice, je jetterai aux requins quelques morceaux de choix.

— C'est un marin ? ricana Hasan en le détaillant de la tête aux pieds. Un pirate, à coup sûr.

— Un pirate légitime, le corrigea Nicholas avec lassitude.

— Les seuls pirates que je connais sont les barbares de la côte, rétorqua Hasan en scrutant Nicholas. Ils ne sont pas franchement aimables avec les Européens, vois-tu. Ils font commerce des esclaves et leurs goûts sont variés. Ils les prennent en Afrique, en Europe... Une jeune fille comme Etta serait une prise de choix : sa peau, ses cheveux, ses yeux... Les hommes paieraient cher pour elle.

Etta hoqueta :

— Où veux-tu en venir ?

— Je pense qu'il veut savoir si tu es ma concubine, dit Nicholas avec un sourire dénué d'humour. Si tu as besoin qu'il vole à ton secours.

— Non ! s'offusqua-t-elle. Ni lui ni moi ne sommes de cette époque, qui plus est.

Hasan se détendit alors que Nicholas posait une main sur l'épaule d'Etta.

— On entend et on voit tellement de choses, il est normal que je m'inquiète. En l'absence d'Abbi, il est de mon devoir de te protéger. Mais, si c'est ton mari, comme il l'affirme, il est responsable de toi, lui aussi.

— Je suis assez grande pour m'occuper de moi, marmonna Etta.

— C'est la vérité, insista Nicholas en ramassant la lettre pour y jeter un coup d'œil. Nous sommes pressés. Boisdefer tient la « douce Rose » à sa merci et menace de la tuer, ce qu'il n'hésitera pas à faire si nous échouons à trouver où est caché un certain objet. Comment comprenez-vous cette dernière phrase : « Apporte du jasmin à la mariée qui dort d'un sommeil éternel sous les étoiles » ?

— Mon père aimait beaucoup ce genre d'énigmes, mais j'avoue n'avoir jamais entendu celle-ci.

Hasan traversa la pièce d'un pas léger, caressant d'une main chaque objet, auquel il tenait visiblement. Il prit la photographie de la chasse au tigre et balaya la couche de poussière qui recouvrait le verre.

— Il n'est plus de ce monde, mais j'ai bon espoir de le revoir, poursuivit-il. Peut-être pas aussi âgé qu'il l'était, mais jeune, découvrant cette époque pour la première fois. Peut-être ne saura-t-il pas qui je suis, mais moi, je le reconnaîtrai. Jusqu'à ce jour, je veillerai sur ta famille, Etta. Vous êtes mes invités. Après mon départ, vous utiliserez cette maison comme si c'était la vôtre.

— Merci, répondit Etta, mais qu'entends-tu par « après mon départ » ?

Il ne leur restait que six jours avant le 30.

— Je dois aller à Bagdad chercher ma femme, petite cousine, l'informa-t-il d'un air ravi.

Une fois de plus, Etta se demanda quel âge il avait. Pas plus de dix-sept ans, sûrement.

— Samarah sera très déçue de t'avoir manquée. Elle est allée rendre visite à sa sœur et à son dernier-né. Je resterai là-bas pour vendre mon indigo et mes perles. Ensuite, je trouverai une caravane pour aller la chercher.

— Vous êtes donc commerçant, en déduisit Nicholas.

Hasan acquiesça, le sourire légèrement de travers à cause de sa joue enflée.

— C'est bien naturel. Abbi m'a fourni quantité de livres et m'a enseigné de nombreuses langues : l'anglais, le turc, le français, le grec… Je ne peux pas me déplacer dans le temps, mais il m'a donné les moyens de voyager loin sur mes deux pieds.

— Contente de t'avoir rencontré, dit Etta avec sincérité, toujours abasourdie d'avoir fait la connaissance d'un membre de sa famille. Quand penses-tu partir ?

— J'aurais dû le faire il y a une semaine, mais le désert n'est pas sûr quand on est seul, à cause de certaines tribus. Donc je patiente… Il n'y en a plus pour très longtemps, maintenant.

— De quel désert parlez-vous ? s'enquit Nicholas.

Hasan faillit lâcher la photographie en éclatant de rire.

— Mes chers nouveaux amis, vous êtes les bienvenus dans la reine des cités, *Dimashq*. Damas.

Etta et Nicholas ignoraient à quelle heure le passage les avait expulsés, mais après qu'Hasan les eut gentiment informés qu'il était trois heures du matin, son hostilité initiale leur parut logique.

— Reposez-vous, à présent, dit-il en emportant une des bougies. Demain, je vous montrerai la maison, et nous essaierons de décrypter l'énigme d'Abbi.

Les épaules raides, prêt à protester, Nicholas entrouvrit les lèvres. Cependant, Etta posa une main sur son bras et se contenta de répliquer :

— Merci. Bonne nuit.

Quand la porte se ferma derrière Hasan, Nicholas traversa la pièce à grands pas pour rejoindre le lit. Plutôt que de s'y asseoir, il ôta le couvre-lit. Sans un regard pour Etta, il se rendit à l'autre bout de la pièce pour l'étaler sur quelques coussins de sol qu'il avait ramassés au passage.

Elle sentit son estomac se tordre douloureusement. Que s'était-elle imaginé ? Qu'ils allaient dormir ensemble ? Qu'ils allaient reprendre là où ils s'étaient interrompus un peu plus tôt ce jour-là ?

Nicholas mettait une telle distance entre lui et les autres... Il préférait laisser le silence s'exprimer à sa place. Il tourna le dos à Etta pour ôter sa chemise crasseuse, qu'il plia avec soin. Elle avait une conscience trop aiguë de sa présence, qui emplissait la pièce.

Devant elle se tenait un Nicholas totalement différent de celui qui l'avait embrassée à en perdre le souffle. Leurs cœurs avaient pourtant chanté en rythme, preuve de leur désir réciproque. Elle n'était pas une oie blanche.

Il lui avait caché un certain nombre de choses – c'était son droit le plus strict. Il ne montrait qu'une infime partie de ses émotions, même lorsqu'on lui lançait les pires insultes. Mais, seule avec lui, Etta l'avait senti lâcher du lest, consciente de son privilège.

Les doigts dans sa chevelure complètement emmêlée, elle se tourna pour chercher la brosse ancienne en argent qu'elle avait vue sur le bureau. En s'asseyant de nouveau pour se recoiffer, elle était toujours préoccupée.

Nicholas s'était relevé. Les mains croisées dans le dos, il faisait les cent pas. Puis il éteignit quelques-unes des bougies à l'autre bout de la pièce.

À quoi songeait-il ? Elle n'osait pas le lui demander. Peut-être son humeur était-elle due à la fin du voyage qui se profilait. Ils n'avaient pas assez de temps.

Tu vas partir, souffla une petite voix traîtresse dans son esprit, *mais pas tout de suite…*

— Viens là une seconde, chuchota-t-elle.

Nicholas s'immobilisa sans broncher.

— S'il te plaît, insista-t-elle en ôtant ses chaussures d'un coup de pied.

Elle se leva, serpenta entre les coussins de soie aux couleurs de l'arc-en-ciel, les tapis doux et profonds sous ses pieds. Elle prit la cuvette qu'Hasan avait laissée derrière lui.

Elle retourna se percher sur le lit, trempa le dernier linge propre dans l'eau et l'essora. Après une courte hésitation, Nicholas finit par se diriger vers elle, à la manière d'un chat méfiant.

Avant qu'il ait pu protester, elle prit sa main droite et la tint fermement pour tamponner ses jointures écorchées. Des croûtes se formaient déjà, mais elle nettoya le sang d'un geste délicat. Presque par réflexe, il serra sa main, paupières mi-closes, tout en la regardant faire.

— Tu n'aurais pas dû y aller si fort, lui reprocha-t-elle.

— Il a fait irruption en agitant une épée. Devais-je rester planté là, les bras ballants ? souffla-t-il.

— D'accord, mais tu n'étais pas censé le défigurer avec tes poings.

— C'est lui qui s'est jeté sur mes poings à plusieurs reprises, se défendit-il.

— Tu es ridicule. Comptes-tu lui présenter des excuses demain ?

— Si tu y tiens. Mais je doute que ce soit nécessaire. Il ne me respectait pas, jusqu'à ce qu'il voie que j'étais capable de te défendre. Nous avons enterré la hache de guerre. Ce serait à refaire, je m'y prendrais de la même manière.

Elle préférait éviter les disputes. Il essayait d'en lancer une pour la maintenir à distance. Comprendre pourquoi il avait agi ainsi lui suffisait, même si elle trouvait qu'il exagérait.

Je dois être franche. Nicholas avait conscience des enjeux. Il conviendrait qu'ils ne pouvaient se contenter de donner l'astrolabe à Boisdefer et s'en laver les mains.

— Il faut que je te dise quelque chose...

— Chut... murmura-t-il. Pas tout de suite.

Il se rapprocha d'elle, apparemment calmé. Les poils courts de sa barbe la piquèrent lorsqu'il laissa reposer sa joue sur sa chevelure.

Ce n'est pas encore terminé.

On n'est pas obligés de se quitter.

Viens avec moi.

Elle déglutit, contrainte de ravaler ces mots. Elle était fatiguée, trop à fleur de peau pour avoir une conversation sensée à ce sujet. Cette vérité se cristallisa en elle, formant une lueur d'espoir aussi dure qu'un diamant. Son idée était aussi irrationnelle qu'égoïste, elle le savait, mais peu lui importait.

Elle ne voulait pas qu'ils se séparent, et faire comme si rien de tout cela n'avait jamais eu lieu.

Viens avec moi.

Elle se retourna et déposa un baiser dans son cou, à l'endroit où une veine pulsait.

Rentre à la maison avec moi.

Il lâcha ses doigts, amena sa jambe sur ses genoux et déroula le bandage sale pour nettoyer la plaie qu'elle avait au mollet.

— Pourquoi as-tu menti à Hasan ? murmura-t-elle.

Il savait exactement de quoi elle parlait.

— À son accent et à son allure, j'ai supposé qu'il était mahométan. (Devant l'air interdit d'Etta, il précisa :) Disciple du prophète Mahomet.

En d'autres termes, musulman. Elle acquiesça.

— Je connais assez mal leur religion, poursuivit-il, mais j'imagine qu'il y a des similitudes avec le christianisme : une femme ne doit pas rester seule avec un vaurien qui n'est ni de son sang ni lié à elle par le mariage.

— Je vois, commenta-t-elle d'un ton prudent.

— Je ne prétendrai pas n'avoir jamais eu de pensée indigne, enchaîna-t-il à voix basse. Je ne me suis pas posé de questions, c'est tout. Il t'aurait emmenée ailleurs, et je refuse de te laisser seule dans un lieu inconnu, où n'importe qui peut entrer et te faire du mal à mon insu. Toutefois, si on apprenait que je vais dormir ici et non dans une pièce séparée, ta réputation serait entachée pour toujours.

— Je me moque bien d'être jugée selon les critères d'un autre siècle, rétorqua-t-elle. Surtout si je n'y retourne plus jamais.

— Je m'en doute, dit-il en déchirant une bande dans un drap propre pour entourer sa jambe. Mais ça compte pour moi. Si j'avais su que l'idée te déplairait à ce point, je ne l'aurais pas émise.

Était-il… vexé ?

— Non, c'est le caractère obligatoire de la chose qui me met en colère. Tu comprends ? Qu'une femme n'ait pas le droit d'exister en tant que personne. J'ai été surprise quand tu l'as dit. Je croyais que tu plaisantais, car j'avais le raisonnement de quelqu'un de mon époque. Dix-sept ans est un jeune âge pour se marier.

Nicholas s'écarta, posant de nouveau sur elle son regard interrogateur.

— À mon époque, la plupart des gens n'envisagent pas le mariage avant l'âge de vingt-cinq ans, expliqua-t-elle. Il y a les études, et en général on préfère trouver un travail avant d'habiter ensemble.

— Je vois, dit-il sur le même ton que celui qu'elle avait employé.

— Tu ne trouves pas que ce soit trop jeune ? demanda Etta en sentant qu'il s'éloignait.

— Je vais avoir vingt ans, répliqua-t-il. Alors non, ça ne me paraît pas trop jeune. De toute façon, le mariage n'est pas dans mes projets.

Voyant son regard s'assombrir, Etta sut qu'il en avait dit plus qu'il ne l'aurait voulu. Il se leva. La perte de son contact lui fit le même effet qu'une brûlure. Consciente que ce devait être un sujet sensible pour lui, elle aurait dû en rester là, et non insister.

— Pourquoi ? s'enquit-elle.

Il se retourna, les traits empreints de colère.

— Dois-je vraiment répondre ? Veux-tu que je te dresse la liste de mes défauts ? De toutes les raisons qui font de moi un piètre candidat au mariage ? (Il s'interrompit et plaqua le bord de ses paumes sur son front, les yeux un instant fermés.) Va te coucher, Etta. Repose-toi. Une longue journée nous attend demain.

Elle se leva.

Plus jeune, quand le trac la pétrifiait, elle faisait un cauchemar qui lui paraissait affreusement réel. Chaque nuit, elle sentait la chaleur des projecteurs sur sa peau lorsqu'elle s'avançait dans leur lumière aveuglante. Jamais l'orchestre ne jouait le morceau qu'elle maîtrisait. De plus, elle était incapable d'improviser. Elle ne faisait qu'étouffer de frustration, à cause de son incapacité à jouer ce qu'on attendait d'elle.

Cette même sensation la poussa à aller vers Nicholas. Elle chercha les mots justes, en vain. Elle comprenait peut-être qui il était en tant que personne, mais elle n'avait pas la même vie que lui, cette vie qui l'avait façonné.

Il ne lui disait pas tout. Un gouffre les séparait, l'empêchant de l'atteindre. Tout ce qu'elle tentait – ses paroles, ses regards, son contact – s'y perdait avant d'avoir atteint son cœur.

Sa respiration devint irrégulière quand elle passa ses bras sous les siens. Un instant, il la laissa faire. La seconde suivante, il la repoussa. Il déglutit avec difficulté.

— Ne fais pas comme s'il y avait plus que ce qu'il y a en réalité…

Elle l'obligea à se mettre à sa hauteur. Il s'apprêtait à trouver une excuse alors même qu'il refermait les mains sur ses épaules. Quand elle l'embrassa, il n'y eut rien de doux. Aucune hésitation. Il se redressa, droit comme I, son corps dur contre le sien.

Alors même qu'elle était persuadée d'avoir tout gâché, il passa les mains dans ses cheveux défaits en poussant un grognement, puis il s'attarda sur le petit nœud qui retenait le col de sa blouse. Elle hoqueta tandis que, de sa bouche, ses lèvres affamées passèrent à sa joue puis sa gorge. Son pouls s'accéléra ; il la fit marcher à reculons sans qu'elle s'en rende compte. Le sentir sous ses mains lui donnait le tournis ; elle fut reconnaissante de pouvoir s'appuyer contre quelque chose car elle ne tenait plus sur ses jambes.

Elle n'entendait pas ce qu'il murmurait contre sa peau. Était-il aussi ivre qu'elle ?

Elle changea de trajectoire pour aller vers le lit. Autant l'attirer dans les braises : il s'écarta brusquement ; elle tomba à la renverse sur le matelas rembourré. Tout à coup, il lui tourna le dos et regagna l'autre bout de la pièce en se frottant le visage et la tête, cherchant à reprendre son souffle.

— Ne fais pas comme si de rien n'était ! parvint-elle à lancer. Ne sois pas lâche !

— Moi, lâche ? (Il se retint à peine de hurler en revenant vers elle d'un pas chancelant.) Tu me traites de lâche ? Tu joues à un jeu que tu ne comprends pas !

— Je comprendrais si tu me faisais suffisamment confiance pour m'éclairer ! Je veux être avec toi, voilà tout. Je crois que c'est aussi ton souhait, mais tu me caches quelque chose. Je me sens chaque fois comme une idiote. Dis-moi ! Si je me trompe sur toute la ligne, dis-le-moi, maintenant.

Elle dut le prendre par surprise, car il lui fallut un moment pour rassembler ses pensées.

— Qu'y a-t-il à expliquer ? Tu vas rentrer de ton côté, moi du mien. Ce sera fini. Songes-y, Etta. Tu me connais à peine…

— Je te connais, l'interrompit-elle. Je te connais bien, Nicholas Carter. Et je sais que tu n'es pas obligé d'agir ainsi.

— De mon côté, j'ai conscience que tu n'as jamais eu l'intention de remettre l'astrolabe à Boisdefer, répliqua-t-il sèchement. Tu t'es mis dans le crâne que tu lui échapperais !

Entendre ainsi son projet dévoilé l'emplit d'un étrange soulagement.

— Je peux le trouver, et sauver ma mère…

— Et moi, là-dedans ? Attends-tu de moi que je te laisse partir, tout simplement, sachant le grave danger auquel tu t'exposes ? demanda-t-il, penché vers elle pour la scruter droit dans les yeux.

Enfin, le mur se fissurait. Nicholas affichait les émotions qu'elle ressentait : l'épuisement, la tension.

— Tu comptais m'abandonner une fois de plus, pas vrai, sans même un mot d'adieu ? lui reprocha-t-il.

— Non ! protesta-t-elle. Bien sûr que non ! Je réfléchis à une solution, pour nous… Je ne veux pas que tu renonces à ta vie…

— Quelle solution ? Partir avec moi ? Même si nous pouvions nous cacher pour échapper à la fureur du vieux… quel genre de vie aurions-nous ? Nous serions toujours des fugitifs. En plus des longs mois d'absence durant lesquels je serais en mer, il y a des lois qui empêchent ce genre d'union. On peut aller en prison pour ça. En Amérique, et ailleurs. Je pourrais vivre avec la honte d'être un criminel, mais jamais je n'exigerais cela de toi. Et jamais je ne risquerais ta vie, sachant que d'autres sont capables de faire aboutir leurs projets sans s'embarrasser des lois.

Elle la tenait, sa réponse.

Ce ne fut qu'à ce moment-là qu'elle réalisa l'étendue de sa propre naïveté.

Elle ne savait rien, absolument rien.

— Etta... reprit-il. Je ne voulais pas paraître si dur. À ta mine, tu n'en avais pas conscience, mais, sincèrement, j'ai toujours connu cette vie-là. S'il y a moyen de l'éviter, je veux bien connaître ton avis. Ne comprends-tu pas ? Ne sens-tu pas à quel point je te veux ? Je ne suis qu'un égoïste, mais je ferais tout pour que tu sois en sécurité. Dis-moi comment faire. Dis-moi quel chemin je dois prendre, je t'en supplie.

Les larmes lui brûlèrent la gorge et les joues.

— Tu pourrais venir avec moi, proposa-t-elle. Je ne vais pas te mentir et affirmer que mon époque est parfaite, mais... ces lois n'existent plus.

Se frottant la mâchoire, il parut réfléchir à sa suggestion.

— Que ferais-je là-bas ? De quoi vivrais-je ? Le seul domaine que je connaisse, celui dans lequel j'ai toujours travaillé, est complètement obsolète. Y a-t-il un moyen de prouver sa citoyenneté, ou de l'obtenir ?

Zut, comment ferait-il ? Pas de numéro de Sécurité sociale, pas de certificat de naissance, pas de passeport....

Comment sa mère s'était-elle débrouillée ? Elle pourrait sûrement l'aider à se créer une identité.

— Ou bien toi, ta mère et moi serions-nous contraints de voyager inlassablement, afin d'avoir toujours un coup d'avance sur le vieux ?

— C'est vrai, la situation est complexe et j'ignore s'il est possible de remédier à ces questions, mais je tiens à essayer. Ma mère l'a fait. Les voyageurs ont trouvé un système, ça ne fait aucun doute. J'ai l'impression que tu ne vois que les points négatifs, et pas les avantages. La médecine, par exemple. L'éducation. Tu pourrais faire des études, choisir toi-même un métier. (Elle reprit son souffle.) Je ne minimise pas le fait que ce serait terrifiant de tout recommencer dans une nouvelle époque…

— Je n'ai pas peur, l'interrompit-il, avant de reprendre d'un ton plus doux : Comment pourrais-je avoir peur, te sachant à mes côtés ? Je sais que tu me trouves têtu… mais je ne cesse de m'interroger sur ce coup du sort qui a provoqué notre rencontre. Est-ce une plaisanterie ? N'y a-t-il réellement aucune issue ? Être capable de voyager comme nous le faisons est contre nature. Est-ce là notre châtiment ?

— Ne dis pas ça, le supplia-t-elle. Je le reconnais, c'est compliqué, mais ce n'est pas impossible !

— Et si ça ne marchait pas ? Si on ne s'en sortait pas, dans ton époque ? Comparé à l'éternité, ce n'est qu'une minuscule parenthèse. Il n'y a qu'une seule fenêtre, étroite, où toi et moi pouvons être en sécurité, ensemble. Quand bien même, combien de temps l'un de nous supportera-t-il d'être loin de chez lui, loin de ses proches ? J'ai beau retourner le problème, je tombe toujours sur la même finalité : notre séparation. N'est-ce pas plus raisonnable de s'y résoudre dès maintenant ?

— Non, s'obstina-t-elle. Nous pourrions trouver un endroit où faire notre nid.

— Je savais que tu dirais ça. Ça va te paraître idiot, mais j'ai ma fierté, Etta. J'ai sué sang et eau pour arriver là où j'en suis. Je ne voudrais surtout pas devenir un fardeau pour toi. Je te veux entière, tout comme je veux me donner entièrement à toi.

Tenant le visage d'Etta entre ses mains, il sécha ses larmes de ses caresses. Il attendait sûrement un sourire de sa part en échange de celui, timide, qu'il esquissait, mais le cœur d'Etta n'en fut que plus meurtri.

— Nous avons fait l'impossible, reprit-il, les lèvres toutes proches de son oreille. Nous avons volé le temps que nous pouvions. Jamais personne ne nous l'enlèvera.

— Ça ne suffit pas, souffla-t-elle.

— Je sais, Etta, répliqua-t-il en s'écartant déjà. Mais tout a une fin.

Ces ultimes paroles tournant en boucle dans son esprit, elle s'allongea sur un côté du lit à baldaquin, les yeux rivés sur les lourdes tentures poussiéreuses. Une bougie se consumait encore près du couchage de fortune de Nicholas, à même le sol. Il lui tournait le dos, sa longue silhouette éclairée par la lueur vacillante.

Elle sut, au rythme de sa respiration, que lui non plus ne dormait pas.

Tourmentés tous deux par leur avenir, ils appréhendaient la suite. Ils auraient le temps de s'en soucier. Veiller sur la chronologie exigeait du travail, et il leur restait un indice à décrypter. Etta se demanda toutefois si, en évoluant hors du déroulement naturel du temps, ils n'en avaient pas oublié l'essentiel : on ne vivait pas pour le passé, ni même l'avenir, mais pour l'instant présent.

Elle avait survécu à une bataille navale, à la soif de pouvoir d'un vieux manipulateur, au Blitz, à sa rencontre avec un tigre et un cobra, et à un coup de feu. Et elle se privait d'amour, sous prétexte d'en souffrir – peut-être – plus tard ?

Qu'est-ce qui lui ferait le plus mal : le regret d'avoir essayé, ou celui de ne pas l'avoir fait ?

Elle tenait tellement à Nicholas que c'était comme si un second cœur battait auprès du sien. Elle le désirait, il la désirait. Au diable l'éternité ! Cet instant était le leur, et elle le volerait s'il le fallait.

Elle se glissa hors de la couverture et déboutonna le dos de sa robe qui, dans un bruissement, tomba à ses pieds. Son ombre longea le mur. Il retint sa respiration quand elle souleva la couverture et s'installa à ses côtés pour l'entourer de ses bras. Elle caressa son flanc, son ventre, jusqu'à ce qu'il lui attrape la main. Il la regarda bien en face.

— Etta… souffla-t-il contre sa joue. Es-tu sûre de toi ?

Elle pencha la tête en arrière et pressa les lèvres contre sa joue.

— L'éternité, ce n'est pas maintenant. Ni même demain.

Elle se redressa pour se pencher au-dessus de son épaule, soufflant la bougie presque entièrement fondue. Un bonheur infini l'emplit quand elle s'allongea sur le dos, le poids de Nicholas sur elle. Il baissa la tête, l'embrassa. Elle remua sous lui, l'incitant à la caresser, à trouver la partie secrète d'elle-même qui semblait n'exister qu'en la présence du jeune homme. Etta le sentit frémir, habitée par sa force pendant qu'il bougeait au-dessus d'elle, avec elle. Elle s'abandonna totalement. Ce qu'elle trouva, dans ces ténèbres chaudes et douces, n'avait ni commencement ni fin. Ce moment, le leur, créait sa propre éternité.

DIX-HUIT

— J'ai réfléchi à votre énigme, lança Hasan lorsqu'ils descendirent l'escalier et sortirent dans la cour. J'ai peut-être une solution à vous soumettre.

Par cet après-midi agréable, il était installé à une table près d'un bassin peu profond, à l'ombre d'un arbre dont les branches saillaient juste assez pour que ses immenses feuilles lustrées trempent dans l'eau calme. Sur les murs, des carreaux ornés de motifs rappelaient les arabesques naturelles des plantes grimpantes voisines. Parmi elles, le jasmin embaumait toute la maison.

Les fleurs blanches s'épanouissaient un peu partout, retombant telles des larmes dans les cheveux d'Etta, longeant les rebords des fenêtres du premier étage, au-dessus d'eux. Les extérieurs de la maison étaient richement décorés. La nuit précédente, ils avaient découvert que l'intérieur était tout aussi beau. Sitôt le soleil levé, ils avaient pu ouvrir les fenêtres, la pièce révélant une palette de couleurs et de motifs sur les murs, les tapis, et même la pile de vêtements propres laissée devant la porte.

La cour intérieure avait été aménagée avec harmonie : chaque chose s'équilibrait merveilleusement. On n'avait pas hésité à inviter la nature au cœur de la maison. Elle y occupait une place d'honneur, et l'effet était saisissant.

Le soleil chauffait le dos d'Etta lorsqu'elle marcha vers Hasan. Ce dernier se leva et disposa sur deux assiettes du pain et des fruits, avant de verser deux tasses de thé fumant à partir d'une théière en argent lustrée.

Toujours plongé dans ses pensées, Nicholas lâcha enfin la main d'Etta pour aller s'asseoir à l'autre bout de la table. À son réveil ce matin-là, Etta l'avait trouvé assis, à contempler le tigre empaillé. Elle s'était assise à côté de lui et avait souri quand il avait planté un baiser sur son épaule nue. Sa peau sentait bon le miel et le lait. Il s'était rasé et avait coupé ses cheveux. Etta y avait passé la main.

— Tu as l'air particulièrement propre, ce matin, avait-elle constaté.

— Je n'arrivais pas à dormir, alors j'ai monté de l'eau chaude pour prendre un bain. J'en ai prévu pour toi. Elle doit être encore tiède.

Elle avait explosé de joie.

— Tu sais que je pourrais t'embrasser pour ça ?

— Ne te retiens pas ! avait-il répliqué avec coquetterie.

Elle lui avait donné un baiser sonore avant de le suivre dans la pièce voisine, où une baignoire sur pied en porcelaine contrastait avec le reste. Nicholas lui lavait le dos dans un silence confortable quand elle avait demandé :

— Que portes-tu ?

Sa tunique blanche était à demi cachée par une veste dorée et luxueuse, elle-même sous un long manteau écarlate à motifs qui retombait sur un large pantalon en soie. Une écharpe dorée était nouée à sa taille, comme une ceinture.

— D'après Hasan, je porte un *shalvar*, avait-il expliqué en désignant le pantalon, un *kusak* et un *entari*, avait-il poursuivi en pointant l'écharpe puis le manteau qui n'était pas sans rappeler une robe de chambre.

Il était parti chercher les vêtements propres prévus pour Etta. Elle avait été frappée par la beauté et la qualité des tissus. L'ensemble était composé d'un fin *gömlek*, une tunique qui se portait comme sous-vêtement, d'un *chirka*, une veste courte cintrée vert émeraude qui se boutonnait sur le devant, et d'un *shalvar*, un pantalon large de brocart or et saphir serré aux chevilles. Son *entari* était taillé dans le même tissu que le *shalvar*. Enfin, il était prévu qu'elle épingle à ses cheveux une petite casquette dorée et un voile blanc, le *yashmak*, qui couvrirait tout son visage à l'exception de ses yeux.

Une fois propre, les cheveux démêlés, elle s'était levée et séchée énergiquement, jusqu'à ce que sa peau rosisse. Nicholas l'avait dévorée des yeux, affichant une tendresse qui la fit fondre.

— Suis-je un vaurien ? avait-il demandé, la question en réalité adressée à lui-même.

Elle avait souri et caressé les cicatrices qui parsemaient le dos de ses mains.

— Je pense que c'est moi, la vaurienne, dans cette affaire.

Il l'avait longuement regardée, d'un air qu'elle n'avait pas compris : la noirceur dans ses yeux l'avait fait frissonner.

— Tu as des regrets ? avait-elle murmuré, soudain gênée.

Sa question avait paru le surprendre. Il avait secoué la tête avec énergie. Il avait pris son visage entre ses grandes mains chaudes et avait embrassé Etta si profondément qu'elle en avait replié les orteils.

— Aucun. Jamais.

Cela avait été les derniers mots prononcés par Nicholas.

Il n'avait même pas été capable de saluer poliment leur hôte. Etta avait du mal à le cerner : si son attitude songeuse n'était pas due à la nuit précédente, alors à quoi pensait-il ?

— Mangez, mangez donc ! s'exclama Hasan, son chaleureux sourire contrastant avec les ecchymoses qui fleurissaient sur son visage à la suite de sa rixe avec Nicholas. Petite nièce, tu es magnifique. Comment trouves-tu la mode locale ?

Le premier adjectif qui lui vint à l'esprit fut « étouffante », mais c'était injuste. L'*entari* et le *shalvar* étaient des pièces d'un grand raffinement : les couches de soie saphir et émeraude, ainsi que le brocart, malgré leur lourdeur, étaient d'un luxe inouï. Etta éprouvait de la gratitude à les porter, pas seulement parce que sa robe londonienne n'était plus que haillons, mais parce qu'elle se sentait mieux intégrée, plus respectueuse des traditions du lieu et de l'époque.

— Merveilleuse, répondit-elle. Merci de nous gâter ainsi.

Elle accepta avec plaisir une assiette pleine de mets et prit à peine sa respiration avant de les engloutir, avalant presque tout rond les premiers morceaux de grenade et de figue.

Nicholas mit plus de temps à attaquer son assiette, concentré sur la cour, à la recherche de cachettes potentielles.

— *Baha'ar*, mon nouvel ami, l'interpella Hasan. Mange, s'il te plaît. Je n'emploie pas de domestiques ici. N'aie crainte d'être découvert. Je ne suis pas négligent à ce point.

— *Baha'ar ?* répéta le jeune homme.

— Marin, précisa Hasan.

Nicholas afficha un sourire ironique et rompit un morceau de pain.

— Alors, cet indice ?

À l'évidence, Hasan prenait son rôle d'hôte très au sérieux : il aborda le sujet seulement après que ses invités eurent satisfait leur appétit.

— Et l'énigme ? insista Nicholas quelques minutes plus tard.

Hasan haussa les sourcils.

Etta se raidit en percevant l'urgence dans son ton, comme si chaque seconde écoulée était du temps perdu.

— Merci beaucoup pour ce délicieux repas, s'empressa-t-elle de dire. Nous aimerions beaucoup savoir à quelle conclusion tu es parvenu.

Hasan parut ne pas tenir compte de la grossièreté de Nicholas.

— « Apporte du jasmin à la mariée qui dort d'un sommeil éternel sous les étoiles », c'est bien cela ?

Etta acquiesça.

— Pour mieux comprendre, reprit Hasan, j'ai divisé cette phrase en plusieurs parties. Je me suis dit que Rose parlait certainement de Damas. Cette ville a de nombreux surnoms : la cité du jasmin, mais aussi la mariée de la terre. Toutefois, cet indice implique l'idée de voyage, non ? « Apporte du jasmin à la mariée. » Rose veut que vous quittiez cette ville, la cité du jasmin. Elle doit donc faire référence à une autre mariée.

— Et... ? l'interrompit Nicholas en pianotant sur la table. Où veut-elle qu'on aille ?

Hasan leva une main.

— Patience...

Nicholas frappa si fort sur la table que les assiettes et plateaux tressautèrent.

— Hé ! s'offusqua Etta.

— Les gardiens peuvent nous retrouver d'une seconde à l'autre ! enchaîna Nicholas. Je ne souhaite pas prendre de risques inutiles en faisant traîner les choses, et ainsi donner le loisir aux sbires de Boisdefer de nous mettre la main dessus, alors que nous touchons au but ! Sans parler du fait que nous avons un délai à respecter.

Etta soupira, mais marqua son accord d'un hochement de tête.

Hasan acquiesça à son tour.

— Dans ce cas, ne perdons pas de temps. Cela dit, *baha'ar*, tu connais peut-être bien la mer, mais pas cette terre. Le désert est une beauté impitoyable, une impératrice qui ne s'incline devant personne. L'après-midi est entamé, et vous ne devez pas vous attendre à partir ce soir. Nous allons faire vos préparatifs aujourd'hui. Le départ aura lieu demain au lever du jour. Écoutez d'abord ce que j'ai à vous dire, sans quoi vous ignorerez quelle direction emprunter. D'accord ?

Les yeux baissés sur ses mains posées sur le bois luisant, Nicholas acquiesça.

— Comme je l'ai dit, poursuivit Hasan, Damas est aussi connue sous le nom de mariée de la terre, mais il y en a une autre : Palmyre, la mariée du désert. Je crois que c'est votre destination. Quant à la suite, « qui dort d'un sommeil éternel sous les étoiles », la cité elle-même était un joyau de notre commerce, une civilisation chatoyante. Depuis, elle est tombée en ruine. Cependant, il reste une vallée de tombeaux.

Une cité que sa mère avait peinte pour Etta.

— Oui, c'est ça ! lança-t-elle à Nicholas. C'est là que nous le trouverons. (Elle s'adressa ensuite à Hasan :) Y a-t-il moyen de savoir de quel tombeau elle parle ? Sont-ils nombreux ?

— Oui, très, s'excusa presque Hasan. Je n'y suis pas allé depuis longtemps, donc je ne peux pas dire combien il y en a exactement. Mais Rose vous incite à chercher le symbole de notre famille. À mon avis, tu le reconnaîtras quand tu le verras.

Etta songea à l'arbre sur la couverture du journal de bord de sa mère. Machinalement, elle porta une main à la perle d'une de ses boucles d'oreilles.

— Je suis inquiet malgré tout, reprit Hasan. Depuis Damas, il faut compter trois jours de chevauchée, plus encore à dos de dromadaire. En forçant vos montures, vous y serez peut-être en deux jours, mais l'entreprise est périlleuse : l'eau doit être rationnée, et, si vous épuisez vos bêtes, il vous faudra continuer à pied.

— C'est un risque que nous sommes prêts à prendre, intervint Nicholas. Nous aurons besoin d'une carte, d'une boussole si vous en possédez une, d'eau et de vivres. Pouvons-nous aller au marché dès maintenant ?

— Oui, bien sûr, mais carte et boussole vous seront inutiles, car je vous accompagnerai. En tant que guide.

Nicholas s'apprêtait à se lever puis s'immobilisa.

— Nous n'avons pas besoin de guide, décréta-t-il.

Pourquoi ? se demanda Etta. Croyait-il qu'avoir parcouru les océans lui octroyait une sorte de sens de l'orientation magique pour se diriger dans le désert ? La proposition d'Hasan était un véritable cadeau. Elle n'allait pas cracher dessus.

— Ce serait un honneur, insista Hasan. Se déplacer en si petit groupe n'est pas l'idéal, mais je vous protégerai l'un et l'autre, jusqu'à la mort s'il le faut.

— Je suis parfaitement capable de... commença Nicholas.

Il s'interrompit quand Etta posa une main sur son épaule.

— J'aurais préféré l'éviter, modéra-t-elle, mais nous acceptons ton aide. Merci.

Vaincu, le dos raide, Nicholas retourna dans la maison en traversant la cour à grandes enjambées.

— En voilà un qui n'aime pas perdre, murmura Hasan, penché vers Etta, une fois Nicholas hors de vue. Je me ferais une joie de l'occire pour toi.

Ces propos la cueillirent par surprise. Lorsqu'il éclata de rire, Etta comprit, soulagée, qu'il plaisantait.

— Il est sur les nerfs, expliqua-t-elle. Ces deux derniers jours ont été éprouvants.

— Je me fais davantage de souci pour toi, dit Hasan. Tu sembles triste, ce matin.

Tous deux avaient à peu près le même âge. Pourtant, à cet instant, il paraissait assez mûr pour comprendre qu'elle saisisse l'occasion de vider son sac.

— On s'est un peu disputés, avoua-t-elle. On a essayé de trouver une solution, même temporaire. Ça ne lui plaît pas, et il trouve à redire à tout. Moi aussi.

— T'a-t-il fait du mal ?

— Non, pas du tout ! s'empressa-t-elle de le rassurer. Seulement... parvenir à la conclusion que... (Mentir à Hasan lui répugnait, mais elle ne savait comment l'informer sans trop se dévoiler.) Que mon avenir ne sera peut-être pas celui auquel je m'attendais...

Sans parler de la peur pour sa mère : où était-elle ? Quel traitement subissait-elle ? Était-elle blessée ?

— Peut-être que... (Hasan s'interrompit comme pour réfléchir à la suite de ses propos.) Peut-être que votre relation n'est pas aussi simple qu'il l'affirme ?

Inquiète, Etta frissonna.

— Écoute-moi bien, petite nièce, reprit Hasan, qui n'était pas dupe. Je connais les réticences de Nicholas. Je ne juge pas, comme le feraient d'autres. Abbi et Ummi n'étaient pas mariés. Ils ne pouvaient s'unir de manière traditionnelle : la loi interdit à une femme de ma confession d'épouser un homme d'une autre religion. Mais, dans sa grande sagesse, Allah les a malgré tout rapprochés. Quand leur relation fut découverte, ma mère a été rejetée par sa famille. Mon père l'a conduite ici, en terre étrangère, pour commencer une nouvelle vie et tenter d'échapper à l'opprobre que d'autres voulaient jeter sur elle. Il nous aimait, il subvenait à nos besoins. Toutefois, nous ne devions ni l'accompagner ni être vus en sa présence, de crainte d'être condamnés. On ne s'est jamais plaints de rien – sauf, parfois, de son absence.

Hasan tapota doucement la main d'Etta avant de poursuivre :

— Je sais que mon discours est blasphématoire, qu'il va à l'encontre de nos croyances et de nos enseignements, mais j'accepte leur choix. Je chéris mes parents au plus profond de mon cœur. Je ne peux m'empêcher de croire que, peu importe qui tu aimes, seule compte la qualité de cet amour. Autrement dit... une fleur n'en est pas moins belle parce qu'elle ne s'épanouit pas de la manière attendue, ou parce qu'elle ne dure qu'une heure, et non plusieurs jours.

Touchée, Etta hocha de nouveau la tête et parvint à déloger la boule qui lui serrait la gorge. Ses pensées ainsi formulées la rassuraient.

— Nicholas se soucie beaucoup du regard des autres, dit-elle. J'admire le courage de tes parents. J'imagine à quel point ça a dû être difficile.

— Il souhaite te protéger, répliqua Hasan. Un point positif. Mais Abbi m'a raconté ce qu'impliquent les voyages : voir le tissu de la vie s'étendre devant soi. Il a parlé de « possibilités ». On dit qu'il y a un temps pour tout, et tu dois continuer à croire qu'il y a un temps pour toi.

— Et si ce temps était déjà passé ? s'enquit Etta.

Hasan se pencha, esquissant un sourire.

— Alors, peut-être trouveras-tu le moyen d'en obtenir davantage. Les possibilités, ma chère. C'est l'essentiel à retenir.

Au carrefour des siècles, Damas était de toute beauté, si ancienne qu'on pouvait facilement imaginer y voir déambuler un soldat romain, un croisé, ou encore des janissaires aux vêtements bigarrés, coiffés de leurs imposants chapeaux à plumes.

La cité brillait telle une perle blanche, ses rues étroites et tortueuses assemblées comme un puzzle, à l'exception d'une seule portant le nom bien choisi de rue Droite, qui faisait office de colonne vertébrale. Des avancées dans les bâtiments de pierre créaient parfois des arches couvertes de plantes grimpantes, offrant une ombre bienvenue. À tout moment, on pouvait bifurquer dans une ruelle pour passer dans un autre monde, caché. À la façon dont les rayons du soleil s'infiltraient dans la cité, on avait l'impression de l'observer à travers un vitrail.

Les minarets des mosquées se dressaient avec fierté au-dessus des habitations et des marchés couverts, partageant paisiblement le ciel avec les églises. La plus imposante de toutes, avait expliqué Hasan, était la Grande Mosquée, bâtie sous la dynastie des Omeyyades. Elle était aussi vaste qu'un palais et restait toujours visible en partie quel que soit l'endroit de la cité où l'on se trouvait.

À l'époque d'Etta, la Syrie était déchirée par la guerre civile. Ce conflit destructeur n'engendrant que mort et désespoir, des millions de réfugiés s'étaient vus contraints de fuir le pays. Même Damas n'était pas épargnée. Si surprenant que cela puisse sembler, il était réconfortant de voir que la cité, passée de mains en mains, tenait bon depuis des milliers d'années, alors qu'elle avait fait face à de sanglantes révoltes et soumissions.

— Venez, venez donc, déclara Hasan en les enjoignant à avancer. Des gardiens de Boisdefer vivent ici. Rejoignons les souks et ne nous attardons pas.

Etta accéléra le pas, fouillant du regard les rues bondées et les places alentour pour vérifier que personne ne les surveillait. À ses côtés, Nicholas, lugubre, gardait une main glissée dans les replis de son *entari*, les doigts refermés sur un poignard.

Chaque souk était un marché couvert – un bazar – qui abritait un commerce différent, où la marchandise abondait. Si Etta avait cru que fuir le soleil lui offrirait un répit à la fournaise ambiante, elle se trompait : tant de monde arpentait les allées étroites des souks que cela lui rappela le métro de New York aux heures de pointe. Certains admiraient les belles cages et les chants mélodieux des oiseaux qu'elles renfermaient, d'autres soupesaient et testaient la solidité des armes de l'armurier, ou encore examinaient les articles en cuivre, à la recherche d'un éventuel défaut.

Des paniers en osier pendaient aux plafonds des souks, tels des nuages. Etta ralentit le pas lorsqu'ils passèrent devant des murs tapissés de lanternes de verre coloré, de toutes formes et dans toutes les teintes possibles.

Les marchands d'épices et les parfumeurs offrirent un changement bienvenu par rapport aux odeurs moins appétissantes de la ville, et surtout de ses habitants. Elle comprise. Rien de tel que sentir l'haleine fétide d'un vendeur de fruits pour vous rappeler depuis combien de jours vous aviez cessé de vous brosser les dents.

Les marchands et la population locale rivalisaient de sympathie. Jamais Etta n'avait rencontré de gens si chaleureux. Grâce à Hasan, Nicholas marchanda des outres en peau, ainsi que des vêtements moins voyants. À l'écart de l'endroit où les hommes parlaient affaires, Etta observa les femmes autour d'elle. Se sentant gauche, elle espérait que ça ne se voyait pas. Nicholas lui avait confié le sac de cuir contenant l'or qu'il leur restait après leur passage à Londres. Lorsqu'elle le lui rendit pour acheter des fruits secs, il le lui fourra de nouveau dans la main, laissant Hasan compter la monnaie avec attention.

— On va lui donner l'or, murmura Nicholas, penché vers son oreille. Mais dépenser de l'or pur et des pièces étrangères si généreusement ne manquera pas d'attirer l'attention.

Hasan avait trouvé une explication à leur présence. Il négociait à voix basse, en riant, jetant parfois un regard sévère, remplissant peu à peu leurs paniers et leurs bras de produits de première nécessité. Tandis que Nicholas et lui examinaient et débattaient des mérites de différentes selles, Etta se retrouva sur le chemin d'un marchand de tissu ambulant qui lança presque sur elle ses châles de soie, vantant leurs vertus dans une langue dont elle ne comprenait pas un traître mot.

Elle ne sut ce qui l'alerta au juste. À l'instant où l'homme au visage doux drapait sur ses épaules une magnifique pièce de brocart doré, la suivant alors qu'elle se tournait, elle eut tout à coup une étrange sensation, comme si une araignée remontait le long de sa nuque. Elle jeta des coups d'œil alentour, ses yeux allant des hommes aux femmes, en passant par les marchands.

Elle repéra deux hommes barbus en robe noire non loin, à un étal dont les tissus étaient empilés si haut sur des étagères tordues qu'ils frôlaient le plafond. L'un avait la peau mate de la population locale, mais l'autre était clairement occidental, le teint presque aussi pâle que celui d'Etta. Ils ne regardaient pas le tissu qu'ils avaient drapé sur leurs mains. Ils n'étaient pas non plus concentrés sur Hasan, sur Nicholas, ou sur elle.

Ils visaient la jeune femme appuyée contre un pilier à quelques mètres derrière Etta. Celle-ci surveillait Hasan, sans le moindre doute. Une mèche de cheveux blonds s'était échappée de l'écharpe blanche qu'elle avait nouée autour de sa tête. Etta écarta son voile pour mieux l'observer – et se convaincre qu'elle ne rêvait pas.

Elle avait sans doute poussé un petit cri, car la jeune femme se tourna tout à coup vers elle, son propre voile retombant suffisamment pour révéler son visage. Les yeux bleus qui l'examinèrent étaient les mêmes que les siens.

Mais… comment était-ce possible ? Hasan avait affirmé qu'elle était passée plusieurs jours auparavant. Venait-elle juste de partir pour cacher l'astrolabe ? Ou était-elle revenue pour le déplacer ?

— Rose ? demanda Etta d'une voix rauque.

Ce fut sa première erreur.

Lui courir après quand la jeune femme fit volte-face pour prendre la poudre d'escampette fut la seconde.

Etta n'eut aucun mal à ne pas la perdre de vue : elles étaient les seules à bousculer le flot de badauds qui déambulaient dans le bazar. Des propos furieux furent lancés dans leur sillage, mais Etta les entendit à peine à cause de sa respiration sifflante et du bruit mat de ses chaussures frappant le sol. Sa mère était une rapide !

Rose tendit le bras et renversa au passage une pile d'assiettes en argent. Celles-ci tombèrent par dizaines, avec la table sur laquelle elles avaient été exposées avec art. Etta trébucha et se rattrapa tout juste. Rose jeta un coup d'œil par-dessus son épaule. Etta eut alors une vue parfaite sur son sourire narquois, au moment où sa mère lançait un petit poignard dans sa direction.

L'arme manqua Etta de deux centimètres, et seulement parce que la jeune fille avait fini par perdre l'équilibre, son pied butant contre un objet qui dépassait de l'un des stands à proximité.

— Rose ! appela-t-elle. S'il te plaît, je veux juste te parler !

La foule se dispersa autour d'elles. Une femme cria, mais Etta restait concentrée sur le visage de sa mère, la façon dont son expression s'était affûtée comme la plus belle lame de tout le marché.

— Tu peux dire à Henry ou à Cyrus, peu importe qui t'emploie, répliqua-t-elle avec un accent si sec qu'Etta ne le reconnut pas, que *jamais* ils ne le retrouveront !

— Tu veux parler de l'astrolabe ? demanda Etta. Je n'essaie pas de me mettre en travers de ton chemin, je te le jure…

Une paire de mains la soulevèrent du sol. La dernière chose qu'elle vit avant que son voile retombe sur son visage fut Rose qui reculait, les yeux écarquillés.

— Lâche-moi ! hurla Etta, désorientée. (On la jeta en travers d'une épaule, comme un vulgaire paquet de linge.) Nicholas, arrête ! C'est elle !

Elle aspira une grande bouffée d'air, le voile collé à la bouche, aveuglée par le tissu et sa propre chevelure. Cette odeur… Nicholas sentait toujours la mer, le savon et le cèdre. Des bras qui serraient ses jambes avec force pour la maintenir en place, il émanait une odeur de… dromadaire.

Ils tournèrent à droite. Au même moment, quelqu'un poussa un autre cri d'alarme. Du bois s'écrasa au sol, et

Etta entendit autre chose voler en éclats, puis aussitôt après l'appel de la prière, qui résonna dans toute la ville.

Elle eut soudain le dos trempé de sueur. Le monde semblait rougeoyer sous ses paupières closes. Ses mains étaient prisonnières sous elle, plaquées contre l'épaule d'un étranger. Elle se démena furieusement, battit des pieds, ses cris étouffés par le voile.

On m'enlève...

Elle parvint à décocher un coup de pied à un endroit sensible qui fit tomber l'homme à genoux. Elle roula sur la pierre brûlante. Elle s'était à peine mise à quatre pattes qu'un violent coup de pied à la tête l'envoya de nouveau au tapis. De la poussière et de la terre lui emplissaient la bouche. Elle chercha à s'éloigner en rampant. Des taches blanches et noires dansaient devant ses yeux, l'empêchant de voir sa main ensanglantée sur la pierre claire.

Un hurlement de fureur retentit dans son dos, accompagné d'un courant d'air. Elle se laissa retomber en avant, mais parvint à écarter le voile de son visage. Elle vit alors Nicholas foncer tête baissée dans l'un des deux hommes qu'elle avait repérés.

Les gens se rassemblèrent, certains commençant leurs prières, d'autres distraits par le spectacle de Nicholas assenant un coup de poing dans la mâchoire d'un des hommes pendant que l'autre assaillant lui sautait sur le dos. La main de ce dernier disparut dans les replis de la tunique de Nicholas. Etta l'entendit crier quand Nicholas l'assomma d'un coup de tête.

Personne ne bougea pour leur venir en aide, jusqu'à ce qu'Hasan surgisse du bazar et appelle au secours. Les deux hommes en robe noire s'étaient relevés. Etta ne sut comment ils y parvinrent, mais, poursuivis par les janissaires, ils s'enfuirent dans le chaos qu'ils avaient créé.

— Etta… Etta ! (Nicholas se laissa tomber à genoux devant elle, hors d'haleine.) Es-tu blessée ?

Avant qu'elle ait répondu, il chancela, battant des paupières, comme surpris. Elle lui saisit le bras pour le redresser et porta son autre main à son flanc, à l'endroit où s'épanouissait une tache humide d'un rouge sombre.

— Non ! hoqueta-t-elle. Non, non ! Nicholas !

Quand il s'écroula, elle ne put même pas le rattraper.

DIX-NEUF

Il sut que la blessure était grave car elle ne lui causait aucune douleur.

Des fragments des dernières heures voletaient dans son esprit, à la manière dont le vent avait joué avec les pétales blancs qui parsemaient la cour. Cela remontait-il à quelques heures seulement ? Impossible. Il faisait nuit à présent. Des jours entiers s'étaient peut-être écoulés, mais il ne parvenait pas à refaire surface assez longtemps pour le vérifier, sombrant régulièrement dans un sommeil irrésistible.

Des voix discrètes résonnaient au-dessus de lui. Des mains délicates soulevaient les bandages sur son flanc pour examiner ses plaies. Des linges moelleux épongeaient la sueur infernale qui inondait son visage. Nicholas ne s'attendait pas à ce que la mort soit aussi douce pour lui. Partir sans se battre, voilà qui lui paraissait injuste, quelque part. Se voir privé de pouvoir hurler, déverser sa rage, jusqu'à son dernier souffle. N'était-ce pas son droit ? Cela lui semblait-il inopportun parce qu'il avait passé sa vie à combattre si durement ? Partir dans un murmure… Cette pensée lui comprima la poitrine comme un étau, rendant sa respiration laborieuse.

Peut-être y réfléchirait-il davantage lorsqu'il serait moins fatigué.

L'endroit où on l'avait amené sentait la terre. De légers bruits de pas et des voix ténues bruissaient autour de lui. Même s'il avait compris la langue, cela n'aurait servi à rien : impossible de se concentrer avec le bourdonnement du sang dans ses oreilles. Était-il à l'hôpital ? Il s'obligea à ouvrir les yeux dès que les premières lueurs se posèrent sur ses paupières.

Les murs de la pièce, richement sculptés, étaient aussi blancs que ceux d'un tombeau. Nicholas essaya de se concentrer pour en distinguer les motifs. Mille soleils. Mille fleurs. Une atmosphère calme et sereine. Même l'eau avec laquelle on lui épongeait le visage était parsemée de fleurs dont le parfum subtil lui rappelait Etta. Mais comment ne pas penser à elle en cet instant ?

Malgré la présence d'autres lits, il était seul dans cette aile. Il regarda l'eau se déverser de la fontaine, ainsi que les jeunes hommes et femmes venant y remplir leurs cuvettes. On le redressa pour lui faire boire un bouillon insipide. Il aurait refusé si sa gorge n'avait pas été enflée et douloureuse à ce point, comme s'il avait avalé le soleil entier !

Il n'avait pas succombé à sa blessure, non.

C'est la fièvre qui le tuerait.

Il protesta faiblement pour qu'on ne le borde pas trop serré dans ses draps, qu'on ne le piège pas dans sa propre chaleur jusqu'à ce qu'il puisse juste transpirer et souffrir. Tous ces gens qui s'occupaient de lui, et personne ne l'aidait…

Etta m'aidera.

Etta le ferait. Bon sang, il avait vu un homme tenter de lui fracasser le crâne contre la pierre ! Il avait alors perdu tout son sang-froid. Comment allait-elle ? Où était-elle ? Et le délai… Combien de jours s'étaient écoulés ? Saurait-elle continuer sans lui ?

Quand il referma les yeux, au lieu du visage de la jeune fille, celui de Hall lui apparut, tel qu'il l'avait regardé lorsque le capitaine s'était accroupi devant lui enfant, à l'époque où il ne lui arrivait qu'à la hanche. Il lui avait dit qu'ils partaient. Il avait tendu vers lui sa grande main chaude et l'avait refermée autour de la sienne.

Hall… Qui l'informerait de ce qui lui était arrivé ? Et Chase ? Peut-être que l'un d'eux irait voir Boisdefer, pour découvrir que lui non plus n'avait pas de réponse.

Perdu. On ne se souviendrait pas de ses faits d'armes, mais de sa disparition. La plupart des marins acceptaient de ne pas être éternels, mais Hall et Chase étaient d'incorrigibles optimistes. Supporteraient-ils de ne jamais connaître les circonstances de sa mort ? Revendu par un marchand d'esclaves, livré en pâture aux requins, croupissant dans une geôle… Les possibilités étaient infinies, de quoi se torturer sans répit. Et personne n'approcherait de la vérité.

Il commença à retrouver la notion du temps grâce aux horaires des prières. Chaque fois qu'il sentait une présence, il se crispait et essayait de glisser une main sous son oreiller, à la recherche d'un couteau qui n'y était pas.

Un air fredonné et le bruit d'un tissu qu'on déchire le réveillèrent. Il tourna la tête pour mieux voir. Un jeune homme était assis sur un lit voisin, avec près de lui un panier contenant du linge blanc ou de la soie grossière. Les rouleaux de tissu, fort abîmés, présentaient des trous et des accrocs, et avaient peut-être été donnés à l'hôpital pour servir de bandages. Ou c'était du vieux linge de lit auquel on accordait une seconde vie. Le jeune homme déchirait de longues bandes sans le moindre effort, l'usure ayant rendu le tissu très souple.

Nicholas était incapable de formuler des pensées cohérentes sans se perdre dans les méandres de la fièvre. Toutefois, quand ses paupières lourdes se fermèrent de nouveau, l'image de l'homme à sa besogne resta imprimée dans son esprit. En quoi cette tâche simple l'interpellait-elle ?

L'argent… le pouvoir…

Déchirer. Mettre en pièces. Le tissu. Le temps.

La raison pour laquelle il était ici.

La raison pour laquelle Etta avait été envoyée dans le passé contre sa volonté.

Le temps… Celui-ci était presque écoulé… *Etta…*

Etta. Il devait lui parler.

Quand l'occasion se présenta, le soir tombait. Une voix familière emplit l'air. Il ouvrit un œil avec difficulté : Hasan s'entretenait avec un homme plus âgé au large torse, vêtu d'une robe immaculée. Il ouvrit la bouche pour ne produire qu'un gémissement pathétique. Ni l'un ni l'autre ne le remarqua, jusqu'à ce qu'il se racle la gorge.

— L'ami, laisse-moi donc t'apporter de l'eau…

L'homme mûr, dont les cheveux étaient aussi gris que l'esprit de Nicholas, s'éloigna en jetant un bref coup d'œil dans sa direction. Nicholas saisit la robe d'Hasan avant que celui-ci ait le temps de partir.

— Etta, balbutia-t-il d'une voix rauque. Qu'on m'amène... Etta...

— Il est tard, répliqua Hasan d'un ton légèrement réprobateur. Souhaites-tu qu'elle te voie dans cet état ?

N'était-elle donc jamais venue à son chevet ?

— Tout de suite, insista sèchement Nicholas. (Y réfléchissant à deux fois, il ajouta d'une voix plus douce, qu'il ne voulait pas trop suppliante :) S'il te plaît.

— Entendu, concéda Hasan.

Agenouillé auprès du convalescent, il reprit sa position initiale et se pencha au-dessus de son visage.

— *Baha'ar*, commença-t-il d'une voix douce et sérieuse. Ne meurs pas si loin de la mer.

Nicholas ferma les paupières et attendit. Il ne les rouvrit qu'en entendant la démarche familière d'Etta, qui pressait le pas sur le sol carrelé. Il faisait nuit noire désormais. Des bougies brillaient autour de lui, réchauffant la pièce de leur lumière diffuse. Il songea à la nuit qu'ils avaient partagée, l'expression du beau visage d'Etta quand elle avait levé les yeux vers lui... L'étau comprima de nouveau sa poitrine.

Elle ralentit le pas. Il savait qu'il devait être aussi affreux à l'extérieur qu'il se sentait à l'intérieur. La voir lui déchira le cœur. Si seulement il pouvait la réconforter ! Il aurait aimé la voir sourire une dernière fois, avant de lui dévoiler la vérité.

— Et si tu m'embrassais ? souffla-t-il.

Avec un sourire fugace, elle se baissa lentement au sol pour presser ses lèvres douces et fraîches contre les siennes. Elle s'écarta tout en laissant ses mains posées sur lui, caressant ses joues, son front, sa tête.

— Où suis-je ? demanda-t-il en s'éclaircissant à nouveau la voix.

— À Qaymair, un hôpital de Damas, chuchota-t-elle en s'agenouillant. Je voulais te ramener à la maison, mais la présence d'inconnus inquiétait Hasan. Et il fallait absolument qu'un médecin t'ausculte.

Nicholas grimaça. Elle laissa échapper un petit rire.

— Hasan monte la garde. Il n'a pas voulu que je te voie jusqu'à présent. J'ai dû venir en douce, à la faveur de la nuit.

— Seule ?

Il lui lança un regard désapprobateur, qu'elle ignora.

— Je me suis fait prendre. Hasan m'a ramenée chez lui, bon gré mal gré. Ça fait presque deux jours que tu dors.

Deux jours ! Il n'en restait donc plus que trois avant l'expiration du délai ! L'effroi lui emplit le cœur – pour elle, et la femme responsable de cette folle quête.

— A-t-on arrêté les agresseurs ?

Etta immobilisa ses mains. Il s'abandonna à elles avec avidité, pour l'inciter à ne pas les retirer.

— Non, répondit-elle. Crois-tu que c'étaient des gardiens ?

Sans le moindre doute, s'ils surveillaient Rose et avaient compris qu'ils avaient ferré un poisson aussi gros en la personne d'Etta. Bon sang, il ne s'était pas passé un seul jour sans qu'ils se fassent attraper ! Quel piètre protecteur il faisait…

— Était-ce réellement Rose ?

— Oui. Ma propre mère m'a lancé un couteau ! lâcha Etta en secouant la tête. J'ai hâte de le lui raconter.

— T'a-t-elle dit quelque chose ?

— Seulement qu'elle ne laisserait jamais Cyrus ou un homme du nom de Henry mettre la main sur l'astrolabe, répliqua Etta. Je n'ai même pas eu le temps de lui expliquer que nous ne comptions pas le leur donner.

Ah.

Il sut qu'il était temps. Il sut que, hormis le simple fait de vouloir la voir, il l'avait fait venir pour lui exposer la vérité, enfin.

Cependant, maintenant qu'Etta était là, avec son adorable minois et son grand cœur, le courage lui manquait.

Il n'y a pas moyen d'y échapper, se réprimanda-t-il. *Il faut en passer par là*.

Elle avait dégagé la couverture posée sur lui pour libérer ses bras. Il profita de cette mobilité retrouvée pour prendre ses mains dans les siennes et les plaquer contre son torse. Ainsi, elle sentirait son cœur lancé dans sa course effrénée.

Elle fronça les sourcils. Elle avait l'air épuisée.

— Un problème ?

— J'ai quelque chose à te dire, commença-t-il. Ne m'interromps surtout pas.

— Ça ne peut pas attendre demain matin ? Tu as besoin de repos…

— Je n'ai pas été honnête envers toi. Je tiens à rétablir la vérité dès maintenant.

Etta se redressa, mais il garda ses mains dans les siennes.

— Je ne me suis pas contenté de te suivre dans le passage, reprit Nicholas. Certes, je m'inquiétais de ton goût prononcé pour le risque, mais… quand tu es partie te coucher, à l'auberge, Boisdefer m'a proposé un autre contrat. (Sa gorge était si douloureuse, et sa blessure lui faisait si mal qu'il en perdit momentanément le fil de ses pensées.) Il a exigé que je t'accompagne, que nous retrouvions l'astrolabe. Je devais m'assurer que tu ne partes pas avec ou que tu n'essaies pas de le duper. J'avais l'intention de lui apporter l'objet, Etta, avec ou sans ton accord. En échange, il devait me remettre ses biens dans les Antilles, l'équivalent d'une grosse fortune. Aujourd'hui, je sais que cette fortune n'existera plus, une fois que Boisdefer aura modifié le passé et créé un nouveau futur.

Etta secoua la tête, relâchant les doigts de Nicholas. Pendant plusieurs secondes, il crut qu'elle allait s'exprimer, mais ce ne fut qu'une illusion due, sûrement, à la lueur des bougies.

— Parle, souffla-t-il. Je t'en prie... Dis que tu me détestes pour t'avoir caché la vérité, que tu ne me pardonneras jamais... N'importe quoi, mais dis-moi à quoi tu penses...

— C'est ce que je vais faire, déclara-t-elle d'un ton neutre à travers une mèche de cheveux retombée sur son visage. Dès que j'aurai trouvé le meilleur moyen de t'arracher le cœur pour le dévorer.

Le rire qui lui brûla la poitrine ne fit pas plus de bruit qu'un faible gloussement.

— J'aimerais que tu puisses le faire. Ainsi, tu verrais son état pitoyable, et le contrôle absolu que tu exerces sur lui depuis l'instant où je t'ai vue.

Etta plissa les yeux puis les ferma. Elle se détourna, essayant de dissimuler ses pensées – comme si, après tout ce temps, elle pouvait encore lui cacher quoi que ce soit.

— Je ne veux pas que… tu te sentes obligé de dire une chose pareille parce que tu culpabilises de m'avoir caché ce pacte. Aurais-je préféré que tu m'avoues tout dès le départ ? Évidemment ! Mais moi-même, je t'ai longtemps dissimulé que je n'avais pas l'intention de remettre l'astrolabe à Boisdefer. De plus, ce n'est pas comme si tu le lui avais déjà donné…

— Je t'ai menti…

Il n'arrivait pas à comprendre sa réaction. Il s'était tellement préparé à ce qu'elle le rejette, le haïsse, une fois ses intentions dévoilées ! Il parvenait à peine à respirer, de crainte de faire voler en éclats ce moment surréaliste.

— Toutefois, je sais pourquoi tu l'as fait, objecta-t-elle. J'ai conscience que gagner une grosse somme d'argent te permettrait d'acheter un navire, de t'offrir une nouvelle vie. C'est ce que je souhaite pour toi. Je veux que tu obtiennes ce que tu mérites. Et je ne veux pas que tu te sentes coupable de l'avoir. Inutile de jouer les poètes pour mieux faire passer la pilule.

— La récompense n'était pas ma seule motivation, précisa-t-il. Il faut que tu le saches. Je pensais devoir à Julian d'achever ce qu'il avait commencé, et… je voulais… Je voulais être auprès de toi. Te protéger.

— Nicholas…

En vérité, s'il ne l'avait pas autant aimée, il aurait refusé ce contrat. Même le poids de la fortune de Boisdefer ne l'aurait pas poussé à entreprendre cette quête sans elle.

La pureté des sentiments qu'elle éprouvait pour lui le mettait en pièces. Il l'avait sous-estimée. Il n'en était que plus idiot d'avoir nié ce respect… cet amour qu'il lui inspirait. Il n'y avait pas d'autre mot pour le décrire.

Il en allait de même pour elle. Cette pensée, à la fois douloureuse et apaisante, l'inonda totalement.

Il l'attira à lui, jusqu'à ce qu'elle cesse de résister et se blottisse à ses côtés.

— Te réciter un peu de poésie te convaincrait-il ? *Et maintenant, salut à nos âmes qui s'éveillent*, commença-t-il en fouillant sa mémoire avant que la suite lui revienne. *Mais ne se guettent point l'une l'autre par crainte ; L'amour régit l'amour de toute autre vision. Et rend universelle une chambre bornée.*

— Euh, l'interrompit-elle, je sais que ça ne va pas fort, mais à ce point-là…

Nicholas n'avait pas terminé. Il pouvait repousser le sommeil quelques secondes de plus, pour ces derniers instants. S'il ne parvenait pas à la convaincre avec ses propres mots, il espérait que ceux de John Donne le feraient.

— *Les découvreurs de mers aillent aux nouveaux mondes ! Laissons les portulans montrer mondes sur mondes ; Ne possédons qu'un monde nous en avons tous un et en sommes un.*

— Pour ta gouverne, sache que j'attends que tu me répètes ces vers quand tu iras mieux, l'informa-t-elle. (Sa voix tremblotante démentait le côté taquin de son commentaire.) Tu pourras essayer, un jour où tu ne croiras pas ta dernière heure venue ?

— Écoute-moi, répliqua Nicholas d'une voix pâteuse. (La chaleur qu'elle ajoutait à sa peau déjà brûlante aurait pu embraser un homme.) Tu as déjà été retardée trop longtemps. Demande à Hasan de t'emmener à Palmyre demain matin. La chevauchée sera longue et ardue, mais je sais que tu peux y arriver. Tu prendras la bonne décision à propos de l'astrolabe et l'usage qu'il convient d'en faire. Ton cœur te montrera le bon chemin.

— Non, protesta-t-elle, je refuse de partir sans toi...

— Ne peux-tu pas te plier à ma volonté, pour une fois ? insista-t-il. Tu connais les enjeux, à présent. Tu dois partir.

— Tu es mon partenaire, s'insurgea-t-elle, sa voix montant dans les aigus. (Il la serra davantage. Elle était bouleversée à présent, mais seulement parce qu'elle voyait la vérité de ses propos.) Tu ne vas pas me laisser tomber maintenant. Je ne partirai pas sans toi. Je ne t'abandonnerai pas.

— Tu ne peux pas revenir en arrière. Tu dois aller de l'avant... Toujours de l'avant, à partir de maintenant.

Etta se redressa pour le regarder en face. À ses cils blonds étaient accrochées des larmes qu'elle ne laissa pas couler. Au lieu de quoi, il vit naître sur son visage une détermination renouvelée. Il comprit alors pourquoi elle inspirait les deux parties de son être : une moitié qui souhaitait être le gentleman qu'elle méritait, et l'autre moitié, le vaurien qui la désirait à tout prix.

— Tu vas être affreusement gêné quand tu auras survécu à cette épreuve, le sermonna-t-elle, et je reviendrai pour que tu répondes de cet élan poétique. Je te jure, les hommes du XVIIIe siècle en font des tonnes !

— C'est... (Il lutta pour articuler, la voix rauque. Les martèlements dans sa tête avaient empiré depuis que son cœur s'affolait. Il voulait la serrer dans ses bras en silence, sentir contre lui ses courbes douces dans les derniers instants qu'il lui restait à vivre.) J'aurais aimé avoir le choix.

À l'époque d'Etta, ne mourrait-on pas de fièvre ? Cela paraissait incroyable.

— On dirait que tu as déjà à moitié jeté l'éponge, le réprimanda-t-elle. Tu as du pain sur la planche ! Tu ne vas pas mourir ici… Je te l'interdis !

L'air passait dans ses bronches, sortait en sifflant, mais sa langue ne pouvait plus former de mots. Désormais, il luttait pour rester conscient, pour ne pas céder à l'appel soyeux d'un sommeil de plomb. Ses forces l'abandonnaient. Il n'avait pas le choix. Même s'il voulait se battre, s'accrocher à cette vie, il avait vu trop de gens s'éteindre ainsi pour croire qu'il échapperait à la mort. Toutefois, s'il y avait une bonne raison de s'accrocher, c'était Etta.

— Je ne te laisserai pas ici, promit Etta. Jure-moi que tu vas te battre.

— Je t'aime. (Le réconfort était maigre, mais il lui aurait dit la vérité.) À la folie. Ça n'arrange pas… nos affaires.

— Jure-le !

Nicholas sentit une première larme tomber sur lui et couler le long de sa propre joue. Elle tremblait de panique. Il la rapprocha de lui dans l'espoir de la calmer. Il n'avait jamais senti les secondes s'égrener à ce point. Il avait encore tant à lui dire !

— Tu vivras… Tu dois vivre, rétorqua-t-il. Tu connais la vérité… Je voulais t'accompagner. Je voulais voir où tu habites. Je voulais trouver cet endroit, juste pour nous, celui dont tu parlais…

— Il nous attend, l'interrompit-elle. On n'a plus qu'à y aller.

— Quand tu joueras du violon, tu penseras à moi ? demanda-t-il doucement. De temps en temps... Pas toujours, ni même souvent, mais, peut-être, quand tu entendras la mer et que tu te souviendras... J'aurais beaucoup aimé t'entendre jouer. Juste une fois.

— Nicholas, dit-elle d'un ton sec en prenant son visage entre ses mains, si tu meurs, jamais je ne te le pardonnerai. Je me moque que ce soit égoïste. Je ne te le pardonnerai *jamais*. Bats-toi.

L'amour était égoïste, non ? À cause de lui, les hommes honnêtes désiraient des choses qui ne l'étaient pas. L'amour enfermait dans un cocon, à l'écart du monde ; il effaçait le temps, bousculait la logique. Il vous obligeait à vivre en vous moquant de l'inévitable. Il vous faisait désirer l'esprit, le corps d'un autre, comme si vous méritiez de devenir propriétaire de son cœur, pour que vous vous y sculptiez une place.

Tu es à moi, songea-t-il en la contemplant. *Et je suis à toi.*

— Dis-moi... une chose seulement... à propos de ton époque, parvint-il à articuler.

— Bien sûr.

— Tu te souviens... de ce couple... dans la station de métro, à Londres ?

— Le couple qui dansait ? Oui, et alors ?

— Est-ce qu'à ton époque... (Il avait de plus en plus de mal à respirer.)... Nous aurions pu danser ainsi ?

— Oui, affirma Etta en s'efforçant de le gratifier d'un sourire.

— C'est ce que je pensais. Tu veux bien rester... jusqu'à ce que je m'endorme ?

Elle déposa un baiser sur ses joues, ses paupières, son front, laissant une traînée de flammes en lui. Sa respiration ralentit, son cœur sembla murmurer une excuse… un discret battement dans ses oreilles, qui lui rappelait le gouvernail d'un navire changeant de trajectoire. Un ralentissement graduel, puis…

Pas comme ça.

Pas dans un murmure, s'il vous plaît, mais dans un rugissement. Il devait achever ce voyage avant de commencer le suivant.

— Bats-toi, chuchota-t-elle une dernière fois, son souffle chaud au creux de son oreille.

Pour toi, répondit son cœur par de faibles pulsations, *pour moi.*

Quand Etta s'écarta, Nicholas était à peine conscient, enfermé quelque part entre le sommeil et l'enfer brûlant de la fièvre. Il n'avait plus de sensations dans les bras, ses jambes auraient aussi bien pu avoir été coupées, car il ne pouvait pas les remuer d'un pouce. Il n'était plus que douleur, entre les élancements insupportables de sa plaie recousue et le martèlement qui lui vrillait le crâne.

Il dormit comme une bûche et fit des rêves bouillants, aveuglants. Il rêva de la maison sur Queen Street, du chemin qu'il empruntait entre la cuisine et la porte dissimulée de la salle à manger pour aller servir les repas à la famille. *Reste hors de vue. Dans le noir. Ne dis rien.* Il rêva des mains de sa mère : c'était étrange de se rappeler leur forme, leur poids et leur contact, alors que son visage demeurait si flou ; les cicatrices roses et les traces de brûlure sur le dos de ces mains, preuve de son interminable besogne en cuisine.

Sa mère le caressait sans cesse : pour lisser sa chemise, ses cheveux, essuyer la terre et le sang de son visage. Ces mains hideuses, déformées par le travail, mais chaudes. Quand il voulut les saisir…

Nicholas rêva qu'il incendiait la maison, et qu'il pissait sur ses cendres.

Il fut donc surpris d'être tout à coup arraché au sommeil par un jet d'eau chaude.

— *Baha'ar*, réveille-toi ! Idiot !

Hasan hurlait d'une voix à peine reconnaissable, donnant des claques sur le torse de Nicholas. Il employa un mot qui devait être un juron grossier, car le docteur qui se tenait à ses côtés le regarda d'un air stupéfait.

Le choc de ce réveil brutal dissipa le brouillard qui avait envahi son esprit. Il se sentait comme un linge qu'on aurait essoré et mis à sécher au soleil. Chaque muscle de son corps protesta vigoureusement quand il tenta de se redresser et de s'appuyer contre le mur.

— Quoi ? demanda-t-il d'une voix rauque. Qu'est-ce qui te prend ?

— Idiot ! aboya de nouveau Hasan. Que lui as-tu dit ?

La respiration de Nicholas se coupa.

— À Etta ?

— Qui d'autre veux-tu que ce soit ? s'énerva Hasan. Pourquoi lui as-tu ordonné de partir ?

À cet instant, Nicholas sut qu'il avait survécu sans doute pour connaître le plaisir d'étrangler cet homme. Il fallait l'avouer, il était tout de même gêné de s'être comporté de manière aussi dramatique la nuit précédente.

— Avant tout, tu devrais savoir qu'il est littéralement impossible de la forcer à agir contre son gré. Je l'ai incitée à te demander de l'accompagner, et de partir dès le lendemain.

Le matin était là, à présent, mais le soleil pas encore levé. À chaque seconde qui passait, les ténèbres s'éclaircissaient.

Avec elles, sa colère – réaction immédiate – s'estompait. Certes, Etta était parfois impulsive, mais pas imprudente au point de se lancer seule dans la traversée du désert. Même si c'était le cas, où se serait-elle procuré un cheval ? Comment saurait-elle quelle direction prendre ? Elle ne parlait pas la langue locale, ne possédait aucune carte…

Nicholas frissonna.

— L'as-tu cherchée chez toi ?

— Tu me prends pour un imbécile ? s'indigna Hasan. La maison est le premier endroit que j'ai fouillé ! Elle n'y est pas retournée. En tout cas, si elle l'a fait, elle n'a pas récupéré ses affaires.

Nicholas sentit son sang se glacer dans ses veines. Prendre la route sans argent, sans leur petit sac de provisions ?

Elle n'était pas partie seule. Pas de son plein gré. Peut-être n'avait-elle pas quitté la cité du tout. Et si on l'avait enlevée ?

Dans un effort surhumain, Nicholas parvint à dégager ses jambes du lit sans prêter attention aux tiraillements de sa blessure.

— Il faut interroger le personnel… savoir si quelqu'un l'a vue s'en aller.

Ils n'en seraient probablement pas plus avancés, mais c'était leur seule chance.

Hasan acquiesça et interrogea le docteur aux cheveux blancs resté silencieux. Ce dernier répondit en murmurant calmement, ce qui eut pour effet de raviver la colère de Nicholas. Cet homme ne voyait-il pas que le temps pressait ? Pourquoi s'éloignait-il en marchant au lieu de courir ?

— Du calme, l'ami, l'apaisa Hasan en incitant le convalescent à rester au lit quand il chercha à se lever. Il ne va pas tarder à revenir.

Ce qu'il fit, au bout de dix interminables minutes. Sur ses talons, le jeune homme qui avait déchiré les bandages, tête basse et mains croisées devant lui.

Celui-ci prit la parole sans qu'on le lui demande et répondit à toutes les questions d'Hasan. Quand Hasan leva une main juste au-dessus de sa tête, comme pour demander « quelle taille ? », Nicholas s'impatienta tout à fait :

— Que dit-il ?

Le teint d'Hasan, d'ordinaire mat, avait viré au gris cendre.

— Qu'il a vu Etta quitter cet *iwan*, c'est-à-dire ce couloir, et qu'une femme est venue à sa rencontre. Une Occidentale, d'après lui. Etta a été emmenée dehors par deux hommes.

Nicholas posa sur le jeune homme un regard mauvais.

— Et il n'a pas eu l'idée de prévenir quelqu'un ?

— Il pensait que la femme faisait partie de sa famille, expliqua Hasan, malgré la colère et la frustration qui se peignaient sur son visage.

Comme si la couleur de peau était le signe infaillible de l'appartenance à une même famille !

— L'a-t-il décrite physiquement ? demanda Nicholas.

— Jeune, ton âge ou le mien. Cheveux châtains, soupira-t-il, plus foncés que les siens. Les yeux... noirs. Selon lui, elle a regardé une montre minuscule, comme il n'en avait jamais vu auparavant.

Il insista sur ces dernières paroles avec un regard appuyé.

Lorsque Nicholas posa les pieds sur le sol froid, la rage lui tordait le ventre.

— Sais-tu qui est cette femme, *baha'ar* ? demanda Hasan.

Au lieu de répondre, Nicholas lui posa une question :

— Sais-tu faire les nœuds ?

— Oui, répliqua Hasan en haussant les sourcils. Pourquoi ?

— Parce que tu vas devoir m'attacher à mon cheval, conclut Nicholas en regardant la lumière matinale inonder le sol carrelé.

VINGT

Ce ne furent ni les ballottements du cheval lancé au galop ni même les brûlures que la corde infligeait à ses poignets qui firent enfin émerger Etta, mais la fraîcheur de la brume matinale et le parfum de la fleur d'oranger charrié par la brise.

Elle souleva une paupière, déjà nauséeuse à cause des mouvements saccadés et du contact chaud et moite de l'homme assis derrière elle. À chaque souffle qu'elle sentait sur sa nuque, son estomac protestait, en rythme avec la douleur qui irradiait dans sa tempe droite. Elle ne pouvait s'en assurer tant qu'elle n'avait pas les mains libres, mais elle aurait parié que la bosse qui allait y croître rivaliserait avec la montagne qui se dressait au loin.

Ils avaient quitté Damas en traversant une série de bosquets, serpentant entre les rangées d'arbres ordonnées. En voyant s'étendre devant elle la ligne dorée de l'horizon, Etta comprit pourquoi Hasan avait parlé de l'impitoyable beauté du désert. À cette distance, avec le soleil qui brillait haut dans le ciel, la poussière avait pris une magnifique teinte or. Mais cette couleur impliquait quelque chose de bien plus périlleux : une aridité absolue.

— Oh… Tu es réveillée.

Elle enroula ses doigts sur le pommeau de la selle pour se retourner lentement. Avec un air narquois, elle rétorqua :

— Désolée.

Quand elle avait quitté le chevet de Nicholas pour aller chercher un médecin, Hasan, ou qui que ce soit capable de lui confirmer qu'elle n'était pas folle et que sa fièvre retombait, elle était presque passée à côté d'elle sans la voir. Appuyée contre le mur, Sophia l'avait interpellée, mais son épuisement était tel qu'Etta avait cru être victime d'une hallucination.

Elle n'avait pourtant pas rêvé. La tête inclinée sur le côté, respirant le mépris comme à son habitude, Sophia portait l'*entari* et le *shalvar* des femmes damascènes dans des tons or et ivoire.

— Que fais-tu ici ? avait aussitôt demandé Etta.

— Ne sois pas stupide, avait répliqué Sophia. Je suis venue t'aider à achever ta tâche, tu le sais bien.

Même à cet instant, désorientée, bouleversée, Etta n'en avait pas oublié d'être méfiante. Sophia n'avait pu les retrouver que si elle les avait suivis, dans les rues de Damas comme dans tous les passages. Ou bien… elle avait réussi à mettre la main sur les comptes-rendus que les gardiens de Boisdefer ne manquaient pas d'envoyer à leur maître.

— Je n'ai pas l'intention de partir, avait répondu Etta. Pas tout de suite.

Derrière son voile, le visage de Sophia s'était durci :

— Je craignais une telle réponse.

Une douleur soudaine, puis… plus rien.

Et maintenant, ça.

— Désolée de t'avoir traitée sans ménagement, déclara Sophia en menant avec aisance son cheval à hauteur de celui d'Etta.

Les sabots des montures soulevaient tant de poussière que Sophia fut momentanément soustraite à sa vue.

— Nous n'avions tout simplement pas une minute à perdre, se justifia la jeune fille sans le moindre signe de remords. Je voyais bien à ta tête que tu ne serais jamais partie. Le temps de te convaincre, nous aurions déjà pu être à mi-chemin vers Palmyre.

Etta se raidit et tenta de donner un coup de coude à l'homme qui se trouvait derrière elle.

— Comment es-tu au courant, pour Palmyre ?

— Ces gardiens t'ont filée à ma demande au marché, hier, et ils ont mené l'enquête. L'Arabe qui t'accompagnait a mentionné votre destination à l'homme qui vous a vendu les peaux de chèvre. Une négligence de sa part.

Sophia haussa les épaules.

« Ces gardiens t'ont filée à ma demande au marché... »

Etta se retourna sur sa selle, l'horreur serrant son estomac comme un poing. L'homme, couvert d'hématomes, une coupure à la lèvre, la regardait d'un œil noir.

C'étaient eux qui avaient tenté de l'enlever, et l'un d'eux avait poignardé Nicholas. Envahie par une fureur brûlante, elle se débattit de plus belle.

— Arrête ! ordonna sèchement Sophia. J'ai dû doubler sa paie pour qu'il accepte de monter avec toi. Il a prétexté quelque chose en rapport avec sa foi qui lui interdit de toucher une femme extérieure à sa famille. Ne mets pas sa patience à l'épreuve.

— As-tu… (Les mots restaient coincés dans la gorge d'Etta.) As-tu engagé ces hommes pour assassiner Nicholas ?

— De quoi parles-tu ? (Les narines de Sophia palpitèrent.) Si quelqu'un s'en est pris à cette ordure, ce n'est pas l'un de nous.

Etta eut l'impression qu'une main glacée avait effacé toute émotion sur son visage. Sous le choc, elle dévisagea la jeune fille.

— Tu y étais ?

— Au marché ? Bien sûr que non, répondit Sophia. Je fouillais la pièce – celle dans laquelle le passage débouche – pendant que vous étiez tous les trois sortis. Pourquoi ? Que veux-tu dire ?

L'homme derrière Etta resserra sa prise autour de sa taille si fort qu'elle sentit presque une de ses côtes craquer. Quelque chose de pointu lui piqua le flanc. Elle prit cet avertissement silencieux au sérieux.

Pourquoi cet individu et celui qui montait juste devant Sophia tenaient-ils à ce qu'elle se taise ? Craignaient-ils la colère de Boisdefer pour avoir agi en dehors des consignes ?

— Quelqu'un… On a essayé de m'enlever, l'informa Etta quand elle réalisa que Sophia l'observait toujours. Nicholas est intervenu et a été blessé. C'est pour cette raison que nous étions à l'hôpital.

— Quel dommage ! commenta Sophia sans une once de compassion.

— C'est un membre de ta famille, fit remarquer Etta d'un ton sec. Vous avez plus en commun que tu ne le penses…

Sophia s'empara si brusquement des rênes du cheval d'Etta que toutes deux s'immobilisèrent. La monture hennit et, du sabot, frappa le sol pour manifester son mécontentement. Quand Sophia prit la parole, ce fut d'une voix pleine de venin :

— Je ne le dirai qu'une fois, alors ouvre bien tes oreilles : ce bâtard ne fait pas partie de ma famille. Si tu t'avises de le répéter, tu le regretteras.

Le ton et le vocabulaire employés – le « bâtard »… Cela en disait long sur son rapport à elle-même et à sa famille.

Par chance, Nicholas n'avait pas été élevé par ces gens. Etta devait trouver le moyen de s'assurer qu'il ne retombe plus jamais entre leurs mains.

— Que fais-tu ici ? répéta-t-elle avec fermeté. Selon toi, tu es venue pour nous aider, mais ça… – elle tira d'un coup sec sur la corde qui entravait ses poignets – ça signifie tout autre chose ! Si tu nous suivais à travers les passages, pourquoi n'avoir rien dit ? Pourquoi ne nous as-tu pas rejoints ?

Sophia lâcha les rênes et fit tourner sa monture en direction de la route. Elle s'adressa aux hommes en arabe. Elle avait déjà mentionné que l'apprentissage des langues étrangères faisait partie de la formation des voyageurs, mais cela surprenait encore Etta.

— Si vous ne vouliez pas être suivis, vous auriez dû éviter de disparaître au beau milieu de la nuit, et tu n'aurais pas dû voler mes affaires, lui reprocha Sophia. Croyais-tu vraiment que Grand-Père allait vous laisser partir et croiser les doigts dans l'espoir que le bâtard remplisse sa part du contrat ? (Elle lui jeta un regard condescendant.) Comment ? Tu ignorais que Nicholas avait conclu un pacte dans ton dos ? Qu'il obtiendrait tout…

— Je suis au courant, l'interrompit Etta. (Malgré sa peine, elle avait fait preuve de compréhension à cette révélation.) C'est lui-même qui m'en a parlé.

— Ah oui ? s'étonna Sophia. Si par miracle il survit à cette fièvre, il sera démoli pour te l'avoir révélé. Quand j'ai voulu avertir Grand-Père qu'il ne fallait pas lui faire confiance, il m'a dit que toute trahison de la part de Nicholas lui vaudrait de ne plus jamais retrouver d'emploi à bord d'un navire, ni même de poser le pied sur un quai. Il va être anéanti.

— Il ne va pas… balbutia Etta, horrifiée.

Le vieux avait-il réellement juré de ruiner son avenir s'il n'honorait pas le contrat ? Pétrifiée par la peur, elle reprit :

— Il ne va pas mourir.

— Continue à faire l'autruche, chérie.

Etta l'observa encore quelques secondes, essayant de comprendre sa stratégie.

— Tu dois boire du petit-lait, j'imagine, lança-t-elle. Finalement, le vieux t'a fait assez confiance pour t'envoyer à notre recherche. Ou peut-être n'avait-il pas d'autre choix ?

— Tu m'as offert l'occasion que j'attendais… Je peux faire mes preuves, lui montrer mes compétences.

Sophia ralentit l'allure de son cheval et ajusta sa position sur la selle avec un naturel parfait. Etta se sentait comme un sac à patates bringuebalant, et elle avait déjà mal aux cuisses à force de serrer les flancs de sa monture. Sophia devait forcer sa voix pour couvrir le vacarme des chevaux, la tête baissée pour éviter de gober de la poussière.

— Désolée que le fait de vous avoir retrouvés si facilement ait porté un coup à ton orgueil. Tu m'as beaucoup simplifié la tâche en te trouvant à l'autre bout de la ville au moment où je sortais du passage pour débarquer dans cette charmante maisonnette secrète. De plus, tu devrais te réjouir que ce soit moi, et non l'un des hommes de Grand-Père. Nous allons trouver l'astrolabe en moins de temps qu'il n'en faut pour le dire, et nous le rapporterons le 30. Je suis plutôt rodée à présent pour respecter ses délais impossibles.

Etta secoua la tête et caressa le cuir lisse de la selle, se demandant s'il fallait continuer ou pas. De toute évidence, Boisdefer n'avait rien dit de ses vraies motivations à Sophia, mais Etta ne pouvait pas prédire sa réaction si elle les découvrait, et ce que cela impliquait pour elle. La loyauté de Sophia était intimement liée à la réussite et à l'avenir de la famille. Tout ce qu'elle désirait, c'était obtenir l'approbation du vieux. Hormis son attention et son respect, se souciait-elle d'autre chose ?

— Ainsi, il t'a mise au courant pour l'astrolabe… déclara Etta. Cela dit, je doute qu'il t'ait fait part de ses vrais projets.

— La ferme ! aboya Sophia en jetant un coup d'œil à l'homme en selle derrière Etta.

Cette dernière tenta de faire appel à sa raison.

— L'astrolabe ne donne pas de renseignements sur les passages, il les crée…

— Tu vas la boucler, Tilleul ?

Le sait-elle déjà ? Et… dans ce cas… s'en moque-t-elle ? Sophia n'avait aucun attachement personnel au futur ; elle n'aimait personne et personne ne l'aimait ; elle n'avait ni foyer ni aucun lieu auxquels se rattacher. Cela lui rendait-il la situation moins pénible ?

Bouleversée, Etta se mordit l'intérieur de la joue quand le cheval repartit au galop. L'homme derrière elle grommela quelque chose d'inintelligible, mais elle n'était pas dupe : non seulement il comprenait l'anglais, mais en plus on lui cachait quelque chose. Les hommes les avaient agressés dans le souk sans ordres de Sophia, ou du moins sans l'avoir informée de ce qui s'était passé. Et s'ils n'étaient loyaux qu'envers le vieux ?

Sophia le savait peut-être, c'était pourquoi elle ne voulait pas qu'Etta soit trop bavarde au sujet de l'astrolabe. Elle n'avait pas oublié les propos de Nicholas au souk : l'or, ou la promesse d'un trésor, suscitait les convoitises. Si Sophia ne tenait pas à ce que ces hommes mesurent l'importance de l'objet de leur quête, cela signifiait-il qu'elle craignait une trahison, qu'ils souhaitent garder l'astrolabe pour eux ? Mais… qu'en feraient les gardiens, à part l'échanger contre une rançon ?

Etta était tentée… Si elle pouvait défaire le fragile lien de loyauté qui unissait ces hommes à Sophia, elle aurait une chance de s'échapper dans la confusion qui s'ensuivrait, de prendre une longueur d'avance sur eux, après quoi…

Elle errerait seule dans le désert ?

Elle abandonnerait Sophia à un triste sort ?

Elle secoua lentement la tête. Elle était capable de bien des choses, mais pas de se montrer à ce point cruelle. Elle n'agirait ainsi qu'en dernier recours.

— J'arrive presque à l'imaginer, tu sais, déclara Sophia en riant. La tête de Grand-Père. Sa surprise quand il verra que moi, j'ai accompli cette tâche impossible.

— Sa surprise ? Tu veux dire…

Boisdefer ignorait que Sophia les avait suivis ! Elle était venue de son plein gré, sans rien demander à personne.

— Tu commences à comprendre, répliqua Sophia. C'est à toi que je dois tout ça, bien sûr. Tu te souviens de ce que tu m'as dit, à propos de prendre le contrôle de ma vie ? Puisque Grand-Père me refuse l'honneur d'être son héritière, je vais lui prouver par tous les moyens que je suis digne d'être choisie.

À cet instant, Etta sut qu'elle devait élaborer un autre plan, et se préparer au pire : aucune stratégie au monde ne la protégerait des ambitions d'une jeune fille affamée, prête à tout pour obtenir ce qu'elle désirait.

Des heures plus tard, après que le soleil eut commencé à décliner, après que l'oasis verdoyante de Damas ne fut plus qu'un lointain souvenir, Etta se rendit compte qu'elle s'était trompée du tout au tout en imaginant ce désert.

Elle s'attendait à des dunes dans lesquelles leurs pas s'enfonceraient. Pure ignorance de sa part concernant cette partie du globe. Le terrain qui s'étendait devant elle était soit plat, soit montagneux. Des sommets enveloppés d'une brume grise semblaient se succéder au loin. Il y avait toujours assez de vent pour soulever la terre pâle et compacte, ameublie par les sabots des chevaux. Parfois, il changeait de force : il murmurait, cajolait, comme s'il voulait qu'ils se perdent.

Quand le groupe marquait une pause, les chevaux essoufflés dévoraient les quelques touffes d'herbe sèche qui parsemaient le sol. Il émanait une telle chaleur de la monture d'Etta que ses jambes étaient aussi humides de la sueur de la bête que de la sienne. On ne la libéra de ses liens que lorsqu'il fut temps de réduire l'allure des montures au pas.

L'un des gardiens repéra un puits grossier creusé dans la terre dure. Sophia traduisit ses propos : c'était sans doute un vestige des Romains, qui avaient emprunté cette route pour rallier Palmyre, encore utilisé par les quelques tribus de Bédouins vivant dans ce désert. Collectée à partir de pluies datant de plusieurs semaines, l'eau avait l'air dégoûtante, mais les bêtes la burent jusqu'à la dernière goutte. Puis il fallut se remettre en route.

Il n'y avait ni ombre ni eau, absolument rien, hormis çà et là un tas de ruines. Quand la poussière retombait, Etta voyait à des dizaines de kilomètres à la ronde. L'air ondoyait à cause de la chaleur, comme l'entrée d'un passage. Au bout d'un moment, l'idée de trouver un passage devint trop déprimante. L'épuisement et la douleur empêchaient Etta de continuer à y penser. Malgré la protection qu'offraient sa robe et son voile, elle cuisait sous le soleil implacable.

Alors même qu'elle craignait que Sophia ne les fasse chevaucher toute la nuit, un ensemble de bâtiments clairs et bas apparut au loin.

— Kurietain, déclara Sophia, manifestement soulagée.

Avec sa manche, elle essuya son visage baigné de sueur.

— Palmyre est encore loin ? demanda Etta en mettant pied à terre.

Le pauvre cheval, à bout de forces, pouvait à peine maintenir sa tête levée et frissonna quand Etta et le gardien le libérèrent de leur poids pour rejoindre le village en marchant.

— Encore une journée de chevauchée vers le nord, environ, répondit Sophia. J'aurais voulu qu'on continue une fois réapprovisionnés en eau, mais nos illustres gardiens semblent penser qu'on devrait échanger nos chevaux contre des dromadaires.

Prendre des animaux capables de survivre des jours sans boire, en plein désert paraissait à Etta un choix sensé.

— Comment s'appellent-ils ? demanda-t-elle.

— Les dromadaires ? Comment veux-tu que je le sache !

Elle le fait exprès ou quoi ?

— Les gardiens !

Etta désigna les deux hommes qui, devant elles, conversaient à voix basse.

— Pourquoi ? Tu comptes leur écrire une carte de remerciements ?

— Tu sais quoi ? Laisse tomber.

À Kurietain, les hommes, dehors, discutaient entre eux, fumant le narguilé devant le spectacle du couchant. Le petit groupe s'attira quelques regards curieux quand l'un des gardiens le conduisit dans le labyrinthe de rues blanchies par le soleil, en direction de ce que Sophia appelait un caravansérail, mais que les autres nommaient *khan* : une sorte de logement pour les voyageurs fatigués et leurs animaux.

Ils auraient de l'eau. De l'eau propre, fraîche. Etta humecta ses lèvres craquelées. Depuis une heure, son outre en peau de chèvre était vide.

— J'ai entendu des hommes parler de sources chaudes. Ça sent le soufre, tu ne trouves pas ? demanda Sophia en inspirant une grande bouffée de l'air du soir.

— Oh, répliqua Etta avec amabilité, moi qui croyais que ça venait de toi.

Le sourire de Sophia aurait pu faire fondre n'importe qui.

— Dommage, tu ne pourras pas te laver.

Malgré l'impression d'avoir des poids de cinquante kilos attachés à chaque poignet, Etta parvint à rassembler assez d'énergie pour lui adresser un doigt d'honneur quand Sophia se retourna vers la route.

Le caravansérail ressemblait à une forteresse de forme carrée. À l'extérieur, des rangées de colonnes et d'arches, si nombreuses qu'Etta n'aurait pu les compter, étaient interrompues par une vaste entrée. Des hommes la franchissaient en menant un troupeau de dromadaires turbulents.

On envoya deux jeunes garçons chercher leurs chevaux pour les guider à l'intérieur, tandis qu'un homme corpulent au visage bouffi, vêtu d'une belle tunique rouge, venait à la rencontre des voyageurs. Il s'adressa en premier lieu aux gardiens. Ces derniers l'informèrent que c'était Sophia qui détenait l'argent. L'homme marmonna une excuse dans trois langues différentes avant que Sophia daigne répondre en arabe.

Le caravansérail était séparé en deux niveaux : à l'étage, les pièces où les hommes dormaient ; au rez-de-chaussée, celles des dromadaires, chevaux et biens matériels.

La caravane arrivée juste avant eux finissait de décharger ses animaux et de les installer pour la nuit. Après leur prière du soir, les hommes se mêlèrent aux autres voyageurs pour vanter leurs marchandises et partager la nourriture.

Une fois arrivées devant leur chambre, à l'étage, Sophie ordonna à Etta d'entrer.

Leur escorte se dirigea vers la pièce voisine et disparut à l'intérieur. Etta entendit les deux hommes poser leurs sacs et perçut le bruissement du tissu quand ils déroulèrent leur couchage.

Une fois dans la pièce, Etta découvrit qu'il y faisait dix bons degrés de moins que dehors. Habituée à voir les maisons, même les plus modestes, ornées de toutes sortes de décorations, elle constata avec surprise que les lieux étaient aussi dépouillés et austères qu'une caverne. En guise de porte, un rideau retombait dans l'encadrement.

— Tiens, voilà une couverture, maugréa Sophia en lui jetant un tissu roulé en boule.

Il fallait s'y attendre : après une journée attachée au dos du cheval, la couverture sentait aussi mauvais qu'Etta.

Elle l'étala par terre, se préparant mentalement à l'inconfort extrême qui serait le sien quand elle allongerait son corps déjà perclus de douleurs sur le sol de terre battue.

Au moins, pour le moment, on est en sécurité, songea-t-elle. Puis elle se corrigea : *Du moins je l'espère.*

— Il y a de quoi manger là-dedans, l'informa Sophia en désignant le sac de toile qu'elle avait posé contre le mur, du côté qu'elle s'était octroyé dans ce petit espace. Il faut que j'aille voir si je peux échanger les chevaux.

D'un coup d'œil, elle signifia à Etta qu'elle veillait au grain malgré son absence. Etta se contenta de la congédier d'un signe de la main.

Elle attendit que Sophia ait disparu derrière le rideau pour se traîner jusqu'au sac. Elle en sortit une poignée de figues et rompit un morceau de pain gros comme son poing avant de tendre l'oreille quelques secondes. Dans la pièce voisine, elle entendit l'un des gardiens se lever quand Sophia l'appela. Il descendit l'escalier en grommelant.

Etta observa les autres sacs.

La fille avait laissé là toutes ses affaires, qui comprenaient entre autres un petit pistolet, de l'argent, un carnet de bord, une montre de gousset en or, ainsi qu'un couteau suisse.

La boussole dont Sophia s'était servie dans la journée était tombée au fond du sac le plus petit. Etta l'observa et tourna sur elle-même jusqu'à ce que l'aiguille pointe vers le nord.

Au cours des dernières heures, elle avait imaginé un plan pour s'échapper. Pendant que ses ravisseurs dormiraient, elle se lèverait discrètement, emporterait le strict nécessaire, et partirait à cheval ou à dos de dromadaire pour Palmyre. Ainsi, elle trouverait l'astrolabe avec plusieurs heures d'avance sur ses ennemis.

Cependant, plus elle regardait la boussole, plus son plan semblait filer entre ses doigts comme du sable.

Hasan les avait avertis, Nicholas et elle, que voyager seul dans le désert était une entreprise dangereuse. Même munie d'une boussole, Etta risquait de s'écarter de la route, de se perdre, de souffrir de la faim et de la soif. Elle errerait jusqu'à ce qu'on la retrouve, ou jusqu'à s'effondrer. Etta était une vraie citadine ; la survie en milieu hostile n'était pas son fort. Elle avait besoin de Sophia et des gardiens, à la fois pour leurs connaissances et leurs provisions.

La date du 30 était désormais trop proche pour perdre une seconde de plus à tergiverser. Comment allait-elle subtiliser l'objet de façon que Sophia et les gardiens ne puissent mettre la main dessus ? Comment allait-elle cacher le fait qu'elle ne comptait pas le rapporter à Boisdefer, afin de libérer sa mère ? Elle considéra un problème après l'autre, comme des mesures distinctes, testant le tempo, le rythme, jusqu'à trouver enfin une conclusion.

La seule solution était de rallier Sophia à sa cause. De la rendre complice, non seulement pour détruire l'astrolabe, mais pour mentir à Cyrus. Etta obligerait le vieux à conclure un marché : elle devait voir sa mère avant de lui remettre quoi que ce soit. Si Rose soupçonnait ce qui allait arriver, elle aurait sûrement déjà élaboré un plan.

Ou… Etta sentit au fond de son être que seule la mort de Boisdefer résoudrait tout. Et que ce serait peut-être à elle de lui ôter la vie.

Cette pensée lui donna la nausée. Sa mère était peut-être sans cœur, mais Etta se demanda ce qu'elle deviendrait si elle commettait un tel crime. Certes, Cyrus était responsable de la mort d'Alice ; cette perspective aurait dû apaiser sa soif de vengeance, mais… non.

De plus, que ferait-elle des autres voyageurs retenant Rose prisonnière ?

Tandis qu'elle était allongée dans le noir, des mots tournaient en boucle dans son esprit, les derniers que sa mère avaient écrits à la fin de sa première lettre : « *Une fin doit être définitive.* »

Définitive. Devait-elle détruire l'astrolabe, alors que sa mère et son arrière-grand-père n'avaient pu s'y résoudre ? Maintenant qu'elle comprenait mieux les sentiments de Rose, Etta se demandait si celle-ci s'attendait réellement à être sauvée.

L'effroi la glaça.

Je ne peux pas perdre aussi Maman. Pas maintenant, quand elle avait une foule de questions à lui poser sur sa famille. Ni jamais, alors qu'elles avaient tant d'endroits à visiter ensemble. Si sa mère aussi disparaissait, Etta n'aurait plus aucune raison de vouloir retourner à New York, pour y retrouver les lambeaux de son ancienne vie.

Elle ne détruirait l'astrolabe qu'en ultime recours. Une partie d'elle-même espérait encore arriver à convaincre Sophia de venir vivre au XXIe siècle et d'échapper une bonne fois pour toutes à Boisdefer. Ainsi, Etta utiliserait l'astrolabe pour créer un passage direct vers dans son époque, sans avoir besoin de trouver celui des Bahamas menant au Metropolitan Museum.

Par précaution, Etta glissa la boussole dans les replis de sa robe et s'étendit de nouveau sur la couverture. Elle ferma les yeux, s'obligeant à chasser de son esprit les pensées qui l'assaillaient.

Ce sera bientôt fini, songea-t-elle. *Une fin doit être définitive*. Elle frotta ses poignets striés de rouge et essaya de ne pas trop regretter l'absence de Nicholas. Elle n'avait besoin ni d'un protecteur ni d'un sauveur. Mais elle avait besoin de lui.

Sophia revint une demi-heure plus tard. Elle se laissa choir sur son propre couchage en marmonnant. Dans la pièce voisine, les gardiens parlaient, riaient. Etta surprit un mot familier, échangé régulièrement. Un mot qu'Hasan avait employé : *ašwaak*.

Ašwaak... Épines ?

Alors que les dernières lumières et conversations du caravansérail s'éteignaient, le silence enveloppa les filles, qui se laissèrent peu à peu emporter dans les ténèbres de la nuit.

— L'astrolabe crée-t-il réellement des passages ? chuchota soudain Sophia. Il ne les déchiffre pas ?

« Je te réponds si tu réponds à une question », faillit rétorquer Etta, mais elle pensa à Nicholas, comprenant soudain qu'elle n'aurait peut-être pas besoin de manipuler Sophia. Pas quand la vérité était de son côté.

— Oui, confirma Etta. Boisdefer veut créer un passage qui le ramènera à un moment où il sera en mesure de sauver sa première épouse sans perdre sa fortune, ni son contrôle sur les autres familles. Il va détruire notre futur, j'en suis presque sûre, pour reconstruire quelque chose de mieux selon lui. On ne peut pas le laisser faire.

— Oh, je n'ai jamais eu l'intention de lui remettre l'astrolabe, déclara Sophia. Surtout maintenant que je connais les pouvoirs de cet objet. Merci pour l'information, au fait. Incroyable ! En plus d'être maîtresse de lui, je vais avoir le moyen de l'anéantir.

— Sophia… modéra Etta, tentant de l'interrompre, mais sa voisine l'ignora.

Sophia poursuivit d'une voix tremblante d'excitation :

— C'est l'objet le plus puissant au monde ! Les voyageurs et les gardiens s'agenouilleront devant moi. Je n'aurai pas besoin d'être l'héritière. Je pourrai remonter assez loin dans le passé pour rayer totalement Grand-Père du jeu.

Etta était si stupéfaite qu'elle en perdit presque la parole.

— Tu serais prête à le tuer ?

— Pas avant qu'il ait regretté de ne pas m'avoir choisie, répondit Sophia en feignant l'innocence. Je veux qu'il souffre, qu'il assiste à mon ascension tandis qu'il chutera. Ne t'en fais pas, chérie. Il ne modifiera pas le futur. Je m'en chargerai avant lui.

VINGT ET UN

Après près de sept heures passées à dos de dromadaire, balancée au rythme de la lente démarche de l'animal, Etta était trop concentrée sur sa monture pour remarquer les taches de verdure qui réapparaissaient dans le désert clairsemé. Si elle avait trouvé la première partie du voyage aride, la seconde lui donnait l'impression d'avoir devant elle le squelette friable et desséché du monde. Pas une fois ses yeux ne cessèrent de larmoyer à cause du soleil aveuglant dans le ciel d'un bleu azur.

Puis, au loin, quelque chose se dessina. Pas la cité elle-même, mais des fortifications croulantes au sommet de l'une des collines qui la flanquaient. Les ruines battues par le vent depuis un millénaire paraissaient distinctement romaines : une mer de piliers et de colonnes, par centaines, semblaient soutenir le ciel.

Non loin, elle vit une oasis, bosquet dense contrastant avec le paysage désolé qui s'étendait où que le regard se porte. Toutefois, çà et là, tandis qu'ils menaient leurs dromadaires dans la ville, Etta nota des traces de ravins et de petits canaux.

Une fois à l'intérieur des ruines, elle dut pencher la tête en arrière pour contempler les reliefs sculptés des chapiteaux. Il était facile d'imaginer la splendeur des lieux au faîte de leur gloire. D'après Hasan, ce site comptait parmi l'un des plus remarquables sur les anciennes routes de commerce reliant l'Est et l'Ouest ; un joyau autrefois entretenu avec soin et désormais négligé, puis détruit, tandis que de nouvelles civilisations voyaient le jour et que les axes routiers étaient redessinés. Il y avait un amphithéâtre ainsi qu'un large bâtiment qu'Etta identifia comme une sorte de temple. Mais, la plupart du temps, ils serpentaient entre les vestiges des fondations.

— Alors ? demanda Sophia en faisant brusquement tourner bride à son dromadaire pour barrer le chemin d'Etta.

Daisy – c'est ainsi qu'elle avait prénommé l'animal – blatéra et, impatiente, commença à s'agiter.

— Alors quoi ? répliqua Etta en ajustant sa capuche.

Le soleil à son zénith dardait ses rayons sur le sommet de son crâne, lui rappelant qu'elle devait continuer à boire l'eau de son outre en peau de chèvre, dont le niveau baissait à vue d'œil.

— Que disait l'indice ? Maintenant que nous sommes arrivés, où sommes-nous censés le trouver ?

Je n'ai qu'à lui mentir, songea Etta. *Je suis arrivée à destination, je n'ai plus besoin d'eux, et elle ne changera pas d'avis. Je peux partir toute seule à la recherche de l'astrolabe*… Sauf que, bien entendu, s'ils se séparaient, Sophia risquait de mettre la main dessus la première, sans Etta pour l'arrêter.

Le dernier recours, dans ce cas, pensa-t-elle avec amertume. L'enjeu lui paraissait désormais évident. Ces dernières heures, elle eut l'impression d'avoir passé son temps à ravaler ses larmes de frustration. Sauver à la fois son futur et sa mère relevait de l'impossible. La nuit précédente, elle était restée éveillée des heures durant, à essayer d'imaginer le monde que Cyrus tenterait de construire et contrôler grâce à l'astrolabe. Elle avait voulu se convaincre que Sophia serait un moindre mal. En vérité, cette fille était une bombe à retardement : ce n'était qu'une question de temps avant que son caractère impétueux ne prenne le dessus. Alors, l'astrolabe retournerait sans doute entre les mains de Boisdefer.

— Je vais te le dire, déclara Etta, mais seulement en échange de quelque chose.

Sophia haussa les sourcils.

— Encore ce jeu idiot, Tilleul ? Vraiment ?

Etta se redressa sur sa selle et lutta contre l'envie de pleurer. *Pardonne-moi, Maman, je voulais juste que tu sois fière de moi…*

— Tu pourrais passer des semaines, des mois, voire des années à fouiller cet endroit. Je t'aiderai, à une condition : laisse-moi créer un passage qui me mènera directement à mon époque.

À son grand étonnement, Sophia considéra sa proposition.

— Tu sais réellement où est caché ce maudit objet ?

Etta profita de sa surprise pour mentir :

— Oui. Ma mère le dit dans sa lettre. Je vais te le montrer, seulement si tu me promets de me laisser créer ce passage.

Il ne lui faudrait pas plus d'une seconde pour fracasser l'astrolabe. Elle devait juste trouver le moyen de l'avoir entre les mains.

— C’est d’accord, répliqua Sophia. (Elles échangèrent une poignée de main.) Je t’écoute.

— Selon nous, l’indice fait référence à un tombeau, expliqua Etta en espérant ne pas le regretter plus tard.

Sophia souffla par le nez.

— Ne peux-tu pas être plus précise ?

Etta plissa les yeux.

Véritable boule de nerfs, Sophia se dirigea vers les gardiens pour leur parler brièvement en arabe. Elle était de mauvaise humeur depuis qu’ils avaient quitté le caravansérail, ce matin-là. Etta mettait cette acrimonie sur le manque de sommeil et l’inconfort du voyage, mais, la voyant ainsi, l’inquiétude la gagna. Par frustration, Sophia agissait parfois de manière inconsidérée.

Pire que ça, songea Etta. Elle avait observé les guides lorsqu’ils conversaient, pour vérifier s’ils mentionnaient de nouveau les Épines. Quand Etta avait proposé d’abandonner les gardiens, ou de les envoyer en ville sitôt celle-ci en vue, Sophia s’était contentée de faire claquer son fouet et d’accélérer l’allure de son dromadaire, la dépassant au trot.

Comme Hasan l’avait dit, des gens vivaient encore en périphérie de la cité, la plupart d’entre eux dans des tentes ou des logements temporaires, faits principalement de terre séchée. Ils restaient entre eux tandis que le petit groupe longeait les vestiges d’une magnifique colonnade. Etta se sentait toutefois observée.

— Où allons-nous ? s’enquit-elle.

— D’après Fadi, il y a une vallée de tombeaux juste après la cité, répondit Sophia d’un ton sec.

— Finalement, tu connais leurs prénoms, bougonna Etta en regardant le dos des hommes qui avançaient devant elles à un rythme régulier.

Ils avaient l'air mille fois plus à l'aise qu'elle sur leurs dromadaires.

— Cela va de soi, rétorqua Sophia. Je ne suis pas le monstre de froideur que tout le monde pense. De plus, il fallait bien que je connaisse leurs noms pour les recruter et les payer, et pour garder ma petite aventure – me lancer à ta poursuite – secrète, que Grand-Père n'en sache rien.

— Ça a dû être une sacrée nouveauté pour toi, commenta froidement Etta, de prendre une décision toute seule, sans avoir reçu d'ordre. D'avoir roulé ton grand-père dans la farine. La liberté a du bon, pas vrai ?

Sophia se rembrunit, sans démentir. Elle resserra sa prise sur les rênes de cuir. Ils poursuivirent leur route à travers les ruines dans un silence aussi oppressant que la chaleur.

La vallée des tombeaux s'étendait après ce qui était jadis le cœur palpitant de la cité de Palmyre. Si elles avaient été seules, sans bénéficier du savoir des gardiens, Etta n'aurait peut-être pas pensé à explorer les bâtiments. À leur arrivée, ils étaient passés juste à côté sans qu'elle y prête une attention particulière. On aurait dit des postes de défense, voire des tours de guet.

Malgré son nom majestueux, la nécropole ne comprenait guère plus que ces tours surgissant du sable tels des doigts légèrement crochus. Certains tombeaux avaient été sculptés dans des collines de terre. S'il en avait existé de plus anciens, plus élaborés, ils avaient disparu depuis longtemps, ou avaient été enterrés par mille ans de tempêtes de sable.

Ils mirent pied à terre et attachèrent les dromadaires à des piliers effondrés sur eux-mêmes.

— Tu es sûre qu'entrer là-dedans est sans danger ? demanda Etta en scrutant les lieux.

Certaines tours, basses et larges, n'avaient qu'un étage. D'autres s'élevaient à plusieurs dizaines de mètres du sol, projetant de longues ombres sur le sable. L'une d'elles semblait avoir autrefois possédé une sorte de balcon. Sur leurs murs imposants, on distinguait encore de petites fentes qui permettaient sûrement de laisser passer l'air et la lumière.

Malgré tout… cela restait des tombeaux. Même si Etta avait hâte d'en finir, l'angoisse la submergea. À ses yeux, pénétrer dans ce genre d'endroits revenait à les profaner.

— Quelle importance ? répliqua Sophia avec sa sensibilité habituelle. Allons-y, il fait une chaleur de plomb ici.

Ils commencèrent par l'une des sépultures les moins hautes, à l'extrémité gauche. L'entrée construite à flanc de colline était à demi enterrée dans le sable. Sophia le dégagea du pied et pénétra à l'intérieur tête baissée, les yeux rivés sur le sol. À la recherche d'un indice prouvant qu'un objet y avait été enfoui, peut-être ?

Etta, elle, ne pouvait s'empêcher de regarder en l'air.

Les parois de plâtre étaient couvertes de peintures encore visibles, malgré leurs couleurs passées. Tout autour d'elle, des hommes et des femmes drapés de toges, dont certains n'avaient plus de visage. Seuls subsistaient leur silhouette ainsi que les ornements au-dessous. Des vignes peintes, d'un vert encore vif, s'enroulaient autour des piliers de soutènement. Des dieux, des anges, ou les deux, semblaient voler d'un mur à l'autre, s'élevant vers le plafond en trompe-l'œil qui donnait l'impression d'être recouvert de carreaux rouge et vert. Etta plissa les yeux. Étaient-ce des carreaux, d'ailleurs ?

Tu n'es pas là pour faire du tourisme, se sermonna-t-elle. *Arrête de perdre du temps.*

Entre les fresques, les murs étaient percés de niches rectangulaires ressemblant à des étagères. Certaines étaient bouchées par de grosses pierres. D'autres étaient ouvertes.

— À quoi ça servait ? demanda-t-elle à Sophia en touchant l'une d'elles.

Sa main paraissait minuscule en comparaison.

Sophia se retourna pour poser la question à l'un des gardiens. Elle écouta l'explication rapide avant de la transmettre à Etta.

— C'est là qu'ils mettaient les sarcophages et les dépouilles. Dans ces ouvertures. Normalement, on les rebouchait, mais ces pierres ont été enlevées par des pilleurs de tombes.

Toutes les sépultures présentaient le même problème : elles ne contenaient presque plus rien à voir, et encore moins à emporter. Les quelques sarcophages qu'ils découvrirent étaient brisés.Couvercle retiré, ils ne contenaient que des ossements. Il en restait encore un ou deux entiers, assez bien conservés pour convaincre Sophia, Etta et les gardiens de tenter de les ouvrir. En forçant, ils parvinrent à soulever le couvercle de l'un d'eux.

— Il a déjà été vidé, se plaignit Sophia. (Frustrée, elle décocha un coup de pied au sarcophage.) Ta mère a été stupide de le cacher dans un endroit où n'importe qui peut le trouver !

— Je la qualifierais de bien des choses, rétorqua Etta d'un ton neutre, mais je ne dirais pas qu'elle est stupide. Si elle pensait qu'il risquait d'être volé, elle ne l'aurait pas laissé ici.

Mais, alors même qu'elle défendait sa mère, le doute l'assaillait. Depuis près de deux heures maintenant, ils avançaient courbés dans le noir, à la lueur vacillante d'une unique torche. Les gardiens les menèrent dans une série de cavernes, entre l'artère principale de Palmyre et les tours, dans lesquelles ils trouvèrent, sans surprise, d'autres sarcophages, mais aucun astrolabe.

Etta se frotta le front avec un long soupir. L'un des gardiens s'adressa à Sophia. Agacée, elle lui répondit sèchement.

— Que se passe-t-il ? s'enquit Etta.

— Il dit qu'il y a encore d'autres tombeaux un peu plus à l'ouest, traduisit Sophia, sinon on peut fouiller autour des temples, dans la cité.

Selon Etta, sa mère n'aurait rien laissé dans la cité elle-même, alors que quelques villageois y vivaient encore en périphérie.

— Vérifions les tombeaux, proposa-t-elle.

— On aurait déjà dû le récupérer, à cette heure, grommela Sophia en retournant vers les dromadaires.

— On le trouvera, affirma Etta. Ma mère voulait que ce soit difficile, pas impossible.

Elle inspira à fond et tenta d'apaiser Daisy le temps de l'enfourcher. Les autres se contentaient de frapper leur bête sur la tête ou le nez pour la faire agenouiller. Daisy était aussi revêche que d'habitude, mais au moins, cette fois, elle ne s'ébroua pas pour se débarrasser d'Etta comme d'une vulgaire mouche.

Ils s'enfoncèrent davantage dans les collines autour de la cité. Sachant quoi chercher, Etta repéra les tours funéraires au premier coup d'œil. Nombre d'entre elles paraissaient en moins bon état que celles qu'ils avaient déjà vues, mais une en particulier semblait intacte, du moins à l'extérieur. L'attention d'Etta ne cessait de revenir à ce bâtiment, même si Sophia l'incitait à venir explorer une sépulture plus proche.

— Celle-là, décréta Etta, un frisson remontant étrangement le long de son dos.

— Bon, d'accord, concéda Sophia.

Elle siffla pour appeler les hommes.

En effet, cette tour était en bien meilleur état que les autres. La chambre principale, tout en longueur, donnait sur cinq bustes d'hommes et de femmes alignés contre le mur du fond. Ils se trouvaient devant une superposition de niches identiques à celles qu'ils avaient vues dans les autres tombeaux, où les sarcophages ou les dépouilles étaient scellés. Voyant que toutes étaient ouvertes et vides, Sophia emprunta l'étroit escalier à gauche de l'entrée, manquant de se cogner la tête contre le plafond de pierre peinte. Etta la suivit, une main plaquée au mur.

Sophia jeta un bref coup d'œil au deuxième étage avant de poursuivre vers le troisième, la lèvre retroussée de dégoût : pourquoi ? Parce que l'astrolabe, objet d'une valeur inestimable, n'attendait pas qu'elle trébuche dessus ?

Etta fit une halte au deuxième étage pour laisser passer les gardiens qui montaient à leur tour. Leurs murmures se répercutaient contre les parois de pierre, renforçant un mal-être diffus au creux de son ventre. Sophia semblait leur faire implicitement confiance, mais Etta aurait préféré qu'elle leur ordonne d'attendre dehors, avec les dromadaires.

Un flot de lumière chaude s'engouffrait par une petite fenêtre dans l'espace exigu. Etta s'y rendit et prit le temps d'apaiser son cœur affolé. Elle se pencha par l'ouverture, à la recherche d'un signe de sa mère.

Quand elle se retourna, elle se retrouva face à un arbre.

Un éclat de rire jaillit d'elle si soudainement qu'elle ne put l'étouffer. Bien sûr, le son parvint aux oreilles de Sophia, qui marchait toujours d'un pas lourd à l'étage supérieur, détachant des morceaux de plâtre du plafond. Elle descendit l'escalier à toute vitesse et apparut, presque hors d'haleine.

— Quoi ? Qu'est-ce qu'il y a ? l'interrogea-t-elle.

Le deuxième niveau était bordé de part et d'autre des mêmes niches superposées que dans la chambre du rez-de-chaussée, à la différence que plusieurs étaient encore obstruées, et que les bustes de leurs occupants étaient toujours en place. Même si bien des visages étaient abîmés, la sculpture qui se trouvait devant Etta, presque intacte, représentait la silhouette familière d'un arbre. La pierre, d'une couleur proche des autres, se démarquait toutefois par sa teinte à peine plus claire.

L'angle des branches, le feuillage, la légère inclinaison du tronc, tout correspondait au symbole qu'Etta avait vu sur la couverture du journal de bord de sa mère.

— R… rien, balbutia-t-elle. Un oiseau est passé près de moi…

Sophia l'ignora et scruta la pièce de son œil de rapace. Bien entendu, elle ne tarda pas à remarquer l'arbre.

— Là ! s'exclama-t-elle. Le symbole de la famille Tilleul !

Son attitude changea totalement. Elle passa de l'agitation à l'excitation. Ses yeux luisaient d'émotion. Elle aurait été prête à retirer cette pierre sculptée à mains nues s'il le fallait.

Les gardiens utilisèrent leurs couteaux – des poignards, en réalité, songea Etta – pour creuser autour du relief et faire levier. La sculpture s'écrasa au sol, le symbole de la famille Tilleul volant en éclats dans un fracas assourdissant.

Les deux jeunes filles regardèrent à l'intérieur. Etta repéra quelque chose au fond à droite.

— Prends-le, ordonna Sophia. Si quelqu'un doit se faire brûler ou couper la main par un piège placé là par ta dingue de mère, j'aime autant que ce soit toi.

Etta leva les yeux au ciel. Récitant une prière en pensée, elle enfonça le bras dans la cavité. Elle referma les doigts sur un tissu en lambeaux. Elle attira à elle un paquet poussiéreux, d'une couleur délavée.

Sophia lui donna un coup d'épaule, lui arracha l'objet des mains et le tint avec précaution entre les siennes.

L'astrolabe était plus gros qu'Etta ne le pensait : il faisait deux fois la taille d'un poing. L'ancienneté n'avait pas terni son lustre doré. Le disque plat reflétait la lumière de la fenêtre, réchauffant toute la pièce. Des inscriptions y étaient tracées tout le long, presque comme sur un cadran. Etta s'avança pour mieux observer les magnifiques gravures au dos.

Sophia était si abasourdie de tenir enfin l'objet que, pendant un long moment, elle retint son souffle.

Etta aussi.

Une fin doit être définitive.

Et cette fin marquerait peut-être la sienne.

— Donne-le-moi, dit-elle, je vais te montrer comment ça marche.

L'appréhension qu'elle avait ressentie à l'extérieur revint, coulant dans ses veines. L'air vibrait d'une énergie qui émettait une sorte de bourdonnement, lui donnant la chair de poule et lui vrillant les nerfs.

— Eh bien, tout ça pour ça ! (Sophia secoua la tête et plaça l'astrolabe dans la paume tendue d'Etta.) Vas-y, fais-le marcher.

Mâchoires crispées, Etta acquiesça, passant en revue les options qui s'offraient à elle. Enfin, lentement, avec prudence, elle déposa l'objet sur le sol de pierre, dans le flot de lumière, et s'agenouilla à côté. Elle enroula ses doigts, cachés sous sa robe, autour d'un caillou aux angles saillants.

— Allez, Tilleul, accélère ! aboya Sophia.

— Avec plaisir, répondit Etta.

Avant que Sophia ait eu le temps d'esquisser le moindre geste, Etta abattit le caillou sur la face dorée de l'astrolabe.

Le feu qui brûlait en elle s'éteignit sitôt que la pierre s'écrasa sur l'objet : il était cabossé, mais le mécanisme intact. Etta ramassa l'astrolabe et le jeta au sol, où il se fracassa.

— Sale traîtresse ! glapit Sophia en la tirant par les cheveux. (Elle se tourna vers l'un des gardiens.) Donne ton poignard ! ordonna-t-elle.

L'homme le tira de l'étui qu'il portait au flanc.

Tout se passa alors très vite. D'un geste, il entailla profondément la paume tendue de Sophia. Celle-ci poussa un cri aigu tandis que son sang giclait sur la pierre.

— Mais qu'est-ce qui te prend ? gronda-t-elle. Comment oses-tu ? En vertu des lois de notre famille, je pourrais te faire exécuter pour ça !

— Oui, si nous étions des Boisdefer, répliqua l'homme en sortant un deuxième poignard des replis de sa robe.

L'autre gardien l'imita et menaça la gorge d'Etta avec une lame affûtée comme un rasoir.

— Malheureusement, nous n'en sommes pas, poursuivit le premier.

Pas des Boisdefer ? Etta se dégagea de la prise de Sophia et essaya de reculer vers le mur. Dans ce cas…

— Vraiment ? demanda Sophia en tenant sa main blessée avec une expression de rage. C'est pour ça que vous viviez dans une propriété appartenant à la famille, que vous utilisiez l'argent de la famille ?

Le gardien éclata d'un rire sardonique.

— Il a été assez facile de se débarrasser de tes gardiens, reprit-il, puisque tu ne t'es jamais donné la peine de les rencontrer, ni de chercher à voir à quoi ils ressemblaient. Ce qui tombait à pic pour nous.

Etta essaya de se pencher avec discrétion pour récupérer l'astrolabe, mais la lame du poignard fut déplacée à un cheveu de sa gorge.

— Recule, gamine, gronda l'autre homme. Donne-moi l'astrolabe. Lentement…

La fureur la submergea, remplaçant la peur et la confusion.

— Prends-le toi-même !

L'homme la frappa du revers de la main avec une telle violence qu'elle en perdit un instant la vue et s'écroula au sol, les poumons soudain emplis de poussière.

— Si vous n'êtes pas des Boisdefer, alors qui êtes-vous ? demanda Sophia.

— Des hommes morts, répondit une voix grave derrière eux.

Nicholas, vacillant, se tenait sur le palier, un pied posé sur la marche, le petit pistolet de Sophia entre les mains. Il tenait en joue l'homme qui menaçait Etta.

Sa peau avait perdu son éclat, la sueur coulait sur ses joues. Il était essoufflé, ce qui n'avait rien d'étonnant après avoir traversé le désert avec une grave blessure, à peine sorti d'une fièvre qui aurait pu lui être fatale.

Maintenant, songea Etta. *Maintenant, maintenant, maintenant…*

Elle se jeta sur l'homme, qui, déséquilibré, s'étala de tout son long avec un cri de surprise. Elle rampa pour récupérer l'astrolabe à terre ; au même moment, il lui saisit les jambes et la tira d'un coup sec en arrière. Deux bras lourds s'enroulèrent autour de son cou.

— Etta ! s'écria Nicholas juste avant qu'un craquement fende l'air.

Elle ressentit une violente douleur à l'épaule. Elle bascula vers l'avant sous le poids du corps chaud et mou de l'Épine. L'homme toussa et cracha, alors même qu'il plaquait son poignard contre sa gorge. L'odeur fétide du sang emplit ses narines.

Le deuxième homme se rua sur Nicholas, qui fut plaqué contre le mur et lâcha son pistolet. Nicholas chercha à frapper son assaillant au visage, mais ne parvint qu'à l'effleurer. Le monde sembla basculer autour d'Etta quand elle parvint à se relever. Nicholas ne sortirait pas vainqueur de ce combat, pas dans son état... Elle devait récupérer le pistolet.

Le deuxième homme l'avait devancée : il assenait des coups de crosse sur le visage de Nicholas. Celui-ci recula contre le mur en chancelant puis s'écroula sous les hurlements d'Etta. Toujours armé, le gardien fit volte-face vers Sophia et la visa au cœur.

— Des Épines, pas vrai ? cracha-t-elle, sa paume saignant toujours abondamment.

Elle le regarda s'agenouiller et récupérer l'astrolabe.

L'homme fit une parodie de salut. Etta sentit son ventre se nouer douloureusement.

Je dois le faire, je dois le détruire, Maman...

Je peux y arriver...

C'est mon moment...

L'Épine qui la retenait pressa la lame si fort contre sa gorge qu'elle sentit son propre sang couler sur le devant de sa robe délavée et couverte de sable.

— À votre service, dit le premier homme.

— Qui nous a trahis ? demanda Sophia.

— Personne, même si les membres de ta « famille » se seraient bousculés contre la promesse d'une récompense. Vous avez laissé des traces derrière vous. Un boulevard, même ! Vous nous avez énormément facilité la tâche, à vrai dire, quand notre chef a vu ce qui s'est passé au musée. Il a aussitôt ordonné à tous les gardiens et voyageurs du groupe des Épines de surveiller vos moindres déplacements à travers les passages, pour voir si vous pouviez nous mener directement à l'astrolabe. Plutôt que de continuer à vous chercher, nous vous avons tendu un piège pour que vous veniez à nous. Et tout s'est déroulé à merveille.

Il jeta un coup d'œil à son complice, qui retenait Etta prisonnière, et ajouta :

— Attache-la. Le désert la punira lui-même.

L'Épine libéra Etta de son poids, la faisant s'agenouiller. L'homme lui coinça les mains dans le dos et enroula quelque chose – sa ceinture ? – autour de ses poignets.

— L'autre aussi…

— Attendez… dit Sophia en reculant. Écoutez une minute. Savez-vous qui je suis ?

Je dois le détruire…

Je ne peux pas abandonner Maman…

Je dois sauver Maman…

— Tu es une Boisdefer, déclara l'Épine. C'est tout ce qui compte.

— Non, s'empressa de répondre Sophia en jetant un coup d'œil à Etta. Je suis une bénédiction. Tout ce que votre groupe veut savoir au sujet des Boisdefer, ou du Grand Maître lui-même, je vous le dirai. Mais seulement si vous m'emmenez.

Encore étendu à terre, Nicholas revint à lui, juste à temps pour entendre ces propos. Il ouvrit d'un coup les paupières.

L'Épine qui tenait le pistolet s'esclaffa :

— Tu me prends pour un idiot !

— Pensiez-vous réellement que j'allais donner l'astrolabe au Grand Maître ? demanda Sophia. Je lui aurais ri au nez. Je me fais une joie de briser ses rêves. Si vous voulez cet objet dans le même but, alors je ne chercherai pas à vous arrêter. Au contraire, je me réjouirai ! Tout ce qui m'importe, c'est de rendre son existence aussi malheureuse qu'il a rendu la mienne.

— Espèce de… jura Nicholas en s'abstenant d'aller plus loin. Sophia, l'astrolabe doit être détruit ! Peu importe qui l'a en sa possession, toi ou eux. Une fois que Boisdefer l'apprendra, rien ne l'arrêtera tant qu'il n'aura pas mis la main dessus. Réfléchis : l'objet ne donne pas d'informations sur les passages, il les crée…

— Je suis au courant, l'interrompit-elle sèchement.

— Une fois que Boisdefer saura que tu t'es ralliée aux Épines, que tu leur as cédé l'objet, tu ne seras pas qu'exilée. Tu ne perdras pas que ta position. Il t'anéantira ! C'est valable pour chaque Épine. Laisse-moi le détruire dès à présent. Rejette la faute sur moi ; fais en sorte que le vieux en ait après moi et se rende compte de ta valeur. Il fera de toi son héritière, à la seule condition qu'il n'ait pas l'astrolabe, qu'il ne puisse sauver sa première épouse et engendrer d'autres héritiers. Mais… la voie que tu t'apprêtes à prendre est celle de la folie !

Etta vit le doute assaillir Sophia, qui, confrontée à la vérité, fut traversée d'une peur fugace. Sophia entrouvrit les lèvres, sur le point de poser une question, puis se ravisa et redressa les épaules. Toisant Nicholas comme une reine prête à ordonner une exécution, elle déclara :

— Qu'il en soit ainsi, alors.

L'Épine qui retenait Etta sur le sol de pierre éclata de rire. L'autre avec le pistolet adressa un signe à son comparse et prononça quelques mots en arabe. Etta n'eut pas le temps de réagir : l'homme saisit Nicholas pour le plaquer contre le mur. Après lui avoir arraché le sac, il lui lia les mains. Enfin, il lui assena un violent coup de poing dans la mâchoire. Le jeune homme s'écroula de nouveau à terre.

Etta cria, tenta de se relever, mais perdit l'équilibre. Sophia la repoussa contre les niches des tombeaux. À demi assommée, le souffle coupé, elle tomba lourdement, percluse de douleurs.

— Ne sois pas ridicule, chérie, murmura Sophia, les yeux baissés sur Etta.

Nicholas hurla de rage :

— Un jour, je te tuerai pour ça !

— C'est charmant de t'en croire capable, rétorqua Sophia avec un geste de dédain.

L'un des hommes parla en arabe.

— Un gâchis de munitions, si vous voulez mon avis, trancha Sophia avec froideur. À votre place, je me tiendrais à l'écart de ces deux-là. Ils sont trop vifs. Abandonnez-les dans le désert ; le soleil les achèvera pour vous.

Le corps raide de souffrance et d'angoisse, Etta retint sa respiration. Les hommes semblèrent accepter la proposition de Sophia.

Plusieurs minutes s'écoulèrent avant qu'elle n'entende plus le bruit de leurs pas. Elle inspira par le nez et expira par la bouche pour s'empêcher de vomir. *J'ai échoué. Maman, pardonne-moi…*

Il faut que je me lève…

— Etta ! s'exclama Nicholas. Réveille-toi, Etta !

Elle inspira à fond, toujours tremblante.

Je vais bien, il va bien, je vais bien, il va bien... Ils pouvaient encore rattraper Sophia et les Épines, chevaucher à bride abattue pour récupérer l'astrolabe.

— Henrietta ! aboya le jeune homme. Miss Spencer ! Bon sang, si tu ne te réveilles pas tout de suite...

Elle entendit le claquement d'un fouet et le blatèrement des dromadaires. Nul besoin de regarder par la fenêtre pour comprendre qu'ils emmenaient Daisy et l'animal avec lequel Nicholas était venu jusqu'ici. Ces ordures les abandonnaient pour de bon en plein désert !

— Etta...

Ce fut la note plaintive, emplie de désespoir, dans la voix de Nicholas qui la fit s'asseoir d'un coup, si brusquement qu'elle lui arracha un cri de surprise.

— Tu vas bien ? demanda-t-elle, la gorge douloureuse.

— Je survivrai, mais... (Il détourna le regard.) Tu n'imagines pas à quel point je m'en veux. Nous avons fait aussi vite que possible...

— Nous ? demanda Etta en tirant sur la bande de tissu qui entravait ses poignets.

L'Épine avait fait un nœud sans prendre le temps d'en vérifier la solidité. Elle parvint à libérer sa main droite et poussa un soupir de soulagement.

— Hasan est ici ? s'enquit-elle.

— Il m'a accompagné, expliqua Nicholas. Mais son cheval s'est blessé à la jambe, et il a dû rebrousser chemin vers Kurietain. Pardonne-moi. Je te jure que ce n'est pas fini. Nous allons rentrer à Damas... (Malgré la ferveur de son discours, il ne pouvait se résoudre à la regarder en face.) Je marcherai jusqu'à Nassau s'il le faut pour retrouver le passage que tu as emprunté à l'origine…

— Vraiment, tu ferais ça ?

Enfin, il leva les yeux vers elle.

— Pour toi, je serais prêt à parcourir n'importe quelle distance.

En dépit de sa souffrance, en dépit de tout, elle esquissa un sourire.

— Avec moi.

— Approche, souffla-t-il. Viens près de moi.

Etta n'était pas sûre que ses jambes la soutiendraient. Elle rampa sur les quelques mètres qui les séparaient. Un petit feu de joie réchauffa son cœur lorsqu'il pencha la tête pour l'embrasser.

— Détache-moi, bon sang, dit-il.

Elle rit et s'affaira sur ses liens. Pendant ce temps, il s'inclina vers elle pour enfouir son visage dans son cou.

Le nœud fait par l'autre homme était beaucoup plus élaboré. Enfin, elle y était presque quand la périphérie de son champ de vision commença à se teinter de noir. Elle battit des paupières, soudain consciente d'une sensation d'humidité et de chaleur sur le devant de sa robe.

La chemise de Nicholas était trempée d'un sang luisant. Etta entendit son propre cœur battre dans ses oreilles.

— Ta… ta plaie s'est rouverte… Attention…

Inquiet, Nicholas écarquilla les yeux. Son regard passa du visage à l'épaule d'Etta. Elle baissa les yeux à son tour et posa une main tremblante là où elle sentait un autre pouls, brûlant.

On m'a tiré dessus, songea-t-elle, abasourdie. *Quand est-ce… ?*

— Etta !

Une décharge d'électricité traversa la base de sa colonne vertébrale. Elle eut l'impression d'être déchirée en deux. L'air crépita et siffla contre sa peau, puis…

VINGT-DEUX

Dans les premières secondes qui suivirent la disparition d'Etta, dont le corps s'était dissous en millions de grains de poussière chatoyants, Nicholas eut l'impression de s'être intégralement vidé de son sang.

Il ne pouvait plus respirer.

Il ne pouvait plus bouger.

Peut-être… peut-être que, s'il ne remuait pas… Etta serait…

Sa peau était encore chaude là où elle l'avait touché, alors même que le sang de la jeune fille refroidissait déjà sur sa chemise. Il sentait encore l'empreinte de ses lèvres, comme si elles étaient toujours posées sur lui.

Elle est partie.

Ce fut la seule pensée cohérente qu'il parvint à former au milieu de ce chaos.

Elle s'est volatilisée.

Comme aspirée par le néant.

Mon Dieu, non… Mon Dieu, je vous en supplie, non…

Il se laissa glisser le long du mur de plâtre, incapable de se tenir droit, la colonne vertébrale comme liquéfiée. Il avait vaguement conscience de trembler lorsque son épaule frappa la pierre. Incrédule, il suffoqua avant de pousser un hurlement inhumain, d'angoisse et de fureur.

Morte. Il serra fort les paupières, les doigts repliés sous lui. *Elle est morte.*

Sophia avait emporté l'astrolabe, puis...

Etta est morte.

Il n'y avait aucun doute. Il s'était passé exactement la même chose avec Julian. La lumière, venant de l'intérieur de son corps, l'avait fissurée, la faisant voler en éclats, avec ce même craquement, cet éclair d'énergie. C'était le passage qui les avait menés à Damas qui s'était effondré au moment de la mort d'Etta...

Nicholas hurla de douleur. Il laissa sa rage se déverser jusqu'à avoir lui aussi la sensation d'être brisé en mille morceaux. Les heures passèrent. Les rayons du soleil tournèrent sur le sol sans qu'il puisse rien faire d'autre que les contempler, songeant à la pointe des cheveux d'Etta maculée de sang et à son teint d'une pâleur spectrale, quand la mort l'avait emportée.

Quand enfin la sensation d'être pétrifié s'estompa, Nicholas finit de dénouer ses liens. Sa blessure au flanc le tiraillait, son épaule le lançait, et il n'avait de cesse de se rejouer la scène de la disparition d'Etta. Elle avait haussé les sourcils, comme si elle avait entendu quelque chose. Puis elle avait dû avoir mal, car elle avait grimacé. Au même instant, elle avait enfoncé ses doigts dans les poignets de Nicholas comme pour s'accrocher à lui. Ses yeux s'étaient révulsés, elle était devenue brusquement inerte...

Avait-elle compris ce qui se passait ?

Le nœud de soie se défit sous son pouce. Ses muscles le lancèrent quand il se leva, puis il s'appuya de nouveau contre le mur. Il évita de regarder la flaque de sang au sol.

Par la fenêtre, il vit le soleil se coucher. La haine l'envahit jusqu'à l'habiter totalement. Enfin, pris d'une impulsion, il s'empara d'un des morceaux de plâtre qui jonchaient le sol et arma son bras pour l'écraser contre la pierre. Puis il remarqua un objet à quelques pas de lui.

Une boucle d'oreille.

Il la ramassa avant que le sang ne la souille et referma le poing assez fort pour sentir la perle et la pointe du clou s'enfoncer dans sa paume. Il tenta de retrouver l'image d'Etta, de s'arrêter sur le souvenir de son visage la première fois qu'il l'avait vue à bord de l'*Ardent*.

Tant d'efforts pour rien. Tout ce qu'ils avaient fait, pour rien.

Fallait-il réellement être surpris ? Pourquoi la vie lui aurait-elle fait ce cadeau qu'elle lui avait toujours refusé jusque-là ? Juste au moment où il avait enfin compris que le jeu en valait la chandelle, qu'il avait enfin choisi sa voie, décidé de partir avec elle. Il l'aurait suivie n'importe où.

Il était responsable de sa mort. Il avait raté le gardien – l'Épine – qui se tenait devant lui, et sa balle avait pénétré le corps plus menu d'Etta.

Il l'avait laissée modifier ses projets. Il avait commencé à réorganiser son avenir, à s'ouvrir à la perspective d'une autre forme de liberté. En disparaissant, elle avait emporté tout cela, et c'était lui qui l'avait arrachée à ce monde. Il était coupable d'avoir réduit au silence son talent, son charme et son cœur intrépide.

Tous ces sacrifices pour en arriver là. Le contact froid et insensible de la mort, de la déception, du chagrin.

Nicholas se prit à considérer avec une sorte de jalousie le jeune homme qu'il était avant, qui existait toujours en dehors de ce nœud temporel. Celui qui n'avait pas encore été réduit en miettes.

Il se redressa, des points de lumière colorée dansant devant ses yeux. Il avait la tête si légère qu'il aurait pu se croire capable de quitter son corps pour flotter dans le ciel nocturne. Était-ce mal de le souhaiter ? Juste pour échapper à ce… à cette…

Dans la froideur des ténèbres, il descendit lentement l'escalier à tâtons, jusqu'à la chambre du rez-de-chaussée, puis il sortit de la tour. Comme il s'y attendait, son cheval avait disparu, ainsi que les réserves d'eau et de nourriture qu'il avait emportées.

Une fois de plus, la fureur remplaça la torpeur et coula dans ses veines, au point qu'il ne se reconnaissait plus. Sophia n'était pas l'auteur du coup de feu, mais elle portait une part de responsabilité. À eux trois, ils auraient pu venir à bout des deux Épines, mais elle s'était retournée contre Etta et lui, à un moment crucial. Il tuerait sa cousine, femme ou pas. Il était marin, mais il savait chasser et saurait débusquer Sophia, où qu'elle soit. Rien ne l'arrêterait tant qu'il ne l'aurait pas retrouvée.

Il s'assit sur le seuil de la tour, l'épaule contre la pierre, et respira l'air du soir, aussi aride que la nuit précédente, lorsque Hasan et lui avaient campé quelques heures.

Il allait devoir expliquer à Hasan ce qui s'était passé. Ce dernier viendrait les chercher – *le* chercher – quand il ne verrait personne aller à sa rencontre.

Nicholas ferma les yeux. Ses lèvres gercées saignèrent quand il inspira une nouvelle fois.

Il n'y avait rien à faire hormis attendre Hasan et essayer de trouver comment sauver la mère, à défaut de sauver la fille. Sa colère se répandait comme de l'encre sur du papier buvard. Elle finit par englober Rose aussi. Elle aurait dû protéger sa fille dès le départ. Si elle l'avait fait, Etta aurait fait sa première ; elle serait en sécurité, à des centaines d'années de ce désert étouffant.

La pleine lune brillait au-dessus de lui, mais il ferma les yeux, refusant de la voir. Le sommeil le gagna rapidement. Il se réveilla aux premières lueurs du jour, perdu, désorienté.

Bien sûr, il se souvint de l'endroit où il se trouvait, et la sensation de vide le reprit aussitôt. Il n'essaya même pas de bouger : il s'en savait incapable. Il n'essaya pas de penser. Il regarda la lumière jouer sur les collines sableuses, sur les tombeaux, se sentant aussi raide et amorphe que s'il avait rampé hors d'un sarcophage.

Plus tard dans la matinée surgit une petite famille à dos de dromadaires. Sa présence fut si soudaine que Nicholas crut d'abord à un mirage, jusqu'à ce que l'homme âgé qui montait en tête du groupe l'appelle. Nicholas garda les yeux baissés, les mains entre ses genoux, et laissa les paroles étrangères de l'homme rouler sur lui. Après s'être brièvement entretenu avec son père, le jeune fils glissa à bas de son dromadaire et lui apporta un peu d'eau et de viande séchée.

Surpris par cet acte de bonté pure, Nicholas parvint à le remercier d'un discret hochement de tête. Le père leva la main en signe de reconnaissance et rappela le garçon auprès de lui.

Nicholas n'avait ni faim ni soif, mais mangea et but malgré tout. Il constata que cela ne remplissait pas son vide intérieur. Dans les heures qui suivirent, il vint à penser qu'il avait mal jugé l'attitude de Hall après le décès d'Anne. Les nuits qu'il avait passées à boire et à festoyer sans que le cœur y soit n'avaient pas eu pour but d'émousser ses sens, ni même d'étouffer son chagrin : il tentait seulement de combler le vide qui le rongeait, dévorant chacune de ses émotions.

À force de rester dans la même position, son dos douloureux l'obligea à s'étirer. Il soulagea ses articulations.

Je ne l'entendrai jamais jouer, songea-t-il. Il plaqua une main sur son torse et appuya fort pour tenter de déloger ce qui lui serrait le cœur.

Tout espoir était-il perdu ? S'il retrouvait l'astrolabe… À cette idée, il eut l'impression qu'un essaim d'abeilles grouillait sous sa peau. D'une manière ou d'une autre, il repartirait dans le passé – ou plutôt dans le futur. Pouvait-il avertir Etta de se méfier de Sophia, et de ne pas pénétrer dans le passage ?

Il lui avait dit que sauver Alice était impossible, mais à présent il comprenait pourquoi elle avait d'abord refusé de le croire. Il fallait vraiment qu'elle ait envie de secourir cette femme de tout son cœur.

Elle voudrait que tu le détruises, voilà tout.

Serait-ce possible ? S'il empêchait Etta de faire ce premier voyage, alors il ne serait jamais en position de trouver l'astrolabe. Reviendrait-il au commencement ? Retrouverait-il les choses telles qu'elles étaient avant l'arrivée d'Etta ? Le temps avait-il déjà joué cette histoire à travers eux ? Était-ce une boucle sans fin qui se nourrissait de chagrin ?

Ou cela ferait-il de lui un autre Cyrus Boisdefer, tout simplement ?

Comment le vieux s'y prendrait-il ? Comment changer le passé sans empêcher Etta de trouver l'objet qui lui permettrait d'accomplir son projet ? Quelle pièce du puzzle lui manquait ?

Il s'installa pour la nuit, s'entourant de ses bras, sa blessure le lançant comme autant de coups de poignard. Il songea à ce qu'il allait dire à Hasan. Comment obtenir son pardon pour avoir échoué si lamentablement à protéger la famille Tilleul et la chronologie ?

La nuit tomba de nouveau sur lui et sur le désert. Hasan n'était toujours pas là. Alors, Nicholas ne put que se désespérer d'être responsable de la perte de deux vies au lieu d'une.

Le lendemain matin, une silhouette apparut à l'horizon comme le soleil : un point blanc au loin qui grossissait à mesure qu'il cheminait entre les collines. Pour la première fois depuis des jours, Nicholas sentit quelque chose frémir en lui. *Hasan*. Enfin.

Un autre cheval, tenu par une longe, suivait le premier. Nicholas le fixa si longtemps du regard qu'il mit un temps fou avant de mettre sa main en visière pour se protéger de la luminosité. Les yeux plissés, il se rendit compte que le cavalier à l'approche n'était pas un homme, mais une femme.

Une femme à la chevelure d'or.

Soudain affolé, son cœur martela sa poitrine. Il n'en croyait pas ses yeux. *Etta*. Ce n'était pas un mirage, il entendait la respiration des chevaux, sentait l'odeur douceâtre de leur écume, sauf que…

À mesure qu'elle approchait, Nicholas remarqua le visage tanné par le soleil, marqué de fines rides, assombri par l'expérience. Les yeux durs et brillants qu'il distinguait sous le turban semblaient avoir été taillés dans le diamant plutôt que dans le bleu du ciel. La femme fouilla du regard l'espace autour du jeune homme puis jeta un coup d'œil vers le deuxième étage de la tour. La lumière se fit dans l'esprit de Nicholas.

Rose.

C'était Rose. Celle qu'Etta avait connue, celle qui l'avait élevée. Par quelque miracle, même si cela semblait impossible, elle était là. Elle avait réussi à échapper aux hommes de Boisdefer. Elle avait traversé le désert seule. Et à présent…

Il reconnut la même jeune femme qui avait lancé le couteau avec une précision mortelle au marché. La même qui, pendant des années, s'était montrée plus rusée que les Boisdefer, malgré leur argent et leurs moyens. Il était à la fois furieux et impressionné qu'elle ait ainsi mis sa vie en danger. Elle avait dû traverser le désert à bride abattue.

Tout ça pour rien.

Trop tard. Il l'observa, la boucle d'oreille dans la main, tandis qu'elle approchait à une allure constante. En habits d'homme, son cheval chargé du strict minimum, elle ressemblait à une survivante, une combattante, ce qui inspira à Nicholas un immense respect – surtout lorsqu'elle sortit un pistolet de l'une de ses sacoches et qu'elle le mit en joue.

Il se leva lentement, comme pour ne pas la surprendre. Il ne parvenait pas à parler. La vision rapide qu'il avait eue d'elle au marché et même sa photographie n'avaient pas suffi à le préparer à sa ressemblance troublante avec sa fille. Cependant, sa beauté était calme et froide, ses traits affûtés par l'âge. Le physique d'Etta frappait tous les sens à la fois, comme les premières fleurs qui s'épanouissent au printemps. Les mains de Nicholas tremblaient lorsqu'il les leva et s'avança.

Les paroles de Rose fendirent l'air :

— Reste où tu es.

Nicholas s'immobilisa, les bras rendus douloureux par l'effort qu'il devait fournir pour les maintenir levés.

Rose mit pied à terre avec aisance. Lorsqu'elle posa de nouveau les yeux sur lui, Nicholas eut soudain envie de se laisser tomber à genoux et d'implorer son pardon.

— Je suis à la recherche d'une jeune fille, commença-t-elle.

— Etta.

Il avait à peine réussi à articuler son prénom.

La femme plissa les yeux.

— Où est-elle ?

Il déglutit pour tenter d'humidifier sa gorge sèche.

— Elle est partie.

Ce fut la première fois qu'il formulait cette phrase à voix haute, ce qui eut pour effet de renforcer cette réalité inexorable. Il avait l'impression d'étouffer.

— A-t-elle utilisé l'astrolabe ? (Les yeux de Rose s'étaient-ils agrandis, ou était-ce un effet de lumière ?) Ne l'a-t-elle pas détruit ?

Nicholas secoua la tête.

— Une Boisdefer et deux membres des Épines l'ont emporté.

Les émotions se succédèrent sur le visage de Rose, l'incrédulité remplacée par la fureur, puis par le désespoir.

Toutefois, elle ne tarda pas à retrouver sa neutralité et à dissimuler son ressenti derrière son regard d'acier.

— Raconte-moi exactement ce qui s'est passé, ordonna-t-elle.

La gorge douloureuse, il combla les blancs dans ce qu'elle savait déjà. Rose l'écouta attentivement.

— Comment vous êtes-vous échappée ? finit par demander Nicholas. Etta était terrifiée à l'idée que vous mouriez.

— Me crois-tu réellement incapable d'échapper à une poignée de Boisdefer ? Je me suis libérée dès la première nuit, mais je n'ai pas pu venir plus tôt sans me croiser en chemin.

— Elle a tenté de vous parler au marché, dit-il, la colère l'enflammant de nouveau brusquement. Au lieu de l'écouter, vous l'avez agressée.

— C'était moi il y a vingt ans, se justifia Rose en abaissant enfin son arme. Je fuyais les Boisdefer et les Épines depuis des mois. Je devais me méfier de tout le monde. J'ai fait le lien plus tard, une fois qu'Etta a commencé à grandir.

Que répondre à cela ?

— Pourquoi ne pas lui avoir dit la vérité dès le départ ? Sur sa vraie famille, ses pouvoirs ?

Rose sembla troublée. Nicholas se demanda s'il avait franchi une limite. Toutefois, elle finit par répondre :

— Etta devait rester dans l'ignorance la plus complète pour que ça marche comme je le voulais.

Comme elle le voulait ? songea-t-il, soudain méfiant.

— Elle n'était pas censée recevoir de formation, expliqua Rose. Sinon, cela aurait influencé chacun de ses choix. J'ai rencontré un voyageur – après le futur où je vivais. Il m'a prévenue de ce qui se passerait si je permettais des changements. Si Etta ne détruisait pas l'astrolabe.

Bon sang.

— Qui était-ce ?

— Je n'ai pas besoin de te le dire. Je n'ai pas à me justifier devant toi. Tout ce que j'ai été contrainte de faire, je l'ai fait pour m'assurer qu'Etta puisse voyager, qu'elle sache comment trouver l'astrolabe. Comment est-ce arrivé ? Tout était prévu... Du début à la fin... Tout s'est passé comme convenu, pour nous sauver de ce futur. J'ai tout sacrifié. J'ai éliminé chaque obstacle... (Elle inspira en tremblant et posa le poing sur son cœur.) Alice... Elle... Je ne serais pas allée jusque-là si j'avais su à quoi cela mènerait. Et voilà qu'Alice est...

Nicholas se redressa. Ses propos s'infiltrèrent dans ses veines tel du poison.

— Alice ? C'était vous ? Pas un Boisdefer, comme Etta le soupçonnait, mais vous ? (La fureur l'enflamma. Il vit la douleur se peindre fugacement sur le visage de la femme.) Celle qui vous appelait « Rosie », celle qui vous a protégée toute votre vie ? Vous avez assassiné la seule personne qui aimait véritablement votre fille ?

Cette révélation aurait anéanti Etta. Nicholas fut reconnaissant, juste une seconde, qu'elle ne soit pas témoin de cet échange.

Un éclat de fureur brilla dans les yeux de Rose.

— Tel est le rôle du voyageur : prendre des décisions impossibles, œuvrer pour le bien du monde et non pour soi. Boisdefer va détruire le futur, maintenant, tu comprends ? Un voyageur m'a mise en garde. Une guerre telle qu'on n'en a jamais connu va se produire. Il m'a parlé de dettes et de contrats que Cyrus sera appelé à honorer, le liant à des rois et à des hommes puissants. Etta devait voyager. Pour le monde, pour le temps lui-même, il fallait qu'elle détruise l'astrolabe. Dois-je trouver d'autres arguments pour te convaincre ? Dois-je encore expliquer ce qui m'a motivée ? Si oui, alors tu n'es pas digne de notre pouvoir.

Comment osait-elle justifier l'assassinat d'un proche parent ? D'une femme âgée, que sa fille adorait par-dessus tout ? Il comprenait l'importance de sauvegarder la chronologie, d'empêcher Boisdefer d'accroître son pouvoir, mais cette trahison… Le meurtre d'un être cher… Avoir manipulé ainsi sa propre fille, ce qui l'avait menée à sa perte…. Cette femme avait-elle dans les veines de l'eau glacée à la place du sang ? Même à cet instant, elle faisait preuve d'un calme si… si exaspérant ! Nicholas rongeait son frein depuis trop longtemps pour se retenir de laisser éclater sa colère.

— Comment pouvez-vous être si insensible face à la disparition de votre propre fille ?

Rose lui décocha un regard venimeux.

— Je t'assure que je ne le suis pas.

— Elle… elle s'en est allée pour toujours, et vous, vous restez là, à parler d'elle comme si… comme si tout ce qui comptait, c'était en quoi elle vous serait utile ! (Il parvenait à peine à prononcer ces mots.) Pourquoi… ? Pourquoi… ?

— Elle s'en est allée pour toujours, dis-tu ? l'interrompit sèchement Rose. Raconte-moi exactement ce qui s'est passé.

Nicholas s'exécuta, sans trop savoir comment. Chaque mot lui coûta. Lâche qu'il était, il était incapable de se résoudre à regarder la femme en face.

— Quand un voyageur meurt, il ne disparaît pas, déclara Rose, sourcils froncés, en caressant le flanc de son cheval. Si elle était morte, le passage menant à Damas se serait effondré, à cause de l'énergie libérée au moment où le temps aurait pris en compte une présence anormale. Mais cela ne s'est pas produit. Sinon, je n'aurais pas pu emprunter ce passage.

Le cœur de Nicholas battait si fort, si douloureusement, qu'il en eut le souffle coupé.

— Ce n'est pas... vrai ?

— D'après moi, elle a été prise dans une ridule. Tout ce que tu as entendu, senti ou vu, c'est le temps qui l'a récupérée pour l'isoler, au moment où la nouvelle chronologie s'est mise en place. Seul un voyageur peut procéder à ce genre de changement. Ces gardiens, les Épines, étaient bien des voyageurs ?

Il acquiesça. S'ils avaient vraiment suivi Sophia, comme elle-même avait suivi Etta et Nicholas, ils l'étaient forcément.

— Leur présence ici a donc provoqué le changement, déduisit Rose. Ils ne devaient pas faire partie des événements initiaux, de la version de la chronologie dans laquelle l'astrolabe est détruit.

— Pourquoi le changement n'a-t-il pas eu lieu dès que les autres l'ont emporté ? l'interrogea-t-il.

— Parce qu'il y avait encore une chance que l'objet soit détruit. Le temps se serait alors corrigé du mieux possible pour lisser les altérations que leur présence a provoquées dans la chronologie.

À moins que Sophia n'ait prévu de partir avec les hommes pour détruire l'astrolabe, ou qu'il n'y ait une chance qu'il soit abîmé ou perdu sur le chemin du retour vers Damas, Nicholas ne voyait pas comment c'était possible.

— Si le voyageur qui m'a prévenue ne se trompe pas, la modification de la chronologie sera une catastrophe, reprit Rose. Nous devons nous préparer à l'affronter.

— Et que signifie tout cela pour Etta ?

— Elle a été envoyée dans le dernier événement commun à l'ancienne et à la nouvelle chronologie. J'ignore où.

— Pourquoi n'ai-je pas été affecté ? Ni vous ?

— Parce que nous sommes tous deux nés avant cette année charnière, répondit-elle.

Nicholas secoua la tête, essayant de se débarrasser de cet espoir ténu.

— C'est pourtant ce qui est arrivé à mon demi-frère, à son décès… Il a fait une chute mortelle.

Rose haussa un sourcil.

— Dans ce cas, peut-être que lui aussi a survécu, sans que tu le saches.

Survécu.

Nicholas n'avait pas pleuré depuis l'enfance et avait oublié le goût des larmes, mais il supposa que ses joues en étaient inondées, seule explication à la pression qui montait en lui, le submergeant telle une vague. Il était abasourdi par sa force tranquille.

— Elle n'est pas… balbutia-t-il. Il n'est pas…

— Au sujet d'Etta, le rassura Rose, je pense qu'elle vit toujours. Sa blessure m'a l'air grave, mais pas fatale, surtout si elle trouve de l'aide. Je ne peux guère t'en dire plus.

— Pouvez-vous m'aider à la retrouver ? demanda-t-il. Comment faire ? Où est-elle ?

Le visage de Rose devint dur. Elle le toisa de la tête aux pieds.

— Qui es-tu, pour elle ?

— Je suis le seul qui la protégera toujours, affirma-t-il. Celui qui la ramènera chez elle.

Rose esquissa un sourire. Elle ressemblait tant à Etta qu'il dut plaquer les mains contre ses flancs pour s'empêcher de trembler.

— Comment t'appelles-tu ?

— Nicholas. Nicholas Carter. (Malgré son dégoût et sa colère, il parvint à s'incliner pour la saluer.) Pour vous servir, madame.

Rose se radoucit en le gratifiant de nouveau d'un sourire en coin.

— Eh bien, quel sérieux !

— Je suis très sérieux, répliqua-t-il. Toute aide serait la bienvenue. S'il vous plaît, je veux seulement…

Elle tendit la main.

— Si je pouvais t'indiquer l'endroit où elle se trouve, je le ferais. L'unique solution est de corriger l'événement ayant nécessité un ajustement de la chronologie – sûrement le fait que l'astrolabe soit entre les mains de Boisdefer –, mais aussi de récolter des indices sur l'endroit où Etta a été envoyée. Je peux t'être utile pour cette deuxième tâche, mais puis-je te confier la première ? J'imagine que tu sais où commencer à chercher.

— Reprendre l'astrolabe aux Boisdefer suffira-t-il ?

— Seulement si tu le récupères avant qu'ils ne l'utilisent, répondit Rose. Dis-moi une bonne fois pour toutes que tu en es capable. Sinon, tu me fais perdre mon temps.

— Je le retrouverai, rétorqua-t-il avec empressement. (D'une manière ou d'une autre, Sophia commettrait une erreur : elle laisserait des traces et il remonterait sa piste.) Merci.

Rose remonta en selle.

— Le moment est venu de nous séparer.

— Comment pourrai-je vous contacter ? s'enquit Nicholas. Une fois que j'aurai récupéré l'astrolabe, comment saurai-je où commencer mes recherches ? Etta ne sera pas simplement réintégrée dans cette époque, n'est-ce pas ?

— Bien sûr que non.

Rose dénoua la longe de l'autre cheval et lui en jeta les rênes. Après avoir constaté d'un air ulcéré qu'il n'avait ni sacs ni provisions, elle détacha l'une de ses sacoches et la lui donna. L'orgueil de Nicholas en prit un coup, mais il se redressa.

— Je dois retourner dans mon présent, l'informa Rose, ou du moins dans celui d'Etta, afin de vérifier ce qui a été modifié. De là-bas, j'essaierai de t'indiquer le dernier événement en commun entre l'ancienne et la nouvelle chronologie. Peux-tu me rejoindre à Nassau en 1776 dans… disons une semaine ?

Pour repartir en 1776, il n'aurait pas de mal à emprunter en sens inverse les passages qu'Etta et lui avaient traversés, mais il fallait aussi prendre en compte le temps nécessaire à tous les deux pour se rendre de l'île à New York… Il déglutit, ravalant sa frustration.

— Il vaudrait mieux compter un mois.

S'il ne la trouvait pas lui-même avant.

Je dirai la vérité à Etta, se promit-il, *sur ce que sa mère a fait*. Ce faisant, il détruirait sans doute de nouveau son monde, mais elle méritait de savoir. Elle devait être à la barre de son existence, et non une simple passagère, sans cesse à la merci de sa mère.

Rose marqua son accord d'un hochement de tête. Elle tourna sa monture en direction de la ville.

— Une dernière chose, ajouta-t-elle. J'ai comme l'impression que nous ne serons pas les seuls à sa recherche.

— Je sais, soupira Nicholas. Si Sophia ne remet pas l'astrolabe directement à Boisdefer, il supposera qu'Etta s'est enfuie avec.

— Exact, confirma Rose, mais je faisais allusion aux Épines. Leur chef, appelé Henry Tsuga, tentera peut-être de se mettre une fois de plus à sa recherche.

La situation était de plus en plus confuse.

— Je comprends.

Les traits de Rose se tordirent en un sourire triste.

— J'en doute. Henry est un personnage puissant, beaucoup plus riche et rusé qu'on ne le croirait. C'est aussi le père d'Etta.

Le vide se fit aussitôt dans l'esprit du jeune homme, toutes ses pensées comme balayées par le vent.

— Bonne chance, Nicholas Carter. Ne t'avise pas de me décevoir, lança-t-elle par-dessus son épaule. On se voit dans un mois, à Nassau. À la taverne des Trois-Couronnes.

Nicholas hocha la tête et serra les rênes dans ses poings. Il regarda Rose talonner son cheval à la crinière ébouriffée pour le lancer au trot, puis au galop.

Il attendit qu'elle soit hors de vue avant de libérer enfin l'air qu'il retenait dans ses poumons et de se laisser tomber à quatre pattes. Le visage baigné de larmes et de sueur, il trembla, toussa, éclata de rire, le front plaqué à terre, essayant de maîtriser les courants fous qui le traversaient.

— Tu es vivante, croassa-t-il. Tu es vivante !

Et Julian ? Avait-il survécu, lui aussi ? Il réprima avec peine l'espoir qui jaillit en lui. Si son demi-frère était seulement perdu, lui aussi, alors il n'aurait qu'à le retrouver.

Le cheval que Rose lui avait laissé se contentait de l'observer avec sérénité et désinvolture. Nicholas s'avança vers lui, main tendue, jusqu'à ce que l'animal se sente assez à l'aise pour presser ses naseaux dans sa paume. Nicholas caressa son chanfrein et sa crinière noire, les pensées libérées du carcan de glace dans lequel elles étaient enfermées.

Etta était vivante, mais en danger. Sans rien ni personne. Complètement seule.

Pas pour longtemps.

Animé par un nouvel objectif, Nicholas se hissa sur la selle. Il mènerait sa monture épuisée jusqu'à l'oasis, la laisserait se reposer et s'abreuver, puis se remettrait en route pour rejoindre Hasan. Ce dernier en savait peut-être plus sur les autres passages de cette époque. Ensuite… il relèverait les défis un à un, quand ceux-ci se présenteraient.

Il venait d'émerger des collines quand il remarqua un autre cavalier serpentant entre les ruines de la cité antique. Impossible de confondre cette robe rouge, même de loin. Ses épaules s'allégèrent encore ; il n'avait plus l'impression qu'un étau lui comprimait la poitrine.

— Hasan ! appela-t-il.

Le vent qui soufflait dans son dos transporta le son de sa voix jusqu'à l'autre cavalier, perché sur un cheval qu'il ne connaissait pas.

— *Baha'ar* !

Nicholas fut légèrement ému de le voir tout aussi ravi que lui de le retrouver. Une fois à un jet de pierre l'un de l'autre, Hasan sembla réaliser que Nicholas était seul.

— Mais où... ? commença-t-il, les yeux écarquillés d'horreur.

— Elle est partie, répondit rapidement Nicholas en lui saisissant le bras. Je tenterai de t'expliquer en chemin. Je crains de devoir abuser une fois de plus de ta gentillesse quand nous serons rentrés à Damas. Où étais-tu passé ? J'ai cru t'avoir perdu dans le désert !

— Mon ami, ton inquiétude m'émeut, avoua Hasan avec sincérité. Après notre séparation, j'ai été repéré par trois hommes d'une tribu de Bédouins qui m'ont apporté de l'aide.

Aux dires d'Hasan, ces tribus plutôt farouches se composaient de familles nomades qui vivaient en harmonie avec le sol sous leurs pieds et passaient leurs journées à en tirer un maigre pécule. Il ne fallait pas les provoquer. En fait, Hasan conseillait même de les éviter.

— Et tu vas bien ? demanda Nicholas en l'examinant avec attention.

Même si Hasan avait perdu sa bonne humeur, il paraissait sain et sauf.

— J'ai été très touché par la bonté dont ils ont fait preuve en me prêtant un de leurs chevaux, confessa-t-il. Nous devons le leur rendre dès que possible.

— Oui, bien entendu, approuva Nicholas en se tournant déjà vers la route menant à la ville.

— Mon ami, ce n'est pas tout, l'interpella Hasan. Ils ont quelque chose qui t'appartient, et que tu voudras certainement récupérer.

La tribu de Bédouins avait établi un campement temporaire à mi-chemin entre Palmyre et l'oasis de Kurietain, qu'ils comptaient rejoindre à une allure tranquille.

À environ deux kilomètres de l'amas de tentes basses, plusieurs hommes montés à dos de dromadaires, soulevant un nuage de sable derrière eux, vinrent à la rencontre de Nicholas et d'Hasan. Cette démonstration de force, presque terrifiante, ne manqua pas de les impressionner, mais elle avait pour unique but de protéger les membres de la tribu.

Hasan les salua et les gratifia d'un large sourire, aussitôt rendu par l'homme qui avait mené la charge. Nicholas secoua la tête. Où qu'il aille, Hasan était incapable de ne pas se lier d'amitié. Il souffrait d'une bonne nature chronique qui, en Nouvelle-Angleterre, lui aurait valu le mépris de tous. Même ces hommes du désert, de vrais guerriers armés jusqu'aux dents, ne pouvaient rester insensibles à sa bonhomie.

Au départ, Nicholas avait trouvé grotesque l'amitié qui était née si facilement entre Hasan et Etta. Mais tous deux avaient une façon bien à eux de désarmer un homme, d'ouvrir des portes là où, pourtant, il semblait ne pas y en avoir. C'était une qualité que Nicholas n'avait jamais possédée et qui méritait l'admiration.

Ils furent aussitôt conduits au campement, les Bédouins bavardant entre eux sans jamais le regarder avec curiosité.

Évidemment. Grâce à Hasan, ces hommes appréciaient déjà Nicholas avant même de l'avoir rencontré.

Il comprit très vite pourquoi ils avaient ému Hasan. Avant même que Nicholas ait mis pied à terre, on lui offrit à boire et à manger, on lui présenta épouses et enfants. Un vieillard distingué, aux habits plus riches que les autres, sortit de l'une des plus grandes tentes. Il les accueillit non seulement avec la même chaleur que ses compagnons, mais aussi avec une politesse empreinte de respect, réservée aux invités d'honneur.

Ce ne fut qu'après avoir profité de l'hospitalité qui leur était offerte, et participé aux rituels des présentations et des civilités, que le *cheikh*, comme l'appelait Hasan, les mena à une tente voisine de la sienne.

Tous trois se penchèrent légèrement en pénétrant sous la tente, et Nicholas dut faire attention à ne pas se cogner à l'armature de bois. L'intérieur était moins spartiate qu'il ne le pensait : le sol, recouvert de tapis et de couvertures, était parsemé de nombreux coussins.

— Ils voudraient reprendre la route, dit Hasan tout en traduisant pour le *cheikh*, mais ils craignaient de la déplacer… Ils nous proposent de nous héberger pour cette nuit ; cependant, il serait impoli de les retarder davantage.

Nicholas hocha la tête. D'un pas prudent, il avança sur le tapis jusqu'à la silhouette immobile allongée sur le dos, au milieu de la tente.

Sophia.

Elle était méconnaissable, le visage tuméfié, violet comme une prune. On l'avait déshabillée jusqu'à la taille. Trois plaies irrégulières, provoquées par des poignards, barraient sa poitrine et saignaient à travers les bandages enduits de baume. Une fine couverture était pudiquement posée sur elle.

— Ils l'ont trouvée dans le désert, avec juste ses vêtements sur le dos, expliqua Hasan en se postant derrière Nicholas. D'après eux, elle a été volée, battue et laissée pour morte. Qu'en penses-tu, *baha'ar* ?

— Je pense que c'est une idiote, marmonna-t-il.

Après toutes ces années de formation, elle aurait dû se montrer beaucoup plus prudente, mais l'ambition – surtout longtemps bafouée – et l'impatience allaient souvent de pair.

— A-t-elle subi d'autres agressions ? l'interrogea Nicholas.

Hasan nia de la tête.

— D'après les femmes, elle est intacte hormis les blessures que tu vois.

— Et il n'y avait personne d'autre avec elle ? Pas d'autre corps ?

— Non, personne.

Dans ce cas, les Épines détenaient encore l'astrolabe et, pour une raison qu'il ignorait, avaient abandonné Sophia. Même si l'objet n'était pas en possession de Boisdefer, les Épines représentaient une menace tout aussi dangereuse, tenant autant que le vieux à voir leurs projets se réaliser. L'astrolabe entre leurs mains avait suffi à altérer la chronologie, à couper Etta de son époque.

Le retrouver et le détruire suffirait-il à restaurer le monde tel qu'Etta l'avait connu ? Rien n'était moins sûr, mais ce serait un début. Alors que Nicholas faisait un pas de plus en direction de Sophia, sa détermination augmenta. Il en était capable. Par la terre, par la mer, à travers les montagnes ou dans les vallées... Il remonterait la piste des Épines, récupérerait l'astrolabe et trouverait Etta.

De plus, il aurait à ses côtés une ressource inattendue.

Sophia avait la respiration sifflante. L'une de ses paupières était si enflée qu'elle paraissait scellée à jamais. Nicholas ne serait pas surpris qu'elle perde son œil. La fille entrouvrit l'autre et le regarda avec son air méprisant habituel.

Le moment viendrait – pas ce jour-là, ni les jours à venir, mais bientôt – où Sophia aurait à répondre de ses actes. Cependant, pour l'instant, elle serait bien plus utile à Nicholas vivante qu'en présence du Créateur.

— Réjouis-toi, souffla-t-il. Un voyage nous attend.

Le Livre de Poche s'engage pour l'environnement en réduisant l'empreinte carbone de ses livres. Celle de cet exemplaire est de :
300 g éq. CO_2
Rendez-vous sur www.livredepoche-durable.fr

PAPIER À BASE DE FIBRES CERTIFIÉES

« Pour l'éditeur, le principe est d'utiliser des papiers composés de fibres naturelles, renouvelables, recyclables et fabriquées à partir de bois issus de forêts qui adoptent un système d'aménagement durable. En outre, l'éditeur attend de ses fournisseurs de papier qu'ils s'inscrivent dans une démarche de certification environnementale reconnue. »

Édité par la Librairie Générale Française - LPJ
(58 rue Jean Bleuzen, 92170 Vanves)

Composition Nord Compo
Achevé d'imprimer en Espagne par CPI
Dépôt légal 1re publication : février 2008
36.4578.9/01 – ISBN : 978-2-01-703824-5
Loi n° 49-956 du 16 juillet 1949 sur les publications destinées à la jeunesse
Dépôt légal : février 2018